AMELIE FRIED

ICH FÜHLE
WAS DU NICH

AMELIE FRIED

ICH FÜHLE WAS, WAS DU NICHT FÜHLST

ROMAN

HEYNE

Verlagsgruppe Random House FSC® N001967

2. Auflage

Umschlaggestaltung: Eisele Grafik·Design, München
Satz: Leingärtner, Nabburg
Druck und Bindung: CPI books GmbH, Leck
Printed in Germany

ISBN 978-3-453-26590-5

www.heyne.de

»Die Wirklichkeit eines anderen Menschen
liegt nicht in dem, was er dir offenbart,
sondern in dem, was er dir nicht offenbaren kann.
Wenn du ihn daher verstehen willst, höre nicht auf das,
was er dir sagt, sondern vielmehr auf das,
was er dir verschweigt.«

KHALIL GIBRAN

1

1975

Dass mit meiner Familie etwas nicht stimmte, hatte ich schon länger vermutet. Spätestens, als mein Bruder religiös wurde, mein Vater uns ein schreckliches Geheimnis verriet und meine Mutter schließlich verschwand, wurde es zur Gewissheit. Aber bis dahin würden noch vierhundertneunzehn Tage vergehen, von dem Tag an gerechnet, an dem die Geschichte begann.

An diesem Tag war ich zur Frau geworden, jedenfalls hatte meine Mutter es so genannt, mich begeistert geküsst und mir eine rote Rose aus Seidenpapier und einen knallroten Lippenstift aus ihrer Sammlung geschenkt.

Für mich war es der Tag, an dem ich nach der Englischstunde aufgestanden war und hinter mir die hämische Stimme einer Mitschülerin gehört hatte.

»Da schau, die Verrückte hat in die Hose gemacht!«

Ich fuhr herum, zwei grinsende Teenager glotzten mir auf den Hintern. Ich sah an mir hinunter, bemerkte zwischen den Beinen dunkle Flecken auf dem blauen Stoff, tastete entsetzt mit den Fingern danach, fühlte etwas Feuchtes.

Ich wusste natürlich, was passiert war, meine Eltern hatten mich aufgeklärt. Und zwar so früh und umfassend, dass ich im Alter von vier Jahren meiner Kindergärtnerin erklärt hatte, die beiden Hunde im Hof würden nicht raufen, sondern rammeln. »Und dann kriegen sie viele kleine Hundekinder«, hatte ich zufrieden festgestellt. Meine Mutter war daraufhin zur Leiterin einbestellt worden.

Mir war also klar, dass ich meine Periode bekommen hatte. Und mir war auch klar, dass dieser Umstand auf Wochen hinaus Anlass zu Spott und Gemeinheiten seitens meiner Mitschülerinnen sein würde. Ich spürte, wie mir Tränen in die Augen stiegen, und senkte den Kopf.

Du heulst nicht!, befahl ich mir selbst. Wer Schwäche zeigt, fordert den Jagdinstinkt seiner Verfolger heraus. Ich blähte die Nüstern, richtete mich auf und nahm Anlauf, um mich auf eine meiner Peinigerinnen zu stürzen.

Da spürte ich, wie mir jemand eine Strickjacke um die Hüften schlang, und sah überrascht zu, wie die Ärmel über meinem Bauch verknotet wurden.

»So wird's gehen«, sagte Bettina, packte mich resolut am Arm und zog mich aus dem Klassenzimmer. Widerstandslos ließ ich es geschehen.

Ich rechnete. Ich war genau dreizehn Jahre, vier Monate, vier Tage und elf Stunden alt. Wenn ich davon ausging, dass ich, bis ich fünfzig wäre, jeden Monat meine Periode bekommen würde, davon zweimal neun Monate abzog, falls ich Kinder bekommen würde, und wenn die Blutung im Schnitt fünf Tage dauerte, würde ich in den nächsten siebenunddreißig Jahren an zweitausendeinhundertzwanzig Tagen bluten. Fast sechs Jahre lang.

»Ich will keine Frau sein«, stöhnte ich.

»Red keinen Quatsch«, sagte Bettina.

Zu Hause versorgte mich meine Mutter mit Binden, öffnete eine Flasche Sekt und reichte mir ein halb gefülltes Glas.

»Ich bin so stolz auf dich!«, sagte sie.

Ich begriff nicht, warum sie mich feierte, als hätte ich eine besondere Leistung vollbracht. Meine guten Schulnoten riefen längst nicht so viel Begeisterung hervor, und an denen hatte ich deutlich mehr Anteil als an der blöden Blutung. Wie so oft kam mir die Reaktion meiner Mutter übertrieben vor, irgendwie gekünstelt.

Als mein Vater kam, verkündete sie ihm die Neuigkeit mit einer Begeisterung, als hätte ich mindestens die Bundesjugendspiele gewonnen (was unwahrscheinlich war, weil ich grundsätzlich keinen Sport trieb).

Es war mir furchtbar peinlich, dass sie meinen Vater in diese Frauengeschichten einweihte, und ich spürte, dass es ihm ebenfalls unangenehm war.

»Du weißt ja, dass du ab jetzt aufpassen musst«, warf er mir hin. Und damit war das Thema für ihn offenbar erledigt.

Ich fragte mich, wie er auf die Idee kommen könnte, ich würde mit dreizehn bereits Sex haben. Seine Gedankenlosigkeit machte mich wütend.

»Wann hattest du denn zum ersten Mal Sex?«, fragte ich herausfordernd.

Er tat so, als müsste er überlegen. Ein unsicheres Auflachen. »Keine Ahnung, ist schon so lange her.«

Ich wusste, dass er log. Entweder es war ihm peinlich, dass er bei seiner Entjungferung schon ziemlich alt gewesen war, oder aber er fand es unangemessen, mit seiner dreizehnjährigen Tochter über Sex zu reden. Mir zu sagen, dass ich ab jetzt gefälligst vorsichtig sein solle, das war für ihn okay. Aber zu erfahren, wann er zum ersten Mal Sex hatte – das stand mir offenbar nicht zu.

»Ich sage es dir«, sagte ich. »Du warst neunzehn, und du bist nach dreißig Sekunden gekommen.«

Meine Mutter gab ein hysterisches kleines Lachen von sich.

Mein Vater warf ihr einen finsteren Blick zu. »Ich hab zu tun«, murmelte er und verschwand.

Spöttisch blickte ich ihm nach. Es war so einfach, die Erwachsenen aus dem Konzept zu bringen.

Meine Eltern behaupteten, ich sei seltsam. Anders als andere Mädchen meines Alters. Anders, als sie in meinem Alter gewesen seien. Anders als alle anderen. Manchmal waren sie besorgt und sprachen davon, einen Therapeuten für mich zu suchen, dann verhielt ich mich eine Weile betont unauffällig, und sie vergaßen es wieder. Sie waren so sehr mit ihren eigenen Angelegenheiten beschäftigt, dass ich den Eindruck hatte, sie vergaßen zwischendurch völlig, dass ich überhaupt existierte. Besonders meine Mutter blickte manchmal so überrascht, wenn sie mich bemerkte, als hätte sie mich noch nie gesehen.

Mein Vater schien im Umgang mit mir immer irgendeine Rolle zu spielen. Er gab, je nach Situation, den besorgten/ wohlmeinenden/ interessierten/ strengen/ liebevollen Vater und verhielt sich genau so, wie er glaubte, dass es gerade erwartet würde. Er war recht gut als Vaterdarsteller, und andere ließen sich von ihm täuschen. Aber mir konnte er nichts vormachen, ich spürte sein inneres Unbeteiligtsein, die Unsicherheit, das fehlende Interesse. Ich glaube, er konnte mit Kindern generell nicht viel anfangen. Vielleicht hatte er gar keine gewollt. Vielleicht waren wir nur aus Versehen entstanden. Immerhin gab er sich Mühe.

Meine Eltern hielten mich also für seltsam und merkten nicht, dass sie selbst höchst seltsam waren. Allein die Sache mit unseren Vornamen. War es etwa normal, seine Kinder India und Che zu nennen statt Sabine und Thomas? Ich fragte mich, wie sie es geschafft hatten, den Standesbeamten dazu zu bewegen, diese ausgefallenen Namen zu akzeptieren. Vermutlich hatten sie ihn bis zur Besinnungslosigkeit mit Marihuanadämpfen eingenebelt oder ihm ewige Erlösung im Nirwana versprochen. Vielleicht hatten sie ihn auch einfach nur bestochen.

Jedenfalls würde ich dem Kerl gern mal die Meinung sagen und ihm erzählen, wie man sich fühlt, wenn einen schon der Vorname zum Außenseiter macht.

Wie demütigend die Blicke und das Getuschel der Mitschüler sind, wenn man seinen Namen nennen musste. Dass ein Name ein Fluch sein kann, von wegen Schall und Rauch. Ich hätte alles dafür gegeben, Sabine, Susanne oder Claudia zu heißen wie die Mädchen in meiner Klasse.

Zu meinem letzten Geburtstag hatte ich mir eine Namensänderung gewünscht, aber meine Eltern hatten mir stattdessen einen Gutschein für Reitunterricht geschenkt, obwohl sie wussten, dass ich mich vor Pferden fürchtete. Oder sagen wir, sie hätten es wissen können, wenn es sie interessiert hätte. Aber wie so oft hatten sie sich an dem orientiert, was sie für die Wirklichkeit hielten. Und dreizehnjährige Mädchen lieben doch Pferde, oder nicht?

Den Gutschein hatte ich Bettina weitergeschenkt, im Tausch für ihren Radiorekorder. Bettina wohnte im Haus nebenan und hörte ständig Musik, weil ihr Vater Klavierlehrer und Chorleiter war. Es war allerdings nicht die Art von Musik, die sie gern mochte. Beatles und Tom Jones, Rolling

Stones und so was, was ihr richtig gefiel, durfte sie aber nicht hören. Das hatte ihre Mutter verboten. Also brauchte sie auch keinen Radiorekorder.

Meine Eltern hätten mir jede Art von Musik erlaubt, egal wie wild oder verrückt sie war. Sie hatten selbst Platten von den Stones, Led Zeppelin und anderen Rockbands. Aber ich mochte Musik nicht besonders. Seit ich größer war, wusste ich auch, woran es lag. Musik konnte Gefühle in mir auslösen, Wahrnehmungen in und an meinem Körper, die seltsam und beinahe ein wenig unheimlich waren. Deshalb vermied ich es, Musik zu hören. Vermutlich war ich der einzige Teenager der westlichen Hemisphäre, der nicht den größten Teil seines Taschengelds für Schallplatten ausgab. Dafür liebte ich Hörspiele und Wissenssendungen im Radio, und mit Bettinas Radiorekorder konnte ich die endlich allein in meinem Zimmer hören.

Mein eigentliches Element aber waren Zahlen, sie gaben mir Sicherheit. Ich konnte in kürzester Zeit Aufgaben lösen, für die andere viel Zeit oder einen dieser Taschenrechner brauchten, die es neuerdings gab, die aber in der Schule verboten waren. Wenn ich mich schlecht fühlte, brachte ich Ordnung ins Chaos, indem ich versuchte, Muster zu erkennen, Zuordnungen vorzunehmen, Berechnungen anzustellen, die mir den Überblick zurückgaben. Eigentlich bildeten sich die Muster von selbst, als folgte alles einer geheimen Gesetzmäßigkeit, und ich müsste nur das Kommando geben, damit die Dinge sich an den richtigen Platz begäben.

Nur mit Menschen funktionierte es nicht so gut. Ich konnte sie zählen, zuordnen und Muster erkennen, aber sie waren unberechenbar und verhielten sich nicht so, wie ich es voraussah oder mir wünschte. Manchmal zog ich deshalb den

Umgang mit Zahlen dem Umgang mit Menschen vor. Das war weniger anstrengend. Außerdem fand ich Zahlen schön. Sie waren bunt und bildeten, wenn ich rechnete, ganze Farbsymphonien.

Erst in der Schule hatte ich begriffen, dass nur ich die Zahlen so sehen konnte. Eines Tages schrieb unser Lehrer Zahlen mit farbiger Kreide auf die Tafel und wollte wissen, was an der Rechnung falsch sei. Ich antwortete: »Die Sieben ist nicht rot. Sie ist blau. Und die Vier ist grün. Die Farben sind falsch.« Er sah mich entgeistert an, die anderen Schülerinnen kicherten.

Er forderte mich auf, an die Tafel zu kommen, und schob mir den Kasten mit den farbigen Kreidestücken zu. Dann bat er mich, die Zahlen in den richtigen Farben zu schreiben. Er sah mir nachdenklich zu und sagte nichts. Aber seither strich er mir keinen Fehler mehr an, wenn ich auch in meinem Heft die Zahlen bunt schrieb.

Ich wünschte mir nicht nur einen normalen Namen, ich wünschte mir vor allem normale Eltern. Einen Vater, der morgens zur Arbeit ging, eine Mutter, die mittags für uns kochte und mich zum Geburtstag mit einem Kuchen überraschte. Wie Frau Berthold, Bettinas Mutter, die ich in Gedanken Margot nannte, weil meine Eltern die Bertholds duzten. Die machte jeden Morgen Frühstück für ihre Töchter, mangelte tagsüber Wäsche für andere Leute und besserte Kleidung aus. Daneben kochte und buk sie ständig. Kartoffelsuppe mit Würstchen, Pudding, kleine Napfkuchen. Das war wohl ihre Art, Zuneigung auszudrücken. Sonst konnte sie es nicht besonders gut, meist war sie ein wenig ruppig und mürrisch. Meine Mutter sagte, sie sei frustriert. Mir gegenüber war sie aber immer sehr freundlich und behandelte mich so nachsichtig, als hätte sie Mitleid mit mir. Manchmal hockte ich mich zu ihr und sah ihr bei der Hausarbeit zu. Dann konnte es passieren, dass sie mir einen Blick zuwarf und mit einem Seufzen sagte: »Wie siehst du nur wieder aus.«

Tatsächlich führte die Gleichgültigkeit meiner Eltern dazu, dass mein Kleidungsstil für ein Mädchen meines Alters ziemlich ungewöhnlich war. Ich trug viel zu große Männerhemden, bunte Schals und T-Shirts, die ich selbst gebatikt hatte, dazu unförmige Pullis, die zuvor meinem Bruder oder meinem Vater gehört hatten. Ich konnte mich nicht erinnern, dass meine Mutter mit mir jemals zum Kleiderkaufen gegangen wäre. Als ich klein war, trug ich die Kleidung irgendwelcher Kinder aus dem Bekanntenkreis meiner Eltern auf, als ich größer wurde, kaufte meine Mutter hin und wieder etwas für mich ein, und seit ich elf war, bekam ich in unregelmäßigen Abständen etwas Geld für Kleidung zugesteckt, das ich aber meist für andere Sachen ausgab. Meinen Eltern war es völlig egal, wie ich herumlief. Hauptsache, es war nicht »spießig«. Das galt in unserer Familie als die schlimmste Sünde überhaupt.

Margot hielt mich für ein emotional vernachlässigtes Kind und meine Mutter für eine »egozentrische Person«. Das hatte ich einmal zufällig bei einem Gespräch zwischen Margot und ihrem Mann aufgeschnappt. Christian hatte meine Mutter verteidigt. Sie tue bestimmt, was sie könne, aber sie sei eben eine Träumerin. Es hatte mich überrascht, dass er meine Mutter in Schutz nahm.

Margot konnte zum Arbeiten nicht aus dem Haus gehen, weil sie ihren Bruder betreuen musste. Der war geistig behindert und wurde von allen nur »der Onkel« genannt, als hätte er keinen Namen. Der Onkel hatte komische, schräg stehende Augen, wulstige Lippen und patschige Hände, mit denen er nach mir zu greifen versuchte, wenn ich bei Bettina war. Er war mir ein wenig unheimlich, und ich ekelte mich auch ein bisschen vor ihm, denn er sabberte und hatte immer nasse Lippen. Fragte man ihn nach seinem Namen, antwortete er stotternd: »B-b-bin der Onkel. B-b-bin mongo.« Wenn er mich sah, grinste er und sagte: »Ficki-ficki!«

Dann flüchtete ich mich in Bettinas Zimmer und bestand darauf abzuschließen, was regelmäßig zu Ärger mit ihrer Mutter führte.

»In diesem Haus gibt es keine verschlossenen Türen«, sagte sie streng.

Meine Eltern schliefen noch, wenn mein Bruder und ich uns morgens selbst das Frühstück machten. Wenn wir aus der Schule nach Hause kamen, war unsere Mutter oft noch im Pyjama und trank gerade ihre erste Tasse Tee, bevor sie ihre Yogaübungen machte. Unser Vater lief mit wirrem Haar und abwesendem Gesichtsausdruck durchs Haus, eine Zigarette im Mundwinkel. Man sprach ihn lieber nicht an, denn auch wenn es nicht so aussah, arbeitete er. Ein Künstler arbeitet gewissermaßen immer, deshalb wusste ich nie genau, wann ich ihn ansprechen konnte. Manchmal vergaß er, dass er gerade arbeitete, beugte sich zu mir herab und küsste mich auf die Stirn. Er schnupperte an meinem Haar und murmelte etwas, das wie »Sonne« oder »Sommer« klang. Diese seltenen Momente passte ich ab, um ihn Sachen zu fragen wie: »Du-Papa-kann-ich-mein-Taschengeld-haben?« oder: »Du-Papa-mein-Fahrrad-hat-einen-Platten-könntest-du …« Ich sprach ganz schnell, um seine kurze Aufmerksamkeitsspanne zu nutzen.

Bettina musste nicht nach ihrem Taschengeld fragen, sie bekam es jeden Sonntag nach der Kirche von ihrer Mutter ausgehändigt. Dafür musste sie sich allerdings jedes Mal den Spruch anhören: »Ich weiß nicht, ob du es verdient hast. Geh sparsam damit um.«

Aber das hätte ich hingenommen, genauso wie die sonntäglichen Gottesdienstbesuche, das gemeinsame Beten vor jeder Mahlzeit, die Diskussionen um Musik, Rocklänge, Make-up und Ausgehen, die Bettinas ältere Schwester Petra ständig mit ihren Eltern führte, wenn ich dafür in der angenehm spießigen Normalität der Familie Berthold hätte aufwachsen dürfen.

Ich hasste es, wenn jemand mich fragte, was mein Vater denn so mache. Wie gern hätte ich gesagt: »Er arbeitet als Ingenieur« oder: »Er ist Lehrer.« Oder wenigstens »kaufmännischer Angestellter«. Mein Vater hieß zwar Kaufmann, war aber keiner. Er war »Aktionskünstler«. Meist kam die verwirrte Nachfrage: »Und was macht er beruflich?« Wenn die Sprache auf meine Mutter kam, sagte ich: »Sie gibt Kurse in Transzendentaler Meditation.«

Genauso gut hätte ich sagen können, meine Mutter bewohne ein hübsch möbliertes Zimmer in der geschlossenen Abteilung des psychiatrischen Krankenhauses und mein Vater könne über Wasser wandeln. Wenn ich bis dahin in einer Gruppe noch nicht die Außenseiterin gewesen war, so war ich es spätestens nach dieser Auskunft. Deshalb behauptete ich manchmal auch einfach, mein Vater sei Unternehmer und meine Mutter seine Sekretärin. Das klang normal und war noch nicht mal wirklich gelogen. Mein Vater war ja eine Art Einmannunternehmen, er war Firmenchef, Verkaufsdirektor und Produkt in einem. Und meine Mutter nahm ihm alles ab, was ihn in seiner Kreativität hemmen könnte. Den Schriftverkehr mit Behörden, das Schreiben und Bezahlen von Rechnungen, die Kontaktpflege mit Veranstaltern und Galeristen. Sie führte den Haushalt ... Na ja, eigentlich führte sie ihn nicht, deshalb war es immer unordentlich bei uns, und zu essen gab es meist nur, was mein Bruder oder ich kochten. Wenn man das, was wir veranstalteten, als Kochen bezeichnen konnte. Das Zusammenschütten verschiedener Zutaten hatte eher Ähnlichkeit mit dem, was andere Kinder mit ihrem Chemiebaukasten anstellten.

Manchmal allerdings bekam unser Vater einen Schub, dann zelebrierte er mit großem Tamtam die Herstellung einer Mahlzeit, verwüstete dabei die Küche und ließ sich von uns als Kochgenie feiern. Da er immer viel zu viel kochte, mussten wir tagelang seine zweifelhaften Kreationen essen, bis mein Bruder irgendwann die Reste ins Klo kippte. Daraufhin hielt mein Vater uns flammende Vorträge über darbende Künstler, die es sich nicht leisten könnten, Essen wegzuwerfen, weil die Gesellschaft ihnen die notwendige Anerkennung verweigere und leider auch jede Form der Alimentierung, dabei seien Kunst und Kultur die wichtigsten Grundlagen eines Gemeinwesens, aber in unserer oberflächlichen Welt hätten sie einen viel zu geringen Stellenwert, jeder Schlagersänger verdiene ein Vielfaches von dem, was er bekomme, dabei sei der Schlager eine Kulturschande ... und so fort.

Mein Bruder machte sich während dieses Sermons jedes Mal unauffällig davon, während ich irgendetwas ausrechnete. Wie oft in den letzten fünfundsiebzig Jahren der zwölfte Mai auf einen Sonntag gefallen war, zum Beispiel. Das war genau zwölf Mal der Fall.

Die wenigsten Leute machten sich die Mühe nachzufragen, worin denn die Tätigkeit eines Aktionskünstler bestehe, und ehrlich gesagt hätte ich auch Schwierigkeiten gehabt, es zu erklären. Wie sollte man jemandem klarmachen, dass es Kunst war, wenn mein Vater sich in unserem Garten nackt an einen Marterpfahl binden ließ, den ganzen Körper bunt bemalt, und die Zuschauer ihn mit Staubwedeln und Wischmopps traktierten und dabei brüllend um den Pfahl herumliefen?

Mein Vater hätte dazu eine klug klingende Erklärung abgeben können, wie zum Beispiel, dass er mit dieser Performance für die Rechte der Indianer kämpfe, indem er sich mit ihnen identifiziere und solidarisiere, dass die Indianer stellvertretend für alle Unterdrückten stünden und die Staubwedel und Wischmopps die Waffen symbolisierten, mit denen die Weißen die Eingeborenen überall auf der Welt vertrieben und getötet hätten, und dass – indem er das Publikum an der Performance beteilige – deutlich werde, dass wir alle uns schuldig gemacht hätten und immer weiter schuldig machten an all diesem Unrecht, und … und … und …

Mit solchen Aktionen konnte er viele Erwachsene schwer beeindrucken, die standen dann stundenlang mit Weingläsern in der Hand bei uns herum und diskutierten, und meistens wurde am Ende gestritten, weil verschiedene Kunstauffassungen aufeinanderprallten oder ein Kunstkritiker dem anderen die Frau ausgespannt hatte, was unter dem Einfluss von Alkohol plötzlich ans Licht kam. Ich war empört darüber, wie viel Erwachsene logen und betrogen. Ich fand, sie müssten Vorbilder für uns Kinder sein, aber das waren die wenigsten.

Schwierig war es auch, wenn jemand mich zu Hause besuchte. Nicht dass es in letzter Zeit häufig vorgekommen wäre, aber als ich noch etwas jünger war und mir nicht vorstellen konnte, welch verheerenden Eindruck der Anblick meines Elternhauses und seiner Bewohner auf Kinder aus normalen Familien machen musste, hatte ich ab und an eine meiner Mitschülerinnen eingeladen. Während der Grundschule ging es noch einigermaßen. Die Kinder waren zwar anfangs etwas befremdet, aber irgendwann gefiel es ihnen, dass bei uns völlige Freiheit herrschte und kein Erwachsener sich darum scherte, was wir trieben. Wir machten alles, was in anderen Familien verboten war, schnitten unseren Puppen die Haare, räumten die Möbel in meinem Zimmer um, entzündeten Feuer im Garten und versuchten, den Nachbarhund zu dressieren, der allerdings keinerlei Interesse daran zeigte, durch meinen Hula-Hopp-Reifen zu springen, und knurrend die Zähne fletschte. Es war ein Wunder, dass nie etwas Schlimmes passierte.

Nur einmal, als ich eine Mitschülerin eingeladen hatte und wir nicht nur unseren Puppen, sondern auch uns gegenseitig die Haare geschnitten hatten, stand abends die erboste Mutter mit meiner Komplizin an der Hand vor unserer Haustür und stellte meine Mutter zur Rede. Die sah aus, als wäre sie gerade von sehr weit her zurückgekommen. Ihre Pupillen waren unnatürlich groß, und auf ihrem Gesicht lag ein seliger Ausdruck. Sie lächelte die wütende Frau freundlich an und sagte mit leicht schleppender Stimme: »Es ist doch wunderbar, wenn Kinder ihre Kreativität ausleben!«

Die Frau schnappte nach Luft, dann fiel ihr Blick auf mich. Ich sah noch viel schlimmer aus als ihre Tochter, die mich verheult und böse anstarrte. Bestimmt hatte sie ein gewaltiges Donnerwetter über sich ergehen lassen müssen und gab mir die Schuld daran. Und tatsächlich war es auch meine Idee gewesen.

Mutter und Tochter warfen uns einen letzten, vernichtenden Blick zu und machten auf dem Absatz kehrt. Meine Mutter strich zärtlich mit der Hand über die stoppeligen Reste meiner Haarpracht und sagte: »Sind doch nur Haare. Die wachsen nach.« In diesem Moment liebte ich sie von ganzem Herzen und war ausnahmsweise einmal froh, dass sie nicht normal war.

Unsere neuen Frisuren sorgten natürlich auch in der Schule für Aufsehen, und wir mussten eine Menge Spott von unseren Mitschülern aushalten. Kein Wunder, dass sich danach die Zahl meiner Freundinnen gegen null bewegte. Ich hatte jetzt den Ruf eines bösen Mädchens, und keine meiner Klassenkameradinnen wollte von mir in etwas hineingezogen werden, womit sie sich Ärger einhandeln könnte. Aus der anfänglich vorhandenen Faszination für mein unkonventionelles Elternhaus entwickelte sich eine Ablehnung, die sich schließlich gegen mich richtete und alles einschloss, was mit mir zu tun hatte.

Im Gymnasium wurde es noch schlimmer. Dort war ich von Anfang an als Außenseiterin abgestempelt, und die anderen Mädchen gingen mir aus dem Weg.

Ich sehnte mich ganz furchtbar danach, dazuzugehören und Freundinnen zu haben. Zwar hatte ich Bettina, mit der ich gewissermaßen mein ganzes Leben verbracht hatte, aber sie war mehr wie eine Schwester für mich. Ich hatte sie mir nicht ausgesucht. Da wir zufällig nebeneinander wohnten, hatten unsere Eltern uns irgendwann gemeinsam in einen

Laufstall gesperrt, und seither waren wir fast immer zusammen gewesen.

Aber da gab es auch noch Yvonne. Sie war das schönste Mädchen der siebten Klasse, hatte langes, welliges Haar, ein perfekt proportioniertes Gesicht mit großen Augen und geschwungenen Lippen, die sie manchmal zu einer niedlichen Schnute verzog. Sie war bei allen beliebt, sogar bei den Lehrern, und zu allem Überfluss war sie auch noch eine Sportskanone. Kurz, sie war das genaue Gegenteil von mir. Ich verzehrte mich danach, wie Yvonne zu sein. Weil das nicht ging, wollte ich ihr wenigstens nahe sein.

Ich stahl meinen Eltern Geld und kaufte Süßigkeiten, um sie Yvonne zu schenken. Die vertrug, wie ich bei dieser Gelegenheit erfuhr, keinen Zucker und durfte deshalb nichts Süßes essen. Da ich Brausestangen und Gelee-Himbeeren nicht mochte, versteckte ich sie unter meinem Bett. Eines Tages waren sie verschwunden. Vielleicht hatte mein Bruder das Diebesgut an sich gebracht, vielleicht hatte aber auch meine Mutter die Süßigkeiten gefunden und während einer ihrer Heißhungerattacken, die sie nach dem Haschischrauchen regelmäßig überfielen, aufgegessen.

Weil mein Versuch mit den Süßigkeiten fehlgeschlagen war, riss ich mir einige meiner Lieblingsbücher aus dem Herzen, darunter *Narziss und Goldmund* und *Die Falschmünzer,* und schenkte sie Yvonne, die mir herablassend erklärte, sie lese lieber Pferdebücher.

Ich lud sie zu meiner Geburtstagsparty ein, aber sie kam nicht. Es kamen sowieso nur drei von den acht Mädchen, die ich eingeladen hatte, und das waren die, die noch unbeliebter waren als ich. Die anderen hatten alle eine sehr einleuchtende Erklärung, warum sie nicht kommen konnten.

Klavierstunde, eine sterbende Oma, den Hochzeitstag der Eltern, ein Magen-Darm-Virus. Yvonne hatte nicht mal eine Ausrede. Sie kam einfach nicht.

Als ich am nächsten Tag den Mut aufbrachte, sie zu fragen, wo sie denn gewesen sei, sagte sie: »Ich hatte einen Fototermin.«

Tatsächlich waren in der nächsten Ausgabe des Versandhauskatalogs, aus dem die Familien unseres Städtchens ihre Kleidung bestellten, Bilder von ihr. Yvonne in einem pinkfarbenen Jeansanzug, Yvonne in einem Sommerkleid mit gesmoktem Oberteil, in einer duftigen, bunten Bluse, in Hotpants mit Korksandalen und einem gestreiften Oberteil, das im Nacken gebunden wurde. Ihr Blick schien dem Betrachter etwas Großartiges zu versprechen: TRAG DIESEN PINKFARBENEN JEANSANZUG, UND DU WIRST GLÜCKLICH!

Wenig später trugen sämtliche Mädchen in unserer Schule den Anzug, das Sommerkleid, die Bluse und die Hotpants. Auch ich flehte meine Mutter an, mir wenigstens eines der Teile zu bestellen, aber sie weigerte sich.

»Katalogware kommt mir nicht ins Haus«, erklärte sie mit seltener Entschiedenheit. »Die ist spießig und gefährdet den örtlichen Einzelhandel.«

Nichts hätte mir gleichgültiger sein können als der örtliche Einzelhandel. Ich wollte ein Mal, nur ein einziges Mal aussehen wie alle anderen. Aber meine Mutter war unerbittlich.

Yvonne war nun endgültig der Star der Schule, und ich begrub meine Freundinnenträume.

Dann kam mir das Schicksal in Gestalt der Heimatkundelehrerin zu Hilfe. Die hatte sich mit alternativen Lehrmethoden von Maria Montessori bis Rudolf Steiner befasst, stieß damit an unserer Schule aber auf wenig Resonanz. Dennoch hatte sie Stuhlkreise und gelegentliche Gruppenarbeit durchgesetzt. Und so fand ich mich plötzlich in einer Hausaufgabengruppe mit Yvonne wieder. Unser drittes Gruppenmitglied war wegen einer Mittelohrentzündung abwesend.

Yvonne hatte die Situation offenbar blitzschnell analysiert und war zu dem Schluss gekommen, dass es schlimmer wäre, mich ihren Eltern präsentieren zu müssen, als mich zu Hause zu besuchen. Nur so konnte ich mir erklären, dass sie nach der Stunde sagte: »Ich komm zu dir. Wann hast du Zeit?«

Ich schlug ihr den Nachmittag vor. Als ich nach Hause kam, stellte ich zu meiner Erleichterung fest, dass meine Eltern nicht da waren. Pfeifend räumte ich mein Zimmer auf und beseitigte in der Küche die größte Unordnung. Dann pflückte ich einen Strauß Gänseblümchen und stellte sie in eine Tasse. Blumen empfand ich als Inbegriff bürgerlicher Wohnkultur, aber meine Mutter weigerte sich, Schnittblumen zu kaufen. Die seien tot, und sie wolle nicht für den Mord an Pflanzen verantwortlich sein.

»Dann solltest du aufhören, Gras zu rauchen«, hatte mein Bruder ihr geraten, was sie geflissentlich überhörte.

Ich kochte chinesischen Tee, in dem kleine Blüten schwammen, was ich immer sehr hübsch gefunden hatte (den trank meine Mutter übrigens auch, ohne sich um die ermordeten Blümchen zu scheren), und stellte die Kanne auf das Stövchen.

Als es klingelte, stürmte ich zur Haustür und ließ Yvonne herein. Misstrauisch blickte sie sich um und folgte mir zögernd in die Küche, wobei sie im Flur herumliegende Schuhe, Gartengeräte und anderes Zeug elegant umkurvte.

»Macht bei euch niemand sauber?«, fragte sie und wischte

mit ihrem Blusenärmel Staub von der Sitzfläche eines Holzstuhls, bevor sie sich darauf niederließ.

»Nein«, sagte ich. »Meine Mutter ist berufstätig.«

Als ich mich mit den Augen einer Fremden in meiner gewohnten Umgebung umsah, registrierte ich beschämt, wie ungepflegt alles wirkte. Ich fand unsere Küche gemütlich, aber auf einen Außenstehenden konnte das Durcheinander aus Geschirr, Gewürzdosen, Obst- und Gemüsekörben, Kräutertöpfchen, Einmachgläsern, Kochbüchern auf schiefen Regalbrettern, bunten Küchenhandtüchern und fettigen Kupferpfannen, die neben Postern von Musikern und Entwürfen meines Vaters zur Dekoration an der Wand hingen, chaotisch und ziemlich schäbig wirken.

»Meine Mutter hat gerade wenig Zeit«, sagte ich entschuldigend. »Sie muss einen Workshop vorbereiten.« Ich merkte, dass diese Erklärung die Sache nicht besser machte. Wie Yvonne einmal bei einer Diskussion in der Schule erklärt hatte, war es die Bestimmung von Frauen, für ein gepflegtes Heim und das Wohlergehen von Mann und Kindern zu sorgen. Sie durften vielleicht zusätzlich einige Stunden am Tag in einem Büro arbeiten, aber die Organisation von Meditationsworkshops für durchgeknallte Sinnsucher fiel definitiv nicht in ihren Aufgabenbereich.

Ich schenkte meinem Gast Tee ein und achtete darauf, dass drei besonders hübsche Blüten auf der Oberfläche schwammen. Mit angewidertem Blick fischte Yvonne sie raus. Schlapp und leblos hingen sie in ihren Fingern.

»Wo kann ich die hintun?« Sie hielt die Hand Hilfe suchend in die Luft, dabei tropfte Tee auf den Tisch. Ich deutete auf den Eimer mit den organischen Abfällen, die später auf dem Kompost landen würden.

Yvonne wischte die Hand an ihrer Jeans ab und holte die Schulsachen aus der Tasche, die wir für die Gruppenhausaufgabe benötigen würden. Ich hätte mich gern noch eine Weile unterhalten, aber sie schien entschlossen, sich keinen Moment länger als nötig bei mir aufzuhalten und die uns gestellte Aufgabe deshalb so schnell wie möglich zu lösen.

Das Thema lautete: »Beschreibe den Ort, in dem du lebst. Warum ist er Heimat für dich?« Darunter hatte unsere Lehrerin geschrieben: »Sammelt gemeinsam Material, und tauscht euch über euren Wohnort aus. Dann schreibt jede ihren Text. Hinterher bitte vergleichen und Gemeinsamkeiten und Unterschiede feststellen.«

Yvonne verdrehte die Augen und begann zu schreiben. Die gemeinsame Materialsammlung übersprang sie einfach.

Ich kaute auf meinem Stift herum und überlegte. Wenn ich ehrlich wäre, müsste ich schreiben: »Der Ort, in dem ich lebe, ist ein stinklangweiliges Kaff mit lauter spießigen Leuten. Es gibt in unserem Viertel fast nur Reihenhäuser, deren Mauern mit komischen grauen Platten bedeckt sind. Mein Vater sagt, die sind nicht nur hässlich, sondern auch giftig, deshalb darf man sie auf keinen Fall abnehmen. Verstehe ich nicht, gerade wenn sie giftig sind, sollte man sie doch abnehmen. Das einzig Schöne an unserer Ortschaft ist der Marktplatz, da gibt es rundherum einige hübsche, alte Häuser und in der Mitte einen Brunnen. Manche Leute sind ziemlich unfreundlich und abweisend zu mir, ich glaube, weil sie meinen Vater nicht mögen. Auch die meisten meiner Mitschülerinnen sind nicht besonders nett. Freunde habe ich eigentlich keine, und meine Eltern sind leider verrückt, weshalb ich so schnell wie möglich von ihnen wegwill. Dass unser Ort Heimat für mich wäre, kann ich nicht sagen. Ich fühle mich hier nicht zu Hause, weiß aber auch nicht, wo ich mich sonst zu Hause fühlen könnte. Ich glaube, ich kenne den Ort noch gar nicht, der eine Heimat für mich sein könnte.«

Aber wenn ich das schriebe, gäbe es eine Riesendiskussion mit der Lehrerin. Womöglich würde sie meinen Aufsatz der Klasse vorlesen und alle auffordern mitzudiskutieren. Darauf konnte ich gut verzichten, deshalb schrieb ich: »Ich wohne in einer hübschen, mittelgroßen Stadt, die alles hat, was man braucht. Ein Rathaus, ein Schwimmbad, eine Eisdiele und eine Bibliothek. Das Leben hier ist angenehm und ruhig, die Leute sind freundlich, und ich fühle mich sicher und geborgen. Heimat ist da, wo Menschen sind, die man gernhat. So wie ich meine Eltern und meine Freunde gernhabe. Wo sie sind, fühle ich mich zu Hause …«

Ich war in die Schöpfung meiner kleinen heilen Welt so vertieft, dass ich gar nicht bemerkte, was sich währenddessen in unserem Garten abspielte. Erst als Yvonne ein erschrecktes Quieken von sich gab, hob ich den Kopf und blickte hinaus. Eine merkwürdige Prozession näherte sich dem Haus. Leute in bunten, weiten Gewändern, Schals und Bänder um den Kopf geschlungen, manche mit auffälligen Ketten um den Hals, die meisten von ihnen barfuß. Vorneweg ging meine Mutter, die Hände in der indischen Gebetshaltung vor der Brust, mit gesenktem Blick vor sich hin murmelnd.

Verdammt. Ich hatte ganz vergessen, dass heute Mittwoch war. Mittwoch war Gruppentag. Die Teilnehmer kehrten von ihrer Naturmeditation zurück, bei der sie die Wälder der Umgebung heimsuchten und ahnungslose Spaziergänger schockten. Wer würde nicht erschrecken, wenn er sich auf einer Lichtung plötzlich einer Horde seltsam gewandeter Menschen gegenübersah, von denen sich einige ekstatischen Tänzen hingaben und andere am Boden liegend laut vor sich hin summten.

Yvonne starrte durchs Fenster. »Was ist das denn?«

»Das ist nur die Meditationsgruppe«, sagte ich leichthin. »Du weißt ja, dass meine Mutter solche Seminare gibt.«

»Was für Seminare genau?«, fragte Yvonne.

Ich überlegte, wie ich ihr erklären könnte, was meine Mutter machte. Von Yoga hatte Yvonne vielleicht schon gehört, aber worin eine Transzendentale Meditation bestand, das wusste ich selbst nicht so genau.

»Es ist … so was wie ein geistiger Gymnastikkurs. Die Teilnehmer sitzen ganz still und entspannen sich, manchmal tanzen sie auch, und wenn's gut läuft, kommen sie in so einen … Glückszustand und sind eins mit sich und der Welt.«

Ich fand, das war eine ziemlich gute Erklärung, und sah Yvonne erwartungsvoll an.

»Du meinst, die nehmen alle Drogen«, erwiderte sie nüchtern.

»Neiiin«, sagte ich energisch. »Das hat mit Drogen nichts zu tun.«

Yvonne blickte zweifelnd. Die Gruppe hatte sich im Kreis auf den Rasen gesetzt, der dringend mal wieder gemäht werden müsste. Mein Vater hatte dazu keine Lust, mein Bruder verkündete jedes Mal, wenn die Sprache darauf kam, er wolle mit keiner Sorte Gras irgendetwas zu tun haben, ich war noch nicht kräftig genug, den schweren Rasenmäher zu schieben, und meine Mutter bemerkte nicht mal, wie hoch die Halme standen. Also wucherten sie ungehindert weiter, bis die nächste Gruppe eine kreisförmige, platt gesessene Fläche hinterließ.

Die Teilnehmer hatten sich die Daumen in die Ohren

gesteckt und die Finger neben dem Kopf gespreizt, was ihnen das Aussehen von Kindern verlieh, die »Elefant« spielten. Sie hatten die Augen geschlossen und summten in unterschiedlichen Lautstärken.

»Was machen sie denn jetzt?«, fragte Yvonne entgeistert.

»Hummelbrummen«, sagte ich. »Das übertönt die eigenen Gedanken und versetzt den Kopf in Vibration, es wirkt klärend und beruhigend.«

Yvonne hingegen wirkte erschüttert. »Es gibt wirklich komische Leute«, sagte sie schließlich und verdrehte die Augen.

Ich hoffte inständig, dass es bei der Gruppensitzung nicht zu irgendwelchen Ausbrüchen kam, und tatsächlich blieb diesmal alles ruhig.

Wir arbeiteten schweigend weiter.

Ungefähr zwanzig Minuten später legte Yvonne ihren Stift ab. »Wie weit bist du?«

»Fast fertig«, sagte ich und schrieb den Satz zu Ende. Es war völlig egal, an welcher Stelle meine Lügengeschichte aufhörte.

»Lies vor«, befahl Yvonne.

Ich las meinen Text vor und war fast selbst gerührt, so idyllisch und liebenswert hatte ich unseren Heimatort und seine Bewohner dargestellt.

Yvonnes Miene war undurchdringlich. »Aha«, sagte sie. »Deine Freunde hast du also gern. Wen denn zum Beispiel?«

»Dich!«, brach es aus mir heraus. »Dich hab ich gern! Wir sind doch Freundinnen, oder?«

Sie zuckte leicht zusammen und wandte ganz offensichtlich peinlich berührt den Blick ab. Ich hätte mir auf die Zunge beißen können, aber es war zu spät.

Statt einer Antwort gab sie ein Räuspern von sich und las ihren Text vor, der, wie nicht anders zu erwarten, perfekt war. Sie begann mit einem kurzen Ausflug in die Geschichte unserer Stadt, gab die Fläche an, nannte die Einwohnerzahl, beschrieb die wirtschaftliche und die politische Situation, vergaß nicht, ein paar folkloristische Besonderheiten wie das Flussfest und die traditionelle Verleihung des Bürgerordens zu erwähnen, zählte alle Einrichtungen auf, die fürs Gemeindeleben wichtig waren, darunter die Musikschule, die Sporthalle und das Theater. Sie beschrieb den liebenswerten Charakter der Einwohnerschaft und schloss mit einer Anekdote, in der ihre Verbundenheit mit ihrem Heimatort deutlich wurde. Als sie fertig war, blickte sie auf. »Na, was sagst du?«

»Toll«, sagte ich bewundernd. »Du kannst wirklich gut schreiben.«

Yvonne griff nach dem Aufgabenblatt. »Hinterher bitte vergleichen und Gemeinsamkeiten und Unterschiede feststellen«, las sie. »Ich glaube, das können wir uns schenken. Die Unterschiede liegen ja auf der Hand.«

»Aber …«, protestierte ich. Darin bestand ja der eigentliche Sinn der Gruppenarbeit, dass man sich austauschte. Aber Yvonne war schon aufgestanden und packte ihre Sachen ein. Die Erleichterung über das Ende ihres Besuchs stand ihr ins Gesicht geschrieben.

»Also, dann bis morgen«, sagte sie. An der Tür drehte sie sich noch einmal um. »Danke für den Tee.«

Am nächsten Tag in der Pause stand sie mit ihren Freundinnen zusammen. Sie tuschelten und kicherten, hie und da traf mich ein vielsagender Blick. Mit erhobenem Kopf ging ich an ihnen vorbei.

»Kann ich auch mal bei so 'nem Buddha-Seminar mitmachen?«, rief mir ein Mädchen hinterher, das sich gern wichtigmachte.

Ich blieb stehen, drehte mich zu ihr um und blickte sie spöttisch an. »Du? Ich dachte, du bist schon erleuchtet.«

Sie wurde rot, die anderen kicherten.

Schnell wandte ich mich ab, damit sie meine aufsteigenden Tränen nicht sehen konnten.

Mein Leben in der alles andere als normalen Familie Kaufmann wäre sicher noch schwieriger gewesen, wenn ich nicht einen Bruder gehabt hätte, der nicht minder seltsam war, nur auf andere Art. Che war drei Jahre älter als ich, und wenn ich meinen Eltern gegenüber so etwas wie Peinlichkeit und leichte Verachtung fühlte, so empfand mein Bruder puren Hass für sie. Er verabscheute, was sie taten und sagten, was sie dachten und wie sie aussahen. Er verabscheute ihre Berufe und ihre Freunde, und er zählte die Tage, bis er endlich volljährig sein würde. Zu seiner großen Erleichterung war das Volljährigkeitsalter gerade von einundzwanzig auf achtzehn herabgesetzt worden. In seinem Zimmer machte er mit Kuli Striche an die Wand, wie ein Gefangener. Manchmal fragte er mich, wie viele Tage es noch seien. An dem Tag, an dem ich meine erste Periode bekam, waren es noch sechshundertvierundzwanzig Tage.

Che bemühte sich, in allem anders zu sein als unsere Eltern. Obwohl alle Jugendlichen die Haare lang trugen, bestand er darauf, sein Haar kurz zu schneiden. Nicht weil er nicht aussehen wollte wie seine Freunde, sondern weil er nicht aussehen wollte wie unser Vater, der seine schulterlangen Haare meist im Nacken zu einem Zopf zusammenband. Dazu trug er flatternde Hemden und bunte Leinenhosen, im Winter Pullover mit Mustern aus Norwegen oder Peru und darüber bestickte Fellmäntel, die nach Schafscheiße rochen.

Che dagegen trug nur Schwarz. Schwarze Hosen, schwarze T-Shirts, schwarze Rollkragenpullis. Dazu Turnschuhe, die er sich selbst schwarz färbte, oder schwarze Stiefel. Er hörte nie Rock oder Pop, sondern Musik von Liedermachern und Folksängern wie Peter, Paul and Mary und Woody Guthrie, außerdem schwärmte er für die melancholischen Songs von Leonard Cohen, die er auf der Gitarre nachzuspielen versuchte.

Seine Lieblingsplatte aber war *Hymnen der Völker*. Es war die erste Platte, die er überhaupt besessen hatte, irgendjemand hatte sie ihm geschenkt. Auf der nannte eine schnarrende Stimme den Namen eines Landes, dann folgte eine Instrumentalversion der jeweiligen Nationalhymne. Schon als kleiner Junge hatte Che mit der rechten Hand auf dem Herzen dagestanden und ergriffen mitgesummt. Wenn die Stimme »Däutschlond« geschnarrt hatte und die Hymne erklang, sang er den Text ab der ersten Strophe: »Deutschland, Deutschland über alles, über alles in der Welt …«, obwohl ja die erste Strophe wegen der Nazis in Verruf geraten war.

Ich fand, Che war ein ziemlich seltsamer Typ, aber er war mein Bruder, und ich liebte ihn. Was ihn und mich bei aller Verschiedenheit einte, war die Ablehnung unserer Eltern. Der gemeinsame Gegner schweißte uns zusammen, und so fühlten wir uns beide weniger allein.

An dem besagten Tag konnte meine Mutter es nicht lassen, auch Che von meiner ersten Monatsblutung in Kenntnis zu setzen. Ein demonstrativ offener Umgang mit allen Vorgängen rund um den menschlichen Körper war einer der wesentlichen Bestandteile ihrer Ideologie. So hatten meine Eltern eines Tages die Türen an Klo und Badezimmer ausgehängt, um, wie sie sagten, »unsere Schamschwelle zu senken«. Es hätte fast eine Schlägerei zwischen unserem Vater und Che gegeben, der um keinen Preis seine Schamschwelle senken und, wie er aufgebracht brüllte, »vor Publikum scheißen« wollte. Er setzte durch, dass wenigstens bei der Gästetoilette die Tür drinblieb.

Die Nachricht vom Einsetzen meiner Menstruation löste eine ähnlich starke Reaktion bei ihm aus. Ob wir vielleicht meine blutigen Binden im Garten verbrennen und gemeinsam um das Feuer tanzen wollten, fragte er mit wildem Blick und kaum unterdrücktem Zorn, schließlich seien in diesem Irrenhaus, in dem zu leben er verurteilt sei, absonderliche Rituale überaus beliebt. Damit spielte er auf einen Tick unserer Mutter an, alles zu »begehen«. Bei uns wurde nicht Weihnachten oder Ostern gefeiert, sondern die Walpurgisnacht, der Internationale Frauentag oder der indische Unabhängigkeitstag. Ich hatte mich schon gewundert, dass meine Mutter es an diesem bedeutenden Tag, an dem ihr kleines Mädchen »die Auen der Kindheit verlassen und die geheimnisvollen Wälder der Weiblichkeit betreten« hatte, bei der Übergabe einer Rose und eines Lippenstiftes bewenden lassen wollte.

»Was für eine wundervolle Idee!«, rief sie prompt und sprang auf. »Es gibt da ein Ritual speziell für diesen Anlass …«

Sie lief aus der Küche. Als sie zurückkehrte, hielt sie ein Buch in der Hand und blätterte suchend darin herum.

»Hier«, sagte sie und las vor. Ihre Stimme vibrierte. »Nimm ein reinigendes Bad oder eine Dusche. Suche dir einen ruhigen Ort, am besten in der Natur. Erde und zentriere dich, und errichte einen magischen Kreis.«

Che verdrehte die Augen und machte mir ein Zeichen, dass er sich verdrücken wolle. Ich streckte die Hand aus, hielt ihn fest und sah ihn mit großen Augen an. »Bitte bleib hier. Es ist mir wirklich wichtig, dass du dabei bist!«

Unsere Mutter sah auf. »Ja, Che, das ist ein wichtiger Einschnitt im Leben deiner Schwester, der auch eure Beziehung verändern wird.«

»Genau«, sagte er. »In Zukunft wird sie noch länger das Bad blockieren.«

Ich grinste ihn schadenfroh an.

»Also los«, sagte meine Mutter. »In den Garten.«

»Ich dachte, ich soll vorher baden«, sagte ich in der Hoffnung, dass sie das Ganze vergessen haben würde, bis ich aus der Wanne käme.

»Das ist nicht so wichtig«, sagte sie. Offenbar wünschte sie keine Verzögerungen.

Seufzend folgte ich ihr. »Und wie errichtet man einen magischen Kreis?«

»Lass mich nur machen.«

Sie ging zu der Stelle, an der immer die Meditationsgruppen hockten. Inzwischen war der Rasen dort schon ganz ausgedünnt. Sie schloss die Augen, streckte die Arme vor sich aus, mit den Handflächen nach unten. »Ich erspüre die göttliche Aura«, erklärte sie.

Che, der sich in einigem Abstand auf eine Gartenbank gefläzt hatte, vergrub mit einem Ausdruck der Verzweiflung den Kopf in beiden Händen.

Endlich hatte unsere Mutter die richtige Stelle gefunden und klappte das Buch wieder auf.

»Komm hierher«, forderte sie mich auf. »Stell dich da hin, und leg deine Kleidung ab.«

»Was?«

»Du sollst dich ausziehen«, wiederholte sie ungeduldig.

»Ich denke nicht daran«, erwiderte ich und blieb mit vor der Brust verschränkten Armen stehen.

Sie blickte mich irritiert an, dann schien sie zu begreifen, dass es keine göttliche Macht gab, die eine Dreizehnjährige dazu bringen könnte, sich vor ihrem älteren Bruder auszuziehen und dabei zu riskieren, dass neugierige Nachbarn über den Zaun gafften.

»Na, dann bleib eben angezogen«, sagte sie, wirkte aber unzufrieden. Erneut studierte sie die Anweisungen im Buch und stellte fest, dass nun Musik gebraucht würde. »Am besten was Indisches. Oder wenigstens Bauchtanzmusik.«

Che stand auf. »Lass mich mal.« Er ging ins Haus, blieb einen Moment verschwunden und öffnete dann von innen das Wohnzimmerfenster.

»Mongolei«, ertönte eine schnarrende Stimme, gefolgt von den leicht schräg klingenden Tönen mehrerer Saiten- und Blasinstrumente, garniert mit Zimbeln und Schlagwerk. Mit Bauchtanzmusik hatte das rein gar nichts zu tun, aber meine Mutter schien trotzdem zufrieden zu sein.

Ich stellte mich in die Mitte des magischen Kreises, den sie mit den Händen angedeutet hatte, und versuchte, ihre Bewegungen zu imitieren. Sie kreiste mit dem Becken, reckte verzückt die Arme in die Höhe und schloss dabei die Augen. Ich machte folgsam alles nach. Dann war das Stück zu Ende. *»Niiiedörlande«*, ertönte die schnarrende Stimme, und getragene Marschmusik folgte. Offenbar waren die Hymnen auf der Platte alphabetisch angeordnet.

»Aus!«, rief meine Mutter.

Che hob die Nadel von der Platte. Es gab ein kratzendes Geräusch.

»Und nun sprich mir nach«, befahl meine Mutter. »Sei willkommen, Sita, Göttin der Erde und der Fruchtbarkeit, in der die Göttin Lakshmi zu uns zurückgekehrt ist. Sei willkommen, du Starke, Tapfere und Duldsame, die du den Schoß der Erde verkörperst. Sei bei uns und segne uns und alle Wesen, in denen wir wiedergeboren wurden.«

Nach jedem Satz machte sie eine Pause, und ich murmelte die Worte nach. Ich hoffte, dass niemand uns beobachtete. So peinlich ich das Ganze fand, wenigstens nahm meine Mutter sich diesmal Zeit für mich. Weil die Momente, in denen sie sich mit mir beschäftigte, so selten und deshalb kostbar waren, ließ ich alles mit mir geschehen. Fast alles.

Als sie mich aufforderte, meine Hände nacheinander auf meine Brüste, meinen Bauch und meine Genitalien zu legen und einen weiteren Segen zu sprechen, weigerte ich mich.

»Warum bist du bloß so bockig?«, fragte sie ärgerlich.

»Sie ist eben in einem schwierigen Alter.« Es war die Stimme meines Vaters, der unbemerkt hinzugekommen war. Er zwinkerte mir zu. Auch wenn er sie nie offen kritisierte, hatte er nicht viel Verständnis für die spirituellen Neigungen meiner Mutter. Wenigstens darin war er sich mit uns Kindern einig.

»Hallo, Papa«, sagte ich, dankbar für die Ablenkung, und machte Anstalten, den Kreis zu verlassen.

»Bleib, wo du bist!«, rief meine Mutter. »Ich muss etwas holen.« Sie lief zum Haus, alles an ihr flatterte mädchenhaft. Ihr langes Haar, ihr weiter Rock, die Ärmel ihrer Bluse.

Mein Vater sah ihr nach. Ich wusste plötzlich, was er fühlte, ohne dass ich es in Worte hätte fassen können. Seine Verbindung zu ihr war zweifellos eng, aber manchmal spürte ich einen Hauch von Herablassung bei ihm. Ich glaube, er fühlte sich ihr überlegen, war mir aber nicht sicher, ob er damit richtiglag. Meine Mutter war viel stärker, als sie nach außen wirkte, und manchmal fürchtete ich, dass dieses Missverständnis den beiden zum Verhängnis werden könnte.

Mit einem Räuspern setzte mein Vater sich wieder in Bewegung. »Ich störe euch nicht weiter«, sagte er, als wären wir zwei Kinder, die mit einem Spiel beschäftigt waren. »Wir sehen uns später.«

Allein im Garten, wartete ich auf die Rückkehr meiner Mutter. Ich lauschte dem Summen der Insekten und fragte mich, welche Reinkarnationen ich wohl schon hinter mir hatte und was für eine Frau einmal aus mir werden würde.

2

Die früheste Erinnerung an meinen Bruder bestand darin, dass ich im Kinderwagen liege und sein Kopf über meinem Gesicht auftaucht. Eigentlich konnte es nicht sein, dass ich mich daran tatsächlich erinnerte, aber das Bild war so deutlich, dass es sich einfach nicht um reine Einbildung handeln konnte. Sein Gesicht taucht auf und wird immer größer, bis es die ganze Bildfläche ausfüllt. Er sagt nichts, er lächelt auch nicht. Er blickt mich nur forschend an. Versucht vielleicht herauszufinden, welche Bedeutung ich für ihn haben werde. Ob ich einmal seine Rivalin sein würde oder seine Komplizin.

Meine Mutter erzählte mir später, dass er mich gewissen Tests aussetzte, um herauszufinden, wie ich funktionierte. Einmal legte er ein Kissen auf mein Gesicht und nahm es erst weg, als ich in Todesangst schrie und strampelte. Ein anderes Mal wollte er mir Weintrauben zu essen geben, an denen ich unweigerlich erstickt wäre, wenn meine Mutter es nicht bemerkt und verhindert hätte. Als ich zu laufen begann, baute er kleine Hindernisse vor mir auf und sah zu, wie ich darüberfiel.

Er war nicht böse, nur von einem gewissen Forscherdrang beseelt. Und ich war ihm in Bewunderung ergeben. Seine Aufmerksamkeit und Zuwendung waren mir von Anfang an noch wichtiger als die meiner Eltern.

Als ich drei war, kam Che in die Schule und ich in den Kindergarten. Nach dem ersten Tag wollte ich nicht mehr hin.

Die Spiele, die dort gespielt wurden, langweilten mich, und die anderen Kinder waren mir zu laut und zu wild. Viel lieber saß ich allein in meinem Zimmer und malte. Che hingegen schien erleichtert zu sein, endlich in eine klar strukturierte Umgebung zu kommen. Ich glaube, er konnte mit der Freiheit, in der unsere Eltern uns aufzogen, nichts anfangen; mehr noch: Sie machte ihm Angst. Viel lieber mochte er es, wenn es klare Regeln gab und jemand ihm sagte, was er zu tun hatte.

Kaum war er in der Schule, besserten sich die Angstzustände, die ihn jahrelang heimgesucht hatten. Oft war er mitten in der Nacht weinend aufgewacht, hatte unter sein Bett gezeigt und »da ist der Wolf!« gerufen. Meistens war mein Vater gekommen und hatte ihn getröstet, bis er wieder eingeschlafen war. Danach stritt mein Vater mit meiner Mutter. Er war wütend, weil ihr Vater Che Märchen vorgelesen hatte, in denen Wölfe vorkamen. Opa Fritz, wie wir ihn nannten, hatte sich das Ziel gesetzt, aus Che einen »richtigen Mann« zu machen. Dazu gehörten auch Abhärtungsmaßnahmen wie das Erzählen grausamer Geschichten, das gemeinsame Schnitzen von Waffen und das Betrachten von Bildbänden, in denen alle möglichen Uniformen dargestellt waren. Opa Fritz war Soldat gewesen und machte kein Hehl aus seiner Begeisterung für alles Militärische.

»Dieser verdammte Kriegstreiber«, schimpfte mein Vater, der sich ärgerte, dass sein Schwiegervater seine pazifistische Erziehung zu untergraben versuchte. Meine Mutter nahm ihren Vater in Schutz und sprach von den schweren Traumata, die er erlitten habe. An diesem Punkt setzte jedes Mal eisige Stille ein. Ich spürte, dass es hier etwas gab, an das nicht gerührt werden durfte.

Als wir größer waren, weckte Che bei nächtlichen Albträumen nicht mehr unsere Eltern, sondern kam zu mir ins Bett. Ich war stolz, dass er Zuflucht bei mir suchte. Obwohl ich jünger war, entwickelte ich so etwas wie mütterliche Gefühle, tröstete und streichelte ihn, als wäre er eine überdimensionale Puppe.

Wenn Che einen seiner häufigen Tobsuchtsanfälle hatte, war ich diejenige, die es am ehesten verstand, ihn zu beruhigen. Oder sagen wir, ich war die Einzige, die es überhaupt probierte. Meine Eltern reagierten nicht, sie ignorierten all seine Versuche, Aufmerksamkeit zu erregen. Sie glaubten, er wolle sie nur provozieren. Ich spürte schon damals, dass Che um ihre Liebe bettelte, die er – hätte er sie bekommen – wahrscheinlich gar nicht hätte annehmen können. Vielleicht war es das, was ihn so zornig und verzweifelt machte.

Ganze Nachmittage kauerte ich vor seiner Zimmertür und hörte ihn wüten. Ich sagte Verse auf, sang Kinderlieder und versuchte immer wieder, Kontakt zu ihm aufzunehmen. Manchmal schrieb ich kleine Zettel, die ich unter der geschlossenen Tür hindurchschob, oder lenkte ihn mit dem Faltmonster ab. Dabei zeichnete ich oben auf ein Blatt Papier einen Kopf, faltete es so, dass nur noch der Halsansatz zu sehen war, und schob es ins Zimmer. Drinnen wurde es ruhiger, ich hörte Rascheln, das Kritzeln eines Stifts. Dann tauchte der Zettel wieder unter der Tür auf, ein Stück weiter gefaltet. Ich zeichnete das nächste Stück vom Monsterkörper, und so ging es hin und her, bis das gefaltete Blatt nicht mehr unter dem Türspalt hindurchpasste. Derjenige, auf dessen Seite es gerade war, durfte es auseinanderfalten und das gemeinschaftlich erschaffene Monster als Erster betrachten. Meist schrieb ich *Das bist du!* daneben, bevor ich es ihm wieder zuschob.

Nein, du! schrieb er darauf, bevor er es zurückschob. Danach dauerte es nicht lange, bis sich der Schlüssel im Schloss drehte. Dann wusste ich, dass der Anfall überstanden war.

Ich glaube, Che war ebenso einsam wie ich, nur aus anderen Gründen. Er war nicht deshalb ein Außenseiter, weil Gleichaltrige ihn für seltsam hielten oder unsere Eltern für Spinner. Nein. Da er nie ein anderes Kind mit nach Hause brachte, wusste eigentlich kein Mitschüler, wie es bei uns zuging. Er war einsam, weil es sein Wesen war. Er hatte etwas Düsteres an sich, was andere von ihm fernhielt, aber gleichzeitig wurde seine Sehnsucht, irgendwo dazuzugehören, immer größer.

Obwohl wir so verschieden waren, spürte ich immer genau, wie es ihm ging. Ich fühlte seine Ängste, später seine Wut und den immer dringlicher werdenden Wunsch, den Dunstkreis unserer Eltern zu verlassen. Ich spürte sein erwachendes sexuelles Interesse. Die hormonellen Veränderungen in seinem Körper waren so deutlich, dass ich glaubte, sie riechen zu können. Hin und wieder beobachtete ich, wie er aus seinem Zimmer kam, sich verstohlen umsah und ein verknülltes Handtuch ganz unten im Wäschekorb versteckte.

Mein Bruder und ich sprachen nie über persönliche Dinge. Unser Austausch war auf das Wesentliche beschränkt, unsere Kommunikation brauchte nur wenige Worte. Manchmal ärgerten wir uns gegenseitig, wie Geschwister es eben tun, und als wir jünger waren, hatten wir auch miteinander gerauft. Das hatte aufgehört, seit wir in das »schwierige Alter« gekommen waren. Intuitiv spürten wir beide, dass körperliche Nähe zum Tabu geworden war.

So wie mein Bruder früher mich als Forschungsobjekt betrachtet hatte, beobachtete ich jetzt ihn.

Opa Fritz lebte nicht weit von uns entfernt, trotzdem sahen wir ihn nur selten. Mein Vater vermied den Kontakt, so gut es ging, meine Mutter stattete ihm zu bestimmten Terminen Pflichtbesuche ab, bei denen sie uns Kinder mitnahm.

Als ich klein war, hatte ich die wilden Spiele geliebt, die Opa Fritz mit uns spielte. Statt dem harmlosen Hoppehoppe-Reiter, das andere Erwachsene mit uns machten, veranstaltete er eine Art Flugnummer, bei der er uns an den Händen hielt, uns plötzlich nach oben zog und schnell im Kreis drehte. Ich kreischte vor Angst und rauschhafter Lust, bis meine Mutter es ihm – nachdem ich mir einmal das Schienbein gestoßen hatte – verbot. Danach machte er die wilden Sachen nur noch mit Che, und da er keinen Sinn für langweilige Mädchenspiele hatte, verlor er das Interesse an mir. Ich war eifersüchtig auf Che und wollte lange Zeit lieber ein Junge sein.

Inzwischen war Opa Fritz mir fremd geworden. Ich war auch nicht so scharf darauf, bei Morgengrauen in den Wald zu gehen, um Rehen aufzulauern, oder ganze Nachmittage im Militärmuseum zu verbringen – Sachen, die er mit Che unternahm. Opa Fritz wirkte immer ein bisschen wie aus einer anderen Zeit. Fast alle Männer trugen die Haare heute wenigstens bis an den Kragen – er trug sie ganz kurz geschnitten und hatte einen winzigen, gestutzten Kinnbart. Ich musste, wenn ich ihn sah, immer an unseren bemalten, hölzernen Nussknacker denken, der die Walnüsse mit seinem riesigen Maul zerbiss. Opas Zähne waren auch sehr groß und gelb vom Nikotin der Zigaretten, die er fast pausenlos rauchte.

Deshalb mochte ich es auch nicht, wenn er mich umarmte. Der Rauchgeruch saß in seiner Kleidung und hatte sich in seine Haut gefressen.

Er gab sich Mühe, nett zu uns zu sein, wenn wir da waren. Wir aßen den Kuchen, den meine Mutter mitgebracht hatte, und er stellte uns jedes Mal die gleichen Fragen, die wir artig beantworteten. Ob wir in der Schule aufpassten, welchen Sport wir trieben, was wir später einmal werden wollten. Entweder er hörte nicht zu, oder er merkte sich nicht, was wir ihm erzählten, denn beim nächsten Besuch stellte er exakt die gleichen Fragen wieder. Ich glaube, am Tisch zu sitzen und sich zu unterhalten war für ihn ebenso anstrengend wie für mich ein Besuch im Militärmuseum.

Ich fragte mich, was Opa Fritz den ganzen Tag machte, außer zu rauchen und fernzusehen. Früher hatte er als Werkzeugmacher in einer großen Firma gearbeitet, aber inzwischen war er in Rente. Er hatte nie über seine Arbeit gesprochen, und so wusste ich nicht genau, worin diese eigentlich bestanden hatte. Ich stellte mir vor, dass er glühendes Metall zu Hämmern und Äxten verarbeitet hatte und dass diese Arbeit hart und gefährlich gewesen war.

Ich glaube nicht, dass er Freunde hatte, jedenfalls hatten wir nie welche kennengelernt. Manchmal erzählte er von seinem Stammtisch, aber dann fiel ihm meine Mutter jedes Mal ins Wort und lenkte das Gespräch auf ein anderes Thema. Vielleicht wollte sie nicht, dass wir Kinder das gemeinsame Trinken von Bier als legitime Freizeitbeschäftigung auffassten.

Che verehrte unseren Großvater uneingeschränkt. Es war, als fände er in ihm die Verkörperung von Männlichkeit, die ihm bei unserem Vater fehlte.

Opa Fritz trug derbe, kratzige Hosen mit Hosenträgern und karierte Hemden mit aufgekrempelten Ärmeln, im Winter feste, geschnürte Stiefel und jahraus, jahrein einen speckigen Ledermantel. Er sagte Sachen, die niemand sonst sagte, den ich kannte.

Je oller, je doller. Sei keine Memme. Jedem das Seine. Einer geht noch.

Ich glaube, eigentlich war Opa Fritz ein ziemlich einsamer Mensch, und das verband ihn mit Che. Überhaupt hatten die beiden einiges gemeinsam. Das Interesse an Uniformen und Kriegsstrategien, ein Faible für Waffen und die Jagd. Außerdem redeten beide nicht besonders gern. Wenn sie zusammen waren, schwiegen sie wahrscheinlich die meiste Zeit. Und noch eine Ähnlichkeit fiel mir auf: Sie neigten beide zu Wutausbrüchen.

Auch Opa Fritz konnte unvermittelt losbrüllen, wenn ihm etwas nicht gefiel, und als kleines Mädchen war ich öfter vor Schreck in Tränen ausgebrochen. Anders als bei Che machten mir die Wutanfälle meines Großvaters Angst. Bei Che spürte ich die Verzweiflung hinter dem Zorn und empfand Mitgefühl. Bei Opa Fritz spürte ich nur cholerische Unbeherrschtheit. Glücklicherweise hatte ich ihn in letzter Zeit nur noch selten brüllen hören. Vielleicht besuchten wir ihn aber auch nur seltener als früher.

Bei unserem letzten Besuch war etwas passiert, was ich nicht verstanden und was mich lange beschäftigt hatte. Ich traute mich aber nicht, meine Eltern danach zu fragen.

Es war am ersten Weihnachtsfeiertag gewesen. Ein kleiner Fichtenbaum, dessen dünne Zweige mit Lametta, ein paar roten Kugeln und Kerzen geschmückt waren, zeugte von Opas Versuch, so etwas wie Festtagsstimmung herzustellen. Gerade hatten wir ihm, zum Klang von Weihnachtsliedern aus dem Radio, unsere Geschenke überreicht. Ich hatte ihm –

wie jedes Jahr – ein Bild gemalt, Che hatte ihm eine Holzfigur geschnitzt, die einen Schäferhund darstellen sollte, aber wie eine Mischung aus Schwein und Maus aussah. Meine Mutter hatte ihm – auch wie jedes Jahr – eine große Tüte Rumkugeln gekauft, die er gern aß, sich aber selbst nicht gönnte. Mit anerkennendem Brummen hatte er die Gaben von uns Kindern entgegengenommen und jedem von uns im Gegenzug einen Zwanzigmarkschein in die Hand gedrückt. Meiner Mutter hatte er unbeholfen den Rücken getätschelt und gemurmelt: »Sollst du doch nicht. Ist schlecht fürs Cholesterin!« Er hatte tief an seiner Zigarette gezogen und sich sogar einmal die Augen gewischt, als wäre ihm Rauch hineingestiegen. Er war in geradezu rührseliger Stimmung.

Ich rollte den Geldschein in der Hand und überlegte, was ich mir davon kaufen sollte. Einen *Taschenrechner!* Natürlich würde ich noch einiges von meinem Taschengeld dazulegen müssen, die Dinger waren nicht billig. Und es war auch nicht so, dass ich wirklich einen gebraucht hätte; ich konnte alles, was in der Schule von mir verlangt wurde, im Kopf ausrechnen. Aber ich löste gern Aufgaben, die in der Schule nicht gestellt wurden, und mit einem Taschenrechner würde ich die Ergebnisse überprüfen können.

Wir setzten uns rund um den Esstisch, und Opa Fritz trug das Essen auf. Es gab Rinderbraten mit Rotkraut und Kartoffeln. »Nach Hildas Rezept«, wie er uns mitteilte.

Nach dem Tod meiner Großmutter hatte er wohl oder übel kochen lernen müssen, da er keine Frau mehr gefunden hatte, die es für ihn übernommen hätte. Zwischendurch hatte es einmal eine gegeben, die er uns als »meine Bekannte« vorgestellt hatte. Irgendwann war sie wieder aus seinem Leben verschwunden, und es war nie mehr die Rede von ihr gewesen.

Wir Kinder lobten den Braten mit eifrigem Mmh und Ahh, obwohl er trocken und die Soße ziemlich fade war. Ich warf meiner Mutter einen verstohlenen Blick zu, aber sie reagierte nicht. Ihren Erzählungen nach war meine Großmutter eine vorzügliche Köchin gewesen. Sicher hätte der Braten bei ihr besser geschmeckt.

»Wann ist Oma eigentlich gestorben?«, fragte ich. Es war vor meiner Geburt gewesen, das wusste ich, hatte aber keine Vorstellung davon, wie lange genau.

»Vor vierzehn Jahren«, sagte Opa Fritz knapp.

Ich fragte Che: »Kannst du dich an sie erinnern?« Er schüttelte den Kopf.

»Che war doch noch nicht mal drei«, schaltete sich meine Mutter ein. »Da ist man noch zu klein, um sich später an jemanden erinnern zu können.«

Ich widersprach ihr nicht, auch wenn ich mir sicher war, Erinnerungen zu haben, die weiter zurückreichten.

»Woran ist sie denn gestorben?«, fragte ich weiter.

Einen Moment lang blieb es still. Dann sagte meine Mutter leise: »Sie ist … einfach eingeschlafen und nicht mehr aufgewacht.«

Eine unangenehme Spannung war plötzlich im Raum, und ich bedauerte, dass ich überhaupt davon angefangen hatte. Obwohl ich gern mehr darüber gewusst hätte, wie meine Großmutter zu Tode gekommen war, fragte ich nicht weiter. Stattdessen fragte ich mich, wie es möglich war, dass wir noch nie darüber gesprochen hatten.

Meine Mutter stand auf. »Ich hole den Nachtisch.«

Die unbehagliche Stille blieb. Mein Großvater ordnete die armselige Tischdekoration, die aus einem Tannenzweig und ein paar golden gefärbten Walnüssen bestand, und tat so, als wären wir nicht da. Che blickte ihn die ganze Zeit erwartungsvoll an, als erhoffte er sich irgendetwas Wichtiges von ihm.

Ich rutschte unruhig auf meinem Stuhl herum. »Opa?«

»Hm.«

»Darf ich ein Bild von ihr sehen?«, hörte ich mich fragen und war über mich selbst erschrocken.

Mein Großvater sah mich mit einem zornigen Ausdruck an, stand auf und schob mit einem Ruck seinen Stuhl nach hinten. Ohne ein Wort ging er aus dem Zimmer. Che und ich tauschten einen unsicheren Blick.

Von draußen hörte ich die aufgebracht klingenden Stimmen meines Großvaters und meiner Mutter. Eine Tür wurde geschlossen, wahrscheinlich waren sie in die Küche gegangen. Ihr Streit drang nur noch gedämpft zu uns.

Auf einmal stand Che vom Tisch auf und gab mir ein Zeichen, ihm zu folgen. Er ging zu der Schrankwand aus dunklem Holz, die an der Längsseite des Wohnzimmers stand, und deutete in eines der Fächer voller Nippes. Ganz in der Ecke, sodass man es hinter den anderen Sachen kaum sehen konnte, stand ein vergilbtes Schwarz-Weiß-Foto in einem Rahmen. Ich streckte den Arm aus und griff danach.

Es zeigte meine Großeltern als junges Paar. Meine Großmutter Hilda hatte eine Hochsteckfrisur mit einer Blüte darin und trug eine Bluse mit Spitzenkragen. Sie lächelte scheu in die Kamera und sah aus wie meine Mutter.

Opa Fritz stand ganz aufrecht und trug eine Militäruniform. Im Hintergrund des Fotos sah man ein Stück von einer Fahne mit einem Hakenkreuz darauf.

Ich deutete auf die Fahne und flüsterte: »War Opa Fritz ein Nazi?«

Che nahm mir brüsk das Bild aus der Hand und stellte es zurück. »Quatsch. Solche Fahnen hatten damals alle.«

»Bloß die Juden nicht«, sagte ich.

»Nein, die nicht.«

»Wieso nicht?«

Che biss sich auf die Lippen. »Weil die nicht dazugehört haben.«

»Zu was?«

»Zum Reich. Also, zu Deutschland.«

Das verstand ich nicht, und leider hatten wir in der Schule bisher nichts darüber gelernt. Alles, was ich über diese Zeit wusste, hatte ich in Ches Schulbüchern gelesen und bei Gesprächen zwischen meinen Eltern und anderen Erwachsenen aufgeschnappt.

»Aber die Juden haben doch auch hier gewohnt«, sagte ich. »Das waren doch Deutsche.«

Che wand sich unbehaglich. »Ja, aber ... andere Deutsche.«

»Wie anders?«

»Anders eben«, stieß er hervor und wandte sich ab, um an seinen Platz zurückzugehen.

In den Gesprächen meiner Eltern war immer die Rede davon gewesen, dass es unter den Juden besonders viele wunderbare Künstler, Schriftsteller und Dichter gegeben habe, die von den Nazis vertrieben und umgebracht worden seien. Niemand konnte mir bisher erklären, was die Nazis an den Juden eigentlich so gestört hatte. Bevor ich fragen konnte, ging die Tür auf, und meine Mutter kam herein. Sie sah blass aus.

»Kinder, wir gehen«, sagte sie. »Opa ist müde und hat sich hingelegt.«

Wir tauschten unsere Hausschuhe gegen die Winterstiefel, zogen die Mäntel an und folgten ihr auf die Straße. Es dämmerte bereits, alles wirkte wie in grauen Nebel getaucht. Kein Mensch war zu sehen. Aus einem der Häuser klang Weihnachtsmusik.

Als wir ins Auto stiegen, das von einer feinen Schneeschicht bedeckt war, blickte ich kurz zurück zum Haus. An einem Fenster im oberen Stock stand, halb verdeckt von der Gardine, mein Großvater und sah zu uns herunter.

Wenn ich etwas nicht verstand, fragte ich meistens Bettina. Sie war keine besonders gute Schülerin, aber sie hatte, was die Erwachsenen als gesunden Menschenverstand bezeichnen. Als ich ihr von unserem Weihnachtsbesuch bei Opa Fritz erzählte, kaute sie an ihrem Daumen und hörte schweigend zu. Wir hockten in ihrem Zimmer auf dem Bett, draußen lärmte der Onkel. Immer wieder hämmerte er mit den Fäusten gegen die Tür, die wir vorsorglich abgeschlossen hatten. Bettinas Mutter war in der Nachbarschaft unterwegs und hatte uns die Aufsicht über den Onkel übertragen, was er zum Anlass nahm, sich unaufhörlich in Erinnerung zu bringen.

»Will rein!«, jammerte er.

»Gib endlich Ruhe, du Nervensäge!«, rief Bettina zurück, und tatsächlich war er darauf still.

Ich hoffte, er würde nichts anstellen, wofür wir zur Verantwortung gezogen werden könnten. Der Onkel war wie ein kleines Kind; wenn man ihn nicht im Blick behielt, machte er Dummheiten. Vor Kurzem hatte er, als wir auf ihn aufpassen sollten, den Schlüssel für die Vorratskammer stibitzt und mehrere Gläser eingemachter Aprikosen geleert. Essen war seine Leidenschaft, aber er durfte nicht zu dick werden, das war schlecht für sein Herz. Bettinas Mutter hatte uns geschimpft und gesagt, wir wären mitverantwortlich, wenn der Onkel krank werden und sterben würde. Ich war sehr betroffen gewesen, aber Bettina hatte mir zugeflüstert: »Der stirbt doch nicht. Sie will uns nur Schuldgefühle machen.«

Endlich herrschte Ruhe, und Bettina konnte nachdenken. »Vielleicht hat dein Großvater deine Großmutter ja umgebracht«, sagte sie unvermittelt.

»Spinnst du?« Erschrocken sah ich sie an.

»Na, wenn deine Mutter so komisch reagiert, und er steht auf und geht raus, und dann streiten sie miteinander, dann kann ja wohl irgendwas nicht stimmen.«

In diesem Moment hörten wir ein Geräusch. Wir blickten uns an. Es kam vom Flur und klang wie das Greinen eines Babys. Bettina stand seufzend vom Bett auf, ging zur Tür und schloss auf. Sie streckte den Kopf raus. »Onkel! Was ist denn schon wieder?«

Das Geräusch schwoll zu einem lauten Heulen an.

»O Mann«, sagte Bettina genervt. »Dann komm eben rein.«

Mit tränenfeuchtem Gesicht, sich mit den Fäusten die Augen reibend, spazierte der Onkel ins Zimmer. Ich rutschte auf dem Bett nach hinten, so weit weg von ihm wie möglich. Er steuerte Bettinas Schreibtischstuhl an und ließ sich darauffallen. Mit gekränktem Gesichtsausdruck saß er da und starrte uns vorwurfsvoll an.

Ich wusste, dass er nicht böse war, trotzdem war er mir unheimlich. Immer hatte ich das Gefühl, er dränge sich gerade mir auf, weil er meine Abneigung spürte, wie eine Katze, die genau demjenigen auf den Schoß springt, der Katzen nicht ausstehen kann.

»Du darfst nur hierbleiben, wenn du ruhig bist«, erklärte ihm Bettina. »Hast du mich verstanden?«

Er blickte finster drein und murmelte. »So g-g-g-gemein.«

»Also, kannst du dir das vorstellen?«, nahm Bettina den Gesprächsfaden wieder auf.

»Was?«, fragte ich.

»Na, dass dein Opa deine Oma umgebracht hat.«

»Du spinnst«, gab ich zurück.

»Umgeb-b-bracht, umgeb-b-bracht«, sang der Onkel, formte seine rechte Hand zu einer Pistole und erschoss damit einen unsichtbaren Feind.

Bettina machte mir ein Zeichen, dass wir das Gespräch nicht fortsetzen könnten, solange er im Raum sei. Er verstand zwar die Zusammenhänge nicht, aber durchaus einzelne Begriffe. Und er war sehr mitteilsam und würde das Gehörte weitererzählen.

Also spielten wir Stadt-Land-Fluss mit dem Onkel. Er begriff das Prinzip, nicht aber, dass in jeder Runde alle Wörter mit demselben Buchstaben anfangen müssen. Er schrieb einfach mit seiner Krakelschrift kreuz und quer auf, was ihm einfiel, und wir ließen alles gelten und erklärten ihn nach jedem Durchgang zum Sieger. Glücklich rollte er auf dem Boden umher und gluckste: »Bin der S-S-S-Sieger, bin der Sieger!«

Als Bettinas Mutter uns beim Zurückkommen ins Spiel vertieft vorfand, war sie sichtlich erfreut. Wenig später brachte sie uns ein Tablett mit Kakao und selbst gebackenen Weihnachtsplätzchen, auf die ich mich gierig stürzte. Bei uns zu Hause backte keiner Weihnachtsplätzchen, und wir bekamen auch nie welche geschenkt, weil die Freunde meiner Eltern diese »bürgerlichen Bräuche« ablehnten.

Leider war der Onkel ebenso gierig auf die Süßigkeiten wie ich, und so kam es zum Streit um das letzte Plätzchen, einen der köstlichen kleinen Lebkuchen mit Zitronenglasur, die ich besonders mochte. Ich hatte ihn schon fast in der Hand, da näherte sich blitzschnell die feiste Patschehand des Onkels, und da ich einer Berührung instinktiv aus dem Weg ging, zog ich meine Hand zurück. Er griff nach dem Lebkuchen und steckte ihn sich genüsslich in den Mund. Nachdem er runtergeschluckt hatte, grinste er mich triumphierend an. Ich guckte böse zurück.

»Du b-b-b-bist doof«, sagte er und streckte mir seine lebkuchenverschmierte Zunge raus.

»Und du eklig«, gab ich zurück.

»Hört bloß auf, ihr Kindsköpfe«, sagte Bettina genervt.

Der Onkel kicherte und wiederholte mehrmals das Wort »K-K-K-Kindsköpfe«, das ihm sehr zu gefallen schien. Wir ließen ihn sitzen und gingen hinunter, um uns mehr Kakao zu holen. Jetzt, wo seine Schwester wieder da war, waren wir schließlich nicht mehr für ihn verantwortlich.

Als wir die Küche betraten, war Margots Spendierlaune schon wieder vorbei.

»Kakao ist alle«, erklärte sie. »Aber ihr könnt Kartoffeln fürs Abendessen schälen.«

Damit kippte sie einen Haufen Kartoffeln vor uns auf den Küchentisch und legte zwei Messer dazu. Folgsam setzten wir uns hin und begannen zu schälen, die fertigen Kartoffeln legten wir in eine Schüssel mit kaltem Wasser.

Ich genoss den Moment und stellte mir zum tausendsten Mal vor, wie es wäre, Teil einer Familie wie dieser zu sein, gemeinsam in der Küche zu sitzen, das Essen vorzubereiten und über ganz normale Dinge zu sprechen. Mich nicht für alles Mögliche verantwortlich fühlen zu müssen, was meine Mutter vergessen hatte oder vergessen würde. Nicht darüber nachdenken zu müssen, ob die moderne Kunst zu konzeptlastig sei oder die beste Zeit der Performancebewegung schon wieder vorüber. Die Mutter meiner Träume vergaß nichts und kümmerte sich um alles, und der Vater war verbeamteter Lehrer mit sicherem Einkommen.

Auch die Küche der Bertholds mit ihren glatten, hellgrauen Einbauschränken aus Resopal, hinter deren Türen alles ordentlich verstaut war, gefiel mir. Nie stand irgendetwas herum, Töpfe und Pfannen, Geschirr und Gläser, Lebensmittel und Flaschen – alles hatte seinen Platz. Manchmal musste Margot auf eine Trittleiter steigen, um an die Sachen in den Oberschränken heranzukommen, und wenn sie abends die Küche verließ, sah es dort aus, als hätte noch nie jemand darin auch nur ein Spiegelei gebraten.

In der Mitte des Raums stand ein Tisch, an dem die Familienmitglieder und bis zu drei Gäste Platz fanden, wenn man ein bisschen zusammenrückte. Ich hatte schon oft dort gesessen, wenn Margot mich spontan zum Bleiben aufgefordert hatte, und hoffte, sie würde es auch heute tun.

Gerade rührte sie Quark an, mischte frisch gehackte Kräuter darunter und holte eine Flasche mit einer goldgelben Flüssigkeit aus dem Schrank. Bettina zog eine Grimasse und gab mir zu verstehen, dass sie Kartoffeln mit Quark und Leinöl nicht mochte. Ich liebte dieses Gericht, und so war ich glücklich, als Margot fragte: »Möchtest du mit uns essen, Indie?«

Sie weigerte sich, mich India zu nennen, weil »Indien ein schreckliches und schmutziges Land ist«. Indie klang wie eine Koseform oder ein Spitzname, das brachte sie gerade noch über die Lippen. Einmal hatte ich sie gefragt, wie sie mich genannt hätte, wenn ich ihre Tochter wäre.

Sie hatte mich angesehen und einen Moment überlegt. »Monika gefällt mir«, hatte sie schließlich gesagt. »Oder Martina. Auch Tanja ist hübsch, wenn auch ein bisschen ungewöhnlich.«

»Hättest du denn gern noch eine Tochter?«, hatte Bettina mit einem Anflug von Eifersucht gefragt.

Ihre Mutter hatte energisch abgewinkt. »Um Gottes willen! Zwei sind mehr als genug.«

Mehr als genug? Das hieß, eine war zu viel.

»Welche ist denn zu viel?«, fragte ich. »Petra oder Bettina?«

»Das wüsste ich auch gern«, sagte Bettina streitlustig, aber ihre Mutter ging nicht darauf ein.

So war es oft mit den Erwachsenen. Man ertappte sie bei einer Ungenauigkeit oder einem Fehler, und wenn man sie darauf aufmerksam machte, waren sie sauer oder hörten gar nicht erst zu.

Wenig später saß ich mit Familie Berthold um den Esstisch. Der Onkel hatte es geschafft, den Stuhl links von mir zu ergattern, zu meiner Rechten saß Bettina, uns gegenüber ihre Schwester Petra und ihre Mutter. An der Stirnseite des Tischs saß Christian.

Jedes Mal wenn ich ihn sah, versetzte es mir einen kleinen Stich. Ich war wirklich neidisch auf Bettina. Ihr Vater war genau so, wie ich mir meinen Vater wünschte. Er war freundlich und humorvoll, verlor nie die Geduld und hörte aufmerksam zu, wenn man ihm etwas erzählte. Wenn er mit mir sprach, fühlte ich mich, als wäre ich fast schon erwachsen. Außerdem fand ich ihn viel schöner als meinen Vater mit seinem zotteligen Pferdeschwanz und den komischen Klamotten.

Christian hatte kurzes, blondes Haar, das immer ein bisschen strubbelig aussah, wahrscheinlich weil er so oft mit den Fingern hindurchfuhr. Er trug meistens Jeans und Hemden, die an den Ärmeln ein Stück hochgekrempelt waren und farblich genau zu seinen blauen Augen passten. Er wirkte eher wie ein großer Junge als wie ein Lehrer, trotzdem hatte er Autorität, und keine von uns Schülerinnen hätte gewagt, ihm auf der Nase herumzutanzen. Ich glaube, die meisten Mädchen in unserer Schule waren in ihn verliebt, und auch die Mütter seiner Privatschüler, die er nachmittags zu Hause unterrichtete, schwärmten für ihn.

Margot ärgerte sich darüber, dass Christian so beliebt war, aber sie versuchte, es sich nicht anmerken zu lassen. Sie biss sich nur auf die Lippen, zog die Luft ein und senkte den Blick, wenn seine Schüler abgeholt wurden und die Mütter »einen Schleiertanz« aufführten, wie sie es mal genannt hatte.

Manchmal fragte ich mich, warum die beiden eigentlich miteinander verheiratet waren, sie schienen gar nicht zueinanderzupassen. Christian war fast immer gut gelaunt und schien das Leben zu lieben, Margot hingegen wirkte streng und ein bisschen verhärmt. Wenn man sie genauer betrachtete, konnte man sehen, dass sie mal hübsch gewesen sein musste, und vielleicht war sie früher auch mal fröhlicher gewesen. Ich glaube, sie wusste, wie wenig sie und Christian zusammenpassten, und dieses Wissen ließ sie grau und grämlich aussehen.

»Komm, Herr Jesus, sei unser Gast, und segne, was du uns bescheret hast«, betete Christian, und wir murmelten die Worte mit. Zum Schluss nahmen wir uns an den Händen und sagten im Chor »Gu-ten-Appe-tit!«.

Ich fühlte Onkels dicke, warme Finger in meiner Hand, die er energisch im Rhythmus der Worte hin- und herschwenkte.

»G-g-guten Appetit, Indie!«, schmetterte er.

Während des Essens wurde über das bevorstehende Schulkonzert gesprochen. Christian leitete das Orchester, er ermahnte seine Töchter, genügend zu üben, die Schulaula werde voll sein und er wolle nicht von ihnen blamiert werden. Bettina spielte Geige, Petra Bratsche, beide wurden ständig von ihren Eltern zum Üben ermahnt. Ich fand, ihr Gekratze klang ziemlich kläglich, aber als ich das Bettina gegenüber einmal geäußert hatte, wurde ich belehrt, dass es eben viel schwieriger sei, auf diesen Instrumenten den richtigen Ton zu treffen als beispielsweise auf dem Klavier.

Petra war weniger am Schulkonzert interessiert als an einem Skiwochenende mit einer Gruppe von Freunden, für das sie die Erlaubnis ihrer Eltern haben wollte.

»Wir haben doch darüber gesprochen«, sagte Christian. »Wenn der Schnitt von deinem Zwischenzeugnis nicht schlechter als zwei ist, darfst du mitfahren.«

Petra stöhnte. »Ihr seid so gemein! Von meinen Freunden muss sich keiner die Teilnahme mit guten Noten erkaufen. Auf so eine Idee könnt wirklich nur ihr kommen.«

Margot blickte ihre ältere Tochter mahnend an. »Das Leben ist nun mal ein Geben und Nehmen. Je früher ihr das lernt, desto besser.«

Petra wollte nicht klein beigeben. »Überhaupt seid ihr viel zu streng! Andere Eltern erlauben ihren Kindern viel mehr.« Sie wandte sich zu mir. »Stimmt's, Indie? Deine Eltern erlauben dir alles, oder? Obwohl du viel jünger bist als ich.«

Margots Gesicht drückte unmissverständlich aus, was sie dachte: dass meine Eltern nun wirklich keine Vorbilder waren und zu solchen Vergleichen nicht herangezogen werden sollten.

»Sag doch, Indie!«, insistierte Petra.

»Ja, schon, aber ich finde das gar nicht so gut«, sagte ich.

Petra grinste. »Ich schon.«

»Ihr könnt ja die Familie tauschen«, schlug Christian vor.

»Au ja«, platzte ich heraus.

»Mit Vergnügen!«, sagte Petra lachend.

Der Onkel lachte bereitwillig mit, obwohl er wahrscheinlich gar nicht genau verstand, wovon die Rede war. Als er fertig gegessen hatte, legte er beiläufig die rechte Hand auf meinen linken Arm, den ich neben dem Teller platziert hatte, und ließ sie dort liegen. Es war mir unangenehm, aber ich traute mich nicht, etwas zu sagen.

Als Christian es bemerkte, sagte er lächelnd: »Onkel, lass mal die Indie in Ruhe, die will noch essen.« Er zwinkerte mir zu und flüsterte: »Er ist eben in dich verliebt.«

Ich spürte, wie mir die Röte ins Gesicht schoss.

»Schluss jetzt«, befahl Margot. »Ihr Mädchen räumt erst den Tisch ab, und danach treffen wir uns im Musikzimmer. Du bleibst doch noch, Indie?«

An den Sonntagabenden wurde bei Bertholds Hausmusik gemacht. Meistens fand ich irgendwelche Ausreden, um mich rechtzeitig verdrücken zu können, aber jetzt brachte ich es einfach nicht fertig. Das hätte so gewirkt, als wäre mir nur das Essen wichtig.

Das Musikzimmer war der größte Raum im Hause Berthold und ersetzte das Wohnzimmer. Der riesige Konzertflügel nahm den größten Teil des Raums ein, daneben war aber noch Platz für eine Chaiselongue und einige Sessel, die rund um ein kleines Tischchen gruppiert waren. An den Wänden, die mit einer schimmernden Tapete bedeckt waren, hingen altmodische Gemälde in dunklen Rahmen, der Boden war aus Holzparkett und ohne Teppiche, weil das die Akustik gedämpft hätte.

Zuerst begleitete Christian seine Töchter auf dem Klavier. Das klang zwar besser, als wenn die beiden allein auf ihren Streichinstrumenten spielten, trotzdem stellte ich wieder fest, dass ich den Klang von Geige und Bratsche nicht mochte. Die Töne erzeugten in meinem Kopf eine verwirrende Abfolge winziger, kantiger Formen, Würfel, Quader und Pyramiden, die wie Kristalle aneinanderhingen und chaotische Ketten bildeten. Lieber mochte ich den Klang des Klaviers. Die Form seiner Töne war rund und geschmeidig, wie schimmernde Perlen folgten sie aufeinander und bildeten harmonische Gebilde in angenehmen Farben.

Solange ich es schaffte, mich auf die optischen Aspekte, die Formen und Farben der Musik zu konzentrieren, war alles kein Problem. Aber sobald ich zuließ, dass ein Musikstück mich gefühlsmäßig erreichte, sah ich die Töne nicht nur, sondern spürte sie auf meinem Körper. Als würden Fingerspitzen mich zart antippen, Hände ganz leicht über meine Haut streichen oder ein warmer Hauch über mich hinwegwehen. Es war einerseits angenehm, andererseits aber ein wenig unheimlich, deshalb wehrte ich mich dagegen und versuchte, die Musik nicht in mein Inneres zu lassen. Je besser mir ein Stück gefiel, desto schwerer fiel mir das allerdings. Bei bestimmten Musikstücken genügte schon ein Klangfetzen, und diese zwiespältigen Empfindungen setzten ein.

Christian nannte den Titel eines Musikstücks und fing an zu spielen.

Ich beobachtete seine Hände auf den Tasten, die kräftigen Finger mit den kurz geschnittenen Nägeln, die sehnigen Handrücken. Er hatte viel schönere Hände als mein Vater, dessen Fingernägel immer ein bisschen schmutzig waren und auf dessen Handrücken schwarze Haare sprossen, die sie aussehen ließen wie kleine, pelzige Tiere.

Christians Hände schienen die Tasten zu liebkosen, und das Instrument dankte es ihm mit weichen, fließenden Klängen. Er hielt die Augen geschlossen, wiegte den Kopf leicht hin und her und schien eins mit sich und der Welt zu sein. Petra und Bettina lauschten aufmerksam, der Onkel dirigierte, und sogar Margots Gesicht wirkte in diesem Moment entspannt und zufrieden.

Musik konnte Menschen offenbar glücklich machen, und einen Moment lang war ich traurig, dass ich dieses Glück nicht empfinden konnte.

3

Genau zwei Monate, eine Woche und vier Tage nachdem ich meine erste Periode bekommen hatte, flippte Che zum ersten Mal aus. Er war am späten Nachmittag von einem Besuch bei Opa Fritz zurückgekommen und sofort in seinem Zimmer verschwunden. Zum Abendessen erschien er in einer Uniform.

Meine Mutter blickte Hilfe suchend zu meinem Vater, dessen Gesicht wie versteinert war. Beide reagierten nicht, ebenso wenig wie früher auf Ches Wutanfälle. Sie waren der Überzeugung, dass sie Che nur lange genug ins Leere laufen lassen müssten, damit er irgendwann mit seinen Provokationen aufhörte. Ich dagegen glaubte, dass Che so lange weitermachen und seine Anstrengungen immer mehr verstärken würde, bis er endlich die Aufmerksamkeit unserer Eltern bekäme. War es nicht ihre Aufgabe, uns Grenzen zu setzen? Wie sollten wir Orientierung bekommen, wenn wir in jede Richtung laufen konnten, ohne dass jemand uns aufhielt? Unsere Eltern propagierten Freiheit als höchsten Wert ihrer Erziehung, aber Che mochte keine Freiheit, er fühlte sich in ihr verloren.

Ich sah nach, ob Hakenkreuze auf der Uniform waren, konnte aber keine entdecken. Sonst fand ich den Anzug eigentlich ganz schick. Er war hellbraun, hatte Knöpfe aus Metall und Schulterklappen. Eine Mütze in Form eines Schiffchens saß keck auf Ches Kopf. Man hätte ihn sich in dieser Aufmachung auch auf einer Jeep-Tour durch die Wüste vorstellen können.

Meine Eltern hatten ihre Fassung wiedergewonnen und sprachen miteinander, als wäre nichts geschehen. Dann richtete mein Vater das Wort an Che und bat ihn um den Teller mit den Tomaten.

Che salutierte. »Zu Befehl, Herr Major.« Dann reichte er ihm das Gewünschte.

Ich kicherte und bat meinen Bruder um eine Scheibe Brot. Es war ein bisschen wie im Märchen von des Kaisers neuen Kleidern, in dem alle Leute so taten, als wäre der Kaiser normal gekleidet, obwohl er nackt war. Che gab mir das Brot, ohne zu salutieren. Ich hatte offenbar keinen militärischen Rang.

»Bitte gehorsamst um die Leberwurst, Herr Major«, sagte er zu meinem Vater. Der ignorierte ihn.

»Che, mein Junge …«, begann meine Mutter, brach aber ab, als sie den Blick meines Vaters auffing.

Ich fand das Ganze lustig und wünschte, Che würde mich mitspielen lassen, aber Frauen und Mädchen waren bei diesem Spiel offensichtlich nicht vorgesehen. Darüber ärgerte ich mich und beschloss, mir selbst eine Rolle zuzuteilen. Ich biss Stücke von einer Brotscheibe ab, bis sie die Form einer Pistole hatte, die ich dann auf Che richtete.

»Hände hoch!«, sagte ich. »Hier kommt der Feind!«

Mein Vater, dessen Ader am Hals schon länger bedrohlich pulsierte, riss mir die angebissene Brotscheibe aus der Hand und knallte sie auf meinen Teller.

»Lass das!«, herrschte er mich an.

Erschrocken zuckte ich zusammen.

Ches Gesicht nahm einen seltsamen Ausdruck an. Ohne Vorwarnung sprang er hoch und stürzte sich auf meinen Vater. Der schrie auf, sein Stuhl kippte nach hinten, Che und er landeten auf dem Boden. Che richtete sich ein Stück auf, holte aus und schlug meinem Vater die Faust ins Gesicht.

Vor Schreck fing ich an zu weinen, meine Mutter warf sich zwischen die beiden und legte ihre Hände um das Gesicht meines Vaters. »Willi! Bist du verletzt?«

Benommen bewegte mein Vater den Kopf hin und her und betastete die Stelle unter seinem Auge, wo Che ihn getroffen hatte. Dort war ein roter Fleck zu sehen, der sicher bald blau und grün werden würde.

Che hatte sich in eine Ecke der Küche zurückgezogen, von wo aus er finster zu uns herüberstarrte. Er wirkte auf mich wie ein in die Enge getriebenes Tier, verängstigt und dadurch gefährlich.

Tagelang berieten sich meine Eltern über den Vorfall. Was er zu bedeuten habe. Welche Konsequenzen er haben müsse. Ob sie ihn ignorieren oder Che bestrafen sollten. Ob es notwendig sei, einen Psychologen hinzuzuziehen. Es war vielleicht das erste Mal, dass ich meine Eltern so ratlos erlebte. Sonst schienen sie immer ganz genau zu wissen, was richtig und was falsch war und welche Erziehungsmaßnahmen anzuwenden wären – in den meisten Fällen gar keine. Aber Ches Ausraster passte in kein Schema, sein Gewaltausbruch als Reaktion auf ihre gewaltfreie Erziehung war nicht vorgesehen, und so wussten sie plötzlich nicht mehr weiter.

Mein Vater plädierte für Bestrafung. Taschengeldentzug. Hausarrest. Rasen mähen. Auto waschen. Das ganze Spektrum autoritärer Maßnahmen, die er angeblich ablehnte.

»Wenn wir Che so viel Aufmerksamkeit schenken, erreicht er doch genau, was er will«, sagte meine Mutter.

»Heißt das, ich soll mich von meinem Sohn schlagen lassen?«, fragte mein Vater empört.

Meine Mutter murmelte etwas Besänftigendes, was ich nicht verstand. Ich vermute, sie zitierte Gandhi oder vielleicht sogar diesen Bibelspruch mit der anderen Wange, die man hinhalten solle, wenn man eh schon eine kassiert hatte.

Meine Mutter betrachtete sich als Pazifistin und war überzeugt, dass alle Probleme der Welt sich durch Liebe lösen ließen. Ich hatte mir schon länger vorgenommen, das Thema Tyrannenmord einmal mit ihr zu diskutieren.

Was wäre gewesen, wenn jemand es geschafft hätte, Hitler zu erledigen, bevor der sechs Millionen Juden hatte umbringen lassen? Solchen konkreten Fragen wich sie gern aus.

Das Gespräch wurde lebhaft, aber da ich von der Tür aus lauschte und meine Eltern aus Gewohnheit eher leise sprachen, hatte ich Mühe, sie zu verstehen.

Irgendwann wurde mein Vater dann doch laut. »Wenn wir ihm das durchgehen lassen, hat Fritz gewonnen«, erklärte er wütend. »Wahrscheinlich hat Che sowieso nur gemacht, was der alte Sack immer schon gern getan hätte: mir eins in die Fresse hauen.«

Jetzt hatten sie also den eigentlichen Schuldigen an dem Vorfall ausgemacht: unseren Großvater und seinen schlechten Einfluss auf Che. Wie nicht anders zu erwarten, verteidigte meine Mutter ihren Vater.

»Willi! Das ist ungerecht! Fritz hat dir nie etwas getan.«

Mein Vater schnaubte, und es folgte der übliche Streit über Opa Fritz, bei dem beide automatisch die Lautstärke wieder eine Stufe runterschalteten, damit bloß keiner von uns mithören konnte. Ich vernahm nur noch unverständliches Gemurmel.

Komischerweise redeten meine Eltern nicht mit Che, sondern nur miteinander. Ich glaube, Che wartete die ganze Zeit darauf, dass sie ihn sich vorknöpften, ihn ausschimpften und bestraften, aber nichts passierte. So beschloss ich, mit ihm zu reden.

Er lag auf seinem Bett und starrte an die Decke, als ich in sein Zimmer schlüpfte.

»Was willst du?«, fragte er unwillig.

»Wenn ein Bleistift und ein Radiergummi zusammen eine Mark zehn kosten und der Bleistift eine Mark mehr kostet als der Radiergummi, wie viel kostet dann der Radiergummi?«

Che hasste es, wenn ich ihm Rätselfragen stellte. Einerseits konnte er nicht widerstehen und wollte unbedingt die Lösung finden, andererseits bekam er sie meistens nicht raus. Diesmal hatte ich eine besonders einfache Frage gewählt, um ihm ein Erfolgserlebnis zu verschaffen.

»Ist doch ganz leicht«, begann er. »Der Radiergummi kostet …«

Er unterbrach sich, dachte nach und kritzelte dabei etwas auf einen Zettel.

»Auf den Trick falle ich nicht rein«, sagte er dann, obwohl er natürlich um ein Haar doch darauf hereingefallen wäre. Fast jeder tippte spontan darauf, dass der Radiergummi zehn Pfennig kostete. Endlich sagte er fragend: »Der Radiergummi kostet fünf Pfennig und der Bleistift eine Mark fünf?«

Ich nickte anerkennend. »Aus dir wird doch noch ein Mathegenie.«

Er strahlte. Jedem anderen wäre es peinlich gewesen, von seiner kleinen Schwester gelobt zu werden, aber Che nahm Anerkennung, wo er sie kriegen konnte.

»Hast du Kaugummi?«, fragte ich.

Er griff neben sich und zog eine Schublade seines Nachtkästchens auf. Dort hortete er seine Süßigkeiten, wenn er welche hatte. Meist überlebten sie nicht lange. Er griff hinein und förderte ein Päckchen Kaugummi zutage. Wir packten jeder einen aus und steckten ihn in den Mund. Angestrengt kauten wir die Süße aus dem Gummi heraus, befeuchteten zwischendurch das beiliegende Abziehbild mit der Zunge, klebten es auf unsere Arme und rieben. Vorsichtig zog ich meines ab, auf meiner Haut blieb etwas kleben, was wie ein Feuerwehrauto aussah.

»Zeig!«, forderte ich Che auf und bog seinen Arm, damit ich sehen konnte, was er hatte. Es waren Sonne, Mond und Sterne.

»Blöd«, sagte Che. »Ich hätte lieber das Auto.«

»Und ich lieber Sonne, Mond und Sterne.«

»Dann müssen wir uns jetzt die Arme abhacken und tauschen«, sagte Che, und es klang, als meinte er es völlig ernst. Manchmal kam mir der Verdacht, dass ich ihn in Wirklichkeit gar nicht kannte. Ich hätte zu gern gewusst, was er tatsächlich dachte und fühlte.

»Du musst dich entschuldigen«, sagte ich und wollte die erste Kaugummiblase machen. Es war noch zu viel Zucker drin, der Gummi war zu klebrig.

Che hörte kurz auf zu kauen und richtete einen Blick auf mich, der wie aus weiter Ferne kam. »Was?«

»Du musst dich bei Papa entschuldigen.«

»Ich denke nicht daran.«

»Willst du, dass sie dich zu einem Psychiater schleppen?«

Der klebrige Klumpen schien meinen Mund völlig auszufüllen, und ich hatte das Gefühl, nicht mehr sprechen zu können. Ich nahm ihn heraus und hielt ihn zwischen zwei Fingern fest. Die Spuren meiner Zähne waren darauf zu sehen, und ich überlegte, ob man den Eigentümer eines Kaugummis wohl an den Abdrücken erkennen könnte. Eigentlich sollte es unterschiedliche Größen bei Kaugummis geben wie bei Kleidung, dachte ich und steckte den Klumpen zurück in den Mund.

»Sollen sie doch«, sagte Che ruhig. »Der wird schnell merken, dass nicht ich verrückt bin, sondern die.« Er blies seinen Kaugummi so weit auf, dass die Blase sein halbes Gesicht verdeckte. Dann zog er die Luft wieder ein und holte den schlaff gewordenen Gummi elegant mit der Zunge in den Mund zurück.

»Jetzt«, sagte ich. »Achtung, fertig, los!«

Wir bliesen beide gleichzeitig eine Blase, meine platzte und legte sich mir über Augen, Nase und Wangen.

»Mist«, fluchte ich und zog das klebrige Zeug von meinen Augenbrauen ab.

Che schaffte es wieder, die Blase vor dem Platzen zum Erschlaffen zu bringen.

»Eins zu null«, stellte er fest. »Meine war größer.«

»Ich meine ja nur«, sagte ich. »Sie streiten die ganze Zeit. Wenn du dich entschuldigen würdest, wäre es ganz schnell vorbei.«

Che kaute schweigend.

»Ich verstehe ja, dass dich die beiden nerven«, lenkte ich ein. »Aber Papa zu schlagen, das war wirklich zu viel.«

»Ich halte diesen Scheiß einfach nicht mehr aus«, presste er nach einer langen Pause zwischen den Zähnen hervor.

»Der Klügere gibt nach«, sagte ich. Meine nächste Kaugummiblase wuchs und wuchs, erreichte fast die Größe eines Luftballons – und platzte. Diesmal musste ich mir den Gummi sogar aus den Haaren ziehen. Ches nächste Blase war fast genauso groß und platzte auch.

»Eins zu drei«, sagte er. Aus diplomatischen Gründen widersprach ich nicht, obwohl meine erste Blase noch außer Konkurrenz gewesen war.

Che musste so etwas wie eine Entschuldigung zustande gebracht haben, denn mit einem Mal war die Atmosphäre im Haus wieder besser. Ich weiß nicht, was ihn schließlich zum Einlenken gebracht hatte, aber ich war froh, als alles wieder seinen gewohnten Gang ging.

Meine Eltern trösteten sich mit dem Gedanken, dass Che nur eine Freundin brauche. Er habe einfach zu viele männliche Hormone, da sei ein aktives Sexualleben die beste Therapie. Nachdem das blaue Auge meines Vaters endgültig abgeheilt war, schienen sie das Ganze vergessen zu haben.

Mir gegenüber kam Che nicht mehr auf den Vorfall zu sprechen. Aber einige Tage nach unserem Kaugummiblasen-Wettbewerb fand ich auf meinem Bett ein Päckchen von ihm. Ich packte es aus. Es war sein Allerheiligstes, die Platte mit den Nationalhymnen. Die konnte ich unmöglich annehmen. Ich gab ihm die Platte zurück und sagte: »Ich hab doch gar keinen Plattenspieler. Aber ich komme einfach hin und wieder vorbei und hör sie mir bei dir an.«

»Ist gut«, brummte er. Mit sichtbarer Erleichterung nahm er das Geschenk zurück.

Was für ein verdrehter Typ, dachte ich zärtlich.

Ich machte mir viele Gedanken um meinen Bruder. Andere

Jungen in seinem Alter gingen aus, hingen mit Gleichaltrigen herum, tranken geklautes Bier oder kifften heimlich. Manche trieben Sport, trafen sich in Vereinen oder hatten wenigstens ein Hobby, spielten Gitarre oder Schach. Che tat nichts von alledem. Nach der Schule verschwand er in seinem Zimmer, alle paar Tage besuchte er Opa Fritz. Natürlich hatte der keinen guten Einfluss auf ihn. Garantiert hatte er Che die Uniform gegeben und damit den Anlass für den ganzen Ärger geliefert.

Seit dem verkorksten Weihnachtsabend hatte ich meinen Großvater nicht mehr gesehen. Auch meine Mutter war seither nur ein Mal dort gewesen, an seinem Geburtstag im März. Sonst hatte sie uns zu diesem Anlass immer mitgenommen, diesmal war sie allein hingefahren. Nur Che besuchte ihn ständig, was meinen Eltern offensichtlich nicht recht war. Aber das sprachen sie nicht offen aus, ich merkte es nur an ihren Blicken und manchen Bemerkungen.

Immer wieder fragte ich mich, was zwischen meinen Eltern und Opa Fritz nicht stimmte. Ich wagte es nicht, zu fragen. Bei diesem Thema befiel mich eine merkwürdige Scheu. Vielleicht wollte ich es in Wahrheit gar nicht wissen.

Bettina und ich trafen uns jeden Morgen und gingen den Schulweg gemeinsam, weil sie lieber früher aufstand und mich begleitete, als eine Viertelstunde später mit ihrem Vater im Auto zu fahren. Am Vormittag sahen wir uns nur selten, da wir zwar in derselben Jahrgangsstufe, aber in verschiedenen Klassen waren. Wenn wir gleichzeitig Schulschluss hatten, gingen wir gemeinsam wieder nach Hause.

Sobald ich mein Klassenzimmer erreicht hatte, setzte ich mich auf meinen Platz, meistens ohne jemanden zu grüßen oder von jemandem begrüßt zu werden. Die Einzigen, die manchmal mit mir sprachen, waren die drei Mädchen, die in der Klassenhierarchie noch unter mir standen. Eine von ihnen hatte eine leichte körperliche Behinderung, die andere war Italienerin und sprach nicht perfekt Deutsch, und die Dritte hatte so starken Körpergeruch, dass alle sich demonstrativ abwandten, wenn sie in die Nähe kam. Na ja, und ich war eben die Verrückte. Wir vier bildeten die Parias der Klasse, es folgte ein größeres Mittelfeld von normalen Schülerinnen, die untereinander befreundet waren, und dann kamen die Stars, das war die Gruppe um Yvonne. Zu ihnen zu gehören war das Ziel aller Mädchen, aber Yvonnes Anhängerinnen bissen jede weg, die ihr zu nahe kam.

Meine Beliebtheit steigerte sich auch nicht dadurch, dass ich von Anfang an Klassenbeste war. Ich galt als Streberin, obwohl ich gar nicht besonders viel lernte. Yvonne, die immer dicht hinter mir lag, wurde für ihre Leistungen gelobt und bewundert, obwohl sie viel ehrgeiziger war und viel mehr Zeit mit Lernen zubrachte.

Bei Mannschaftsspielen war immer sie diejenige, die als Erste gewählt wurde, und ich immer die, die keiner wollte. In den Pausen stand ich allein in einer Ecke, aß mein Pausenbrot (sofern ich es geschafft hatte, mir eines zu schmieren) und sah den anderen beim Gummitwist zu. Wie unter Zwang zählte ich bei jedem Mädchen die Anzahl der Fehler und addierte sie, sodass ich nach jeder Pause den kompletten Punktestand für jedes einzelne Mädchen wusste – seit Schuljahresbeginn. Meine Mitschülerinnen hätten sich für diese Information sicherlich interessiert, aber da ich niemandem davon erzählte, konnte mich auch niemand danach fragen. Ich nahm mein Ausgeschlossensein hin wie eine unheilbare

Krankheit und versuchte nichts, um mich bei den anderen beliebter zu machen.

Abschreiben ließ ich aber nur die Parias. Wenn andere Schülerinnen bei Klassenarbeiten versuchten, in mein Heft zu spicken, legte ich unauffällig den Arm davor. Das war meine Rache für ihre ständige Zurückweisung.

Der Tag vor den Sommerferien. Zeugnisvergabe. Wie immer wurden die Namen alphabetisch aufgerufen, die Schülerinnen gingen nach vorn, nahmen ihre Zeugnisse und einige lobende oder mahnende Sätze von Frau Niemöller entgegen, knicksten und gingen zurück an ihren Platz. Gelangweilt saß ich da und wartete, bis ich dran war. Kaufmann kam zwischen Kammermeier und Kofler, aber noch waren wir bei H. Es zog sich. Ich schaute abwesend aus dem Fenster.

Auf dem Schulhof trudelten die ersten Schüler aus anderen Klassen ein, ihre Zeugnisse in der Hand, ausgelassen lärmend. Die Aussicht auf sechs Wochen Ferien erfüllte alle mit Begeisterung, nur mich ließ sie kalt. Wir würden nirgendwohin fahren, ich wusste nicht, was ich unternehmen sollte, worauf sollte ich mich also freuen?

»Kofler«, hörte ich und richtete meine Aufmerksamkeit wieder zurück ins Klassenzimmer. Anita Kofler stand auf, ging nach vorn und nahm ihr Zeugnis entgegen. Verwirrt blickte ich die Lehrerin an, dann meldete ich mich zaghaft. »Sie haben mich vergessen.«

Frau Niemöller sah zu mir. »Ich habe dich nicht vergessen, India. Zu dir komme ich am Schluss.«

Die Klasse raunte. Mir schoss eine heiße Welle durch den Körper.

Zu dir komme ich am Schluss.

Was sollte das heißen? Das konnte doch nur bedeuten, dass ich nicht versetzt worden war. Aber das war nicht möglich, dafür hatte ich viel zu gute Noten. Was konnte es also sonst sein? In meinem Inneren spürte ich ein leichtes Zittern, mein Herzschlag beschleunigte sich. Ich musste schnell etwas finden, woran mein Geist sich festhalten konnte, eine Struktur, etwas Gleichmäßiges … Ich richtete meinen Blick auf die Rücken meiner Mitschülerinnen in den Reihen vor mir und vervielfältigte sie in Gedanken mehrere Male, dadurch entstand ein sich wiederholendes Muster aus bunten T-Shirts und Blusen, das mich beruhigte und allmählich wieder langsamer atmen ließ. Regungslos saß ich da, betrachtete das Muster und wartete.

Walter. Wehrmann. Zacharias. Zickler. Endlich hatte die letzte Schülerin ihr Zeugnis erhalten.

»Und nun zu dir, India«, hörte ich Frau Niemöller sagen. »Du bist auch diesmal die beste Schülerin der Klasse. Trotzdem haben wir in der Konferenz lange über dich gesprochen. Wir haben das Gefühl, dass es dir … in dieser Klasse nicht gut geht. Dass du wenig Kontakt zu anderen Schülerinnen hast, dass du nicht gut integriert bist. Das hat vermutlich mit deiner besonderen Begabung zu tun und ist nichts, was wir dir vorwerfen. Wir glauben nur, dass du in einer anderen Klasse besser aufgehoben wärst.«

Wieder erhob sich ein Raunen, vereinzelt wurde geflüstert.

»Begabung?«, hörte ich ein Mädchen murmeln. »Sie meint wohl Behinderung.«

Ich verbot mir aufzublicken. Jetzt war es klar, sie wollten mich in eine Parallelklasse stecken. Da würde es mir vermutlich nicht anders ergehen als hier, deshalb sah ich den Sinn dieser Maßnahme nicht – außer dass die Lehrer das

Gefühl haben konnten, pädagogisch tätig gewesen zu sein. Grundsätzlich schätzte ich Veränderungen nicht, und obwohl ich mich in dieser Klasse nicht wohlfühlte, waren mir meine Mitschülerinnen und ihre Ablehnung doch wenigstens vertraut.

Aber ich irrte mich.

»Wir haben deshalb beschlossen, dich eine Klasse überspringen zu lassen«, fuhr Frau Niemöller fort. »Ab dem nächsten Schuljahr besuchst du nicht die 8b, sondern die 9b.«

Das Raunen schwoll an, Blicke richteten sich auf mich.

Die Lehrerin bat um Ruhe, dann sagte sie: »Du kannst dir jetzt dein Zeugnis abholen. Deine Eltern erhalten einen Brief von der Schulleitung.«

Wie betäubt stand ich auf und ging nach vorn. Frau Niemöller war eine große, unbeholfene Frau mit einer blonden Turmfrisur. Durch ihre kräftige Gestalt strahlte sie eine Sicherheit aus, die sie in Wirklichkeit nicht besaß. Fast scheu lächelte sie von oben auf mich herab.

»Glaub mir, es ist besser so«, sagte sie leise, sodass nur ich und ein paar Schülerinnen, die vorn saßen, es hören konnten.

Ich nickte stumm und nahm mein Zeugnis mit der Durchschnittsnote 1,2 in Empfang. Die null Komma zwei, die mich von einer glatten Eins trennten, waren einem Deutsch-Aufsatz geschuldet, in dem ich die gängige Interpretation von Bertolt Brechts Geschichten vom Herrn K. widerlegt hatte, und zwei schlechten mündlichen Noten in Religion, wo ich von meinem Lehrer den Gottesbeweis gefordert hatte. Der Typ war völlig ausgerastet, als ich ihm erklärt hatte, ich könne keinen Unterricht akzeptieren, der auf der Basis von Glauben stattfinde. Wir lebten schließlich in einem säkularen Staat, und entweder könne er mir einen Beweis für Gottes

Existenz liefern, oder ich müsse es leider ablehnen, von ihm benotet zu werden, da es sich dann um Gesinnungsbewertung und nicht um Leistungsbeurteilung handle.

Es war eine der vielen Gelegenheiten gewesen, bei denen ich erfahren musste, dass die meisten Erwachsenen es nicht schätzen, wenn man ihre Aussagen infrage stellt oder sie gar kritisiert.

Auf dem Rückweg zu meinem Platz fühlte ich nichts. Weder Erleichterung noch Triumph, noch Angst vor der Veränderung, die mir bevorstand. Ich hatte alle Gefühle ausgeschaltet, hielt die Augen gesenkt, um nicht den Blicken meiner Mitschülerinnen zu begegnen, und rechnete aus, um wie viele Tage sich meine Schulzeit, die Ferien abgerechnet, verkürzen würde. Es waren zweihundertsiebenundfünfzig.

Ich blieb sitzen, bis alle den Klassenraum verlassen hatten. Einige Mädchen hatten sich tatsächlich dazu hinreißen lassen, sich von mir zu verabschieden – ich wusste nicht, ob aus schlechtem Gewissen oder aus Erleichterung darüber, dass sie mich endlich los waren.

Im Raum wurde es still. Ich ließ meine Blicke schweifen. Über die Rückenlehnen der hastig zurückgestoßenen Stühle, die bekritzelten Tische, auf denen da und dort zerknülltes Papier oder ein vergessenes Heft lagen, über die Landkarte und das Plakat mit dem Periodensystem an der Wand bis hin zur Tafel, auf der in großen, bunten Buchstaben stand: SCHÖNE FERIEN. Natürlich passten die Farben nicht zu den Buchstaben, wie auch. Außer mir konnte ja niemand sehen, welche Farben Zahlen und Buchstaben hatten. *Besondere Begabung.*

Das Schlimme war nicht, dass die anderen mich ausschlossen, das konnte ich in gewisser Weise verstehen. Wäre ich normal gewesen, hätte ich auch nichts mit mir zu tun haben wollen. Das Schlimme war, dass ich – selbst wenn sie mich unter sich aufgenommen hätten – niemals zu ihnen gehören würde, ja, in gewisser Weise gar nicht zu ihnen gehören wollte. Das Schlimme war, dass es niemand anderen gab, der so war wie ich. Ein einziger Mensch, der ähnliche Defekte oder Begabungen hätte wie ich, und ich wäre gerettet. Ich brauchte nicht die Sympathie der ganzen Klasse, die Freundschaft von vielen. Aber das Gefühl, als Einzige von einem anderen Planeten zu stammen und wie eine Außerirdische zwischen den Erdlingen herumzuirren, das machte mich fertig.

Ich stand auf, ging zur Tafel und wischte die Buchstaben mit dem Schwamm weg. Dann nahm ich die bunte Kreide und schrieb in den richtigen Farben: SCHEISSFERIEN. Ich betrachtete den Schriftzug, dann wischte ich den zweiten Teil weg und ersetzte FERIEN durch LEBEN.

Meine Eltern waren nicht besonders beeindruckt, als ich ihnen mein Zeugnis überreichte. Sie warfen einen kurzen Blick darauf, sagten »großartig!« und versprachen mir einen Besuch in der Pizzeria, die vor Kurzem in unserem Ort eröffnet hatte.

Beiläufig erwähnte ich, dass ich eine Klasse überspringen und nach den Ferien in die neunte kommen würde.

»Wirklich?«, sagte meine Mutter. »Ist das denn gut für dich?«

»Warum sollte es nicht gut sein?«, fragte mein Vater.

»Sie muss alle ihre Freundinnen in der alten Klasse zurücklassen.«

»Ich habe keine Freundinnen«, sagte ich.

»Aber das stimmt doch nicht«, widersprach meine Mutter.

»War nicht kürzlich dieses nette Mädchen bei dir zu Besuch? Wie hieß sie noch … Yvonne?«

»Das ist doch schon ewig her.«

»Wie auch immer«, lenkte mein Vater ab, »das wird dir guttun. Du wirst mehr gefordert. Und du wirst neue Freundinnen finden.«

»Du könntest zu Beginn des Schuljahres eine Party geben, für deine neuen Mitschülerinnen«, schlug meine Mutter vor.

»Ja, klar«, sagte ich. »Ich könnte mich auch in ein Fass mit kochendem Teer stürzen.«

Anders als in den meisten anderen Jahren in meiner Erinnerung war es ab Anfang August sonnig und heiß, und Bettina und ich waren die meiste Zeit draußen.

Oft lagen wir auf einer Decke im Garten, blickten in die rauschenden Baumkronen über uns und redeten. Zwischendurch erschlugen wir mit der flachen Hand Ameisen, die an unseren Armen und Beinen hochkrabbelten, und vertrieben den Onkel, der immer wieder versuchte, sich auf unsere Decke zu drängen.

»Ficki-ficki«, sagte er mit glitzernden Äuglein und wollte sich an mich kuscheln.

»Wäääh!«, schrie ich und stieß ihn von mir weg.

»Reg dich nicht auf, der weiß ja nicht mal, was das bedeutet«, sagte Bettina.

Da war ich mir nicht so sicher; manchmal machte er ziemliche eindeutige Bewegungen dazu.

Irgendwann begann er mir leidzutun. Auch wenn ich noch nicht wissen konnte, ob Sex etwas war, was mir gefallen würde, machten doch alle so viel Aufhebens davon, dass wohl irgendwas dran sein musste. Der arme Onkel würde wohl nie in seinem Leben Sex haben. Außer …

»Sag mal, gibt's solche wie den Onkel auch in weiblich?«, wollte ich wissen. »Ich meine, vielleicht könnten wir eine Frau für ihn finden!«

Bettina, die auf dem Rücken gelegen hatte, richtete sich halb auf und stützte sich mit den Ellbogen ab.

»Dafür müsste meine Mutter ihn in so eine Einrichtung schicken, da gibt's Männer und Frauen, alles Mongos. Die meisten wohnen dort. Aber sie hat Angst, dass er dann nicht mehr nach Hause will, deshalb lässt sie ihn nicht.«

Ich dachte, dass es doch nicht das Schlechteste wäre, wenn der Onkel anderswo wohnen würde, aber dann fiel mir ein, dass er ja Margots Bruder war. Und obwohl mich mein Bruder oft nervte, wollte ich auch nicht, dass er wegging.

»Ich glaube, es wäre gut für den Onkel, wenn er hin und wieder mit anderen zusammen sein könnte, die so sind wie er«, sagte ich nachdenklich. »Er ist zwar nicht besonders schlau, aber ich glaube, er merkt schon, dass er anders ist. Und das tut ihm sicher weh.«

»Kann sein«, sagte Bettina. »Manchmal ist er traurig, dann sitzt er da und weint. Ganz ohne Geräusch. Ihm laufen nur die Tränen runter.«

Bei dieser Vorstellung tat er mir gleich noch mehr leid. Als er das nächste Mal ankam und bei uns sein wollte, klopfte ich mit der Hand auf die Decke.

»Wenn du nicht ficki-ficki sagst, darfst du dich zu uns setzen.«

Er guckte ratlos. »Nicht ficki-ficki?«

Bettina und ich lachten, er lachte dankbar mit und ließ sich mit einem Plumps neben mich fallen.

Mir kam der Gedanke, dass Bettina meine Freundin sein konnte, weil sie durch den Onkel geübt im Umgang mit Behinderten war. In gewisser Weise war ja auch ich behindert, zumindest nahm ich mein Anderssein als Behinderung wahr. In jedem Moment fühlte ich die Kluft zwischen mir und den anderen. Nur Bettina akzeptierte mich einfach so, wie ich war.

Unsere Freundschaft hatte schon im Laufstall begonnen, und wir hatten alle Entwicklungsphasen vom Kindergarten über die Grundschule bis zum Gymnasium gemeinsam durchlebt. Ihre und meine Eltern hatten zwar sonst wenig gemeinsam, aber was uns beide betraf, hatten sie immer dafür gesorgt, dass wir zusammenbleiben konnten.

Ich war Bettinas Eltern zuliebe in den evangelischen Kindergarten gegangen, obwohl meine Eltern mich lieber in den konfessionslosen geschickt hätten. Bettina war mit mir auf eine Freie Grundschule gegangen, obwohl ihre Eltern die dort praktizierte Montessori-Pädagogik vermutlich für eine komplette Verirrung hielten.

Und ich ging nun – das war vielleicht das größte Opfer, das meine Eltern gebracht hatten – auf ein Mädchengymnasium, weil Bettinas Eltern nicht wollten, dass ihre Tochter zu früh mit Vertretern des anderen Geschlechts in Berührung kam. Lange hatten wir keinen Gedanken daran verschwendet, weil Jungs uns sowieso völlig gleichgültig waren. Das schien sich aber, so spürte ich, zumindest bei Bettina allmählich zu ändern.

Sie sprach von einem Jungen, den sie »süß« fand, und davon, dass sie sich einen Freund wünschte. Von ihrer älteren Schwester hatte sie einige *Bravo*-Hefte abgestaubt, in denen Jungen »Boys« hießen und ein Dr. Sommer Ratschläge für den richtigen Umgang mit ihnen erteilte. Die Boys, die dort abgebildet waren, sahen alle so aus wie die Mitglieder einer Band, die Bay City Rollers hieß und für die der nächste Starschnitt angekündigt war. Dann würde man wochenlang die Einzelteile sammeln und sie sich schließlich als lebensgroßes Poster an die Wand hängen können.

Eines Nachmittags kam Bettina mit zu mir rüber und flüsterte aufgeregt: »Pack deine Sachen, wir gehen ins Schwimmbad.«

Folgsam zog ich meinen Badeanzug heraus, der schon sehr lange kaum genutzt in meinem Schrank lag. Ich ging, außer wenn wir von der Schule aus mussten, nie zum Schwimmen. Bettina riss ihn mir aus der Hand und hielt ihn in die Höhe.

»Was ist denn das? Damit kannst du unmöglich in die Öffentlichkeit.«

»Wieso nicht?«, fragte ich und betrachtete den Anzug, der an den Beinausschnitten etwas ausgeleiert und dessen blaurotes Streifenmuster vom Chlorwasser ausgeblichen war.

»So nehme ich dich nicht mit«, sagte Bettina und verschränkte die Arme vor der Brust. »Da geniere ich mich.«

So was hatte sie noch nie gesagt. Sie hatte mir nie das Gefühl gegeben, sie schäme sich für mich, obwohl es bestimmt ab und an Grund dafür gegeben hatte. Unerschütterlich hatte sie bisher hinter mir gestanden. Plötzlich erfasste mich eine Ahnung, dass etwas sich gerade grundlegend veränderte. Dass *wir* uns veränderten.

»Dann gehe ich eben nicht mit«, sagte ich, riss ihr den Badeanzug aus der Hand und feuerte ihn zurück in den Schrank. Ich ging sowieso nicht gern ins Schwimmbad.

»Los, komm«, sagte sie, ohne darauf einzugehen, und zog

mich aus dem Haus. Wir kletterten über den Zaun in ihren Garten, wie wir es unzählige Male zuvor gemacht hatten. Deshalb war der Zaun auch schon ziemlich verbogen und hing durch, aber aus irgendeinem Grund weigerten sich unsere Eltern, das überflüssige Ding abzubauen. Gleich darauf standen wir vor Petras Zimmer.

»Nein«, sagte ich.

»Wir leihen ihn uns ja nur«, sagte Bettina. »Sie wird es gar nicht merken.«

Widerstrebend ließ ich mich in Petras Zimmer ziehen. Ich war noch nie hier drinnen gewesen, weil Petra sorgfältig darauf achtete, bloß nichts mit uns Kleinen zu tun zu haben. Sie war schon siebzehn und blickte mit einer gewissen Herablassung auf ihre jüngere Schwester und deren gleichaltrige Freundinnen herab.

Staunend sah ich mich um. Das Zimmer war mit Postern von Musikgruppen regelrecht tapeziert, darunter auch *Bravo*-Starschnitte. Über dem Bett hing ein großer, flacher Setzkasten mit vielen kleinen Fächern, in denen Petra alle möglichen Gegenstände aufbewahrte. Auf der Kommode stand ein Spiegel mit einem bunt bemalten Rahmen, davor lagen Schminkutensilien und Modeschmuck. Auf dem Bett lagen nachlässig hingeworfen einige Kleidungsstücke. Der ganze Raum kündete von einer anderen Welt, einem erwachsenen Leben, in dem aufregende Dinge geschehen konnten, in dem es Geheimnisse gab und Versuchungen, von denen ich noch nicht einmal etwas ahnte.

Eine Welle der Sehnsucht überspülte mich. Dieses andere Leben wollte ich kennenlernen. Ich wollte seine Geheimnisse ergründen und aufregende Dinge erleben. Vielleicht war es doch gar nicht so übel, eine Frau zu werden.

Bettina hatte den Schrank geöffnet und wühlte darin herum. »Hier«, sagte sie schließlich und zog etwas Violettes heraus. Es waren zwei Teile, die aus halb so viel Stoff bestanden wie mein Badeanzug.

»Ein Bikini«, sagte ich zweifelnd. »Ob der mir passt?«

Bettina nahm kurz bei sich Maß und warf mir einen prüfenden Blick zu. Dann griff sie noch mal in den Schrank.

»Die nehmen wir auch mit.«

Sie hielt ein Paar weißer Baumwollsöckchen in der Hand und deutete an, wie sie mir damit das Oberteil ausstopfen würde.

Auf der Liegefläche im Freibad tummelten sich gebräunte junge Leiber in modischer Badekleidung, und ich war froh, dass ich nicht meinen alten Fetzen anhatte. Petras Bikini sah – mit unsichtbarer Unterstützung durch die Söckchen – gar nicht übel an mir aus. Als ich neben Bettina über die Liegewiese ging, fing ich den einen oder anderen anerkennenden Blick auf.

Suchend sah ich mich um und entdeckte sie sofort: Yvonne. Umlagert von ihren Fans, darunter etliche Jungen. Wie magisch angezogen lenkte ich meine Schritte in ihre Richtung, aber Bettina hielt mich fest.

»Wo willst du denn hin? Wir liegen da drüben.«

Sie wies auf eine Gruppe Jugendlicher, von denen ich einige schon mal gesehen hatte, andere noch nie. Bettina wurde fröhlich begrüßt. Woher kannte sie die alle? Führte sie ein Doppelleben, von dem ich nichts wusste? Ich war verunsichert, und beim Anblick der neugierig starrenden Jungen befiel mich schlagartig meine alte Schüchternheit.

Mit gesenktem Blick sagte ich leise: »Hallo.«

In sicherer Entfernung von der Gruppe breitete ich mein Handtuch aus, legte mich hin und schloss die Augen. Ich nahm die Geräusche des Freibades überdeutlich wahr. Das Lachen, Kreischen, Planschen und Spritzen der Badegäste, das Rauschen der Duschen, das Rufen und Weinen von Kindern, das ferne Hupen von Autos formten sich zu einem Klangteppich, der mich wegzutragen schien. Ich muss kurz vor dem Einnicken gewesen sein, als mich plötzlich jemand in die Seite knuffte. Ich schreckte hoch.

»Was ist los, kommst du mit ins Wasser?«, rief Bettina ausgelassen.

Benommen erhob ich mich und lief hinter ihr und den anderen her zum Becken.

Ich sehnte mich nach Abkühlung und hatte große Lust, ins Becken zu gehen, aber was würde dann mit den Söckchen in meinem Bikinioberteil passieren? Bestimmt würden sie vom Wasser aufquellen und sich unter dem Stoff abzeichnen. Ich konnte sie aber auch nicht rausnehmen, sonst wäre mein Busen schlagartig nur noch halb so groß wie zuvor. Ich setzte mich also auf den Beckenrand, hängte die Beine ins Wasser und beobachtete das Treiben. Bettina war umringt von Jugendlichen. Sie spritzten sich an, tauchten sich gegenseitig unter, lachend warf Bettina ihr nasses Haar zurück, wenn sie wieder auftauchte.

»Komm rein!«, rief sie mir zu.

Ich lächelte nur. »Später vielleicht!«

Fürs Erste versuchte ich zu erkennen, welcher der Jungen ihr besonders gefallen könnte, aber es gelang mir nicht. Normalerweise war ich gut darin, selbst winzige Signale zu deuten, die fast unsichtbaren Gesten und Blicke, die das besondere Interesse zweier Menschen füreinander verrieten.

So wusste ich bei den Partys meiner Eltern oft schon vor allen anderen, wer ein heimliches Liebespaar bildete, welches Paar gerade Krach hatte und wer sich von wem angezogen fühlte. Heute aber verschwamm alles im Anblick der Gruppe, die wie ein einziger großer Organismus auf mich wirkte, nicht wie eine Ansammlung von Individuen. Ich ertappte mich bei dem Gedanken, dass ich gern an Bettinas Stelle gewesen wäre, mittendrin, ein Teil des Ganzen. Ich wollte nicht mehr das einzelne Teilchen sein, das ausgesondert und an den Rand des Geschehens gespült wurde.

Neidisch sah ich ihr zu, betrachtete ihre kräftige Figur, ihre rotbraunen, widerspenstigen Locken und ihr lebhaftes, sommersprossiges Gesicht. Wir waren auch äußerlich völlig unterschiedlich. Ich war viel schmaler als sie, meine Haut war hell und empfindlich. »Meine kleine Madonna« nannte mein Vater mich manchmal und spielte dabei wohl auf meine glatten, dunklen Haare an, die ich mit einem Mittelscheitel trug.

Plötzlich kam mir der Gedanke, dass Bettina und ich uns niemals um denselben Jungen streiten müssten. Wer sich für sie interessierte, würde mich nicht einmal bemerken. Und wer sich für mich interessierte … Aber für mich interessierte sich ja sowieso niemand.

Als wir wieder an unserem Platz lagen, hatte sich die anfängliche Ordnung aufgelöst, die Jugendlichen hatten sich neu verteilt, und plötzlich war ich mit meinem Handtuch näher bei der Gruppe gelandet. Schüchtern beteiligte ich mich am Gespräch, und mit der Zeit ließ meine Unsicherheit nach. Alle behandelten mich freundlich, niemand sagte gemeine Sachen oder stellte provozierende Fragen, wie ich es aus der Schule kannte.

Warum waren die alle so nett zu mir? Wahrscheinlich, weil sie mich nicht kannten und noch nicht gemerkt hatten, wie seltsam ich war.

Auf dem Handtuch neben mir lag ein Junge, der die meiste Zeit in sein Buch vertieft war, mir aber immer mal wieder Blicke zuwarf.

Plötzlich fragte er: »Liest du gern?«

Ich nickte. »Am meisten halte ich davon, wenn man nach einem Buch ganz erledigt ist und sich wünscht, dass man mit dem Autor, der es geschrieben hat, nah befreundet wäre und dass man ihn antelefonieren könnte, wenn man dazu Lust hätte«, zitierte ich.

Der Junge lächelte wissend und sagte: »Das kommt allerdings nicht oft vor.«

Ich stutzte.

»Ich bin ganz ungebildet, aber ich lese sehr viel«, fuhr ich im Dialog fort.

Der Junge richtete sich ein wenig auf und ließ seinen Blick auf mir ruhen, während er sagte: »Manchmal benehme ich mich viel erwachsener, als ich bin – wirklich –, aber das merken die Leute nie.«

»Sie merken überhaupt nie etwas«, sagte ich.

Er hob das Buch hoch, in dem er gelesen hatte, sodass ich den Umschlag sehen konnte. *Der Fänger im Roggen.*

»Mein Lieblingsbuch«, sagte er.

»Meins auch«, sagte ich. Tatsächlich konnte ich es beinahe auswendig.

Verlegen sahen wir beide einen Moment woandershin. Irgendwann trafen sich unsere Blicke wieder, und wir redeten einfach weiter.

Er hieß Felix. Seine Eltern hatten sich scheiden lassen, und er war mit seiner Mutter an ihren Heimatort zurückgezogen, weil ihre Eltern und einige ihrer alten Freunde hier lebten. Er wäre lieber in Frankfurt geblieben, weil ihm große Städte besser gefielen. Er wollte Journalist werden, zeichnete gern und mochte die Musik von Uriah Heep, Ten Years After und einer Menge anderer Bands, von denen ich noch nie gehört hatte. Er hatte hellbraune Augen und gebräunte Haut. Seine Ohren waren erstaunlich klein, und an seinem Haaransatz spreizten sich die Haare in einem widerspenstigen Wirbel. Er sah mich an, hörte mir zu und gab mir das berauschende Gefühl, normal und gleichzeitig besonders zu sein.

Auf dem Nachhauseweg ging Bettina neben mir her, ohne ein Wort zu sagen. Ihr Gesicht und ihre Arme waren krebsrot. Auch ich hatte zu viel Sonne erwischt und fühlte mich ein wenig benommen. In Gedanken versunken, setzte ich einen Fuß vor den anderen. Felix! Felix! Felix!, dachte ich im Rhythmus meiner Schritte. Irgendwann wurde die Stille bedrückend.

»Was ist los mit dir?«, fragte ich.

»Nichts.«

Schweigend setzten wir unseren Weg fort, bis ich es nicht mehr aushielt. »Du hast doch irgendwas?«

Abrupt blieb sie stehen. Ihre Augen schwammen in Tränen. »Das hätte ich nie von dir gedacht!«

Verständnislos blickte ich sie an. »Was denn?«

»Du merkst doch sonst immer alles«, sagte sie heftig. »Du hörst die Flöhe husten, du weißt, was Leute denken, bevor sie es selbst wissen. Und du willst nicht gewusst haben, dass Felix der Junge ist, von dem ich dir erzählt habe?«

Mein Magen zog sich zusammen.

»Meine Güte«, sagte ich, um einen lässigen Ton bemüht. »Ich hab mich doch bloß ein bisschen mit ihm unterhalten.«

»Und warum ausgerechnet mit ihm und nicht mit den anderen?«, fragte Bettina, den Tränen nahe.

»Weil er zufällig neben mir lag. Ich will nichts von ihm, falls du das glauben solltest.«

Und vor allem kann es nicht sein, dass er was von dir will, dachte ich. Wir sind zu verschieden. Wenn ich ihm gefalle, kannst du ihm nicht gefallen. Aber ... gefalle ich ihm überhaupt?

Ich war verwirrt. Zu viele neuartige Eindrücke und Gefühle waren an diesem Nachmittag über mich hereingebrochen, und nun auch noch Bettinas Anschuldigungen. Ich spürte, wie sich alles in meinem Kopf drehte. Um mich zu beruhigen, begann ich, meine Schritte zu zählen. Bei zweihundertachtundvierzig hatten wir das Gartentor erreicht. Bettina warf mir einen Blick aus geröteten Augen zu und ging zu ihrem Haus weiter. Ich blieb stehen und sah ihr nach.

Wir ahnten wohl beide, dass an diesem Nachmittag etwas Entscheidendes passiert war. Unsere Kindheit war zu Ende gegangen. Ab jetzt waren wir Frauen.

Und das hieß: Rivalinnen.

4

Jedes Jahr im Sommer fand in unserem Garten das Performance Art Festival statt. Dabei traten eine Woche lang Performancekünstler jeder Couleur auf, und ich hatte reichlich Gelegenheit festzustellen, dass es noch viel verrücktere Typen gab als meine Eltern.

Ich war heilfroh, dass die meisten meiner Mitschüler in den Ferien verreist waren. In ihren Urlaubsquartieren in Rimini, Saintes-Maries-de-la-Mer oder an der Costa del Sol ahnten sie nichts von dem Wahnsinn, der sich tagtäglich auf unserem Rasen abspielte, der inzwischen so platt getreten war, dass sich die Sache mit dem Mähen erledigt hatte. Sonst hätten sie garantiert traubenweise am Gartenzaun gehangen, und mein unverbesserlicher Vater hätte sie vermutlich sogar hereingebeten, weil er keine Gelegenheit auslassen würde, junge Menschen zur Kunst zu bekehren. Oder zu dem, was er und die Teilnehmer des Festivals darunter verstanden.

Einer der Künstler wickelte sich in weiße Stoffbahnen, bis er aussah wie eine Mumie, und legte sich anschließend in einen von ihm selbst gebauten Sarkophag. Alle paar Minuten summte es ein bisschen aus dem Inneren, dann war es wieder still. Mehr passierte nicht. Eine Weile schauten sich die Leute das an, dann verloren sie das Interesse und wandten sich Wein, Käsestangen und angeregten Gesprächen zu. Die Mumie vergaßen sie völlig, und leider vergaßen meine

Eltern, dass die Mumie nicht ohne fremde Hilfe aus dem Sarkophag herauskam. Spät in der Nacht, als die meisten Gäste schon gegangen waren, wurden sie durch ein dumpfes Klopfen aufgeschreckt. Sie befreiten die Mumie, die sich blitzschnell aus ihren Bahnen schälte und in einen stinksauren Performancekünstler verwandelte, der wütend herumbrüllte.

Ein anderer ließ sich mit dem Kopf nach unten an unserer Teppichstange aufhängen und forderte die Zuschauer auf, ihn zu misshandeln. Sie könnten ihn kitzeln, kneifen, schlagen, was immer sie wollten. Anfangs zierten sich die Leute noch, aber als er sie unflätig genug beschimpfte, verlor der eine oder andere die Nerven und schlug zu. Ich fand das Ganze ziemlich verstörend, obwohl unsere Teppichstange auf diese Weise endlich mal zum Einsatz kam. Den Rest des Jahres rostete sie nämlich vor sich hin, weil keiner aus unserer Familie jemals auf den Gedanken kommen würde, einen Teppich auszuklopfen.

Am interessantesten fand ich die Performance einer Frau, die sich nackt vors Publikum stellte und Verse rezitierte, in denen vom Leiden der Frauen, von Gewalt gegen Frauen, vom Schmerz des Gebärens und von qualvollem Sterben die Rede war. Als Höhepunkt, während sie ihren Text herausstieß, griff sie nach einem Eimer und kippte sich Schweineblut über den Kopf, das ihr über den ganzen Körper lief und ihn rot glänzend einhüllte.

Aus dem Publikum drang vereinzeltes Murren. Ein Mann rief: »Bisschen plakativ, oder?«, worauf mehrere Frauen sich zu ihm drehten und ihn wütend anzischten. Ich starrte auf den glitschigen, roten Fleck am Boden und fragte mich, was passieren würde, wenn die Insekten kommen und all das

Blut trinken würden. Vor meinem inneren Auge entstand ein vibrierender, summender Teppich aus Fliegen und anderem Ungeziefer, ich spürte, wie mein Magen sich hob, und übergab mich auf den Rasen.

Ein kultiviert aussehendes älteres Paar beugte sich Anteil nehmend über mich, die Frau reichte mir ein Taschentuch.

»Das ist auch wirklich zum Kotzen«, sagte der Mann. »Da hast du ganz recht, Kleine.«

Ich lächelte die beiden verlegen an und machte, dass ich wegkam. Im Bad putzte ich mir die Zähne, dann holte ich mir eine Flasche Limo und ging wieder in den Garten. Mein Lieblingsplatz unter dem Baum war weit genug vom Geschehen entfernt, sodass ich meine Ruhe haben würde. Ich legte mich ins Gras und schloss die Augen. Die Grillen zirpten, ein milder Nachtwind trug Stimmen und Gelächter der Gäste zu mir herüber.

Ich dachte darüber nach, dass Erwachsene immer so genau zu wissen schienen, was gut und was schlecht war. Meine Eltern zum Beispiel hatten zu allem eine Meinung. Ho Tschi Minh war gut, Franz Josef Strauß böse. Yoga war gut, Fußball doof. Buddhismus war gut, die katholische Kirche Scheiße. Der örtliche Einzelhandel war gut, Großkonzerne und Versandhäuser böse. Performance Art war gut, Ölbilder von schönen Zigeunerinnen über dem Sofa … dafür hatten sie nicht mal ein Wort. Auch andere Erwachsene hatten solche Gewissheiten, obwohl diese oft von denen meiner Eltern abwichen. Einen Standpunkt haben nannten sie das. Eine Weltanschauung.

Mich machte die Welt ratlos. Über Ho Tschi Minh hatte ich mal gelesen, dass er zwei Ehefrauen gleichzeitig gehabt habe. Und während des Vietnamkriegs seien Hunderttausende

Vietnamesen gestorben, ohne dass er als Präsident etwas dagegen unternommen habe. War das gut?

Der Buddhismus war, soweit ich es verstanden hatte, weniger eine Religion als eine Philosophie, deshalb war es nicht fair, ihn gegen die katholische Kirche antreten zu lassen. Die Kirche hatte natürlich wegen der Inquisition und ein paar anderer unschöner Geschichten eine Menge Negativpunkte auf dem Konto, aber machten die nicht auch soziale Sachen, Kinderheime und Wohltätigkeitsbasare und Weihnachtsfeiern für Obdachlose und so was? Warum genau Franz Josef Strauß böse war, wusste ich nicht. Nur dass mein Vater rot anlief, wenn er ihn im Fernsehen sah, es musste also irgendwas mit rechts und links zu tun haben. Links war gut, rechts war böse, so viel hatte ich verstanden. Aber wie gesagt, mit dem Gut und Böse war das so eine Sache. Ob der Einzelhändler Wieland, der in seinem Lebensmittelgeschäft Erstklässler beim Kauf von Süßigkeiten um ihr Wechselgeld betrog, moralisch tatsächlich über dem Versandhaus Quelle stand, dessen Gründer laut meinem Vater ein Nazimitläufer gewesen war, der sich an jüdischem Eigentum bereichert hatte? Auf jeden Fall durfte ich nichts aus dem Katalog bestellen, und neben dem örtlichen Einzelhandel kam meinen Eltern die Nazigeschichte als Ausrede ganz gelegen.

Die Welt war so viel komplizierter, als sie erschien. Wie konnte man auf den Gedanken kommen, sie in handliche Kästchen zu füllen und Etiketten mit der Aufschrift *richtig* und *falsch* daraufzukleben? Und wie sollte sich ein junger Mensch wie ich in diesem Durcheinander zurechtfinden? Natürlich wusste ich, dass man weder Mensch noch Tier quälen durfte, und wenn der Typ an der Teppichstange sein Publikum aufforderte, ihn zu schlagen (und manche das auch taten), dann zeigte er uns damit, dass jeder von uns zu allem fähig war, auch dazu, einen Menschen zu misshandeln und womöglich zu töten. Die Zeit, in der das millionenfach geschehen war, lag noch nicht lange zurück. Mir kamen dreißig Jahre natürlich sehr lange vor, weil sie mehr als das Doppelte meiner bisherigen Lebenszeit ausmachten. Aber schon meinen Eltern musste diese Zeitspanne relativ kurz erscheinen. Sie waren nicht lange vor dem Krieg zur Welt gekommen.

Ich wusste, dass man nicht lügen und stehlen sollte und noch ein paar andere Sachen, die sie mir beigebracht hatten, übrigens ohne sich als erklärte Religionsverächter daran zu stören, dass das meiste davon aus der Bibel stammte. Aber über diese grundlegenden Regeln hinaus gab es nichts, dessen ich mir sicher war, nichts, das ich nicht hätte infrage stellen können. Woher also nahmen die Erwachsenen ihre Sicherheit?

Vielleicht bestand genau darin das Erwachsensein, dachte ich. Gewissheiten vorauszusetzen, die es in Wahrheit nicht gab. Willkürliche Einteilungen vorzunehmen, wo alles andere als Ordnung herrschte. Das Chaos zu bändigen, weil man sonst darin unterging. Deshalb glaubten junge Menschen vielleicht auch daran, dass alles möglich ist. Ältere glaubten daran schon weniger. Und alte Leute wie Opa Fritz hatten diesen Glauben komplett verloren. Jedenfalls klang es so, wenn er in seine wehmütige Stimmung kam und Sachen sagte wie:

Wir hätten die Welt verändert. Da war ich noch jemand. Man muss sich einer Sache ganz verschreiben.

In Gedanken versunken, lag ich da, als ich plötzlich eine Bewegung wahrnahm und gleich darauf jemanden hallo sagen hörte.

Erschrocken fuhr ich hoch. Ich brauchte einen Moment, bis ich in dem spärlichen Licht, das vom Haus zu mir herüberschien, Felix erkannte, der von oben auf mich herabsah. Eine Flasche baumelte von seinem Zeigefinger, den er in den Bügelverschluss gehakt hatte.

»Was machst *du* denn hier?«

Er deutete mit dem Kopf in Richtung Haus. »Meine Mutter ist jeden Abend hier auf dem Festival. Na, und heute hat sie mich mitgeschleppt.«

Dann weißt du ja jetzt, in welch einem Irrenhaus ich lebe, dachte ich und nahm einen Schluck von meiner Limo. Er hockte sich zu mir, hob seine Flasche und prostete mir zu.

»Was ist das?«, fragte ich.

»Bier.«

»Darfst du denn schon …?«

Er lachte. »Natürlich nicht. Machst du denn nur Sachen, die du darfst?«

Eigentlich schon, dachte ich. Aber ich durfte ja auch alles.

Plötzlich beugte Felix sich ein Stück nach vorn, bis sein Gesicht ganz dicht an meinem war und ich seinen Atem spüren konnte. Instinktiv wollte ich ihm ausweichen, aber ich konnte mich nicht bewegen. Ich hielt die Luft an und kniff die Augen zu.

Seine Wange streifte meine Schläfe, und im nächsten Augenblick legte er seine Lippen scheu und zart auf meine. Ich zuckte zurück. Er hatte die Bierflasche fallen lassen, griff mit beiden Händen nach meinen Schultern und hielt sie fest. Sein Mund fühlte sich trocken an. Dann spürte ich etwas Feuchtes, das schnell über meine Lippen fuhr, eine Zungenspitze, die nach Bier schmeckte. Ich warf den Kopf zurück und wollte mich losreißen, aber er ließ es nicht zu. Und plötzlich war es gar nicht mehr eklig, sondern fühlte sich überraschend angenehm an. Unsere Zungen führten eine Art Tanz auf, schlängelten umeinander, zogen sich zurück, stießen wieder nach vorn. Ein wohliger Schauer durchrieselte mich, ich klammerte mich an Felix fest und hoffte, es würde nie aufhören.

Mein erster Kuss!, dachte ich staunend, als es vorbei war und wir einander verlegen gegenüberhockten. Ich versuchte auszurechnen, wie viele Küsse wir tauschen könnten, wenn wir uns bis zum Ende der Ferien jeden Tag für zwei Stunden treffen würden, kam aber zu keinem Ergebnis. Ich war dankbar, dass es dunkel war, denn bestimmt war mein Gesicht knallrot. Felix hob die Flasche auf, nahm den letzten Schluck, der noch darin war, und schwieg.

In diesem Moment nahm ich eine Unruhe im vorderen Teil des Gartens wahr, wo immer noch zahlreiche Gäste herumstanden, tranken und redeten. Einzelne Stimmen wurden laut, es klang unfreundlich, ja aggressiv.

Felix wandte sich um. »Was ist da los?«

»Weiß nicht«, sagte ich und stand auf, froh, einen Grund zu haben. Er folgte mir.

Je näher wir dem Geschehen kamen, desto bedrohlicher klangen die Stimmen. Gruppen von Gästen standen am Gartenzaun und stritten lautstark mit Leuten, die außerhalb standen. Die hielten ein Bettlaken hoch, auf dem in dicken Buchstaben zu lesen war: »Das ist keine Kunst! Schluss mit der Schweinerei!«

Offenbar hatte sich die Sache mit der nackten Frau und dem Blut herumgesprochen, und nicht alle unsere Nachbarn fanden die Idee künstlerisch überzeugend. Ich sah in wutverzerrte Gesichter und hörte geifernde Kommentare. Meine

Eltern gingen umher, versuchten die Streitenden zu besänftigen, konnten sich aber kaum Gehör verschaffen.

»Freiheit der Kunst!«, schrie einer unserer Gäste.

»Schweinerei!«, schrie die Gegenpartei.

Ein Stück entfernt entdeckte ich Margot, den aufgeregten Onkel an der Hand. Er trat von einem Fuß auf den anderen, lachte und rief unverständliche Worte in die Menge. Er schien das Ganze für ein Spiel zu halten, ein Spektakel zu seiner ganz persönlichen Unterhaltung. Erst als ein Mann ausholte und einen anderen schlagen wollte, als Frauen aufschrien und eine Rauferei entstand, sah ich, wie sein Gesichtsausdruck sich veränderte und er Angst bekam. Margot warf einen letzten verächtlichen Blick in unsere Richtung, dann zerrte sie den Onkel hinter sich her zurück ins Nachbarhaus.

Herr Burger, ein unangenehmer Kerl, der einige Häuser entfernt wohnte, schrie: »Gesindel! Judenpack! Weg mit euch!« Was aus unserem Garten umgehend mit den Rufen »Nazi, Nazi!« quittiert wurde.

Die gesamte Nachbarschaft war in Aufruhr, und bestimmt war auch die Presse schon unterwegs. Der Feuilletonist unserer Tageszeitung ließ keine Gelegenheit aus, die Aktionen meines Vaters hämisch zu kommentieren. Ein hübscher kleiner Skandal wie dieser würde ihm gefallen.

Ich sah schon die Blicke, die uns in den nächsten Tagen und Wochen folgen würden, hörte das Getuschel hinter unserem Rücken und nahm mir vor, das Haus nicht mehr zu verlassen. Ich würde einfach im Bett liegen bleiben, bis die Ferien zu Ende waren und die Schule wieder anfing. Bis dahin würden die Leute diesen Abend hoffentlich vergessen haben.

Felix erspähte seine Mutter, die offenbar nach ihm suchte. Er warf mir einen entschuldigenden Blick zu, und weg war er.

Aufgewühlt und verwirrt blieb ich zurück. Mein Kopf war heiß, ich hatte das Gefühl, dass mein Brustkorb vom rasenden Galopp meines Herzschlags vibrierte. Mit der Zunge fuhr ich mir über die Lippen, um seinen Geschmack wiederzufinden.

Ein Junge hatte mich geküsst. Mich!

Am nächsten Morgen blieb ich tatsächlich im Bett. Meinen Eltern war es offensichtlich egal; wenn sie es denn überhaupt bemerkten. Sie schliefen selbst bis mittags, irgendwann hörte ich sie im Haus herumrumoren, hatte aber nicht das geringste Bedürfnis, ihnen zu begegnen. Ich hielt es bis gegen drei aus, dann trieb mich der Hunger in die Küche. Weder meine Eltern noch Che waren zu sehen, dafür empfingen mich die Verwüstungen des gestrigen Abends. Überall standen leere und halb volle Gläser herum, daneben überquellende Aschenbecher und Platten mit Essensresten. Ich trank die Rotweinreste aus mehreren Gläsern und inspizierte die belegten Brote, deren Ränder sich bereits wellten und auf denen Wurst- und Käsescheiben vor sich hin trockneten. Mit spitzen Fingern nahm ich zwei davon und pappte sie zusammen. Dann griff ich mir ein paar Radieschen und übrig gebliebene Salzstangen, die schon ganz weich waren, und legte alles auf einen Teller.

Ich sehnte mich nach einer ordentlichen Mahlzeit. Miracoli, Eintopf oder Milchreis – irgendeines der Gerichte, die es in normalen Familien zu Mittag gab.

Einen Moment lang überlegte ich, ob uns das Jugendamt unseren Eltern wegnehmen würde, wenn die Leute dort erführen, wie sehr Che und ich vernachlässigt wurden. Ich stellte mir vor, wie ich mich abgemagert und hohläugig ins

Rathaus schleppte, wo mitleidige Sozialarbeiter sich um mich kümmern würden. Ich würde ihnen erzählen, wie demütigend und unerträglich das Leben mit meinen Eltern sei, wie sehr ich mich für sie schämte und wie gern ich anderswo leben würde. Sie würden mir voller Anteilnahme zuhören und mich anschließend in ein Heim bringen, wo ich mit schwer erziehbaren und noch verhaltensauffälligeren Mädchen, als ich selbst eines war, in einem Schlafsaal zusammengepfercht sein würde. Sicher würde es dort regelmäßige Mahlzeiten geben, aber der Preis dafür erschien mir dann doch zu hoch.

Ich nahm meinen Teller mit der armseligen Ausbeute und zog mich wieder in mein Zimmer zurück. Nachdem ich gegessen hatte, tat ich, was ich schon den ganzen Vormittag getan hatte: Ich starrte an die Decke und dachte an Felix.

War es so, wenn man verliebt war? Dass man völlig verblödete? Ich fing an, mich mit mir selbst zu langweilen, aber ich konnte an nichts anderes denken. Seine Gestalt, die sich aus der Dunkelheit geschält hatte, die Bierflasche in seiner Hand. Seine amüsiert vorgebrachte Frage: »Machst du denn nur Sachen, die du darfst?« Seine überraschende Nähe, der Moment, in dem seine Lippen sich auf meine gelegt hatten. Der Geschmack von Bier, die Reaktion meiner Zunge, die mit einem Mal erwacht war, als hätte sie nur auf diesen Moment gewartet. Meine Finger ertasteten meine Lippen, die sich wund anfühlten, so oft hatte ich darübergeleckt bei dem Versuch, den Geschmack dieses Kusses erneut heraufzubeschwören.

Ich muss noch einmal eingeschlafen sein, denn irgendwann erwachte ich davon, dass jemand meinen Namen rief. Ich fuhr hoch, stolperte durch mein Zimmer und riss die Tür auf.

»Was ist los?«, rief ich.

»Telefon«, ertönte die Stimme meiner Mutter.

Telefon? Für mich? Das konnte nicht sein. Mich rief nie jemand an. Bettina kletterte über den Zaun, wenn sie was von mir wollte. Sonst wollte keiner was von mir.

»Komme schon«, rief ich und hastete die Treppe so schnell hinunter, dass ich auf der letzten Stufe ausrutschte und unsanft auf dem Hintern landete. Meine Mutter stand im Flur neben dem Telefontischchen und hielt mir den Hörer mit unbeteiligter Miene hin, so als würde ich jeden Tag zwanzig Anrufe kriegen. Wahrscheinlich hatte sie noch gar nicht bemerkt, dass ihre Tochter sozial ausgegrenzt wurde. Neulich hatte ich belauscht, wie sie mit jemandem über mich gesprochen hatte. »Sie ist so originell, die Menschen lieben sie, wenn sie sie näher kennenlernen.«

Erst nach einer Weile hatte ich kapiert, dass von mir die Rede war; ich konnte mich nicht erinnern, dass mich schon mal jemand näher hatte kennenlernen wollen.

»Hallo«, sagte ich atemlos in den Hörer. Ich hörte unterdrücktes Kichern, dann wurde aufgelegt.

»Hallo?«, wiederholte ich, aber meine Stimme verhallte ungehört.

Am selben Abend verlangten unsere Eltern, dass wir in die Küche kommen und beim Aufräumen helfen sollten. Eigentlich sah ich nicht ein, dass wir den Saustall beseitigten, den ihre Gäste hinterlassen hatten, aber ich war zu müde, als dass ich hätte widersprechen können. Che dagegen motzte herum und sabotierte den Fortgang der Aufräumarbeiten durch aufreizende Langsamkeit.

Zuerst wendeten meine Eltern ihre übliche Strategie an und ignorierten ihn, aber als Che sagte, die Demonstranten hätten völlig recht gehabt, die Performance mit dem Blut sei wirklich abartig gewesen, platzte meinem Vater der Kragen. Er feuerte das Glas, das er gerade abtrocknete, auf den Boden, wo es in tausend Stücke zerschellte, und baute sich drohend vor Che auf.

»Jetzt reicht's!«, brüllte er. »Warum sagst du nicht gleich *entartet*, du verdammter Idiot!«

Che biss sich auf die Lippen, das Gesicht weiß vor Zorn. Ich hoffte, er würde den Mund halten. Aber er konnte es nicht lassen.

»Du bist so lächerlich«, sagte er voller Verachtung.

Mein Vater fuhr herum, holte zum Schlag aus – und zog im letzten Moment die Hand zurück. »Das hättest du wohl gern«, sagte er. »Aber den Gefallen tu ich dir nicht.«

Che schnaubte höhnisch.

»Hört auf!«, rief ich und tat so, als würde ich zu weinen anfangen. Mein Vater ertrug es nicht, wenn Frauen heulten. Er warf mir einen erschrockenen Blick zu und biss die Zähne zusammen. Che stürmte aus der Küche.

Meine Mutter tat, als wäre nichts. Sie kehrte nur die Scherben zusammen und warf sie in den Müll.

Ich wischte mit dem Lappen über den Küchentisch und blickte mich fragend um.

»Sind wir fertig?«

Die Küche sah wieder halbwegs wie eine menschliche Behausung aus, auch wenn Yvonne sicher noch einiges auszusetzen gehabt hätte.

»Danke, mein Schatz«, säuselte meine Mutter.

»Wie wär's mit einer Pizza?«, fragte mein Vater munter.

Offenbar plagte ihn das schlechte Gewissen. Mich plagte, wie immer, der Hunger. In der Stadt gab es einen neuen Italiener, der wegen seiner guten Pizza sofort zu meinem Lieblingslokal geworden war. Eigentlich war ich sauer auf meine Eltern. Aber der Hunger siegte.

»Also gut«, sagte ich und fühlte mich wie ein Verräter.

Kaum hatten wir uns im Restaurant hingesetzt, bereute ich meinen Entschluss auch schon. An allen Tischen wurde geflüstert, feindselige Blicke richteten sich auf uns. Mein Vater schien die Ablehnung regelrecht zu genießen, offenbar kam er sich wie ein Held vor, ein mutiger Verteidiger der modernen Kunst. Am liebsten wäre ich sofort wieder gegangen, aber damit hätte ich noch mehr Aufmerksamkeit auf uns gezogen. Verschämt blickte ich auf das schrill gemusterte Tischtuch und nuschelte dem Kellner meine Bestellung entgegen.

»Eine Pizza Salami und eine Coca-Cola, bitte.«

Meistens verbot meine Mutter mir den Genuss von Cola (zu viel Zucker, das Koffein hält einen wach, und dann noch der böse kapitalistische Großkonzern …), ich war also überrascht, dass sie es diesmal kommentarlos hinnahm. Nach den Auseinandersetzungen der letzten vierundzwanzig Stunden war ihre Konfliktbereitschaft anscheinend erschöpft.

Nachdem sie bestellt hatten, schienen meine Eltern mich vergessen zu haben und begannen eine flüsternde Unterhaltung.

Verstohlen sah ich mich um. Die Aufregung an den Nebentischen hatte sich gelegt, die Gäste waren wieder mit sich und ihrem Essen beschäftigt. Niemand kümmerte sich mehr um uns. Für einen Moment genoss ich die Situation, mit Mutter und Vater um den Tisch zu sitzen, als wäre das etwas Alltägliches. In Wirklichkeit kam es selten vor, und es war eine der Sachen, die ich vermisste.

Meine Eltern gehörten zu den Paaren, deren Verbindung so symbiotisch ist, dass jeder andere sich ausgeschlossen fühlen muss. Auch ich fühlte mich meistens überflüssig, wenn ich mit ihnen zusammen war. Wie Che sich fühlte, mochte ich mir gar nicht ausmalen. Oft sprachen sie miteinander, als wären wir gar nicht da. Das war einerseits faszinierend, andererseits sehr kränkend. Ich glaube, es war einer der Gründe für Ches Störung.

Meine Eltern erzählten gern, wie sie früher mit ihm »Ja-wo-ist-denn-der-Che?« gespielt hatten. Dabei taten sie so, als könnten sie ihn nicht sehen, obwohl er direkt vor ihnen stand. Che war jedes Mal völlig ausgeflippt und hatte verzweifelt geschrien: »Hier bin ich doch! Hier ist der Che!« Dabei hatte er sich mit seinen kleinen Fäusten auf die Brust geschlagen. Kein Wunder, dass er bis heute mit allen Mitteln um ihre Aufmerksamkeit kämpfte.

Jedes Mal wenn aus dem Schlafzimmer meiner Eltern die Geräusche eines Liebesakts drangen, fürchtete ich, sie würden womöglich ein Geschwisterkind zeugen – einen weiteren Rivalen, mit dem Che und ich um ihre Zuwendung buhlen müssten. (Zum Glück hatten sie die Türen inzwischen wieder eingehängt, so mussten wir wenigstens nicht zusehen, wenn unsere Eltern es miteinander trieben.)

Der Kellner brachte meine Cola. Ich fischte die Zitronenscheibe heraus und saugte daran. »Warum wünschen die Leute sich eigentlich Kinder?«, fragte ich.

Überrascht unterbrachen meine Eltern ihre Unterhaltung und richteten ihre Aufmerksamkeit auf mich.

Meine Eltern hörten mir tatsächlich zu! Ein Moment, den ich mir am liebsten gerahmt hätte.

»Wie kommst du darauf?«, fragte meine Mutter.

»Nur so. Ich will es verstehen.«

»Nun, es liegt in der Natur des Menschen, sich fortzupflanzen«, sagte mein Vater. »Das ist Teil unseres genetischen Programms.«

»Heißt das, man kriegt Kinder einfach so, weil man halt welche kriegt? Oder wünscht man sie sich ausdrücklich?«

Ich spielte auf den Gegensatz von Natur und Kultur an, über den ich in letzter Zeit einiges gelesen hatte. Zu unserer Natur gehört es ja auch, Feinde zu vertreiben und, wenn nötig, zu töten. Dank unserer Kultur laufen wir heute aber nicht mehr jedem Fremden mit der Keule nach. Mit dem Kinderkriegen musste es doch ähnlich sein: Unsere Natur sagt uns, dass wir welche kriegen sollen. Unsere Kultur bestimmt, wann und mit wem. Ich wollte begreifen, ob ich ein Produkt der Natur oder der Kultur war.

»Euch haben wir uns jedenfalls beide gewünscht«, sagte meine Mutter, als hätte sie meine Gedanken gelesen. Ich glaube aber, sie sagte es nur, weil sogar ihr klar war, dass ein Kind die Gewissheit haben musste, erwünscht zu sein, wenn es nicht neurotisch werden sollte.

Ich musste an Che denken, der wütend zu Hause saß und alles hasste. Er tat mir leid, und ich machte mir Sorgen um ihn. Sein Hass wurde allmählich krankhaft, seine Ausraster immer heftiger, und manchmal fragte ich mich, wo das alles noch hinführen sollte.

»Was ist eigentlich los mit dir?«, fragte mein Vater.

»Nichts«, sagte ich und sah auf. »Können wir Che eine Pizza mitbringen?«

Mein Vater holte tief Luft, beherrschte sich dann aber. Meine Mutter legte lächelnd ihre Hand auf meine.

»Lieb von dir, dass du an ihn denkst«, sagte sie.

Ich lächelte zurück und fühlte mich wieder wie eine Verräterin, weil ich mich im familiären Stellungskrieg nicht klar positionierte. Die Wahrheit war: Ich hasste den Streit zwischen Che und meinen Eltern, aber ich verstand ihn.

Unser Essen kam. Hungrig verschlang ich meine Pizza. Meine Mutter hatte eine weitere Pizza für Che bestellt und in einen Pappkarton packen lassen. Mein Vater bezahlte, und wir steuerten auf den Ausgang zu.

Da betraten zwei Personen das Lokal, und mein Magen hob sich vor Schreck: Felix und seine Mutter.

Felix wich meinem Blick aus, seine Mutter stürzte auf meinen Vater zu und rief: »Herr Kaufmann, ich muss Ihnen sagen, was für ein großartiger Abend das war! Die Darbietungen waren mutig und mitreißend, sie haben längst überfällige Auseinandersetzungen angestoßen, dafür danke ich Ihnen.«

Wieder richteten sich die Blicke der anderen Gäste auf uns, und ich wollte im Boden versinken. Meine Eltern waren mir peinlich, Felix' Mutter war mir peinlich, ich war mir selbst peinlich. Ich drehte mich weg und fing dabei einen Blick von Felix auf. Er verdrehte die Augen, es ging ihm also wie mir. Erleichtert lächelte ich ihn an. Während meine Eltern und seine Mutter sich unterhielten, schob er sich ein Stück näher zu mir.

»Machst 'n so?«

Ich zuckte die Schultern. »Nichts Besonderes.«

»Hast du vielleicht Lust auf 'ne Radtour?«

Überrascht sah ich ihn an. Ich fuhr manchmal mit dem Rad in die Stadt, wenn ich was besorgen musste, aber zum Vergnügen fuhr ich nie. Viel lieber lag ich im Garten und las.

»Ich weiß nicht.«

»Na, dann eben nicht.« Er drehte sich weg.

Mist, Mist, Mist!

»So habe ich es nicht gemeint!«, sagte ich schnell und fing an zu schwitzen. »Ich meinte … ich weiß nicht, ob mein Fahrrad noch … äh, Luft hat.«

»Also, dann morgen Nachmittag? So um zwei?«

Ich nickte eilig.

Am nächsten Tag bat ich Che, mein Fahrrad in Ordnung zu bringen. Er brummte, machte sich aber trotzdem an die Arbeit. Während er vorn pumpte, hielt ich das Rad fest und sah ihm zu. Auf seinem Gesicht lag immer noch ein wütender Ausdruck.

»Alles okay?«, fragte ich.

»Danke für die Pizza«, murmelte er, ohne mich anzusehen.

»War Mamas Idee«, log ich.

»Klar«, gab er zurück.

Er prüfte den Reifendruck und schien zufrieden zu sein. Wir wiederholten die Prozedur am hinteren Reifen.

»Ich hau übrigens ab«, sagte Che, während er pumpte.

»Was meinst du damit?«, fragte ich erschrocken.

»Ich geh in so 'n Ferienlager im Schwarzwald.«

»Was denn für ein Ferienlager?«

»Na, ein Ferienlager halt. Mit Sport, Wandern, Musik und so.«

Das klang schwer nach Pfadfindern. »Jeden Tag eine gute Tat?«, sagte ich spöttisch. »Na, die für heute hast du ja schon.«

Er drückte auf den Reifen und pumpte dann weiter. Ich beobachtete, wie seine Armmuskeln sich abwechselnd anspannten und wieder lockerten. Che, der notorische Einzelgänger, wollte wirklich freiwillig Zeit mit anderen Jugendlichen verbringen? Das war neu. Obwohl, in letzter Zeit war er öfter mal abends weggegangen. Zum Sport, wie er behauptete. Aber manchmal war er ziemlich spät heimgekommen. Vielleicht hatte er ja endlich Anschluss gefunden.

»Mama und Papa haben es erlaubt?«

Che schnaubte. »Die sind doch froh, mich los zu sein.«

Ich holte Luft und wollte widersprechen, aber ich wusste, dass er recht hatte. Und er wusste es auch. Meine Eltern waren von den Kämpfen mit ihm erschöpft, und selbst ich spürte so etwas wie Erleichterung bei dem Gedanken, dass es ohne ihn für eine Weile keinen Streit geben würde.

»Sie haben mir sogar was dazubezahlt«, sagte er.

»Wirklich?«, fragte ich eifersüchtig. Offenbar musste man sich nur schlecht genug benehmen, dann bekam man zur Belohnung ein Ferienlager spendiert. »Und den Rest, wer hat den bezahlt?«

»Opa Fritz.«

Klar, wer sonst. Che legte die Pumpe zur Seite und schraubte den Deckel aufs Ventil. Als Nächstes ölte er die Kette.

»So, fertig«, sagte er schließlich und räumte das Ölfläschchen wieder auf.

»Danke.«

Che fuhr sich mit der Hand durchs Gesicht und hinterließ dort einen schwarzen Strich, der sich quer über seine Wange zog.

Eine Erinnerung aus unserer Kindheit blitzte auf. Wir hockten in unserem aus Bettlaken gebauten Indianerzelt und verpassten uns gegenseitig mit Pinsel und Wasserfarben eine Kriegsbemalung. Plötzlich öffnete sich das Zelt, und meine Mutter steckte den Kopf herein. »Da seid ihr ja! Kommt raus, Opa Fritz ist da.«

Es muss einer der seltenen Besuche gewesen sein, die unser Großvater uns abgestattet hatte. Meist fuhren wir ja zu ihm.

Enttäuscht, dass unser Spiel unterbrochen worden war, krochen wir aus dem Zelt, die Gesichter bunt bemalt, Federn im Haar. Angewidert musterte uns Opa Fritz und murmelte etwas, was ich nicht verstand. Mein Vater, der neben ihm stand, blickte ihn mit zusammengekniffenen Augen an.

»Faschist«, zischte er.

Ich wusste damals noch nicht, was das Wort bedeutete, aber die Blicke, die zwischen den beiden Männern hin und her gingen, sagten mehr als Worte. Es war purer Hass.

»Wann fährst du?«, fragte ich Che.

»Übermorgen.«

»Und für wie lange?«

»Zwei Wochen.«

»Ich werd dich vermissen«, sagte ich, und in einer plötzlichen Gefühlsaufwallung schlang ich die Arme um ihn.

Brüsk schob er mich weg. »Erzähl keinen Quatsch.«

Ich ging zu meinem Platz unter dem Baum und legte mich ins Gras. Zur Beruhigung sagte ich Primzahlen auf (2, 3, 5, 7, 11, 13, 17, 19, 23, 29, 31 ...), diese seltsamen Gebilde, die sich gewissermaßen selbst genug waren, weil sie nur durch die Zahl Eins und sich selbst teilbar waren. Das machte sie besonders, aber auch einsam. Unter den Menschen war ich wohl so etwas wie eine Primzahl.

Als das Gartentor quietschte, fuhr ich hoch. Da stand Felix, eine Hand am Lenker seines chromblitzenden Fahrrads, und winkte mir zu.

Ich war schon länger nicht mehr Rad gefahren, und es

dauerte etwas, bis ich mich wieder einigermaßen sicher fühlte. Felix hatte den Weg zum Fluss gewählt. Wir fuhren am Ufer entlang, wo wir gelegentlich anderen Radfahrern oder Spaziergängern ausweichen mussten, die ihre Hunde Gassi führten. Es war ein schwüler Tag, über dem Wasser lag feuchte Luft, die das Atmen schwer machte. Der Schweiß stand mir auf der Stirn, ich bekam Durst und bedauerte schlagartig, dass ich keinerlei Proviant dabeihatte. Nichts zu trinken, nichts zu essen. Ich hatte nichts vorbereitet, weil ich irgendwie davon ausgegangen war, dass Felix letztlich doch nicht kommen würde.

»Hast du was zu trinken dabei?«, rief ich.

Er bremste ab und kam zum Stehen, ich hielt neben ihm an. Er reichte mir eine Thermoskanne. Ich verzog nach dem ersten Schluck das Gesicht. Lauwarmer Früchtetee.

»Danke.« Ich gab ihm die Flasche zurück. »Hast du zufällig auch was zu essen mit?«

Er lachte. »Wir sind gerade mal zwanzig Minuten unterwegs, und du hast schon Hunger?«

Verlegen hob ich die Schultern. Ich konnte ihm ja nicht sagen, dass ich den ganzen Vormittag vor Aufregung nichts gegessen hatte.

Er wühlte in seinem Rucksack und reichte mir einen flachen, abgepackten Riegel von einer Sorte, die ich nicht kannte. Ich schaute ihn mir näher an. »Was ist denn das?«

Er verzog das Gesicht. »Fruchtschnitten. Meine Mutter ist auf dem Gesundheitstrip. Ich muss auch jeden Tag frischen Orangensaft mit Sanddornsirup trinken, von wegen Vitamine und so. Und zu Hause gibt's nur Gemüse und Körnerzeug.«

»Wenigstens kocht sie überhaupt«, sagte ich.

Nachdem ich den Riegel gegessen hatte – festes Fruchtmark zwischen zwei geschmacklosen Oblaten, die am Gaumen kleben blieben –, fuhren wir weiter, diesmal nebeneinander. Ich fand es inzwischen ziemlich langweilig, deshalb versuchte ich, freihändig zu fahren und dabei die Augen zu schließen. Im letzten Moment wich ich einem Spaziergänger aus, der wütend hinter mir herschimpfte. Fast hätte ich seinen Dackel überfahren.

»Du bist ganz schön verrückt«, hörte ich Felix neben mir sagen.

Meine gute Laune war schlagartig vorbei. Am liebsten wäre ich umgekehrt, aber in diesem Moment deutete Felix mit dem Arm nach links und bog vom Uferweg ab zu einem kleinen Wäldchen.

»Da können wir Pause machen«, rief er. Am Waldrand bremste er, stieg ab und lehnte sein Rad sorgsam gegen einen Baum. Ich ließ meines ins Gras fallen und stemmte die Hände in die Hüften. »Warum bin ich verrückt?«

Er gab keine Antwort.

»Vielleicht bist du ja auch verrückt«, sagte ich herausfordernd. »Wie kommt es sonst, dass du mit einer Verrückten eine Radtour machen willst?«

Wieder gab er keine Antwort, sondern guckte nur verlegen. Dann zog er eine dünne Decke aus seinem Rucksack und breitete sie auf dem Boden aus. Er ließ sich darauffallen, ich setzte mich in einigem Abstand daneben. Die Thermoskanne mit dem Tee, einige belegte Brote und weitere Fruchtriegel bildeten unser Picknick.

Ich stellte mir vor, wie Felix' Mutter den Tee aufgebrüht, die Brote geschmiert und alles eingepackt hatte. Auf diese Idee würde meine Mutter im Leben nicht kommen. Sie hatte mich nicht mal gefragt, was ich vorhätte oder wann ich nach Hause käme. Wenn ich irgendwann einfach weg wäre, würde es bestimmt Tage dauern, bis sie es überhaupt bemerkte. Aber wahrscheinlich würde sie mich schon vermissen. Im Grunde war ich davon überzeugt, dass sie mich liebte, auch wenn sie es nur schwer zeigen konnte.

Trotzdem hatte ich oft darüber nachgedacht. Zu verschwinden, meine ich. Es gab ja unterschiedliche Arten des Verschwindens. Man konnte woanders hingehen, sich verstecken, eine neue Identität annehmen. All das war schwierig, wenn man noch nicht erwachsen war. Jugendliche, die abhauten, wurden meistens aufgegriffen und wieder nach Hause gebracht. Oder ins Heim. Oder man fand sie irgendwo tot, weil sie missbraucht und dann umgebracht worden waren.

Da wäre es vielleicht besser, sich gleich selbst umzubringen. Dann könnte man wenigstens bestimmen, auf welche Weise man sterben wollte. Ich würde gern schnell und ohne Schmerzen sterben, aber ich würde danach gern noch gut aussehen. Also fielen das Sich-vor-den-Zug-Werfen oder Vom-Hochhaus-Springen schon mal flach. Pulsadern aufschneiden tat bestimmt weh und war eine ziemliche Schweinerei. Erhängen war ebenfalls nicht ohne Risiko – wenn man so leicht war wie ich, konnte es sein, dass das Genick nicht brach und man ewig am Strick zappelte, bevor man endlich erstickte. Eigentlich kam nur Vergiften infrage, aber ich wusste nicht, wie das gehen sollte. Richtig geeignete Schlaftabletten bekam man wahrscheinlich nur auf Rezept, und man brauchte bestimmt auch ziemlich viele davon. Und Rattengift oder Unkrautvertilgungsmittel konnte man zwar problemlos kaufen, aber wie hoch musste man es dosieren?

Wenn man einen Teelöffel für eine Ratte brauchte, musste man ja ungefähr zwei Kilo davon essen, wenn es für einen Menschenkörper reichen sollte. Meine Überlegungen in dieser Richtung waren noch nicht abgeschlossen, und ich las voller Interesse alles, was ich zu dem Thema finden konnte. Ein schneller, sicherer, schöner Tod erschien mir immer wieder als anziehende Alternative zu meinem anstrengenden irdischen Dasein.

Nur dass ich jetzt wohl so was wie verliebt war. Dieses Gefühl störte meine Selbstmordabsichten nachhaltig.

Felix war näher gerückt und lagerte nun dicht neben mir. Schweigend kauten wir die Brote und teilten uns den Tee. Immer mal wieder sah ich aus den Augenwinkeln zu ihm rüber und merkte, dass auch er mir verstohlene Blicke zuwarf. Wir hatten schon so lange nichts mehr gesagt, dass es unmöglich erschien, das Schweigen jemals wieder zu brechen.

Zum Nachtisch aßen wir die restlichen Fruchtschnitten. Es gab welche mit Aprikosen- und welche mit Nussgeschmack. Ich legte mir eine davon auf die Zunge, sie blieb haften, und ich ließ sie an der herausgestreckten Zunge herabbaumeln.

»Waf if daf blof für komifef Feug«, sagte ich, und Felix lachte. Endlich. Das peinliche Schweigen war beendet.

Ich zog die Zunge in den Mund zurück und zerkaute die Schnitte.

»Ist es eigentlich schlimm für dich, dass deine Eltern geschieden sind?«, fragte ich, nachdem ich aufgegessen hatte. Die Frage hatte mich schon länger beschäftigt.

Er zuckte die Schultern. »Ist kein großer Unterschied zu vorher. Mein Vater war sowieso fast nie da.«

»Mein Vater ist immer da«, sagte ich seufzend. »Manchmal wünschte ich mir, meine Eltern würden sich trennen.«

Er blickte erstaunt. »Wieso das denn?«

»Weil sie nur miteinander beschäftigt sind. Die haben überhaupt keine Zeit für uns Kinder. Wenn sie getrennt wären, hätten sie vielleicht ein schlechtes Gewissen und würden sich mehr um uns kümmern.«

»Sei froh, wenn sie dich in Ruhe lassen. Eltern nerven doch nur.«

Ich dachte darüber nach. Eltern, die sich ständig um einen kümmerten, nervten vielleicht wirklich. Aber von Eltern, denen man scheißegal war, würde man sich wünschen, dass sie mal nervten. Es hieß doch, die Pubertät sei dafür da, sich von den Eltern zu lösen. Aber wie sollte man sich von Eltern lösen, die einen gar nicht festhielten?

Ich stellte mir öfter vor, meine Eltern wären geschieden, und ich müsste mich entscheiden, bei wem ich leben wollte. Jeder würde mich anflehen, bei ihm zu wohnen, weil er es nicht ertragen könnte, ohne mich zu sein.

Ich würde mir Zeit mit der Entscheidung lassen und dann vorschlagen, dass ich abwechselnd eine Woche bei meiner Mutter und eine bei meinem Vater verbringen würde. Das wäre gerecht, und sicher würden sie sich in ihrer Aufmerksamkeit und Zuwendung für mich gegenseitig übertreffen wollen. Die Vorstellung verschaffte mir eine gewisse Befriedigung, wurde aber jedes Mal durch einen unschönen Gedanken zerstört: dass es nämlich deutlich wahrscheinlicher war, dass beide Elternteile mich anflehen würden, zum jeweils anderen zu ziehen.

Felix legte sich auf den Rücken und blickte in den Himmel. Ich zögerte einen Moment, dann legte ich mich vorsichtig daneben. Verlegene Stille drängte sich erneut zwischen uns. Ich schloss die Augen und stellte mir vor, ich läge auf einem fliegenden Teppich, der sich jeden Moment sanft vom Boden heben und losfliegen würde.

Irgendwann spürte ich seine Hand, die vorsichtig meinen Arm entlang nach oben wanderte, meinen Nacken umschloss, meinen Kopf zu sich drehte. Ich hielt die Augen geschlossen, fühlte, wie sich meinem Gesicht etwas Warmes näherte, etwas Feuchtes meinen Mund berührte, und dann setzten wir den Zungentanz vom letzten Mal fort.

Als Felix mich gegen Abend an unserem Gartentor ablieferte, griff er in seinen Rucksack und zog ein in Zeitungspapier eingewickeltes Päckchen in der Größe einer Kassette heraus. »Hab ein paar Songs für dich aufgenommen.«

Ohne mich anzusehen, drückte er mir sein Geschenk in die Hand und radelte dann davon. Ich stand da, rührte mich nicht und dachte, dass das wahrscheinlich der aufregendste Moment meines Lebens war. Und dass ich mich vorerst ganz bestimmt nicht umbringen würde.

Er hatte Songs für mich aufgenommen. Nur für mich.

Ich rannte in mein Zimmer, schob die Kassette in den Rekorder und drückte die Play-Taste. Eine sanfte Melodie ertönte, nach wenigen Takten setzte eine Frauenstimme ein. Ich warf mich aufs Bett, schloss die Augen und versuchte, mir jeden Moment des vergangenen Nachmittags in Erinnerung zu rufen. Unseren Zungentanz, von dem wir nicht genug bekamen, seine Hand, die schüchtern über meinen Rücken und meine Schultern strich, allmählich mutiger wurde, nach unten wanderte, unter mein T-Shirt glitt und schließlich auf meiner Brust landete. Die Berührung nahm mir den Atem, ich löste meine Lippen von seinen, rang nach Luft. Er hielt meinen Körper fest an seinen gedrückt und schob sein Knie zwischen meine Schenkel. Mir wurde schwindelig, in meinem Kopf schien ein Silvesterfeuerwerk zu explodieren. Ich wollte gleichzeitig in ihn hineinkriechen und vor ihm weglaufen; es war, wie wenn man richtig durchgekitzelt wurde, unerträglich und wundervoll zugleich.

Die Musik hüllte mich ein, die Töne bildeten unterschiedliche Formen, die auf farbigen Bändern zu tanzen schienen, aber ich sah sie nicht nur, ich spürte sie auch wieder. Mal waren es Fingerspitzen, die über meine Haut huschten, dann waren es streichelnde Berührungen, zart und flüchtig wie ein Windhauch. Bei manchen Passagen spürte ich eine Wärme auf der Haut, als würde jemand seine Hände auf mich legen. Es war verwirrend und fühlte sich ebenso widersprüchlich an wie die Berührungen von Felix selbst. Wenn ich mich ihnen jetzt hingab, würden die Empfindungen mich überspülen und mit sich reißen. Schnell setzte ich mich auf, drückte die Stop-Taste und riss die Kassette aus dem Rekorder, als wäre sie explosiv.

Ich krümmte mich auf dem Bett zusammen, die Hände zwischen den zusammengepressten Knien, und sagte Primzahlen auf, bis ich mich wieder beruhigt hatte. Irgendwann schlief ich erschöpft ein.

5

Ich lungerte vor dem Musikzimmer der Bertholds herum und wartete darauf, dass Bettina mit Üben fertig wurde. Christian entdeckte mich und setzte sich zu mir.

Ich straffte den Rücken und räusperte mich verlegen. Es machte mich nervös, neben ihm zu sitzen. Weil er mein Lehrer war, aber auch weil er Christian war. Wenn er mich ansah, hatte ich das Gefühl, dass er direkt in mich hineinblickte. Und wenn er mit mir sprach, wollte ich immer besonders intelligente Sachen sagen und sagte meistens besonders dämliche, jedenfalls kam es mir so vor.

Aus dem Musikzimmer drang in endloser Wiederholung die ständig gleiche Tonfolge. Man konnte hören, wie schwer es Bettina fiel, die Töne zu einer Melodie zu verbinden. Unwillkürlich verzog ich das Gesicht.

»Warum magst du eigentlich keine Musik?«, fragte Christian.

Ich war überrascht. »Wieso … ich meine …«

»Na, ich beobachte dich schon seit geraumer Zeit. Hier bei uns, wenn wir Hausmusik machen, und natürlich im Musikunterricht. Ich habe das Gefühl, du schaltest innerlich ab, sobald Musik erklingt. Du scheinst dich regelrecht dagegen zu wehren.«

Ich fühlte mich ertappt. »Ich weiß nicht, ist mir noch gar nicht aufgefallen.«

»Ich finde das schade«, sagte er und heftete seine hellen, blauen Augen auf mich.

»Das ist doch nicht so schlimm«, versicherte ich ihm. »Ich mag einfach die Stille lieber.«

Er lachte. »Musik ist nicht einfach nur das Gegenteil von Stille. Musik ist viel mehr.«

Fragend blickte ich ihn an. Warum erzählte er mir das?

»Ich habe da eine Idee«, sagte er. »Wie wäre es, wenn du ein Instrument lernst?«

»Ich bin total unmusikalisch.«

Er lachte wieder. »Glaube ich nicht. Du bist doch gut in Mathe, oder?«

Ich nickte. Was hatte das denn damit zu tun?

»Viele, die eine mathematische Begabung haben, sind auch musikalisch. Ich wüsste gern, ob es bei dir auch so ist.«

»Bestimmt nicht«, sagte ich und hoffte, das Gespräch wäre damit beendet.

»Wirklich schade«, wiederholte Christian. »Ich bin sicher, es würde dir guttun.«

Guttun. Was meinte er damit? Würde es meine fremdartigen Wahrnehmungen kurieren? Würde es meine besonderen Begabungen vertreiben? Wohl kaum. Was daran sollte mir also *guttun?*

Bettina hatte sich dem nächsten Teil ihres Stücks zugewandt, einer schnellen Folge hoher und tiefer Töne mit einem triumphierenden Triller am Ende. Sie verspielte sich immer wieder an der gleichen Stelle, und ich hörte sie fluchen. Christian blickte irritiert auf die Tür und schien zu überlegen, ob er eingreifen sollte. Schließlich stand er auf.

»Also, falls du es dir anders überlegst, sag mir Bescheid«, bot er an.

»Wenn überhaupt, dann Klavier«, hörte ich mich sagen und bereute es im nächsten Moment.

Er setzte sich wieder. »Warum Klavier, warum nicht Geige?«

»Geige klingt so … eckig.«

»Eckig«, wiederholte er. »Interessant. Und wie klingt Klavier?«

»Perlig«, antwortete ich spontan.

Er warf mir einen nachdenklichen Blick zu. »Deine Eltern würden es sicher unterstützen, wenn du ein Instrument lernen möchtest.«

»Kann sein.«

Vielleicht war es so. Meine Eltern ertrugen es nur schwer, dass ich mit meiner Mathebegabung so völlig aus der Art geschlagen war. Vielleicht würde eine musikalische Ader sie über meinen offensichtlichen Mangel an künstlerischem Talent hinwegtrösten.

»Ich denk darüber nach«, sagte ich und war froh, als die Tür sich öffnete und Bettina herausgestampft kam, ihr Instrument in der einen, den Bogen in der anderen Hand, mit rotem, verzerrtem Gesicht.

»Wie ich diese Scheißgeige hasse!«, rief sie. Dann entdeckte sie ihren Vater und zuckte erschrocken zusammen.

»Würdest du denn schöne Töne von dir geben, wenn jemand dich mit so viel Wut und Ungeduld behandeln würde?«, fragte er ruhig. »Du musst deine Einstellung zum Instrument ändern, sonst wirst du nie Harmonie zwischen euch beiden herstellen.«

»Warum muss ich überhaupt Geige spielen?«, fragte Bettina bockig.

»Darüber haben wir oft genug gesprochen«, sagte Christian und ließ uns stehen.

»Warum will er denn unbedingt, dass du Geige spielst?«, fragte ich, als er außer Hörweite war.

»Weil ich dadurch meine Disziplin und mein Durchhaltevermögen schule, weil ich lernen muss, dass man sich Dinge im Leben erkämpfen muss, weil ich im Orchester erfahre, wie es ist, Teil einer Gruppe zu sein und sich unterzuordnen, und eines Tages werde ich ihm dankbar sein, weil ich überall auf der Welt Gleichgesinnte finden werde, mit denen ich musizieren kann«, leierte Bettina herunter.

Ich lachte. »Das sind doch überzeugende Argumente.«

»Es gibt auch überzeugende Argumente dafür, den Mount Everest zu besteigen«, sagte Bettina finster. »Deshalb muss ich es noch lange nicht tun.«

Wir gingen in ihr Zimmer. Staunend blieb ich an der Tür stehen. Sie hatte die Möbel umgestellt und alles neu dekoriert. Ihr Bett war verschwunden, dafür lag eine Matratze am Boden, darüber eine Art Baldachin aus Tüchern und Schals. An den Wänden hingen Poster von Mick Jagger, Uriah Heep, Ten Years After – also von Musikern, die Felix mochte. Überall dazwischen hatte sie ihren Modeschmuck aufgehängt, ihre Ketten und Armreifen. Auf einer hölzernen Obstkiste, die als Nachttisch diente, entdeckte ich ein Foto, einen leicht verwackelten Schnappschuss von Felix.

Erwartungsvoll sah sie mich an. »Na, was sagst du?«

»Toll«, sagte ich und fühlte mich schlecht. Mein Gesicht brannte, als ich an Felix und unseren Zungentanz dachte.

Ich beschloss, mein Zimmer ebenfalls umzugestalten; offenbar war das etwas, was in meinem Alter üblich war. Da ich keine Poster besaß, hängte ich einige meiner bunten, selbst gebatikten Hemden und eine abgewetzte Lederjacke meines

Vaters auf, für die er sich inzwischen zu alt fühlte, aber das Ergebnis stellte mich nicht zufrieden.

Auch Che hatte sich von seinem Taschengeld eine Zeit lang die *Bravo* gekauft, vielleicht hatte er ja irgendwo ein paar Hefte aufbewahrt. Ich ging in sein Zimmer, das er bei seiner Abfahrt ins Ferienlager akkurat aufgeräumt zurückgelassen hatte. Der Raum hatte die Ausstrahlung einer Gefängniszelle. Die Wände waren kahl, im Regal standen nur wenige Bücher und kaum persönliche Gegenstände. Das Bett war so sorgfältig gemacht, als müsste es dem prüfenden Blick des diensthabenden Offiziers standhalten. Wenn Zimmer tatsächlich das Seelenleben ihrer Bewohner widerspiegeln, gab es allen Grund, sich Sorgen um Che zu machen.

Mit schlechtem Gewissen zog ich ein paar Schubladen auf und blickte in den Schrank. Ich wusste, dass man nicht heimlich in den Sachen anderer stöberte, andererseits: Er war mein Bruder. Welche Geheimnisse sollte er schon vor mir haben? Ich fand keine *Bravo*-Hefte, dafür eine Broschüre, auf der Jungen in Lederhosen und Mädchen in dirndlähnlichen Kleidern abgebildet waren, die Rucksäcke und Gitarren trugen – eine Werbung für das Ferienlager. Ich blätterte darin herum.

»Statt Disco und Langeweile: Komm zu uns in den Schwarzwald! Erlebe Ferien in der Natur beim Zelten, auf Wanderungen, bei körperlicher Ertüchtigung, dem Austausch mit Gleichgesinnten und unseren fröhlichen Festen mit Lagerfeuer und Gesang. Eine einzigartige Gemeinschaft und ein gesundes Miteinander erwarten dich. Bei uns zählen noch die wahren Werte.«

Was war denn ein »gesundes Miteinander«? So brav, wie die Jungen und Mädchen auf den Bildern aussahen, konnte ich mir nicht viel »Miteinander« vorstellen. Und was, bitte, sollten die »wahren Werte« sein? Gab es denn »unwahre Werte«? Auf jeden Fall klang das Ganze anstrengend, wie das Zeug, das Erwachsene einem so predigen. Anstand. Fleiß. Disziplin.

Außer meine Eltern natürlich. Die machten sich über diese altmodischen Tugenden lustig.

Ich wunderte mich, was Che an dieser Werbung so anziehend gefunden hatte – mich hätten keine zehn Pferde dorthin gebracht. Andererseits, er war gern in der Natur, trieb gern Sport, und Gitarre spielen am Lagerfeuer fand er sicher auch klasse.

Ich dachte darüber nach, wie es möglich war, dass Geschwister so verschieden sein konnten. Neulich hatte ich einen Artikel über eineiige Zwillinge gelesen, die als Kinder getrennt worden und in unterschiedlichen Familien aufgewachsen waren. Trotzdem hatten sie erstaunlich ähnliche Vorlieben und Ticks entwickelt. Sie mochten das gleiche Essen, banden ihre Krawatten auf die gleiche Weise oder hatten Freundinnen, die sich total ähnlich sahen. Manche hatten sogar zur gleichen Zeit die gleichen Krankheiten, obwohl sie Tausende von Kilometern voneinander entfernt lebten. War das ein Beweis dafür, dass die Gene mehr Einfluss auf die Persönlichkeit hatten als die Erziehung? In dem Artikel stand auch, dass die Wissenschaftler gern nachweisen würden, dass Erziehung eine größere Rolle spielt als die Gene und dass jedes Kind bei entsprechender Förderung Höchstleistungen erbringen kann. Es gab auch ein paar tolle Beispiele für Kinder, die aus den Slums stammten und adoptiert wurden und dann Doktoren oder Politiker wurden. Die Sache mit den Zwillingen wirkte aber irgendwie überzeugender auf mich.

Che war auf jeden Fall das lebende Beispiel dafür, dass Erziehung ziemlich wenig ausrichtete. Oder sogar zum Gegenteil dessen führen konnte, was Eltern sich als Erziehungsziel gesetzt hatten. Vielleicht war Ignorieren als Erziehungsmethode auch nicht ausreichend. Unsere Eltern schafften eigentlich nur eines: im Leben von Che und mir ein Elternvakuum herzustellen, das wir auf unterschiedliche Arten auszufüllen versuchten.

Nachdem ich mir sicher war, dass sich bei Che nichts Brauchbares zum Dekorieren meiner Wände finden würde, räumte ich den Werbeprospekt wieder auf und verließ sein Zimmer.

Am Abend aßen meine Eltern und ich nach längerer Zeit mal wieder gemeinsam. Auf dem Tisch stand ein wenig appetitliches Sammelsurium aus Resten und dem Inhalt von flüchtig erwärmten Konserven. Ich schaufelte lauwarme Ravioli aus einer Schüssel auf meinen Teller.

»Habt ihr was von Che gehört?«, fragte ich und leckte Tomatensoße von der Gabel.

Es war eine rhetorische Frage, denn normalerweise würde Che sich eher foltern lassen, als freiwillig zu Hause anzurufen oder gar eine Postkarte zu schreiben. Deshalb war ich überrascht, als meine Mutter sagte: »Es geht ihm gut.«

»Er hat sich gemeldet?«, fragte ich ungläubig.

»Nein, euer Großvater war *zufällig* dort in der Nähe und hat ihm einen Besuch abgestattet«, sagte mein Vater mit einer Betonung, die nahelegte, dass es durchaus kein Zufall gewesen war.

»Ich fand es sehr nett, dass er dort vorbeigefahren ist und nach Che gesehen hat«, sagte meine Mutter.

Sofort war wieder diese Spannung im Raum, die sich immer bildete, wenn die Rede auf Opa Fritz kam. Meine Eltern stritten nicht oft, aber wenn, dann ging es fast immer um meinen Großvater.

»Was ist das eigentlich für eine Art Ferienlager?«, wollte ich wissen.

»So was wie die Wandervögel«, sagte meine Mutter.

Mein Vater schnaubte.

»Was sind denn die Wandervögel?«, fragte ich, und meine Mutter erklärte es mir. Es war eine Jugendbewegung, die sich Anfang des 20. Jahrhunderts gegründet hatte, aus Protest gegen die starren Regeln in den Elternhäusern und der Gesellschaft. Ihre Mitglieder propagierten Freiheit, Individualismus und Kreativität und waren – nach der Darstellung meiner Mutter – so etwas wie Vorläufer der Hippies.

»Nur dass sie sich dann leider von den Nazis haben vereinnahmen lassen«, fiel mein Vater ihr ins Wort.

»Das stimmt doch nicht!«, widersprach sie. »Die Wandervögel waren unter den Nazis sogar verboten.«

»Wenn dein Vater was damit zu tun hat, ist auf jeden Fall Vorsicht angebracht«, sagte mein Vater.

»Du kannst einfach nicht damit aufhören, was?«, zischte meine Mutter. »Endlich hat Che mal was gefunden, was ihm Freude macht, und anstatt dich mit ihm zu freuen, fällt dir nichts Besseres ein, als wieder auf meinem Vater rumzuhacken.«

Ich wand mich von meinem Stuhl herunter. »Ich geh dann mal hoch.«

Nachdem ich die Küchentür hinter mir geschlossen hatte, ging der Streit mit unverminderter Heftigkeit weiter.

Die Reaktion meines Vaters kam mir übertrieben vor.

Was sollte an diesen wandernden, singenden Jugendlichen so schlimm sein?

Ich war froh, dass Che dort hingefahren war, statt die ganzen Sommerferien zu Hause herumzuhocken und mit unseren Eltern zu kämpfen.

Fast hatte ich es geschafft, mir Felix aus dem Kopf zu schlagen, da führte uns der Zufall wieder zusammen. Ein Zufall, der – wie ich ausrechnete – nur mit einer Wahrscheinlichkeit von 1:83 000 eintreten konnte, also praktisch nicht.

Denn wer konnte allen Ernstes davon ausgehen, dass ich an einem ganz normalen Dienstagnachmittag im einzigen Kaufhaus unserer Stadt auf der Rolltreppe ausgerechnet an ihm vorbeifahren würde? Zumal die beiden Rolltreppen das Stockwerk mit den Abteilungen Wäsche, Nachtwäsche und Strümpfe mit dem Stockwerk für Haushaltswaren, Kurzwaren und Drogeriebedarf verbanden. Nichts davon sollte für einen Sechzehnjährigen von derartigem Interesse sein, dass er einen sonnigen Feriennachmittag statt im Freibad lieber im Kaufhaus verbrachte. Unser Ort hatte rund 83 000 Einwohner – jeden anderen dort zu treffen wäre wahrscheinlicher gewesen.

»He!«, sagte er im Vorbeifahren. »Ich dachte, du bist verreist. Hab dich gar nicht mehr gesehen.«

Ich drehte mich um. Ein Fänger-im-Roggen-Zitat übers Weggehen und Abschiednehmen fiel mir ein, aber ich verkniff es mir.

»Ich hatte zu tun«, sagte ich stattdessen.

»In den Ferien?«

»Warum nicht? Soviel ich weiß, dreht die Welt sich auch in den Ferien weiter.«

Nun konnte er sich aussuchen, was er glaubte. Dass ich eine Streberin war, die sogar in den großen Ferien lernte, dass ich von meinen Eltern zu häuslichen Arbeiten verdonnert worden war oder dass ich einen Ferienjob angenommen hatte.

Inzwischen war ich ein Stockwerk weiter unten und er eines weiter oben angekommen. Ich sah, dass er einmal um die Rolltreppe herumlief und auf der anderen Seite wieder herunterfuhr. So lange hatte ich Zeit zu überlegen, ob ich Bettina eine loyale Freundin sein wollte.

Ich fragte mich nicht, warum Felix in den kommenden Wochen so tat, als würden wir uns kaum kennen, sobald andere dabei waren. Ich war selbst zu beschäftigt damit, unsere Romanze vor Bettina geheim zu halten. Kaum aber waren er und ich irgendwo allein (und wir verstanden es, diese Gelegenheiten zu schaffen – bei ihm zu Hause, in unserem Garten im Geräteschuppen, auf einer Decke im Wald), erforschten wir gegenseitig unsere Körper mit der Zielstrebigkeit und Energie von Welpen, die sich in ein Spielzeug verbissen hatten. Die Berührung des warmen, kräftigen Jungenkörpers, der inzwischen eine tiefe Sonnenbräune angenommen hatte, rief die bereits vertraute Mischung aus Entzücken und Panik in mir hervor. Wir sprachen nicht viel. Wir gingen unserer erotischen Forschungsarbeit nach, als würden wir Material für eine Schulaufgabe sammeln, die wir am Ende des Sommers abgeben müssten.

Immer wieder versuchte Felix, den entscheidenden Schritt weiterzugehen, aber ich wies ihn ab. Obwohl ich mich sehr erwachsen fühlte – dazu fühlte ich mich ganz eindeutig noch nicht erwachsen genug. Mich zu widersetzen war schwierig und erregend zugleich, denn jede Zurückweisung schien sein Begehren noch zu verstärken.

Das Ganze fühlte sie an, wie auf einem Hochseil zu balancieren, und die Angst vor dem Absturz machte alles nur noch aufregender.

6

»Und so hältst du die Hände«, sagte Christian.

Er nahm erst meine linke, dann meine rechte Hand und bog sanft die Finger, damit sie mit der richtigen Krümmung auf den Tasten vor mir landeten.

»Die Daumen liegen beide auf dem C«, erklärte er. »So, und nun spiel mal diese Tonfolge.«

Er wies auf die erste Seite der aufgeschlagenen Klavierfibel, wo die Noten auf den Linien herumzuturnen schienen. Manche waren hohl, die meisten ausgefüllt, einige hatten einen kleinen Strich mittendurch. Sie erschienen mir wie Buchstaben einer fremden Sprache, und ich fragte mich, wie ich sie entziffern sollte. Schon in der Schule hatte ich mich geweigert, das Notenlesen zu lernen. Dass ich jetzt hier saß, hatte ich dem energischen Drängen von Christian zu verdanken. Er hatte mit meinen Eltern gesprochen, hatte ihnen die Vorteile erläutert, die Klavierunterricht angeblich haben sollte, »besonders für ein Mädchen wie India«, wie er mehrfach betonte. Was immer er damit gemeint haben mochte.

Meine Eltern hatten sich überzeugen lassen, und ich hatte widerstrebend eingewilligt, wenigstens eine Probestunde zu nehmen. Wenn es mir nicht gefalle, dürfe ich danach wieder aufhören, so das Versprechen meiner Eltern. Ich hatte schon vorher beschlossen, dass es mir nicht gefallen würde.

»Die Noten, bei denen der Hals nach oben zeigt, spielst du mit der rechten Hand, die, bei denen er nach unten zeigt, mit der linken«, sagte Christian. »Es beginnt mit dem C.«

Ich fühlte die Tasten, blickte auf die Noten, und im nächsten Moment war es, als sauste Christians Anweisung direkt vom Sprachzentrum meines Gehirns in meine Finger, die sich scheinbar ohne mein Zutun bewegten. Ich blickte auf die Noten vom »Spielstück im Zweiertakt«, meine Finger hoben und senkten sich im Takt und trafen die richtigen Tasten. Ich tat etwas, wovon ich gerade noch gedacht hatte, ich könnte es niemals lernen. Genau genommen war es ein Teil von mir, der etwas tat, ohne dass der Rest von mir beteiligt war.

Ich spielte tatsächlich Klavier.

Christian forderte mich auf, das kleine Musikstück noch einmal zu wiederholen.

»Nicht schlecht«, sagte er schließlich. »Die wenigsten können das auf Anhieb. Selbst wenn sie die Noten kennen, gehorchen ihnen meistens die Finger nicht. Bei dir läuft es schon ganz gut.«

Ich war verblüfft, dass ich innerhalb so kurzer Zeit etwas völlig Neues lernen konnte, und wollte sofort weitermachen.

»Können wir jetzt vierhändig spielen?«, fragte ich.

Christian lachte. »Nicht so eilig mit den jungen Pferden, das machen wir dann in der nächsten Stunde.«

Er zeigte mir ein paar Fingerübungen, manche davon auf den Tasten, andere auf dem geschlossenen Klavierdeckel, um die Gelenkigkeit meiner Finger und meine Griffspannweite zu testen. Er nickte zufrieden und ließ mich zwei Stücke klatschen, um festzustellen, wie ausgeprägt mein Rhythmusgefühl war.

»Und jetzt spielst du noch mal das Stück von gerade eben«, sagte er.

Bevor er die Seite der Klavierfibel aufschlagen konnte, legte ich die Finger auf die Tasten, schloss die Augen und spielte die Tonfolge auswendig. Verblüfft schüttelte Christian den Kopf.

»Vielleicht können wir bei dir ja wirklich schneller vorangehen«, murmelte er und blätterte die Fibel um.

»Spielstück für vier Hände« las ich und hatte meine Hände bereits wieder auf den Tasten. Christian rückte seinen Hocker näher an meinen heran, zählte den Takt ein, und wir spielten gemeinsam. Ein paarmal wollten meine Finger mir nicht recht gehorchen, dennoch fühlte es sich so vertraut an, als würde ich nicht zum ersten Mal spielen.

Vielleicht war ich ja in einem meiner früheren Leben Pianistin gewesen. Das wäre zumindest die Erklärung meiner Mutter. Für die war völlig klar, dass wir immer wieder reinkarnierten und uns an Fähigkeiten aus früheren Leben erinnerten.

»Schade, dass du erst jetzt mit dem Spielen beginnst«, sagte Christian und legte mir anerkennend die Hand auf den Arm. »Du könntest schon viel weiter sein.«

Ich war wie elektrisiert. In mir waren also nicht nur diese blöden »besonderen Begabungen«, die mir das Leben schwer machten, offenbar hatte ich auch ein Talent, das viele andere sich wünschten. Vielleicht hing sogar beides zusammen. Da ich Töne nicht nur hören, sondern vor mir sehen konnte, erfasste ich sie nicht einzeln, sondern in Form von zusammenhängenden Bildern. Das machte es einfacher, mich an ihre Abfolge zu erinnern. Deshalb hatte ich jede Melodie schon nach dem ersten Hören im Kopf. Leider waren meine Finger noch nicht so schnell wie mein Gehirn, deshalb verhaspelte ich mich beim Spielen. Aber ich war mir sicher, dass sie bald beweglicher sein würden, wenn ich nur genügend übte.

Kaum war ich wieder zu Hause, fragte ich meinen Vater, ob ich ab jetzt regelmäßig Klavierstunden nehmen dürfe.

»Es gefällt dir also?«, fragte er lächelnd.

Ich nickte aufgeregt. Meine Hände bewegten sich auf der Tischplatte, als wollten sie in unsichtbare Tasten greifen. Ich zwang mich, sie still zu halten.

»Ich muss zuerst mit Herrn Berthold sprechen, wegen der Bezahlung«, sagte er.

Klar, dachte ich ernüchtert, Klavierunterricht kostet ja Geld. Meine Eltern verdienten nicht viel, da waren solche Extrawürste, wie alles hieß, was nicht zum reinen Überleben nötig war, eigentlich immer ein Problem.

Vor einiger Zeit hatte Che sich gewünscht, Karate zu lernen. Die Mitgliedschaft im Karate-Club kostete zwanzig Mark im Monat. Meine Eltern waren bereit gewesen, zehn zu geben (»Hat Karate nicht auch eine spirituelle Komponente?«, hatte meine Mutter hoffnungsvoll gefragt), und Che verzichtete auf die Hälfte seines Taschengelds. Nach zwei Monaten hatte er wieder aufgehört. Asiatischer Kampfsport habe hierzulande nichts zu suchen, hatte Opa Fritz ihm erklärt. Es sei unnatürlich für einen Deutschen, so etwas zu lernen. Mein Vater hatte sich über diese Begründung aufgeregt, war aber froh gewesen, die zehn Mark sparen zu können. Seither ging Che zu einem Konditionstraining, das zweimal wöchentlich stattfand und kostenlos war.

Ich hoffte sehnsüchtig, die Klavierstunden würden nicht zu teuer sein.

Einige Tage später teilte mein Vater mir mit, dass ich ab jetzt zweimal in der Woche Klavierunterricht bekommen würde.

»Können wir uns das denn leisten?«, fragte ich ängstlich.

Mein Vater tätschelte mir die Wange. »Mach dir keine Sorgen, das geht schon in Ordnung.«

Konnte das wahr sein? Meine Eltern gaben so viel Geld für mich aus? Weil ich mir Klavierstunden wünschte? Es musste ihnen sehr wichtig sein, dass ich etwas Künstlerisches machte.

In der nächsten Stunde schafften Christian und ich fünf Seiten in der Fibel. Wir spielten Stücke mit Titeln wie »Schornsteinfeger«, »Unsre Katz«, »Kleines Kunststück« und »Der Mann im Brunnen«. Ich lernte, wie man den Zentralton verschiebt, was eine Fermate ist und was Legato bedeutet.

Als Christian kurz abgelenkt war, blätterte ich weiter vor. Die Fibel hatte sechsundsiebzig Seiten. Wenn wir in diesem Tempo weitermachten, wären wir in sieben Wochen durch. Viel zu langsam für meinen Geschmack.

In der dritten Stunde lernte ich ein Stück mit dem Titel »Kleine Serenade«. Einmal, als ich beim Spielen kurz zur Seite blickte, sah ich, dass Christian die Augen geschlossen hielt und sich fast unmerklich zur Melodie bewegte. Als ich das Tempo drosselte, bewegte auch er sich langsamer. Als ich schneller wurde, beschleunigten sich auch seine wiegenden Bewegungen. Ich kam mir vor wie ein Marionettenspieler, der die Fäden zieht, an denen seine Figur hängt. Mein Lehrer hing an den Fäden meines Klavierspiels. Die Vorstellung brachte mich zum Lachen.

Danach spielten wir wieder vierhändig, einfache, heitere Melodien. Aus Spaß spielte Christian manchmal eine Variation oder hängte am Schluss ein paar Töne dran, die nicht in den Noten standen. Noch nie hatte ich ihn so ausgelassen erlebt. Es gefiel mir, weil ich das Gefühl hatte, dass ich es war, die diese positive Stimmung in ihm auslöste.

Und noch etwas fiel mir auf: Wenn ich selbst spielte, löste die Musik keine Empfindungen auf meiner Haut aus. Die Konzentration auf die Noten, die ich inzwischen bestens gelernt hatte, auf meine Hände, später auch noch auf die Pedale – diese technischen Aspekte des Klavierspiels verhinderten offenbar, dass ich mich der Musik zu stark hingeben konnte. Beim Spielen hatte ich Macht über die Musik, nicht die Musik über mich. Diese Erfahrung war eine große Erleichterung für mich.

Am Ende der Stunde fragte ich meinen Lehrer, wo ich zukünftig üben solle, da wir ja kein Klavier besaßen und meine Eltern sicher keines für mich anschaffen würden.

Christian nickte. »Darüber habe ich auch schon nachgedacht. Du kannst hier üben, wenn ich keine Stunden gebe.«

»Wirklich?« Ungläubig sah ich ihn an.

Er zwinkerte mir vertraulich zu. »Du bist ja sowieso die meiste Zeit hier. Und du solltest jetzt unbedingt dranbleiben.« Er klappte den Deckel zu und stand auf. »Bis zum nächsten Mal also, India. Ich bin froh, dass du über deinen Schatten gesprungen bist. Du bist wirklich sehr begabt, und es ist eine Freude für mich, dich zu unterrichten.«

Er lächelte, legte mir eine Hand auf die Schulter und ließ sie einen Moment dort ruhen. Ein wohliger Schauer rieselte über meinen Rücken.

Als er das Musikzimmer verließ, sah ich ihm nach. Ich verstand jetzt immer besser, warum es allen so wichtig war, ihm zu gefallen. In der Schule gab es einen regelrechten Kult um ihn, und meine Mitschülerinnen rissen sich um die

Einzelstunden, die er zur Vorbereitung der Orchesterproben gab. Überhaupt spielten viel mehr Schülerinnen im Schulorchester mit, als statistisch wahrscheinlich gewesen wäre. Die keine musikalische Begabung hatten – nicht mal so viel, dass sie die Triangel hätten schlagen können –, waren traurig und fühlten sich ausgeschlossen. Christians Aufmerksamkeit fühlte sich an wie eine besondere Auszeichnung, und ich wollte alles tun, um mich ihrer würdig zu erweisen.

Ich stand auf und packte meine Sachen zusammen. Vor dem Musikzimmer wartete Bettina auf mich.

»Ich glaub's ja nicht«, sagte sie kopfschüttelnd. »Du verbringst mehr Zeit mit meinem Vater als mit mir!«

»Quatsch«, sagte ich verlegen.

»Er ist total begeistert von dir. Du bist was ganz Besonderes, hat er gesagt, eine Naturbegabung. So was gäbe es ganz selten.«

Ich fühlte, wie ich errötete. »Ach ja?«

Bettina legte den Kopf schief und fixierte mich scharf. »Jedenfalls bist du die Einzige, die er kostenlos unterrichtet.«

Meine Leidenschaft fürs Klavierspielen und meine Leidenschaft für Felix verschmolzen miteinander und versetzten mich in einen völlig neuartigen, euphorischen Zustand. Ich fühlte mich, als wäre ich ein mit Helium gefüllter Ballon, der ständig mehrere Zentimeter über dem Boden schwebte. Plötzlich konnte ich zwei Dinge, die mir bis vor Kurzem noch unmöglich erschienen waren: einen Jungen für mich interessieren und ein Musikinstrument erlernen. Beides hatte auf eine rauschhafte Weise mit Macht zu tun, ein Gefühl, das mir bisher fremd gewesen war. Ich hatte mich eigentlich bisher immer ziemlich ohnmächtig gefühlt.

Da ich die beängstigenden Auswirkungen von Musik nicht wahrnahm, wenn ich selbst spielte, konnte ich endlich ihre Schönheit in vollem Umfang wahrnehmen. Ich hatte die Tür zu einer neuen Welt aufgestoßen und fühlte mich glücklich wie nie zuvor.

Felix und ich lagen im Geräteschuppen, der zwar so hieß, aber keinerlei Geräte enthielt, da bei uns ja sowieso niemand Gartenarbeit machte. Wir hatten Schlafsäcke und Decken hineingeschmuggelt und uns ein Liebesnest gebaut. Durch die Spalten der roh gezimmerten Holzwände schimmerte die Sonne hindurch, und wenn man ein Auge an die Öffnung legte, konnte man den ganzen Garten überblicken, sodass niemand sich unbemerkt nähern konnte.

Ich lag auf dem Rücken, beobachtete die tanzenden Sonnenstäubchen und schwärmte Felix von der Schönheit der musikalischen Logik vor, die auf wunderbare Weise mit der Mathematik verwandt und mir deshalb so vertraut sei. Ich erzählte von den Bildern, die nicht nur durch Zahlen, sondern auch durch Töne in mir erzeugt wurden, von der Leichtigkeit, mit der ich diese aufnehmen und speichern konnte, wie mir das beim Spielen half und wie glücklich mich diese Entdeckung machte.

»Was redest du da?«, fragte Felix verständnislos.

Ich lachte verlegen. »Eigentlich wollte ich dir nur erzählen, dass ich mit Klavierspielen angefangen habe.«

»Na und? Viele Leute spielen Klavier.«

Mein Heliumballon verlor abrupt an Höhe.

»Ich kann dieses klassische Zeug nicht ausstehen«, fuhr er fort. Als ich weitersprechen wollte, zog er mich ungeduldig an sich. »Kannst du nicht einfach mal ruhig sein?«

Er verschloss meinen Mund mit seinen Lippen. Unsere Zungen tanzten ihren Tanz, Felix' Hände strichen über meinen Körper, seine Berührungen wurden immer energischer, ich spürte, wie er den Reißverschluss meiner Jeans öffnete und sie mit einem fast wütenden Ruck von meinen Hüften nach unten riss. Im nächsten Moment lag er auf mir. Seine Bewegungen hatten etwas Entschiedenes an sich, was jeden Widerstand auszuschließen schien. Anscheinend hatte er sich eine Aufgabe gestellt, die er unbedingt zu Ende bringen wollte.

»Nein!«, rief ich erschrocken und wollte ihn wegschieben. Als er nicht aufhörte, schlug ich mit den Fäusten gegen seinen Brustkorb und seine Schultern. Er hielt meine Arme fest und versuchte es wieder, aber als ich mich weiter wehrte, indem ich wild mit den Beinen strampelte, gab er schließlich auf. Er ließ sich neben mich auf den Rücken fallen und atmete einige Male schwer, ohne ein Wort zu sagen. Dann stand er auf, zog sich an und verließ den Schuppen.

Ich blieb liegen, starrte an die Decke und spürte, wie mir Tränen übers Gesicht rannen. Nach einer Zeit, die mir wie eine Ewigkeit erschien, schaffte ich es endlich, mich hochzurappeln. Ich zog mich mit zittrigen Händen an, rollte die Decken und Schlafsäcke ordentlich zusammen und verstaute sie in einer Ecke des Schuppens. Irgendwann, wenn es dunkel war und niemand mich sehen konnte, würde ich sie dort rausholen.

Mechanisch begann ich, Zahlen vor mich hin zu murmeln, die zu einer Art sichtbarem Mantra wurden, an dem ich mich festhielt. Solange Zahlen in meinem Kopf waren, hatte dort nichts anderes Platz, keine Gedanken, keine Worte, keine Gefühle.

Zurück im Haus, zog ich mich nackt aus und warf meine gesamte Kleidung in den Wäschekorb. Ich wollte nichts mehr am Körper tragen, was Felix berührt hatte. Ich duschte lange, spülte immer wieder den Mund aus und versuchte, die Erinnerung an ihn und seine Berührungen wegzuwaschen. Dann verkroch ich mich in meinem Zimmer. Meinen Eltern erklärte ich, ich sei krank.

Nachdem klar war, dass es sich nicht um eine lebensgefährliche Erkrankung handelte, sondern um einen Zustand, den mein Vater dem breiten Spektrum weiblichen Unwohlseins zurechnete, ließen sie mich in Ruhe. Meine Mutter erkundigte sich halbherzig, was denn mit mir los sei, und als ich ihr die Antwort schuldig blieb, verabreichte sie mir homöopathische Kügelchen, wie sie es bei jedem tat, den irgendwas plagte, egal ob Zahnschmerzen oder Liebeskummer. Keiner von beiden bemühte sich, der Ursache meines Unwohlseins auf den Grund zu gehen, und ich hatte nicht die Absicht, ihnen freiwillig davon zu erzählen.

Ich dämmerte vor mich hin. Der Tag verging, aus dem Nachbarhaus drangen die Klänge von Geige, Bratsche oder Klavier zu mir. Wenn es so heiß war wie im Moment, öffnete Christian ausnahmsweise die Fenster des Musikzimmers, die sonst verschlossen blieben, um die Nachbarn nicht zu stören. Ich vergrub meinen Kopf im Kissen, um die Klänge zu dämpfen. Ich wollte vom Leben außerhalb meines Zimmers nichts wissen, und schon gar nicht wollte ich, dass wohlklingende Musik mich in meinem Kummer störte und womöglich angenehme Empfindungen auslöste. Diese Gefahr war allerdings gering, das Gekratze, Geschabe und Geklimpere von Christians Privatschülern war nicht im Geringsten geeignet, Wohlbefinden hervorzurufen.

Am nächsten Morgen kam meine Mutter ins Zimmer und erkundigte sich, wie es mir gehe und ob ich etwas zu essen oder zu trinken haben wolle.

»Tee und Zwieback«, bat ich.

Als sie mit dem Tablett zurückkehrte, teilte sie mir mit, dass Christian angerufen habe. Er wolle wissen, wo ich bei der letzten Stunde gewesen sei und wann ich das nächste Mal zum Unterricht käme.

Ich antwortete nicht, tunkte einen Zwieback in den Tee und biss ab.

Meine Mutter war ohnehin gerade abgelenkt. In dem Kleiderhaufen auf dem Boden hatte sie eine Bluse entdeckt, die ihr gehörte, und zog sie heraus.

»Sieh mal an, die habe ich doch gesucht«, sagte sie. »Hatten wir nicht ausgemacht, dass du mich fragst, bevor du dir etwas von mir ausleihst?«

»Tut mir leid«, sagte ich.

»Ich finde es ja süß, dass du meine Sachen trägst, aber sie dir einfach zu nehmen ist nicht in Ordnung«, sagte sie in einem versöhnlichen Ton.

Ich nickte. Ganz schön spießig, dachte ich bei mir. Dann wurde mir klar, dass es etwas anderes war. Meine Mutter hatte Angst davor, vereinnahmt zu werden. Von mir vereinnahmt zu werden.

Sie rühmte sich gern damit, dass sie mich über zwei Jahre gestillt habe.

»Wie ein kleiner Vampir hast du mich ausgesaugt«, erzählte sie mit einem Lachen, das nicht so ganz echt klang. Aber sie wollte nicht ausgesaugt werden. Sie wollte keinen kleinen Vampir um sich haben, der ungefragt ihre Sachen nahm, zu viel Fürsorge forderte, ihre Grenzen nicht respektierte.

»Liebst du mich eigentlich, Mama?«, hörte ich mich fragen. Ich schämte mich für diese dumme, kindische Frage, aber ich konnte nicht anders. Ich musste sie stellen.

Sie lachte ihr glockenhelles Lachen, mit dem sie alles weglachte, was ihr unangenehm war.

»Natürlich liebe ich dich, du bist doch mein Kind!«

Als wär's ein Naturgesetz, dass Eltern ihre Kinder lieben.

»Liebst du mich nur, weil ich dein Kind bin, oder liebst du mich, weil ich *ich* bin?«, setzte ich nach.

Sie stutzte, ihr Gesichtsausdruck veränderte sich. Fast wirkte es, als fühlte sie sich durch meine Frage verletzt. Sie kam zu mir, setzte sich neben mich auf die Bettkante und sagte: »Liebe muss man doch nicht erklären, sie ist einfach da.«

Zärtlich strich sie mir übers Haar, blickte mich an, und in diesem Moment hatte ich das Gefühl, dass sie mich tatsächlich liebte. Sie konnte es nur so schlecht ausdrücken. Vielleicht, weil sie ständig mit der Sicherung ihrer Grenzen beschäftigt war.

»Blass bist du, mein Schätzchen«, sagte sie plötzlich besorgt.

Bevor ich überlegen konnte, was ich ihr antworten sollte, läutete das Telefon. Sie stand auf, und an der Tür drehte sie sich noch mal kurz um. »Also, was soll ich Christian sagen?«

Christian. Die Klavierstunden. Einerseits hatte ich das Gefühl, ich würde nie wieder die Kraft haben, aufzustehen und die paar Schritte ins Nachbarhaus zu gehen, andererseits waren die Klavierstunden in dem Moment der einzige Grund weiterzuleben.

»Morgen«, sagte ich und sank in mein Kissen zurück.

Am nächsten Tag zwang ich mich aufzustehen. In der Küche fand ich einen Zettel: *Klavierstunde heute um 15 Uhr, Kuss, Mama.* Ich duschte und nahm frische Kleidung aus dem Schrank, riss das Fenster auf, wechselte die Bettwäsche und räumte so gründlich auf, als wollte ich mein Zimmer untervermieten. Ich schleppte den Staubsauger die Treppe hoch und reinigte den Boden, dabei fuhr ich mit dem Rohr in alle Ecken und Winkel. Es dauerte ewig, weil das Ding kaum noch saugte. Vielleicht hätte man mal den Beutel wechseln sollen.

Danach sah ich auf die Uhr, es war erst kurz vor zehn. Noch fünf Stunden, die mir vorkamen wie fünf Jahre. Ich hatte keine Ahnung, womit ich sie füllen sollte.

Ich fühlte mich leer und gleichzeitig schwer wie ein mit Blei gefüllter Sack. Meine Eltern waren weg, Che war noch im Ferienlager. Ich war der einsamste Mensch auf der Welt.

Ich ging durchs Haus, kramte da und dort herum, wie ich es häufig tat, wenn ich allein war, getrieben von der Vorstellung, eines Tages die Antwort auf alle offenen Fragen zu finden, die ich mit mir herumtrug. Was mit meiner Großmutter geschehen war. Warum mein Vater meinen Großvater so hasste. Warum mein Bruder so verkorkst war und ich so seltsam.

Wie meistens fand ich nur ein paar von Ches schlecht versteckten Heften mit Nacktfotos. Dabei wäre es meinen Eltern völlig egal gewesen, wenn er sie offen hätte herumliegen lassen. Bei meinem Vater hatte ich neulich erst ein Comicheft gefunden, in dem ein Mädchen namens Barbarella in komischen Science-Fiction-Klamotten durch den Weltraum reist und Sex mit Männern und Robotern hat. Ich fragte mich, ob meine Eltern sich solche Hefte ansahen, bevor sie miteinander schliefen, oder ob das Kunst war. Vieles, von dem man es eigentlich nicht denken würde, konnte

Kunst sein. Kaffeetassen, die mit Pelz bezogen waren. Krickelkrackelbilder, die aussahen, als hätte ein Kleinkind sie gemalt. Eine rostige, alte Druckmaschine oder Schaufensterpuppen in Theaterkostümen, die jemand in einem Garten eingegraben hatte.

Wenn ich meinen Vater fragte, warum das Kunst sei, obwohl man dafür doch gar nichts Besonderes können müsse, regte er sich auf. Kunst komme nicht von Können, erklärte er ungeduldig. Kunst sei eben, was Künstler machten. Und was uns einen neuen Blick auf die Dinge und damit auf die Welt vermittle.

Deshalb war eine rostige, alte Druckmaschine auf dem Schrottplatz nur eine rostige, alte Druckmaschine, im Museum aber Kunst. Weil man sie dort nicht erwartete. Es kam also darauf an, in welchen Zusammenhang man Gegenstände stellte. Und je überraschender dieser Zusammenhang war – wie bei der Tasse und dem Pelz –, desto mehr war es Kunst. So zumindest hatte ich es verstanden.

Ich hatte lange überlegt, ob ich selbst Künstlerin werden wollte. Es machte den Eindruck, als könnte man dabei ziemlich viel Spaß haben. Aber dann störte es mich doch, dass nicht so richtig klar war, was nun eigentlich Kunst war und was nicht. Bei vielen sogenannten Kunstwerken wurde nämlich furchtbar darüber gestritten, ob das überhaupt welche wären. Zahlen waren da verlässlicher. Über Zahlen musste man nicht diskutieren. Deshalb würde ich wahrscheinlich doch eher Mathematikerin werden.

Irgendwie verging die Zeit doch, und um kurz vor drei machte ich mich auf den Weg ins Nachbarhaus. Ich klingelte, Margot öffnete.

»Da bist du ja, Indie.« Sie ließ mich ein und schloss die Tür. »Ist alles in Ordnung mit dir?«

»Ja, danke, es geht schon wieder.«

»Du weißt ja, Christian hat seine Zeit auch nicht gestohlen.«

Mit schlechtem Gewissen schlich ich ins Musikzimmer. Dort setzte ich mich vor das geschlossene Klavier und wartete. Immer wieder wanderten meine Gedanken zu Felix, und ich war kurz davor zu heulen.

Was hatte mein Vater zu mir gesagt, als ich meine Periode bekommen hatte? *Du weißt, dass du ab jetzt aufpassen musst.* Leider hatte er nicht dazugesagt, dass ich nicht nur auf meinen Unterleib aufpassen solle, sondern auch auf mein Herz. Dass es brechen könne, wenn ich jemanden hineinließe. Es war immer dasselbe: Die wirklich wichtigen Dinge sagten einem die Erwachsenen nicht.

Christian betrat leise den Raum, schloss die Tür und setzte sich mit seinem Hocker neben mich. Zart strich er mir mit der Hand über den Kopf.

»Geht's dir besser?«, fragte er anteilnehmend.

»Mhm.«

»Warst du krank?«

Ich nickte.

Er wartete, ob ich meine überraschend schnell überwundene Krankheit näher erläutern würde, aber ich blieb stumm.

»Wenn du über irgendwas reden möchtest, dann sag es mir einfach«, forderte er mich auf. »Du weißt, ich bin dein Freund. Du kannst mir vertrauen.«

Ich nickte wieder. »Danke.«

Er nahm meine Hand, die wie ein lahmer Vogel in meinem Schoß lag, und drückte sie aufmunternd. Die liebevolle

Berührung ließ etwas in mir zerbrechen. Wann hatte mein Vater mich zuletzt so berührt, so einfühlsam mit mir gesprochen? Ich legte meinen Kopf auf den Klavierdeckel und begann zu schluchzen.

»Sch, sch«, machte Christian neben mir und strich mir beruhigend über den Rücken. »Nicht weinen, India. Wird alles wieder gut.«

Das sagten die Erwachsenen immer. Ich fragte mich, woher sie das wissen wollten.

Ich spürte, wie Christian den Arm um mich legte und mich an sich zog. Mit einem Aufschluchzen barg ich mein Gesicht an seiner Brust und tränkte sein blaues Hemd mit Tränen. Er legte beide Arme um mich, und so saßen wir eng umschlungen da. Ich fühlte mich beschützt und getröstet.

Nach einer Weile beruhigte ich mich. Plötzlich war es mir unangenehm, dass Christian mich festhielt und mir unaufhörlich über Kopf und Rücken strich. Seine andere Hand lag flach auf meinen Rippen, ich spürte seine Finger in der Nähe meiner Brust. Sicherlich war es ihm nicht bewusst, aber mir war es peinlich. Ich löste mich von ihm und rückte verlegen ein Stück zur Seite.

Christian räusperte sich, rückte seinen Hocker zurecht und öffnete den Klavierdeckel.

»Bist du bereit?«

Ich nickte und legte die Hände auf die Tasten.

Er schlug die Klavierfibel auf. »Menuett, nach W.A. Mozart« stand dort. In der nächsten Stunde konzentrierte ich mich völlig auf die Musik und vergaß alles andere. Endlich spürte ich keinen Schmerz mehr.

7

Che war aus dem Zeltlager zurück. Seine dunkelblonden Haare waren noch kürzer als vorher, und er trug eine knielange Lederhose und ein Hemd, an dessen Kragenenden kleine Aufnäher angebracht waren. Im ersten Moment dachte ich, es wären Hakenkreuze, aber dann sah ich, dass es eine Raute mit zwei nach unten verlängerten Seitenlinien war. Auch auf seinem Gitarrenkasten klebte eine.

»Was bedeuten die?«, wollte ich wissen.

»Das ist so eine Art Clubabzeichen«, erklärte er.

»Ach nee«, sagte ich. »Aber was *bedeuten* sie?«

»Es ist ein germanisches Zeichen«, sagte Che. »Es bedeutet *Erbe*. Es ermahnt uns, unsere Heimat und unsere Wurzeln zu achten.«

»Hm.« Mit gerümpfter Nase betrachtete ich seinen Aufzug. »Bist du nicht ein bisschen zu alt für Lederhosen? Die trägt man doch höchstens bis zur vierten Klasse.«

»Ich finde sie praktisch«, gab er unbeeindruckt zurück.

Che war ungewöhnlich guter Stimmung, seine Bewegungen waren dynamisch, sein Blick war zielgerichtet, die Stimme kräftig. Er hatte das Verdruckste verloren, das mir in letzter Zeit immer häufiger an ihm aufgefallen war. Offenbar hatte ihm das Ferienlager gutgetan.

»Wie war's denn so?«, wollte ich wissen. »Dufte, super oder klasse?«

Er grinste schief. Wir fanden beide doof, wie andere Jugendliche redeten, und vermieden bewusst die Ausdrücke, die sie verwendeten.

»Gut war's. Nächstes Mal solltest du mitkommen, es würde dir bestimmt gefallen. Dort sind freundliche junge Leute mit klaren Werten und einem ausgeprägten Wirgefühl, die niemanden ausgrenzen. Nicht solche linken Hippies, die nur kiffen und rumhängen.«

Keine Ahnung, wo er (außer auf den Festen und Workshops unserer Eltern) mit kiffenden Hippies zu tun gehabt hatte. In unserem Alter gab es die hier eigentlich nicht, außer man zählte jeden Langhaarigen dazu, der Rockmusik hörte.

Ich fragte ihn, was sie im Ferienlager den ganzen Tag gemacht hätten.

Che erzählte, sie hätten viel Sport getrieben (er nannte es »Körperertüchtigung«), außerdem hätte es Wandertouren und Ausflüge in die Umgebung gegeben und an den Abenden Feste mit Volkstanz, Gitarrenspiel und Gesang am Lagerfeuer. Ein paarmal hätten sie auch Vorträge gehört.

»Was für Vorträge?«

»Über gesundes Nationalgefühl, den Wert einer Volksgemeinschaft und den wahren Elitegeist«, zählte Che auf.

Schon wieder so verquastes Zeug. Unter Ferienspaß stellte ich mir was anderes vor.

»Bist du dir sicher, dass das nicht irgendeine komische Sekte ist?«, fragte ich.

Che blickte mich kühl an. »Vielleicht bist du doch noch zu klein, das zu verstehen.«

»Blödmann«, sagte ich beleidigt. »Hast du Mama und Papa schon davon erzählt?«

»Nein«, sagte er. »Ich glaube auch nicht, dass es sie interessiert.«

»Das glaube ich schon«, widersprach ich. »Sie haben sich nämlich deshalb gestritten. Papa denkt, dass diese Wandervögel irgendwas mit Nazis zu tun haben.«

Che lächelte überheblich. »Was weiß der denn schon.«

Er zog das Hemd mit den Abzeichen aus und hängte es ziemlich weit hinten in den Schrank. Dann zog er seine Uniform aus der Reisetasche.

»Willst du die wirklich wieder anziehen?«, fragte ich.

»Soll ich lieber die Lederhose …?«

»Bloß nicht«, sagte ich schnell. »Kannst du dich nicht einfach ganz normal anziehen?«

»Was verstehst du unter normal?«

»Na, Jeans und T-Shirt.«

»Als wäre das keine Uniform.«

Das stimmte, in unserem Alter sahen eigentlich alle ziemlich gleich aus. Also, ich nicht, weil meine Eltern mir zu wenig Geld für Klamotten gaben. Aber die meisten anderen Jugendlichen, die ich kannte, sahen aus, als hätten sie ihre Sachen im selben Laden gekauft.

»Die Uniform der Nonkonformisten«, sagte Che verächtlich.

»Und was ist deine für eine Uniform?«

»Die ist einfach nur praktisch. Hier, fühl mal, wie robust die ist.« Er ließ mich den Stoff anfassen. »Die hält länger als Bluejeans.«

»Aber jede Uniform bedeutet doch was«, sagte ich.

»Nur wenn Abzeichen drauf sind. Siehst du irgendwelche Abzeichen?«

Ich schüttelte den Kopf. Aber vielleicht war es gerade das,

was die Uniform so bedrohlich erscheinen ließ. Dass man nicht erkennen konnte, wofür sie stand.

»Was ist denn das für ein Klub, in dem du jetzt bist?«, versuchte ich es noch einmal.

»Hat Papa doch schon gesagt, Wandervögel«, gab Che zurück, aber es klang so, als würde er es nur sagen, damit ich Ruhe gab.

Ich überlegte, ob ich einem Klub angehören wollte, der Wandervögel hieß. Es klang so altmodisch. Nach »Im Frühtau zu Berge« und kratzenden Socken.

»Blöder Name«, stellte ich fest.

Che lächelte wieder, sagte aber nichts. Er machte den Eindruck, als hätte er ein Geheimnis. Und ich hasste es, wenn jemand Geheimnisse vor mir hatte.

»Sag doch mal was!«, forderte ich ihn auf.

»Sag doch mal was!«, äffte er mich nach.

»Du bist ein Depp«, sagte ich.

»Du auch.«

Früher hätten wir uns gebalgt, er hätte mich gekitzelt, und ich hätte ihn gekniffen, und am Ende hätten wir uns lachend auf dem Boden gewälzt. Aber Balgen ging nicht mehr. Reden konnte man auch nicht mehr mit Che. Eigentlich ging gar nichts mehr mit ihm. Ich ging raus und knallte die Tür hinter mir zu, als wäre ich wütend. Dabei war ich nur traurig.

Man kann nicht behaupten, dass Ches Abwesenheit sein Verhältnis zu unseren Eltern verbessert hätte. Eher war das Gegenteil der Fall. Es kam mir vor, als wäre er in seiner Ablehnung noch kompromissloser geworden und trüge diese mit noch größerem Selbstbewusstsein zur Schau.

Unsere Eltern waren offenbar entschlossen, ihrer Strategie

treu zu bleiben und seine Provokationen auch weiterhin nicht zu beachten. So spielten sich häufig absurde Szenen bei uns ab: Wenn die esoterischen Sinnsucher zu den Seminaren meiner Mutter kamen, stellte Che sich in Uniform an die Haustür, salutierte, schlug die Hacken zusammen und blieb bewegungslos stehen, bis die verwirrten Teilnehmer im Seminarraum (unserem Wohnzimmer) verschwunden waren.

Dort saßen sie auf Teppichen und Kissen, eingehüllt vom betäubenden Duft der Räucherstäbchen, beobachtet von all den indischen Gottheiten und Buddhafiguren, mit denen der Raum geschmückt war, und erhielten eine Erklärung meiner Mutter, die von den verschlungenen Pfaden jugendlicher Selbstfindung sprach (und damit die Uniform gewissermaßen zur Pfadfinderkleidung erklärte) und davon, dass ein Mensch nur in völliger Freiheit seinen Weg finden könne. Was wir als Ab- oder Umweg sähen, könne durchaus der entscheidende Schritt sein, der schließlich in die richtige Richtung führe. Die meisten Sinnsucher nickten eifrig und bedachten Che von da an mit einem nachsichtigen Lächeln, wo er doch im Grunde einer von ihnen war, ebenso auf der Suche wie sie selbst.

Es sah also eine ganze Weile so aus, als liefe auch dieser Versuch von Che, meine Eltern endlich zu einer Reaktion zu bewegen, ins Leere. Aber eines Tages kamen zwei neue Seminarteilnehmer auf der Suche nach Erleuchtung an unsere Haustür, ein hagerer Mann mit strengem Blick und eine Frau, die mindestens vier Köpfe kleiner war als er und etwas von einem verschreckten Nagetier hatte. Beim Anblick des salutierenden Che blieben sie stehen und tauschten verwirrte Blicke.

Die Frau fragte flüsternd: »Sind wir hier richtig?«, und überprüfte die Adresse auf einem Zettel, den sie aus ihrem Stoffbeutel zog.

Der Mann sah Che verwundert an. »Wer bist du denn?«

»Auf jeden Fall der Einzige, der hier oben richtig ist«, gab Che zurück und tippte sich mit dem Zeigefinger an die Stirn.

»Unverschämtheit!«, bellte der Mann.

Er packte Che am Kragen der Uniformjacke, ließ aber schnell wieder los, als der drohend die Faust erhob und »Pfoten weg, du … Schlappschwanz!« zischte.

»Also, so was!«, empörte sich die Frau, und die beiden traten eilig den Rückzug an.

In diesem Moment kam meine Mutter dazu. »Warten Sie!«, rief sie. »Das ist doch nur ein Missverständnis.«

»Das glaube ich kaum«, rief die Frau über die Schulter. Kurz darauf fiel das Gartentor hörbar ins Schloss.

Im selben Augenblick riss meiner Mutter der Geduldsfaden.

»Jetzt reicht's!«, fauchte sie in Ches Richtung und stürmte zurück ins Wohnzimmer. »Das wird ein Nachspiel haben!«

Ich fand, sie könnte froh sein, dass Che diese unsympathischen Typen vertrieben hatte. Aber so entspannt konnte sie die Sache auch nach zehntausend Stunden Yoga und Selbstfindung noch nicht sehen. Dafür war sie – bei den spärlichen Einkünften meines Vaters – zu sehr auf zahlende Kunden angewiesen. Außerdem war sie der Meinung, dass ihre Botschaft von bahnbrechender Bedeutung war und möglichst viele erreichen sollte. Jeder, der vorher absprang, war eine verlorene Seele.

Als das Seminar vorbei war und die Sinnsucher unser Haus verlassen hatten, zitierten meine Eltern Che ins Wohnzimmer. Ich legte mich mit einem Buch aufs Sofa und tat so, als würde mich das Ganze nichts angehen. Konflikte vor Publikum auszutragen war typisch für meine Familie, daher forderte mich niemand auf, den Raum zu verlassen.

Che warf sich scheinbar unbeteiligt in seinen Sessel und griff nach einem Fix-und-Foxi-Heft. Mein Vater räusperte sich vernehmlich und sagte: »Würdest du uns freundlicherweise deine Aufmerksamkeit schenken?« Erst da legte er das Heft auf den Couchtisch und blickte gelangweilt auf. Unsere Eltern hatten sich ihm gegenüber hingesetzt und musterten ihn anklagend.

»Also, was sollte das heute Morgen?«, fragte meine Mutter streng. Man merkte ihr an, dass sie immer noch sauer war.

»Was meinst du damit?«

»Du weißt genau, was ich meine.«

Che tat so, als überlegte er angestrengt. »Du meinst, dass ich diesen Typen Schlappschwanz genannt habe?«

Ich sah, wie meinem Vater die Zornesröte ins Gesicht stieg. Nicht dass er nicht derselben Meinung war wie Che, auch er hielt die Sinnsucher für Schlappschwänze. Aber Ches aufreizende Art brachte ihn auf die Palme.

»Du entschuldigst dich jetzt bei deiner Mutter, sonst …«, sagte er, wurde aber von Che unterbrochen.

»Sonst? Was sonst?«

Mein Vater erhob drohend die Hand. »Sonst könnte es sein, dass du dir eine fängst!«

Wenn Che von dieser Drohung beeindruckt war, ließ er es sich nicht anmerken. Vielleicht legte er es sogar darauf an, unseren Vater zum Zuschlagen zu bringen, aber meine Mutter zog ihren Mann zurück auf den Sessel.

»Hör auf, Willi.« Zu Che gewandt sagte sie mit sanfter Stimme: »Du weißt, wir sind großzügig. Wir wollen, dass unsere Kinder sich entfalten und ihre Persönlichkeit entwickeln können. Deshalb haben wir euch immer große Freiheit gelassen. Aber Freiheit beinhaltet nicht die Freiheit, andere zu verletzen. Wir begegnen dir mit Liebe, und du erwiderst diese Liebe mit Ablehnung und Verachtung.«

Mein Vater stieg wieder ein. »Dir kommt es doch nur darauf an, uns zu provozieren!«

»Woher weißt du, worauf es mir ankommt?«, gab Che kühl zurück.

»Oh, der Herr fühlt sich missverstanden«, sagte mein Vater mit höhnischem Unterton. »Na, dann erklär's mir!«

»Du würdest es ja doch nicht verstehen.«

»Das muss ich mir nicht bieten lassen«, knurrte mein Vater, stand auf und verließ den Raum. Die Tür schlug zu.

Ich zuckte zusammen. Meine Mutter rieb sich erschöpft die Stirn. Che ließ sich in seinen Sessel zurückfallen und lächelte zufrieden.

»Warum tust du das?«, fragte meine Mutter kopfschüttelnd.

»Was tu ich denn?« Che setzte sich wieder auf. »Ihr zwingt mich doch, in einem Irrenhaus zu leben! Das ist reine Selbstverteidigung.«

Hier war eindeutig eine Schwachstelle in seiner Argumentation.

»Du musst dich ja nicht an die Haustür stellen und alle Irren persönlich begrüßen«, warf ich aus meiner Sofaecke ein.

Überrascht sah meine Mutter zu mir herüber. Erst jetzt

schien sie meine Anwesenheit zu bemerken. »Misch dich bitte nicht ein«, sagte sie.

In diesem Moment kam mein Vater wieder ins Zimmer. Er konnte es nicht ertragen, nicht als Sieger aus einer Auseinandersetzung hervorzugehen. Ohne auf meine Mutter zu achten, fing er an zu reden.

»Dagegen zu sein ist einfach«, belehrte er Che. »Seine Eltern zu verachten ist einfach. Alles abzulehnen ist einfach. Was du lernen musst, ist, dich *für* eine Sache zu begeistern! Dich mit Haut und Haar einer Sache zu verschreiben, auch wenn du dich damit zum Außenseiter machst!«

»So wie du mit deiner Kunst?«, fragte ich. Meine Mutter warf mir einen strafenden Blick zu.

Kurz drehte mein Vater den Kopf zu mir. »Genau!«

Wollte er wirklich sagen, Che solle etwas tun, was nichts einbrachte und womit man sich die meisten Leute zu Feinden machte?

Che antwortete nicht, wahrscheinlich hörte er sowieso nicht mehr zu.

Das hielt meinen Vater jedoch nicht davon ab, sein Plädoyer fortzusetzen.

»Mach etwas aus dir, mein Sohn!«, rief er. »Lass raus, was in dir steckt! Zeig uns, dass du keiner bist, der mit den Wölfen heult!«

Aha, dachte ich, er hat seine Taktik geändert. Statt ihn zu kritisieren, wollte er Che nun offenbar motivieren. Wollte uns zeigen, dass er ein moderner, progressiver Vater war, nicht der autoritäre Knochen, als der er sich manchmal versehentlich präsentierte.

Che schwieg immer noch. Um seine Lippen spielte ein spöttisches Lächeln.

Die Ferien waren zu Ende, die Schule ging wieder los. Einerseits kam es mir vor, als hätten die sechs Wochen eine Ewigkeit gedauert, andererseits waren sie im Handumdrehen vorbei gewesen. Mit gemischten Gefühlen betrat ich das Klassenzimmer der 9b.

Erinnerungen an meinen ersten Schultag in der Grundschule kamen hoch. Schon morgens hatte ich eine Enttäuschung erlebt: Meine Mutter weigerte sich, mir Zöpfe zu flechten. Zöpfe waren »spießig«. Ich hatte auch nicht, wie die anderen Mädchen, ein neues Kleid für den großen Tag bekommen. Also hatte ich das Prinzessinnengewand aus dem Faschingskoffer angezogen, ein monströses Gebilde aus Tüll und rosa Satin, das für große Heiterkeit bei meinen Mitschülern sorgte. Statt einer Schultüte hatte meine Mutter mir eine mit Filz beklebte Rupfentasche mit ein paar Äpfeln und ein bisschen Schokolade überreicht. Neidisch musterte ich Bettinas Schultüte, die von ihrer Mutter liebevoll beklebt und bis zum Platzen mit Süßkram gefüllt worden war.

Wenigstens ein Federmäppchen hatte ich bekommen, und ich fieberte dem Einsatz von Stiften, Radiergummi und Spitzer entgegen. Überhaupt hatte ich große Erwartungen an die Schule, denn im Kindergarten hatte ich mich zu Tode gelangweilt. Nun hoffte ich, dass endlich etwas geboten würde, was mein Interesse erregen könnte.

Als Erstes sollten wir einen Stuhlkreis bilden, der Reihe nach unsere Namen sagen und erklären, warum wir uns auf die Schule freuten. Die Aufgabenstellung verwirrte mich, denn woher wollte die Lehrerin wissen, dass alle sich auf die Schule freuten? Vielleicht gab es ja Kinder, die sich überhaupt nicht freuten oder sogar Angst hatten. Auch ich konnte nicht sagen, ob ich mich freute, wo ich doch gar nicht wusste, wie Schule war. Die wenigsten Kinder brachten mehr heraus als ihren Namen. Als ich dran war, sagte ich laut und deutlich: »Ich heiße India und will Rechnen lernen.«

Die anderen Abc-Schützen starrten mich befremdet an, die Lehrerin lächelte amüsiert. »Du hast es aber eilig, Prinzessin«, sagte sie freundlich.

Die Kinder kicherten, nur Bettina blickte verschüchtert vor sich auf den Boden.

Schnell wurde mir klar, dass es mit dem Rechnen noch dauern würde. Als Nächstes gab die Lehrerin uns nämlich ein Kaleidoskop, das wir vors Auge halten sollten, um anschließend zu erzählen, was wir gesehen hätten. Danach sollten wir das Kaleidoskop an unseren Nachbarn weitergeben und dabei dessen Namen sagen. Das war ja genauso blöd wie im Kindergarten.

Schließlich verlangte die Lehrerin auch noch, dass wir uns bei den Händen nehmen und zusammen sagen sollten: »Wir sind einzeln, wir sind viele, nur gemeinsam sind wir stark. Herzlich willkommen in der Schule!«

Ich hasste es, jemanden bei der Hand zu nehmen. Meine Hände wurden sofort schwitzig, und dafür genierte ich mich. Also rutschte ich von meinem Stuhl und sagte: »Ich muss aufs Klo.«

Vor der Tür hielt ich kurz inne und überlegte, dann verließ ich das Gebäude einfach. Ich ging über den Schulhof an den wartenden Eltern vorbei, die mich in meinem Prinzessinnenaufzug erstaunt anglotzten, ging weiter auf die Straße und machte mich auf den Heimweg. Meine Eltern hatten natürlich nicht draußen auf mich gewartet, sondern saßen längst beim Frühstück zu Hause und diskutierten über irgendeinen Film, den sie gesehen hatten. Ich erklärte ihnen, dass ich nicht wieder zur Schule gehen würde, dort sei es langweilig und die Lehrerin blöd.

Ich nehme an, wenn es keine Schulpflicht geben würde, hätten meine Eltern mit den Schultern gezuckt und es hingenommen. Nun mussten sie aber dafür sorgen, dass ich eine Schule besuchte, also erzählten sie mir wundersame Geschichten aus der eigenen Schulzeit und wie toll sie es damals gefunden hätten. Wenn man bedenkt, dass sie zu Kriegszeiten in die Schule gegangen waren und oft genug davon gesprochen hatten, wie sie bei Bombenalarm aus dem Klassenraum in den Luftschutzkeller hatten fliehen müssen, wunderte mich das ein bisschen. Aber wenigstens war damals überhaupt was los gewesen, was man von meinem ersten Schultag nicht behaupten konnte.

Ich weiß nicht, wie sie es schließlich geschafft hatten, mich dazu zu bringen, weiter hinzugehen. Ich vermute, sie sprachen irgendwann mit der Lehrerin, denn während die anderen noch übten, Zahlen zu schreiben, bekam ich bereits richtige Rechenaufgaben. Damit war ich fürs Erste zufrieden und gab meinen Widerstand gegen die Schule auf. Aber von da an war meine Außenseiterposition in der Klasse klar. Die anderen fanden mich komisch, und ich fand sie langweilig.

An all das dachte ich nun, als ich den Klassenraum der 9b betrat. Meine neuen Mitschülerinnen musterten mich mit unverhohlener Neugier. Einige kannte ich vom Sehen. Sicher war, dass alle wussten, wer ich war.

»Hallo«, sagte ich und bemühte mich um eine feste Stimme. »Ich heiße India.«

»Herzliches Beileid«, sagte eines der Mädchen, und ein paar andere lachten. Schon war klar, dass es auch in dieser

Klasse nicht leicht werden würde. Aber vielleicht würde es mir ja gelingen, nicht gleich alle gegen mich aufzubringen.

Die Zeit mit Felix und der Schwimmbadclique hatte mich, neben ungeahnten Fähigkeiten beim Küssen und Petting, noch etwas anderes gelehrt: Ich war besser darin geworden, mein Anderssein zu verbergen. Inzwischen verstand ich, dass meine Art, mich im einen Moment völlig zurückzuziehen und im nächsten ungefiltert auszusprechen, was ich dachte, Befremden und Ablehnung hervorrufen musste. Je besser es mir gelang, das Verhalten der anderen zu imitieren, desto eher würde ich zurechtkommen.

Also verschluckte ich die sarkastische Bemerkung, die mir auf der Zunge lag, lächelte stattdessen freundlich und sagte: »Vielen Dank! Ich würde auch lieber Sabine heißen.«

Wieder lachten einige. Ein Mädchen kam näher und sagte: »Ich finde deinen Namen sehr schön. Sei froh, dass du nicht Sabine heißt, davon haben wir schon drei in der Klasse. Eine davon bin ich.« Sie streckte mir die Hand hin, ein paar andere folgten ihrem Beispiel. Damit war das Eis gebrochen.

Vielleicht hatte ich ja doch eine Chance, nicht wieder als Klassenparia zu enden. Dazu wäre unter anderem notwendig, mich nicht als gute Schülerin hervorzutun. Besondere Leistungen führten zu Neid und Ausgrenzung, diese Erfahrung hatte ich oft genug gemacht. Ich beschloss deshalb, von nun an absichtlich schlechtere Leistungen zu zeigen. Wenn man wusste, wie die richtige Lösung einer Aufgabe war, sollte es doch kein Problem sein, ein paar Fehler einzubauen.

Diese guten Vorsätze wurden allerdings dadurch erschwert, dass sämtliche Lehrer mich fast gleichlautend begrüßten: »Ach, du bist die Überspringerin! Dann sind wir ja gespannt, wie du dich in dieser Klasse bewährst!«

Erwartet euch bloß nicht zu viel, dachte ich und nahm mir vor, endlich so zu werden, wie ich immer schon hatte sein wollen: durchschnittlich.

Schon länger plante mein Vater eine Lesung, bei der er und meine Mutter nackt die Lyrik verfolgter Dichter vortragen wollten. Nackt, weil die pure, nackte Schönheit der Dichtung im Vordergrund stehen sollte und nicht die Individualität der Vortragenden, »die mit Aussehen und Kleidung soziale Codes transportieren und dadurch vom Eigentlichen ablenken«, wie er mir erklärt hatte.

Beklommen sah ich der Veranstaltung entgegen, denn dieses Konzept sorgte natürlich schon im Vorfeld für Aufruhr und Entrüstung.

»Schamlose Kunstaktion geplant« titelte der Feuilletonistenfreund meines Vaters. Wieder einmal standen wir im Mittelpunkt des öffentlichen Interesses. Das war genau das, was ich nach dem vielversprechenden Start in meiner neuen Klasse absolut nicht gebrauchen konnte.

Als ich meinen Vater einmal allein in der Küche erwischte, sprach ich ihn darauf an. »Müsst ihr unbedingt diese Lesung machen, Papa?«

Mein Vater sah mich mit gekränktem Gesichtsausdruck an. »Du enttäuschst mich, India. Heulst du nun auch schon mit den Wölfen?«

Lieber mit den Wölfen heulen als von ihnen gefressen werden, dachte ich.

»Muss die Lesung denn unbedingt bei uns zu Hause stattfinden?«, fragte ich weiter. »Und warum müsst ihr dabei unbedingt nackt sein?«

»Das habe ich dir doch alles schon erklärt, India«, sagte

mein Vater. »Und ich habe noch nie vor den Spießern gekuscht. Weil die Kunst nämlich Widerstand aushalten muss, sonst ist sie nichts wert.«

»Wenn deine Kunst so wertvoll ist, warum bringt sie dann nichts ein?«, rief ich aufgebracht.

Er blickte mich ernst an. »Irgendwann, mein Kind, wirst du zu schätzen wissen, was deine Eltern für die Gesellschaft leisten.«

Ich fragte mich, wann das sein würde. Im Moment wäre ich schon zufrieden, wenn meine Eltern irgendwas machen würden, wovon die Gesellschaft keine Notiz nahm und was genügend Geld zum Leben einbrachte. Wenigstens so viel, dass es für einmal die Woche Pizzaessen reichte und ich mir was Normales zum Anziehen und ein paar Bücher kaufen könnte. War das wirklich zu viel verlangt?

Ich hatte schon versucht, selbst Geld zu verdienen. Als Erstes hatte ich mich auf eine Anzeige gemeldet, in der ein Babysitter gesucht wurde. Als ich mich bei der Familie vorstellen wollte, öffnete mir eine Frau mit einem Kind auf dem Arm die Tür. Sie blickte mich an und schien zu überlegen, woher sie mich kannte.

»Bist du nicht die Tochter von dem verrückten Künstler?«, fragte sie.

»Ja«, sagte ich. »Ich meine, nein.« Aber da hatte sie mir die Tür schon vor der Nase zugeknallt.

Beim zweiten Versuch war ich erfolgreicher gewesen und hatte die Aufgabe bekommen, ein Werbeblatt auszutragen. Ich hatte die große Tasche mit den Zeitungen auf meinem Fahrrad befestigt und es von Tür zu Tür geschoben, aber fast überall wurde ich angeschnauzt, wenn jemand sah, wie ich die Werbung in die Briefkästen steckte. Eine Frau riss das

Blatt wieder raus und warf es mir vor die Füße. Schließlich nahm ich die restlichen Zeitungen und schmiss sie in eine Mülltonne, wo sie ja sowieso landen würden. Irgendjemand verpetzte mich, und so war ich den Job wieder los.

In meiner Verzweiflung hatte ich überlegt, mich für medizinische Tests zur Verfügung zu stellen. Dabei kriegt man Pillen, von denen man nicht weiß, wofür oder wogegen sie sein sollen, und muss über die Wirkungen berichten, die man an sich beobachtet. Ich hätte das interessant gefunden, außerdem bekam man eine Menge Geld dafür, aber leider musste man auch volljährig sein.

Schließlich hatte ich aufgehört, Arbeit zu suchen, und dafür begonnen, hin und wieder Lotto zu spielen. Aber dabei ging fast mein ganzes Taschengeld drauf, und als ich ausgerechnet hatte, wie gering die Wahrscheinlichkeit war, etwas zu gewinnen, ließ ich es ebenfalls wieder bleiben.

Seit ich wusste, wie schwer es für mich war, Geld zu verdienen, war ich noch wütender auf meine Eltern. Es war doch schließlich ihre Aufgabe, für uns zu sorgen. Warum hatten sie uns denn gekriegt, wenn sie das nicht konnten oder wollten? Wenn ich mal Kinder haben sollte, würde ich alles anders machen. Ich würde einen Beruf ausüben, bei dem ich gut verdiente, jeden Tag für meine Kinder kochen und sie bemuttern, ohne sie zu verwöhnen. Ich würde ihnen zuhören und sie ernst nehmen und mich entschuldigen, wenn ich einen Fehler gemacht hätte. Ich würde ihnen normale Namen geben und darauf achten, nichts zu tun, wofür sie sich schämen müssten. Besonders das.

Der gefürchtete Abend war da. Die Zuhörer drängten sich vor unserem Haus. Meine Mutter saß an der Tür und kassierte von jedem Gast zehn Mark. Normalerweise war der Eintritt zu den Performances frei (vermutlich, weil sonst niemand gekommen wäre). Heute profitierten meine Eltern ausnahmsweise mal von der Sensationsgier der Leute.

Ich saß im oberen Stockwerk und beobachtete durch die Stäbe des Treppengeländers unbemerkt die Ankommenden. Warum ließen sich die Leute von einem so billigen Spektakel anlocken? Was war überhaupt so aufregend daran, jemanden ohne Kleider zu sehen? Ich sah meine Eltern jeden Tag nackt durchs Haus rennen, und ehrlich gesagt wäre es mir lieber gewesen, sie wären angezogen.

O mein Gott, da war mein Deutschlehrer! Reflexhaft tauchte ich zurück ins Dunkel, damit der akkurat gekleidete Herr mich auf keinen Fall entdecken konnte. Er war schon älter, sehr gebildet und kompromisslos, wenn es um die Klassiker ging. Aktuelle Werke wie »Die neuen Leiden des jungen W.«, die bei progressiven Lehrern gerade in Mode waren, würden bei ihm nie auf den Lehrplan kommen. »Firlefanz« nannte er diese Art von Literatur. Ich fragte mich, warum er wohl gekommen war, und starb fast bei der Vorstellung, ihm in der nächsten Deutschstunde gegenüberzusitzen.

Als alle Gäste im Wohnzimmer verschwunden waren, summte und brummte es von unten wie aus einem riesigen Bienenstock. Ich überlegte, was ich tun sollte. Mein erster Impuls war, abzuhauen und mich irgendwo zu verbarrikadieren, wo mich die nächsten hundert Jahre niemand finden würde. Aber noch stärker war der Wunsch, weiter zu beobachten, was geschah.

Ich lief die Treppe nach unten und aus dem Haus. Wie erwartet standen die Fenster des Wohnzimmers offen, damit die schätzungsweise sechzig Leute, die sich darin drängelten, nicht erstickten. Ich schlich zu einem der Fenster und drückte mich mit dem Rücken gegen die Hauswand. Wenn ich vorsichtig war, würde mich niemand entdecken, ich würde aber das meiste sehen und hören können.

Ich hatte einen direkten Blick auf die »Bühne«, ein flaches Podest, auf dem zwei Sessel standen. Es war noch niemand zu sehen, wahrscheinlich waren meine Eltern gerade im Badezimmer und zogen sich aus. Gleich würden sie in den Raum kommen, nackt, in der Hand die Bücher, aus denen sie vortragen wollten. Der Pimmel meines Vaters würde sanft hin und her schwingen, während er das Podest bestieg, die Brüste meiner Mutter bei jedem Schritt wippen. Die Leute würden sie anstarren, es peinlich finden oder erregend, unterhaltsam oder empörend. Und ich würde vor Scham sterben.

In diesem Moment öffnete sich die Tür. Ein Paravent erschien und bewegte sich wie von Geisterhand bis zur Bühnenmitte. Dort wurde er abgesetzt, darüber wurden die Köpfe meiner Eltern sichtbar. Mein Vater hob eine Hand und bat um Ruhe. Das Summen erstarb. Als es ganz still war, begann er mit seiner Rede.

»Meine Damen und Herren, liebe Gäste. Sie sind heute Abend gekommen, um einer Lesung beizuwohnen. Wir wollen Werke von Dichtern vortragen, die während des Nationalsozialismus verfolgt oder sogar getötet wurden. Mit diesem Vortrag wollen wir ihrem Werk das zahlreiche Publikum verschaffen, das es unserer Meinung nach verdient hat. Was wäre wohl geschehen, wenn wir eine solche Lesung als normale Lesung angekündigt hätten?« Er blickte herausfordernd in die Runde.

Leises Tuscheln erhob sich.

»Nun, die wahren Lyrikfreunde unter Ihnen wären gekommen, vielleicht zehn, vielleicht zwanzig. Das erschien uns zu wenig. Also sind wir auf die Idee mit der Nacktlesung gekommen. Und nun sehen Sie sich um: Hier sitzen ungefähr dreimal so viele Zuhörer, wie normalerweise gekommen wären. Achtzig Prozent von Ihnen sind vermutlich hier, weil sie sich eher für die Nackten interessieren als für die Gedichte. Aber egal, Sie sind hier.«

»Anfangen!«, erscholl eine Stimme. Ein paar Leute lachten.

Mein Vater ergriff wieder das Wort. »Nur Geduld, gleich geht es los.«

Meine Mutter und er tauschten einen Blick, und der Paravent setzte sich langsam seitwärts in Bewegung.

Ich kniff die Augen zu. *Bitte, lieber Gott, lass es Frösche regnen oder mach sonst irgendwas, damit dieser Albtraum endet.*

Ein Raunen ging durch den Raum. Ich machte die Augen wieder auf. Da standen meine Eltern und lächelten ins Publikum. Angezogen.

»Und nun habe ich eine Überraschung für Sie«, sagte mein Vater. »Wir haben uns entschieden, die Lesung in bekleidetem Zustand zu halten. Weil wir uns wünschen, dass nichts von der reinen, nackten Schönheit der Gedichte ablenkt.«

Für einen Moment herrschte verblüfftes Schweigen. Dann brach ein Tumult los.

»Frechheit!«, brüllte jemand.

»Großartig!«, ein anderer.

Einige sprangen auf, Stühle fielen um, es wurde gelacht und geschimpft. Das Publikum diskutierte in Grüppchen, manche waren wütend, andere amüsiert. Viele wirkten beschämt. Sie waren überführt worden, gewissermaßen auf frischer Tat ertappt. Jeder fragte sich, ob der andere wohl gekommen wäre, wenn es nicht die Ankündigung einer Nacktlesung gegeben hätte. Und jeder musste sich fragen, ob er selbst gekommen wäre.

Die Unruhe legte sich allmählich wieder, einige Gäste hatten sich entschlossen zu gehen und stampften aufgebracht durch unseren Vorgarten. Die geblieben waren, nahmen wieder ihren Platz ein.

Meine Mutter und mein Vater hatten sich hingesetzt und warteten ab, bis Ruhe eingekehrt war. Dann trugen sie die Gedichte vor, dazwischen erzählten sie dem Publikum vom Schicksal der Dichter. Manche hatten überlebt, andere waren in den KZs umgebracht worden oder hatten sich das Leben genommen. Betroffen lauschte ich den Worten von Else Lasker-Schüler, Erich Fried, Rose Ausländer, Nelly Sachs und vielen anderen. Manche Gedichte klangen wie Aufrufe, andere wehmütig und zart, und ich staunte darüber, dass Worte so viel Macht haben können, dass ein Staat glaubt, sie vernichten zu müssen. Und wie gut, dass man zwar Bücher vernichten konnte, aber nicht Gedanken, Worte und Erinnerungen.

Plötzlich brach ohrenbetäubende Marschmusik los, die Wohnzimmertür flog auf, und eine Gestalt in Uniform kam hereinmarschiert, den rechten Arm zum Hitlergruß ausgestreckt.

Che. Den hatte ich über all der Aufregung völlig vergessen.

Gerade war ein besonders schöner Moment gewesen, die Zuhörer hatten gebannt den Worten von Rose Ausländer gelauscht – und nun machte dieser Idiot alles kaputt!

Mein Vater hörte mitten im Satz auf zu lesen. Die Leute starrten meinen Bruder an, sichtlich im Zweifel, ob er ein

Störer war oder womöglich Teil der Veranstaltung. Die meisten schienen anzunehmen, dass sein Auftritt dazugehörte, und mein Vater spürte offenbar die allgemeine Verunsicherung. Statt – wie ich erwartet hätte – loszubrüllen und Che hochkant rauszuwerfen, ließ er ihn gewähren.

Als die Musik zu Ende war, erhob er sich und sagte: »Meine Damen und Herren, wir haben lange überlegt, ob wir Ihnen diese künstlerische Provokation zumuten dürfen, und haben uns schließlich dazu entschlossen, es zu wagen. So erschreckend, wie mein Sohn in seinem Kostüm auf Sie gewirkt hat, muss das Auftauchen der Nazis für viele gewesen sein. Und ebenso unbeirrt wie er marschierten die Barbaren damals voran. Es schaudert einen förmlich, nicht wahr? Che, vielen Dank für deine Unterstützung!«

Applaus brandete auf, Che glotzte verständnislos auf unseren Vater, dann auf das Publikum. Noch einmal riss er den Arm hoch und schrie: »Heil Hitler!«

Manche hielten das für den Abschiedsgag seiner Einlage und lachten, andere hatten bereits das Interesse an ihm verloren und blickten wieder auf die beiden Vorleser. Wie ein geprügelter Hund schlich Che aus dem Raum.

Nach der Lesung kam es zu heftigen Diskussionen. Ich hörte, wie der Zeitungsfritze versuchte, die Leute aufzuhetzen. Ob Kunst denn alles dürfe? Der Hitlergruß sei verboten, ob denn niemand Anzeige erstatten wolle?

Er sammelte Kommentare und kritzelte sie auf seinen Notizblock. Mit Sorge sah ich seinem Bericht entgegen.

8

Nach diesem Abend ging der Kampf mit Che in eine neue Phase. Die Gegner verschanzten sich in ihren Stellungen und belauerten einander, ohne jedoch anzugreifen. Che zog sich fast völlig zurück, sprach nur noch das Nötigste mit uns und war oft außer Haus. Meine Eltern kehrten zu ihrer Strategie des So-tun-als-wäre-nichts zurück, ich merkte aber, dass sie nervlich angeschlagen waren.

Immer häufiger belauschte ich sie beim Streiten statt, wie früher, beim Sex. Und ihre Streits drehten sich nicht mehr nur um Opa Fritz, sondern viel öfter um Che und – was ich wirklich beunruhigend fand – auch um Themen, die früher nie zum Streit geführt hätten.

Seit ich denken konnte, war das verschlungene Beziehungsgeflecht, das meine Eltern miteinander verband, intakt gewesen. Ein autonomer Organismus, gut durchblutet und vital, unter allen Witterungsbedingungen überlebensfähig. Wenn in meinem Leben etwas verlässlich zu sein schien, dann war es die elterliche Symbiose. Sie ging mir zwar auf die Nerven, weil sie mich ausschloss, bildete aber doch eine beruhigende Konstante. Natürlich war mein Vater immer die Diva in der Beziehung gewesen und meine Mutter bereit, ihm zu dienen. Ihre zaghaften Versuche, sich zu emanzipieren, waren von ihm mit nachsichtiger Herablassung hingenommen, aber nie ernst genommen worden. Lange hatte sie es so akzeptiert, aber in letzter Zeit hatte sich etwas verändert.

Sie zeigte nicht mehr die bedingungslose Bewunderung, die sie bisher für meinen Vater an den Tag gelegt hatte. Sie war kritischer geworden, widersprach ihm öfter und lenkte bei Auseinandersetzungen nicht mehr so schnell ein. Mein Vater war ihr gegenüber nicht mehr so geduldig wie früher, sondern zeigte deutlich, wenn er von ihr genervt war. Es war, als wären sie aus einem Rausch erwacht und sähen einander das erste Mal mit klarem Blick.

Meine Mutter hatte sich einer Frauengruppe angeschlossen, die sich einmal wöchentlich traf, meistens bei uns. Ein paarmal hatte ich mich dazugesetzt, so getan, als würde ich lesen, und ihren Gesprächen gelauscht. Meist ging es darum, wie ungerecht es sei, dass die Frauen so unterdrückt wurden. Nicht nur diese fünf, die bei Kräutertee und selbst gebackenen Vollkornkeksen zusammenhockten und nicht wirklich unterdrückt wirkten, sondern Frauen allgemein, auf der ganzen Welt.

Oder sie redeten über den Paragrafen 218 und ein Urteil des Bundesverfassungsgerichts, das ein paar Monate zuvor gesprochen worden war.

»Der Lebensschutz der Leibesfrucht genießt grundsätzlich für die gesamte Dauer der Schwangerschaft Vorrang vor dem Selbstbestimmungsrecht der Schwangeren«, zitierte eine der Frauen aufgebracht. »Das ist doch eine Unverschämtheit!«

»Mein Bauch gehört mir!«, rief eine zweite, und die anderen Frauen fielen mit ein.

»Mein-Bauch-gehört-mir!«, skandierten sie und stampften durch die Küche, als wären sie auf einer Demonstration.

Mir kam der Verdacht, dass in den Keksen nicht nur Vollkorn drin war. Die Frauen erschienen mir für das ernste Thema ein wenig zu ausgelassen.

Diese Treffen hielt mein Vater natürlich für hochgradige Spinnerei. Er war zwar politisch progressiv (»der Geist steht links!«), aber, wie ihm meine Mutter im Streit entgegengeschleudert hatte, in Wirklichkeit »ein totaler Pascha«.

Noch weniger Verständnis hatte er für die spirituellen Neigungen meiner Mutter. Früher hatte er darüber gelächelt, als wäre sie ein Kind, dessen seltsame Spiele er geduldig hinnahm. Mittlerweile hatte sie die Sinnsuche aber nicht nur zu einem einträglichen Geschäftsmodell gemacht – was ihn offensichtlich ärgerte –, sondern ihm auch eines Tages erklärt, dass ihr diese Suche inzwischen wichtiger sei als die Kunst. Mein Vater hatte natürlich verstanden, »wichtiger als du«, und betrachtete seither die Sinnsucher als seine persönlichen Gegner.

Zu den Seminaren und Workshops meiner Mutter kamen in letzter Zeit immer mehr Leute, die von Kopf bis Fuß orange gekleidet waren und eine dicke Holzperlenkette mit einem Amulett trugen, auf dem das Porträt eines bärtigen Mannes mit stechenden Augen zu sehen war. Meine Mutter war sichtlich fasziniert von dem, was sie erzählten. Was ich mitbekam, war im Wesentlichen Folgendes: Im Jahr zuvor hatte sich in der Stadt Poona, die irgendwo in Indien lag, eine Art Kommune gegründet. Da trafen sich Sinnsucher aus aller Welt und beteten einen Typen an, der Bhagwan hieß. Der verteilte gegen eine Gebühr Holzketten an seine Jünger und gab ihnen neue Namen. Männer hießen danach Swami Irgendwas und Frauen Ma Irgendwas.

Was so toll an der Lehre von diesem Bhagwan war, konnte

ich nicht in Erfahrung bringen, aber ich bekam mit, dass Sex eine gewisse Rolle spielte. Vermutlich war das einer der Gründe für die wachsende Popularität der Sekte, deren Mitglieder sich natürlich nicht als Sektenanhänger sahen, sondern als Schüler und den indischen Guru als ihren Meister.

Diese Typen regten meinen Vater noch mehr auf als die anderen Sinnsucher. Einmal hatte er mit zweien von ihnen eine lautstarke Diskussion über Wiedergeburt geführt, worüber meine Mutter sehr verärgert gewesen war. Sie warf ihm vor, sich nie ernsthaft mit diesen Themen beschäftigt, aber zu allem eine Meinung zu haben. Seither verließ er an Seminartagen demonstrativ das Haus.

Ich wusste nicht recht, was ich von alldem halten sollte. Wenn man die Sache mit der Wiedergeburt logisch anging, kam man ziemlich schnell darauf, dass es nicht funktionieren konnte. Angeblich kam es beim Reinkarnieren ja darauf an, wie man sich im Leben verhielt. Je mehr Karma-Punkte man gesammelt hatte, desto höher war im nächsten Leben die Stufe der Reinkarnation. Wenn ich mich so umsah, wie die Leute sich benahmen, müssten die meisten als hässliche Tiere wiedergeboren werden. Also als Würmer, Frösche oder Echsen. Es gab aber nicht mehr Würmer und Reptilien als früher. Im Gegenteil, seit der Steinzeit waren sogar viele ausgestorben.

Und dann war da noch das Platzproblem. Wenn alle Wesen, die es mal gegeben hatte, mehrmals wiedergeboren wurden, bis sie ins Nirwana eingingen, würde es zwangsläufig bald eng auf der Erde werden. Und wo kamen überhaupt die neuen Seelen her, die zum ersten Mal geboren wurden? Wenn die Zahl der Seelen aber konstant blieb, müsste es dann nicht eigentlich eine Art Warteraum für sie geben, wo sie sich aufhalten konnten, wenn sie aus dem einen Körper gerade raus waren, aber noch keinen neuen zum Reinkarnieren gefunden hatten?

Diese und viele andere Fragen beschäftigten mich, und ein paarmal war ich kurz davor gewesen, sie den Sinnsuchern zu stellen. Aber weil ich ahnte, dass ich keine befriedigenden Antworten bekommen würde, ließ ich es bleiben. Das ist wie bei der Sache mit dem Gottesbeweis. Gläubige sind für so was die falschen Ansprechpartner.

Noch immer litt ich unter einer schmerzhaften Mischung aus Wut und Liebeskummer. Ganz offensichtlich war es Felix nur darum gegangen, mich dazu zu kriegen, mit ihm zu schlafen. Wenn ich an den Nachmittag im Geräteschuppen dachte, kamen mir immer noch die Tränen.

Die Frauengruppe meiner Mutter hatte recht. Wir Frauen waren grundsätzlich im Nachteil gegenüber den Männern, und sei es nur, weil die einfach stärker waren als wir. Hätte Felix es wirklich gewollt, hätte ich keine Chance gegen ihn gehabt.

In meiner labilen Verfassung fühlte ich mich von der behaglichen Spießigkeit der Bertholds noch mehr angezogen als sonst. Ganze Nachmittage verbrachte ich im Nachbarhaus. Wenn ich selbst keinen Unterricht hatte und Christian keine Schüler, übte ich Klavier, danach hing ich bei Bettina herum oder unterhielt mich mit Margot, die meine Gesellschaft offenbar mochte.

Meistens nutzte sie meine Anwesenheit, um Dampf abzulassen. Wie gottlos die Welt geworden sei und wie egoistisch die jungen Leute. Dass die Politiker allesamt Sklaven von Moskau seien, wie man an diesem Willy Brandt sehen könne. Gut, dass der als Kanzler habe zurücktreten müssen, der hätte uns alle ins Unglück gestürzt. Aber vielleicht würde das auch sein Nachfolger schaffen.

Das war so ziemlich das Gegenteil von dem, was meine Eltern über Willy Brandt sagten, den sie wie keinen anderen Politiker verehrten und bei dessen Rücktritt ein Jahr zuvor sie beide geweint hatten.

»Es ist wichtiger, etwas im Kleinen zu tun, als im Großen darüber zu reden«, hatte Brandt mal gesagt, und diesen Satz hätte meine Mutter wahrscheinlich auf ein Sofakissen gestickt, wenn sie hätte sticken können.

Margot konnte sticken, aber die hätte wohl eher eine Sticknadel verschluckt, als ein Zitat von Brandt zu verewigen. Manchmal war sie eher ängstlich als zornig, dann fragte sie sich (und mich), was mal aus dem Onkel werden solle, wenn sie ihn nicht mehr versorgen konnte. Ich brachte vorsichtig die Einrichtung ins Spiel, von der Bettina mir erzählt hatte, wo Menschen wie der Onkel leben und arbeiten konnten. Aber davon wollte Margot nichts wissen.

»Ich schiebe doch meinen eigenen Bruder nicht in ein Heim ab«, sagte sie empört.

»Aber vielleicht würde es ihm gefallen«, wandte ich ein.

»Das geht dich nichts an«, sagte sie kurz angebunden, und damit war das Thema beendet.

Ich fragte mich, warum sie mit mir über diese Dinge sprach, wenn sie meine Meinung gar nicht hören wollte. Wahrscheinlich erzählte sie mir das alles nur, weil ihr Mann und ihre Töchter ihr schon lange nicht mehr zuhörten.

Ich betrachtete ihre Beschwerden als Preis für die Leckereien, die sie mir regelmäßig servierte. Weniger um mir eine Freude zu machen, wie es mir vorkam, sondern eher als Vorwurf gegen meine Mutter.

»Kriegst du zu Hause denn gar nichts Ordentliches zu essen, du armes Kind?«, fragte sie, während sie mir Grießbrei mit Apfelmus, Zimt und Zucker servierte, den ich gierig verschlang. »Was macht deine Mutter bloß den lieben langen Tag?«, sagte sie dann und fädelte mit zusammengekniffenem Auge einen Faden in eine Nadel.

»Sie arbeitet. Deshalb hat sie wenig Zeit.«

»Das nennst du Arbeit?« Vor Empörung schnappte ihre Stimme fast über. »Was du hier siehst, ist Arbeit!«

Sie schüttelte das Stopfei, das in einem blauen Strumpf steckte, so energisch vor meinem Gesicht, dass ich fürchtete, sie würde es mir auf die Nase hauen.

»Um deinen Bruder kümmert sie sich auch nicht«, fuhr Margot fort. »Wieso lässt sie ihn in dieser schrecklichen Uniform herumlaufen?«

Ich überlegte, ob ich ihr die Erziehungsprinzipien meiner Eltern erklären sollte, Stärkung der Individualität, persönliche Freiheit, Selbstverwirklichung und so weiter, aber ich ließ es bleiben. Ebenso gut hätte ich ihr ein japanisches Haiku aufsagen können.

»Er ist eben in einem schwierigen Alter«, sagte ich.

»Man muss einem Kind Grenzen setzen«, sagte sie streng. »In seinem eigenen Interesse. Wenn eure Mutter sich nicht um euch kümmert, versündigt sie sich an euch.«

»Hm«, machte ich.

Im Grunde gab ich ihr recht, aber ich mochte es nicht, wenn sie über meine Mutter herzog. Da bekam ich das Gefühl, ich müsste sie verteidigen, und dazu hatte ich auch keine Lust.

Vielleicht war Margot ja auch ein bisschen neidisch auf meine Mutter, die immer machte, was sie wollte, und sich einen Dreck darum scherte, was andere über sie dachten. Bestimmt war meine Mutter zufriedener mit ihrem Leben, als sie es war.

Missbilligend sprach Margot dann über Frauen, »die ihre natürlichen Aufgaben nicht annehmen und immer etwas Besonderes sein wollen«. Es sei ja schließlich schon schlimm genug, dass Männer immer nur ihre eigenen Pläne im Kopf hätten. Dabei rammte sie voller Wut die Stopfnadel ins Gewebe.

Mir kam der Gedanke, dass Margot eigentlich über sich selbst sprach. Dass sie wütend war, weil ihr Leben so anders verlaufen war, als sie es sich vorgestellt hatte.

Von Bettina wusste ich, dass ihre Mutter eine kaufmännische Ausbildung gemacht und davon geträumt hatte, ein eigenes Geschäft zu führen. Die Verantwortung für den Onkel hatte diese Träume zunichtegemacht. Margots Vater war kurz vor Kriegsende an den Folgen einer Verletzung gestorben, damals war sie so alt gewesen wie ich heute. Kurz danach starb ihre Mutter an Typhus. Mit Unterstützung einer entfernten Tante musste die Dreizehnjährige von da an für sich und ihren drei Jahre älteren behinderten Bruder sorgen. Irgendwie hatte sie es geschafft, die Schule zu beenden und eine Lehre zu machen. Sie hatte in einem Laden für Wolle und Handarbeitsbedarf gearbeitet; in der Nachkriegszeit florierte so was, weil alle ihre Pullover selber strickten.

»Ich hatte jede Menge Verehrer«, hatte sie mal bei einem Abendessen erzählt. »Einer hatte sogar ein Moped. Und ein anderer war Vertreter für Damenwäsche. Der hat mir ein Nachthemd aus Seide geschenkt …« Ihr Blick verlor sich in der Ferne.

»Und wieso hast du dann ausgerechnet Papa geheiratet?«, fragte Petra.

»W-w-wegen seine Augen«, stieß der Onkel, der die Geschichte wohl schon viele Male gehört hatte, aufgeregt hervor.

»Du meinst, Christian hatte ein Auge auf mich geworfen«, verbesserte ihn Margot.

In diesem Moment tat Bettina so, als würde sie sich ein Auge rausnehmen und auf mich werfen. Wir brachen in hysterisches Gekicher aus und wurden von Christian deshalb ermahnt.

Ein anderes Mal, als ich Margot beim Bügeln zusah und dabei belegte Brote aß, stellte sie plötzlich das Eisen ab und fragte: »Kannst du eigentlich bügeln, Indie?«

»Nö«, sagte ich mit vollem Mund. »Bei uns bügelt niemand.«

Missbilligend schüttelte sie den Kopf. »Dann wirst du es einmal schwer haben, einen Mann zu finden.«

Überrascht sah ich sie an. Soweit ich wusste, achteten Männer bei Frauen auf andere Dinge. Wichtig war, dass eine Frau schön war und gern Sex machte. Manche Männer legten auch Wert darauf, dass eine Frau interessante Dinge sagte. Wenn sie gut kochen konnte, war das sicher auch kein Fehler. Aber dass Bügeln ein Kriterium für die Partnerwahl sein könnte, davon hatte ich noch nie gehört.

»Komm, ich zeig's dir«, bot Margot an.

Bereitwillig rutschte ich vom Stuhl und wischte meine Finger an der Jeans ab.

Sie verzog den Mund. »Zuerst Hände waschen.«

Als ich aus dem Badezimmer zurück war, breitete sie ein Hemd auf dem Bügelbrett aus. »Erst streichst du mit der

Hand über den Stoff, damit er schön glatt wird. Dann nimmst du das Bügeleisen und fährst darüber, siehst du? Du musst sehr sorgfältig sein, denn jede Falte, die du versehentlich reinbügelst, geht schwer wieder raus.«

Ich probierte es aus, es machte Spaß. Das Bügeleisen sauste mühelos über den Stoff, zwischendurch stellte ich es ab und ließ mir von Margot zeigen, wie man das Hemd Stück für Stück übers Brett zog, um es überall glatt zu kriegen.

»Siehst du, es ist ganz einfach!«

Am Schluss knöpfte ich es zu und faltete es unter ihrer Anleitung zusammen, dann legte ich es stolz auf den Stapel mit den anderen gebügelten Hemden. Die Vorstellung, dass Christian demnächst ein von mir gebügeltes Hemd tragen würde, gefiel mir.

»Darf ich noch mal?«

Sie nickte und ließ mich das nächste Hemd plätten. Es machte ihr sichtlich Freude, mir etwas beizubringen.

Meine Eltern hatten mir nichts beigebracht. Weder Kochen noch Bügeln, weder Radfahren noch Schwimmen. Alles, was ich konnte, hatte ich mir selbst beigebracht oder von anderen zeigen lassen. Aber ich konnte ja auch nicht viel. Meine Mitschülerinnen fuhren fast alle Ski oder Schlittschuh, sie strickten oder häkelten, manche nähten sich Kleider und Kissenbezüge oder bastelten Schmuck aus Silberdraht und Glasperlen, andere tanzten oder spielten in der Volleyballmannschaft. Ich konnte nichts von alledem.

Das Einzige, was ich konnte, war rechnen. Wahrscheinlich blieb mir nichts anderes übrig, als Mathelehrerin zu werden. Dann würde ich es wohl wirklich schwer haben, jemanden zu finden, Männer fanden Mathelehrerinnen bestimmt nicht sexy.

Wenigstens konnte ich jetzt bügeln.

Ich setzte mich wieder. Ein paar von den Schnittchen, die Margot mir zubereitet hatte, waren noch übrig. Während ich aß, schaute ich ihr weiter zu.

Alles an ihr verriet, dass sie keine glückliche Frau war. Die gebeugte Haltung, das schmale Gesicht, der angespannte Mund. Vielleicht sollte sie weniger für andere tun und mehr für sich selbst, dachte ich. Einfach egoistischer sein, so wie meine Mutter. Die beiden waren ungefähr gleich alt, aber wenn ich sie mir nebeneinander vorstellte, wirkte meine Mutter wie ein junges Mädchen und Margot wie eine alte Frau.

»Haben Sie schon mal was richtig Unvernünftiges gemacht?«, fragte ich, und Margot hob erstaunt den Kopf.

»Was Unvernünftiges? Das konnte ich mir nie erlauben.«

»Das muss man sich nicht erlauben, das muss man einfach tun«, sagte ich.

»Red kein dummes Zeug«, sagte sie schroff. Im nächsten Moment schien es ihr leidzutun. »Willst du noch ein Schnittchen?«

Ich schüttelte den Kopf. »Nein danke. Und danke für den Bügelunterricht. Vielleicht finde ich ja doch mal einen Mann.«

Ein Lächeln huschte über ihr Gesicht. »Das wünsche ich dir.« Aber es klang nicht so, als würde sie wirklich daran glauben.

Weil Bettina nicht da war und ich schon eine Stunde Klavier gespielt hatte, gab es keinen Grund, noch länger bei den Bertholds zu bleiben. Außer wenn ich mit dem Onkel Stadt-Land-Fluss hätte spielen wollen, aber das wollte ich nicht, obwohl er mich jedes Mal fragte.

Als ich den Flur entlangging, flog plötzlich die Haustür

auf, und eine strahlende Bettina stürzte herein. Sie rannte auf mich zu und umarmte mich.

»Endlich! Er hat mich geküsst!«

Ich hielt die Luft an und begann, die Fliesen im Hausflur zu zählen. Es waren acht in der Breite und – ich drehte mich kurz um – vierundzwanzig in der Länge. Machte einhundertzweiundneunzig. Ich schätzte das Fliesenmaß auf fünfundzwanzig mal fünfundzwanzig Zentimeter, der Flur hatte also zwölf Quadratmeter.

»Was ist los?«, fragte Bettina erschrocken. »Du bist ja ganz blass!«

»Nichts«, sagte ich. »Ich habe nur ein bisschen Kopfschmerzen.«

»Warte, ich hol dir eine Aspirin.«

Sie lief die Treppe hoch ins Badezimmer. Ich blieb stehen und starrte weiter auf den Boden. Das Fliesenmuster verschwamm vor meinen Augen. Gleich darauf kam Bettina die Treppe wieder herunter und brachte mir die Tablette und einen mit Wasser gefüllten Zahnputzbecher.

»Danke«, sagte ich und schluckte die Tablette. Ich trank das Wasser aus und lächelte sie an. »Ich freu mich für dich.«

Felix und Bettina passten sicher viel besser zusammen als Felix und ich. Als irgendwer und ich. Und vielleicht würde sie sich erwachsen genug fühlen, mit ihm zu schlafen – immerhin war sie ein Dreivierteljahr älter als ich. Dann würde er sie nicht halb vergewaltigen müssen, wie er es mit mir getan hatte.

Ich überlegte, ob ich als beste Freundin verpflichtet war, ihr davon zu erzählen. Aber wie sollte ich das tun, ohne ihr den Rest zu erzählen? Wie wir im Geräteschuppen gelegen und uns geküsst hatten, bis unsere Lippen wund waren und ich glaubte, vor Seligkeit zu vergehen. Wie er immer wieder versucht hatte, mich herumzukriegen, was anfangs aber nur ein Spiel gewesen war, das mir geschmeichelt hatte. Bis zu jenem Nachmittag, als daraus Ernst geworden war.

Nein, das alles konnte ich Bettina nicht erzählen, deshalb küsste ich sie nur flüchtig auf die Wange und sagte: »Viel Glück!«

Und versuchte, mir einzureden, dass ich es ehrlich meinte.

Ich ging zur Haustür.

»Wo willst du denn hin, bleib doch noch!«, rief Bettina mir nach.

»Keine Zeit«, rief ich über die Schulter und floh über den Zaun, rannte durch unseren Garten und ins Haus. Erst dort begann ich zu weinen. Und wie so oft, wenn ich weinte, begann ich nach kurzer Zeit, mich selbst zu beobachten und zu fragen, ob das wirklich meine Gefühle waren oder nur die, von denen ich glaubte, dass ich sie in diesem Moment fühlen sollte.

In der folgenden Zeit ging ich Bettina aus dem Weg. Ich war nicht gerade wild darauf, ihr rosig schimmerndes Gesicht und ihre leuchtenden Augen zu sehen, die davon kündeten, wie verliebt sie war. Die Frage, ob sie schon mit Felix geschlafen hatte, brannte in mir. Aber offenbar hatte ich zu viel Angst vor der Antwort, jedenfalls stellte ich sie nicht.

Stattdessen stürzte ich mich noch intensiver ins Klavierspiel, als würde jeder Griff in die Tasten mir Halt geben. In dieser Zeit war die Musik mein wichtigster Zufluchtsort, Ablenkung und Trost zugleich. Christian hatte recht gehabt: Ich fühlte mich in der Musik zu Hause, weil sie wie Mathematik aufgebaut war. So, wie ich die Lösung von Matheaufgaben mit dem Stift aufs Papier schrieb, transformierte ich das Muster der Noten in die Bewegungen meiner Finger auf den Tasten. Wenn ich die Aufgabe korrekt gelöst hatte, entstand als Ergebnis eine wohlklingende Melodie. Das stärkte mich und gab mir Selbstvertrauen. Seit ich wusste, dass Christian mich kostenlos unterrichtete, fühlte ich nicht nur eine Verpflichtung ihm gegenüber, ich fühlte mich geradezu auserwählt. Auf keinen Fall wollte ich ihn enttäuschen.

Wenn ich die Tür zum Musikzimmer öffnete, wartete er meistens schon auf mich. Er drehte sich schwungvoll auf dem Hocker um und begrüßte mich mit einem Lächeln. Es kam mir vor, als könnte er es kaum erwarten, bis ich neben ihm saß und er mit dem Unterricht beginnen konnte.

An der Art, wie er die Tasten anschlug, spürte ich, in welcher Verfassung er war, ob gut gelaunt, müde oder angespannt. Meist spielte Christian mir zu Beginn ein kurzes Stück vor, und ich versuchte, es direkt nachzuspielen.

»Was erzählt dir die Musik?«, fragte er mich manchmal.

Dann beschrieb ich, welche Stimmung das Musikstück mir vermittelte, welche Gedanken es auslöste. Wir dachten uns gemeinsam Geschichten zu den Stücken aus, erschufen eine eigene Welt aus Tönen, Worten und Bildern. Er schärfte meine Sensibilität für das, was ein Komponist mit seiner Musik ausdrücken wollte, und zeigte mir, dass Töne viel mehr transportierten als den reinen Klang.

Längst spielte es keine Rolle mehr, dass er mein Lehrer war und ich seine Schülerin. Er hatte mir erlaubt, ihn Christian zu nennen und zu duzen. Soviel ich wusste, gestattete er das sonst keinem seiner Schüler, und so verstärkte sich in mir das Gefühl des Auserwähltseins.

Manchmal unterbrach er den Unterricht plötzlich, rückte

seinen Hocker ein Stück zur Seite, um mich besser ansehen zu können, und sagte lächelnd: »Lass uns eine Pause machen. Ich möchte mich mit dir unterhalten.«

Als Erstes erkundigte er sich meistens, wie es meinen Eltern gehe.

»Früher haben wir uns öfter mal gesehen«, sagte er. »Aber jetzt haben immer alle so viel zu tun. Was sind das für Seminare, die deine Mutter gibt?«

Ich erzählte ihm von den Sinnsuchern, von Yoga und Transzendentaler Meditation, und er hörte aufmerksam zu. Andere Erwachsene neigten dazu, Witze zu machen, wenn es um diese Themen ging, aber er blieb ganz ernst. Er fragte, ob meine Mutter im Fernsehen denn auch die beliebte Yoga-Sendung mit Kareen Zebroff verfolge. Ich erklärte ihm, dass meine Mutter eine andere Art Yoga mache und wir bei uns sowieso selten fernsähen.

Dann erkundigte er sich nach Che. »Er macht oft einen traurigen Eindruck«, sagte er. »Woran könnte das liegen?«

Ich beschrieb ihm das schwierige Verhältnis zwischen Che und unseren Eltern und dass Che mit allen Mitteln versuche, anders zu sein als sie. Christians Gesicht bekam einen nachdenklichen Ausdruck.

»Falls dein Bruder mal mit jemandem reden möchte … ich meine, mit jemand anderem als seinen Eltern, dann sag ihm, dass er jederzeit zu mir kommen kann«, bot er an.

Che und reden? Fast hätte ich gelacht. Aber ich sagte: »Vielen Dank, ich richte es ihm aus.«

Danach fragte Christian mich nach meiner Meinung zu den verschiedensten Ereignissen. Über vieles war ich durch mein nächtliches Radiohören gut informiert. Zuerst gab ich nur einsilbige Antworten, weil ich es nicht gewohnt war, dass Erwachsene sich für meine Meinung interessierten. Aber es gefiel mir immer besser, dass Christian mich wirklich ernst nahm und mit mir sprach, als wäre ich selbst schon erwachsen. Wie sehr wünschte ich, dass meine Eltern so mit mir sprechen würden!

Durch die Unterbrechungen dauerten meine Klavierstunden nicht fünfundvierzig Minuten wie üblich, sondern oft eine Stunde und länger, aber es wurde mir nie zu lang. Ich wunderte mich höchstens, dass Christian sich so viel Zeit für mich nahm.

Nach einer besonders anstrengenden Stunde, in der wir begonnen hatten, ein Stück von Schubert einzustudieren, streckte ich mich und ließ den Kopf kreisen.

»Puh, ist das schwierig«, stöhnte ich.

Christian legte mir eine Hand in den Nacken. »Du bist ja ganz verspannt«, sagte er und massierte mit zartem Druck meine verhärtete Muskulatur. Er rollte mit seinem Hocker hinter mich, legte beide Hände auf meine Schultern und fuhr mit den Daumen an meinen seitlichen Nackenmuskeln auf und ab, danach knetete er meine Schultern. Ich seufzte wohlig und schloss die Augen.

Früher hatte ich Che manchmal dazu überredet, mir den Rücken zu massieren. Das hatte sich aber lange nicht so gut angefühlt, weil er mich ungeduldig und grob angefasst und schnell die Lust verloren hatte.

Christians Massage war so wohltuend, dass ich wünschte, sie würde ewig dauern. Ich schmolz unter der Wärme seiner Hände, den sanften Berührungen seiner Finger, die genau an den richtigen Stellen Druck ausübten. Zum Schluss nahm er erst meinen rechten, dann meinen linken Arm und knetete beide bis zu den Händen hinunter, schließlich drückte und dehnte er noch jeden einzelnen Finger.

Plötzlich wurde ich unsicher. War das nicht irgendwie komisch? Immerhin war er mein Lehrer. Wie hätte ich es gefunden, wenn mich mein Deutschlehrer oder meine Geschichtslehrerin massiert hätte? Bei dem Gedanken musste ich kichern.

Christian drückte abschließend meine Hände.

»Vielen Dank«, sagte ich. »Das war richtig angenehm.«

»Na dann«, sagte er auffordernd und rollte mit dem Hocker wieder neben mich ans Klavier. »Ein letztes Mal noch.«

Wir spielten das Stück noch einmal, und tatsächlich ging es nun besser. Es war, als hätte ich plötzlich wieder Kraft, und meine Finger wären beweglicher.

Als ich mich von Christian verabschiedete, hielt er meine Hand einen Moment fest und sah mich mit einem seltsamen Ausdruck an.

»India …«, murmelte er, und ich wartete, ob er noch etwas sagen würde. Plötzlich zog er meine Hand an sein Gesicht, als wollte er sie küssen, ließ sie dann aber abrupt fallen und drehte sich weg.

9

Inzwischen war es Herbst geworden, und das triste Wetter entsprach der Stimmung bei uns zu Hause. Es herrschte eine Art Stillhalteabkommen, jeder kümmerte sich um seine eigenen Angelegenheiten und so wenig wie möglich um die anderen. Das führte zu einer Sprachlosigkeit, die sich wie dicker, wattiger Nebel anfühlte.

Meine Eltern bewegten sich mit lauernder Vorsicht umeinander herum, ihr höflicher, distanzierter Umgangston entsprach überhaupt nicht ihrer sonstigen Gewohnheit.

Ich verstand nicht genau, was mit ihnen los war. Vielleicht war es nur der ganz normale Abnutzungsprozess, dem Ehen offenbar unterworfen sind. Mit der Liebe war es anscheinend so ähnlich wie mit Alkohol und Drogen: Wenn man aus dem Rausch erwacht, hat man einen Kater.

In dieser Katerphase schienen sich meine Eltern zu befinden, und ich fragte mich, ob es nur ein Zwischentief war und sie es schaffen würden, sich einander wieder anzunähern, oder ob es der Anfang vom Ende war und sie sich scheiden lassen würden.

Eigentlich hatte ich mir das ja immer gewünscht, aber je konkreter die Möglichkeit wurde, desto mehr zweifelte ich daran, dass diese Aussicht wirklich so verlockend war.

Soviel ich wusste, wurden die Kinder bei einer Scheidung meistens der Mutter zugesprochen. Nur in Fällen grober

Vernachlässigung kam es wohl schon mal vor, dass ein Vater vor Gericht siegte.

Irgendwann hatte ich gedacht, dass meine Mutter nach all den Seminaren und Workshops, nach endlosen Stunden der Meditation und Versenkung der Antwort nach dem Lebenssinn doch eigentlich nähergekommen sein müsste. Und natürlich war ich an dieser Antwort ebenfalls interessiert. Wen interessierte das nicht?

Als ich sie eines Tages danach fragte, sah sie mich an und dachte lange nach. Dann sagte sie: »Weißt du, Schätzchen, ich glaube, es geht nicht darum, eine Antwort zu finden. Der Weg selbst ist das Ziel.«

Na toll. Das hieß also, ihre Sucherei würde ewig weitergehen, obwohl – oder besser weil – sie wusste, dass sie nie irgendwo ankommen würde. Eigentlich war es ja klar: Wenn es eine Antwort auf diese Frage gäbe, würde sie die zwangsläufig irgendwann finden, und ihre Seminarteilnehmer auch. Und dann würde irgendeiner von denen ein Buch schreiben – und schwups, schon wäre die Geschäftsgrundlage für ihre Sinnsucherseminare beim Teufel, weil die Leute fünfzehn Mark achtzig für das Buch zahlen würden und nicht hundertfünfzig für ein Seminar. Andererseits fragte ich mich auch, warum die Leute so viel bezahlten, wenn sowieso klar war, dass sie keine Antwort finden würden. Oder glaubten diese Freaks wirklich, dass sie dem Sinn des Lebens näherkamen, wenn sie sich in unserem Wohnzimmer auf dem Flokati wälzten und »ommmm« summten?

Meine Mutter suchte also weiter nach dem Sinn, mein Vater brütete über neuen Möglichkeiten, den Spießern im etablierten Kunstbetrieb (und das waren so ziemlich alle außer ihm) »in den Arsch zu treten«, ich übte mich darin, immer besser auf dem Klavier und sonst immer durchschnittlicher zu werden – nur Che hatte es offensichtlich verpasst, sich ausreichend um seine Angelegenheiten zu kümmern, denn zwei Wochen vor den Herbstferien kassierte er nicht nur in Mathe und Latein eine Fünf, sondern – nach drei Verweisen, die er einfach ignoriert hatte – auch einen Brief der Schulbehörde. Darin wurde ihm die »Relegation« angedroht, falls er nicht darauf verzichte, seine Uniform in der Schule zu tragen.

Nicht ohne eine gewisse Schadenfreude erkannte ich, in welches Dilemma meine Eltern dadurch geraten waren. Einerseits verabscheuten sie Eingriffe der Obrigkeit in die persönliche Freiheit von Bürgern, der Brief war also in ihren Augen eine Unverschämtheit, auf die sie unter normalen Umständen mit scharfem Protest reagiert hätten. Nun wollten sie aber selbst, dass Che endlich die verdammte Uniform auszog, und so befanden sie sich zu ihrem Ärger in schönstem Einvernehmen mit der verhassten Obrigkeit.

Auch Che hatte die Situation sofort durchschaut. Er schrieb einen Antwortbrief, in dem er mit großem Pathos für die persönliche Freiheit und das Recht auf Selbstverwirklichung eintrat, erklärte, dass er selbstverständlich weiter seine Uniform tragen werde, da sich auf ihr keine Abzeichen verfassungsfeindlicher Organisationen befänden und es auch sonst keinen Grund gebe, warum er ein praktisches und strapazierfähiges Kleidungsstück wie dieses nicht im Schulalltag tragen solle. Und er versäumte auch nicht, die Formulierung von den Wölfen einzufügen, mit denen er nicht heulen werde.

Er las uns den Brief vor. Ich war wirklich beeindruckt, außerdem hatte ich mich inzwischen so an den Anblick von

Che in Uniform gewöhnt, dass ich ihn mir gar nicht mehr anders vorstellen konnte. Vor allem wollte ich auf keinen Fall, dass er die Lederhose und das Hemd mit den komischen Abzeichen trug. Diese Kluft schien mir in ihrer scheinbaren Harmlosigkeit noch bedrohlicher zu sein als die aller Zeichen entkleidete Uniform, die eher wie altmodische Expeditionskleidung wirkte.

Meinen Eltern war sichtlich unwohl in ihrer Haut, nachdem sie den Inhalt des Briefs gehört hatten. Mein Vater versuchte es mit etwas, was »paradoxe Intervention« hieß. Ich hatte mal in einem Buch über Psychologie darüber gelesen. Dabei sagt man etwas, wovon man genau weiß, dass es beim anderen die gegenteilige Reaktion von der auslösen wird, die man anscheinend erreichen will.

»Großartig, Che!«, sagte er also. »Ich bin stolz auf dich. Das hätte ich nicht besser formulieren können.«

Offenbar hoffte er, dass Che auf keinen Fall ein Lob seines Vaters annehmen und den Brief danach lieber nicht abschicken würde. Aber da hatte er sich getäuscht.

»Freut mich, Papa«, sagte Che lächelnd. »Ich wusste, dass dir der Brief gefallen würde. Du hast mich ja immer aufgefordert, mutig zu sein und meine Freiheit zu verteidigen. Nicht mit den Wölfen heulen, stimmt's?«

Mein Vater nickte zögernd. »Da gibt es nur ein kleines Problem«, sagte er.

»Welches denn?«

»Sie werden dich von der Schule werfen.«

»Und davon willst du dich einschüchtern lassen?«, fragte Che herausfordernd. »Ich dachte, man soll für seine Überzeugungen kämpfen? Sich von Widerständen nicht entmutigen lassen?«

»Das schon«, schaltete sich meine Mutter ein. »Aber dabei soll man sich natürlich nicht selbst schaden.«

Che tat so, als würde er nachdenken. »Du meinst also, die Baader-Meinhof-Bande ist zu weit gegangen? So weit, dass sie im Gefängnis landen, hätten sie den Kampf für ihre Überzeugungen nicht treiben dürfen?«

Meine Mutter blickte ihn streng an. »Menschen zu töten ist nie der richtige Weg«, sagte sie.

»Habt ihr nicht mal gesagt, ihr würdet jedem, der von diesem Staat verfolgt wird, jederzeit Schutz in eurem Haus gewähren?«, konterte er.

»Das ist ein völlig unzulässiger Vergleich«, sagte mein Vater. »Spiel dich hier nicht als politisch Verfolgter auf!«

»Die Baader-Meinhof-Terroristen sind für dich also politisch Verfolgte?«, stichelte Che weiter. Ich war überrascht, wie gekonnt er meinem Vater das Wort im Mund verdrehte. Man konnte meinen Eltern viel vorwerfen, aber dass sie Terroristen unterstützen würden, war wirklich absurd.

Mein Vater wurde weiß vor Wut. Ich bekam Angst und überlegte, ob ich nicht am besten zu weinen anfangen sollte, bevor er sich noch auf Che stürzte.

»Du tust deinem Vater absichtlich unrecht«, sagte meine Mutter mit bebender Stimme zu Che. »Uns allen tust du unrecht. Warum willst du uns nur noch verletzen?«

Sie war den Tränen nahe. So emotional hatte ich sie lange nicht erlebt. Immerhin schweißte der gemeinsame Feind die Gegner an der Ehefront kurzzeitig wieder zusammen.

Che ging auf meine Mutter gar nicht ein. »Weißt du, Papa, ich habe dich durchschaut. Deine ganzen hochtrabenden Ideale gelten nur, solange es deine Ziele sind. Für deine Gegner gelten sie nicht, das sind ja sowieso alles Faschisten.«

»Originalton Opa Fritz«, sagte mein Vater höhnisch. »Da hast du ja wirklich was gelernt. Mehr als in der Schule jedenfalls.«

»Ich schicke den Brief jetzt ab«, sagte Che. Er faltete den Bogen zusammen und steckte ihn in einen Umschlag, auf dem bereits eine Marke klebte.

»Tu, was du nicht lassen kannst«, sagte mein Vater. »Mit den Konsequenzen wirst du leben müssen.«

Che verließ die Küche und kurz darauf das Haus. Stumm blieben wir sitzen. Mein Vater tat, als wäre er völlig gelassen, aber ich konnte sehen, dass er innerlich kochte. Bei der Vorstellung, dass eines seiner Kinder keinen Schulabschluss erreichen würde, war es vorbei mit dem Bekennermut. Seit ich denken konnte, hatte er uns zu verstehen gegeben, dass wir ohne Abschluss (und damit meinte er das Abitur) unsere berufliche Zukunft höchstens bei der Müllabfuhr finden würden. Mich hatte das nie gejuckt, da ich immer gute Noten hatte und es daher gar keinen Zweifel daran gab, dass ich das Abi schaffen würde.

Bei Che sah die Sache anders aus. Er tat sich schwerer mit dem Lernen und hatte schon öfter überlegt, nach der mittleren Reife aufzuhören und eine Lehre zu machen. Mir kam der Gedanke, dass diese ganze Briefaktion von Che vielleicht einfach dazu dienen sollte, seinen Rausschmiss zu provozieren.

Bettina öffnete mir die Tür, und ich spürte sofort, dass etwas nicht stimmte. Das Strahlen war aus ihrem Gesicht verschwunden, sie sah aus, als hätte sie geweint.

»Was ist los, ist was passiert?«

»Der Onkel«, sagte Bettina. »Es geht ihm schlecht.«

Ich dachte an die eingelegten Aprikosen und all die anderen Dinge, die der Onkel so gern aß, aber nicht essen durfte. Vielleicht hatte er sich diesmal alles einverleibt, was ihm schmeckte, und sich den Magen verdorben.

»Hat er zu viel gegessen?«

Bettina schüttelte den Kopf. »Im Gegenteil. Seit ein paar Tagen isst er gar nichts mehr, sondern liegt nur im Bett und weint. Er sagt, ein schwarzes Tier sitzt auf ihm, deshalb kann er nicht aufstehen.«

»Was meint er damit?«, fragte ich, obwohl ich es genau wusste.

Bettina seufzte. »Der Arzt hat gesagt, es ist eine Depression. Der Onkel braucht eine Beschäftigung und muss unter Menschen.«

»Und jetzt?«

»Meine Mutter liegt auch im Bett und heult. Sie will ihn nicht hergeben.« Sie schluchzte auf. »Die blöde, egoistische Kuh!«

Ich fand Margot auch egoistisch, auf der anderen Seite konnte ich sie aber irgendwie verstehen. Der Onkel war so was wie ihr Lebenssinn, vor allem jetzt, wo ihre Töchter erwachsen wurden und sie immer weniger brauchten. Der Onkel brauchte sie, und er würde sie immer brauchen, deshalb wollte sie ihn nicht hergeben. Im Grunde brauchte sie ihn mehr als er sie.

»Was sagt denn dein Vater?«

»Der hält sich raus«, schnaubte Bettina. »Der hält sich doch aus allem raus, was nicht ihn und seine Musik betrifft.«

Es war mir unangenehm, dass sie Christian kritisierte. Aber wahrscheinlich hatte sie recht. Er war ebenso besessen von der Musik wie mein Vater von der Kunst. Unseren beiden Vätern war alles andere – ausgenommen vielleicht die Schulabschlüsse ihrer Kinder – ziemlich schnuppe.

»Sollen wir raufgehen, den Onkel trösten?«, schlug ich vor.

Bettina sah mich dankbar an. »Gute Idee. Vielleicht kannst du ihn ein bisschen aufmuntern.«

Wir gingen nach oben, Bettina klopfte an die Tür zu Onkels Zimmer.

»Onkel, Besuch für dich!«, rief sie. Von innen kam ein unterdrücktes Grunzen.

»Dürfen wir reinkommen?«

»M-m-mir egal!«, kam es trotzig zurück.

Sie öffnete die Tür und schob mich ins Zimmer. Die Vorhänge waren zugezogen, und es roch nicht gut. Der Onkel lag im Bett und drehte uns den Rücken zu.

»Ich bin's, India«, sagte ich.

Er rührte sich nicht, grunzte nur wieder leise.

Ich sah mich im Zimmer um. Die Einrichtung bestand aus einem Sammelsurium alter Möbel, so als hätte man alles, was im Haus nicht benötigt wurde, in dieses Zimmer gestellt. Das einzig Persönliche waren ein paar Fotos, die der Onkel aus Zeitschriften ausgeschnitten und an die Wand geklebt hatte und die – neben Rennautos aus der Formel 1 – überwiegend blonde, vollbusige Mädchen zeigten.

»Mensch, hier drin stinkt's vielleicht«, sagte Bettina, schob die Vorhänge zur Seite und riss das Fenster auf.

»F-F-Fenster z-z-zu!«, kreischte der Onkel.

Ich hockte mich vor sein Bett. »Lass das Fenster ruhig auf«, sagte ich. »Dann kann das schwarze Tier raus.«

Er drehte sich ein kleines Stück, bis er mich ansehen konnte. Seine Augen waren rot und verquollen.

»I-I-Indie«, sagte er, dann drehte er sich zurück zur Wand.

Ich erzählte ihm, dass ich das schwarze Tier kannte. Dass es oft zu mir kam und sich auf mich setzte und so schwer war, dass ich mich nicht bewegen konnte. Dass ich manchmal das Gefühl hatte, nicht atmen zu können, weil es auf meinem Brustkorb saß und meine Lunge zusammendrückte. Aber dass ich es jedes Mal geschafft hatte, es zu verjagen. Und dass er das auch schaffen könne.

»B-b-bin zu schw-schwach«, murmelte er.

Meine Mutter würde ihm jetzt homöopathische Kügelchen geben. Auch wenn die wahrscheinlich nichts bewirkten, so gaben sie einem wenigstens das Gefühl, sie könnten helfen.

»Hat der Arzt ihm was verschrieben?«, fragte ich Bettina.

Sie nickte. »Ja, aber er weigert sich, es zu nehmen.«

Ich entdeckte eine Packung Tabletten auf dem Nachttisch. Ein homöopathisches Mittel war das offensichtlich nicht, aber der Arzt würde schon wissen, was gut für den Onkel war.

»Onkel«, sagte ich und stupste ihn an. »Du musst die Tabletten nehmen, dann wirst du stark. Dann kannst du das schwarze Tier vertreiben.«

»W-w-will nicht.«

Ich überlegte. »Das ist wie bei Popeye, dem Seemann«, sagte ich. »Du kennst doch Popeye, oder?« Jeder kannte die Comicfigur, die immer Spinat aß, um mehr Kraft zu bekommen. Damit hatten unsere Eltern Che und mir das Spinatessen schmackhaft gemacht, obwohl Popeye doch ein Gesandter des amerikanischen Klassenfeindes war.

Endlich hatte ich sein Interesse geweckt. Er drehte sich ganz zu mir herum und fragte: »P-P-Popeye?«

»So, wie Popeye stark wird, wenn er Spinat isst, wirst du stark, wenn du deine Medikamente isst.«

Er überlegte, dann griff er unvermittelt nach der Packung, holte eine Tablette heraus und schob sie sich in den Mund. Ich reichte ihm schnell das Wasserglas, das auf seinem Nachttisch stand. Er trank einen Schluck, dann legte er sich auf den Rücken und schloss die Augen. Nach ein paar Sekunden öffnete er sie wieder und sagte: »B-b-bin noch nich st-st-stark. M-m-muss noch mehr n-n-nehmen.«

Er streckte die Hand nach der Packung aus.

»Bloß nicht«, sagte ich erschrocken und gab sie schnell Bettina. »Zu viele darfst du nicht davon nehmen, das ist gefährlich!«

Vielleicht sollte ich meine Mutter doch nach den Kügelchen fragen. Von denen könnte er auch das ganze Fläschchen schlucken, ohne dass was passieren würde.

Der Onkel lag wieder da und hielt die Augen geschlossen. »B-b-bin t-t-traurig«, sagte er mit schwacher Stimme.

Ich beugte mich vor und nahm seine Patschhand in meine. Erst hielt er sie fest, dann führte er sie zum Mund und drückte einen feuchten Kuss darauf.

Ich verzog das Gesicht, sagte aber nichts.

»Indie?«, sagte er.

»Hm?«

»I-i-ich l-l-liebe dich.«

Bettina rettete mich. »Weißt du was, Onkel? Du schläfst jetzt ein bisschen, und wir schauen später noch mal nach dir. Okay?«

»Ok-k-kay.« Er drehte sich wieder zur Wand.

»Der Arme«, sagte ich, als wir wieder auf dem Flur waren. Unauffällig wischte ich meinen Handrücken an der Jeans ab.

Bettina zog mich in ihr Zimmer und schloss die Tür. Wir hockten uns auf ihre Matratze, die mit einer bunten Decke und vielen Kissen bedeckt war. Sie machte ein Gesicht, als hätte sie mir gleich etwas Wichtiges mitzuteilen.

Felix. Sie würde mir erzählen, dass sie Sex mit ihm hatte. Richtigen Sex. Ich überlegte, ob ich eine Ausrede erfinden und schnell abhauen sollte, aber meine Beine fühlten sich so schwach an, dass ich eine ziemlich große Portion Spinat gebraucht hätte, um mit ihnen lossprinten zu können.

Bettina senkte den Blick. »Ich bin schuld. Ohne mich wäre es nicht passiert.« Ich begriff nicht, wovon sie redete, aber bevor ich nachfragen konnte, fuhr sie fort: »Ich habe dem Onkel das Heim gezeigt, und seither will er nicht mehr hier sein.«

Bettina erzählte mir, wie sie ihre große Schwester überredet habe, heimlich mit ihr und dem Onkel in die Stadt zu fahren, um sich die Lebenshilfeeinrichtung anzusehen, die es dort seit ein paar Jahren gebe. Wie der Onkel aufgeblüht sei, als er sich inmitten von Menschen wiedergefunden habe, die so oder so ähnlich seien wie er.

»Du hättest sehen sollen, wie die zusammen geschnattert und gelacht haben«, erzählte Bettina. »Petra und ich haben den Onkel noch nie so aufgekratzt erlebt. Wir haben dann auch noch die Werkstatt und die Wäscherei besichtigt, wo er arbeiten könnte. Am liebsten wäre er gleich dortgeblieben.«

Klar, dachte ich. Der Onkel hatte sicher genauso viel Lust, etwas zu leisten und dafür gelobt zu werden, wie jeder andere Mensch auch. Er konnte eine Menge: lesen, ein bisschen schreiben und vor allem zählen und ordnen. Ich hatte ihn oft beobachtet, wie er – leise vor sich hin brabbelnd – das Besteck einsortiert oder konzentriert eine Schublade voller Krimskrams aufgeräumt hatte.

Auch Sachen, von denen man dachte, dass sie nicht mehr zu retten wären, konnte der Onkel reparieren, weil er so unheimlich viel Geduld hatte. Bestimmt gab es eine Menge Tätigkeiten, die er ausüben könnte, statt den ganzen Tag hier im Haus herumzusitzen.

Bettina fuhr fort: »Als wir heimgekommen sind, haben wir es meiner Mutter erzählt. Der Onkel hat vor Aufregung fast kein Wort rausgekriegt, nur dass er unbedingt wieder dorthin will. Petra hat meiner Mutter die ganzen Formulare hingelegt, die der Heimleiter uns gegeben hat, und ich habe gehofft, dass Mama endlich zur Vernunft kommt.«

»Und?«

Bettina fing an zu schluchzen. »Sie hat uns angeschrien. Was wir uns einbilden, dass wir Unglück über die Familie bringen und es nicht wagen sollen, das Thema jemals wieder anzusprechen.«

»Wie gemein«, murmelte ich. Dann kam mir ein Gedanke. »Könnte der Onkel nicht einfach zur Arbeit dorthin gehen, aber weiter zu Hause wohnen?«

Bettina nickte. »Das habe ich auch vorgeschlagen. Aber er will unbedingt ganz dort einziehen.«

»Kann man ja irgendwie auch verstehen, dass ein Mann in seinem Alter endlich von zu Hause ausziehen will«, sagte ich und lachte. Der Onkel war immerhin schon zweiundvierzig.

Bettina blieb ernst. »Meine Mutter hat ihm vorgeworfen, dass er undankbar ist, nach allem, was sie ihr Leben lang für ihn getan hat. Danach ist er ins Bett gegangen und nicht mehr aufgestanden.«

Wie dumm die Erwachsenen sein können, dachte ich empört. Aber das war ja nichts Neues.

Die Sache mit dem Onkel ging mir nicht aus dem Kopf. Als ich nach Hause kam, suchte ich jemanden, mit dem ich darüber sprechen könnte.

Im Wohnzimmer fand ich meine Mutter, die damit beschäftigt war, den Raum mit orangefarbenen Tüchern zu dekorieren. Zu meiner Überraschung war Che dabei und half ihr. Offenbar hatte meine Mutter beschlossen, dass auch ein möglicher Schulrauswurf zur freien Entfaltung von Ches Persönlichkeit beitragen würde und die Sache deshalb keiner weiteren elterlichen Intervention bedurfte. Außerdem war sie nie lange sauer. Ich glaube, sie vergaß einfach, dass es Streit gegeben hatte, so wie sie alles vergaß, was sie nicht interessierte.

Ich blickte mich überrascht um. »Was ist denn hier los? Feiern wir eine Party?«

»So ähnlich. Du wirst sehen, es wird etwas ganz Besonderes!«

Meine Mutter strahlte, als wäre ich sechs Jahre alt, und sie hätte mir gerade verkündet, ab sofort sei mein Leben ein einziger Kindergeburtstag mit Cola, Süßigkeiten und fernsehen ohne Ende. Che zog ein Gesicht, als müsste er im nächsten Moment kotzen, hielt aber den Mund und befestigte ein weiteres orangefarbenes Tuch an der Vorhangstange.

Mir schwante Böses, aber im Moment hatte ich Wichtigeres im Kopf.

»Ich wollte dich was fragen, Mama«, sagte ich.

Sie reagierte nicht. Konzentriert betrachtete sie ihr Werk und zupfte an einem der Tücher. Von einem Räucherstäbchen stieg eine zarte weiße Spirale in die Höhe, und der Geruch von Moschus lag im Raum.

»Mama!« Energisch zog ich sie am Arm.

»Ja, Schätzchen?«

»Ich will mit dir reden! Ich brauche deinen Rat!«

»Du siehst doch, ich bin gerade beschäftigt«, sagte sie und wollte mit den blöden Tüchern weitermachen.

Wütend stampfte ich auf und schrie: »Was bist du bloß für eine Mutter? Nie hast du Zeit für mich!«

Erschrocken fuhr sie herum und starrte mich an, als wäre ich gerade vom Himmel gefallen.

»Entschuldige, natürlich habe ich Zeit für dich. Was ist denn los?«

Ich berichtete von der Sache mit dem Onkel, von seinem Besuch in der Einrichtung, seinem Wunsch, zukünftig dort zu leben, und von Margots Weigerung, ihn gehen zu lassen.

Meine Mutter hörte aufmerksam zu. Als ich fertig war, verzog sie das Gesicht und sagte: »Das ist aber wirklich schlecht für Margots Karma, was sie da tut.«

Margots Karma war mir ziemlich egal, ich wollte wissen, wie wir dem Onkel helfen könnten.

»Könntest du denn mal mit ihr reden?«, bat ich.

»Ich?«, sagte sie entgeistert. »Es tut mir leid, dich enttäuschen zu müssen, aber Margot hasst mich. Sie würde nicht auf mich hören.«

Dass Margot meine Mutter nicht besonders schätzte, wusste ich. Aber hassen? Das war mal wieder eine ihrer typischen Übertreibungen.

»Was könnten wir denn sonst machen, um dem Onkel zu helfen?«, fragte ich verzweifelt.

Meine Mutter gab keine Antwort. Abwesend blickte sie auf das letzte orangefarbene Tuch in ihrer Hand und überlegte, wo sie es hinhängen sollte.

»Ich weiß nicht, warum du dir über diesen Typen solche Gedanken machst«, sagte Che.

»Er tut mir eben leid!«, gab ich zurück.

»Am besten wäre doch, solche wie der kämen gar nicht erst auf die Welt.«

»Che!«, sagte meine Mutter entsetzt und ließ das Tuch sinken. »Auch du hättest so werden können!«

»Dann wär's mir lieber gewesen, ihr hättet mich gleich umgebracht.«

Fassungslos starrte ich meinen Bruder an. Der schmiss die Packung Reißzwecken, mit denen er die Tücher befestigt hatte, aufs Sofa.

»Ich halte das alles nicht mehr aus«, murmelte er und rannte aus dem Zimmer.

Irritiert blickte ich mich im Raum um und fragte meine Mutter: »Was ist hier überhaupt los?«

Ein Strahlen breitete sich auf ihrem Gesicht aus. »Wir feiern einen Initiationsritus! Ich werde Sannyas nehmen!«

Es gab Momente, in denen ich Che verdammt gut verstehen konnte.

10

Am übernächsten Tag, einem Samstag, fand eine Art Invasion statt. Unsere Nachbarn hingen an den Fenstern und starrten mit offenem Mund auf die bunt bemalten VW-Busse, Käfer und Enten, die vor unserem Haus parkten und eine Horde tanzender, orangefarben gekleideter Sinnsucher entließen, die an der Haustür von meiner aufgeregten Mutter begrüßt wurden. Die trug inzwischen ebenfalls meistens Orange, obwohl sie offiziell noch gar nicht zu ihnen gehörte. Vielleicht konnte ich bald ihre ganzen Kleider kriegen, wenn sie die nicht mehr brauchte.

»Wie viele von den Typen kommen denn?«, fragte ich besorgt.

»Zwanzig«, sagte sie strahlend. »Ist das nicht wunderbar?«

Meine Begeisterung hielt sich in Grenzen. »Und dieser bärtige Typ von dem Foto, kommt der auch?«

Meine Mutter lachte auf. »Nein, aber er schickt uns einen Vertreter. Swami Pramendra wird uns die Ehre geben und den Ritus leiten.«

Ich hörte schon wieder das Gelästere in der Schule. Gerade hatte ich es mit viel Mühe geschafft, mein Verhalten so an das meiner Mitschülerinnen anzupassen, dass ich in der neuen Klasse nicht weiter auffiel. Ich hatte sogar absichtlich eine Arbeit in Englisch verhauen und im Mündlichen in Deutsch so viele Fehler eingebaut, dass ich nur eine Zwei bekommen hatte. Und nun machte meine Mutter alles kaputt, indem sie für neuen, sensationellen Gesprächsstoff sorgte.

Mein Vater hatte schon am Morgen das Weite gesucht und angekündigt, er werde nicht vor Sonntagnacht zurück sein.

»Wo fährst du denn hin?«, hatte ich ihn gefragt.

»Nach Düsseldorf. Mit vernünftigen Leuten reden und gute Kunst anschauen.«

»Darf ich bitte mit?«, hatte ich gefleht, aber er hatte abgelehnt.

Auch Che war verschwunden. Ich wusste nicht, wohin, vermutete aber, zu Opa Fritz.

Als Letzter traf Swami Pramendra ein, ein großer Mann mit dunklen Augen, langen Haaren und einem Bart. Er sah aus wie Jesus, oder auf jeden Fall so, wie ich mir Jesus vorstellte. Nur dass Jesus wohl keine orangefarbenen Klamotten und keine Holzkette getragen hatte.

Am liebsten hätte ich mich gleich in mein Zimmer verkrümelt, aber ich hatte gesehen, dass die Sannyasins Tüten mit Lebensmitteln anschleppten, und hoffte, etwas davon abzukriegen.

Sofort entstand rege Betriebsamkeit. Einige Leute verschwanden in der Küche, andere bauten eine Musikanlage auf, ein paar übten die Meditationshaltung, einer ging auf und ab und las in einem dünnen Büchlein, auf dessen Vorderseite der bärtige Guru abgebildet war.

Kaum jemand nahm Notiz von mir. Der ein oder andere unserer Gäste lächelte mir flüchtig zu, eine Frau sagte hallo, sonst waren alle viel zu beschäftigt, um auf mich zu achten. Nach einer kurzen Rückkopplung ertönten aus den schnell aufgebauten Lautsprecherboxen Sitar- und Flötenklänge, dazu schlugen drei der Typen auf Trommeln. Ich stellte mir vor, wie es umgekehrt wäre. Wenn also irgendwo in Indien Inder in Trachtenkleidung deutsche Volksmusik machen und irgendeinen Deutschen anhimmeln würden. Aber vermutlich hatten die Inder andere Probleme und kamen nicht auf so seltsame Ideen. Warum bloß machten die Leute hier solche Sachen? Ob es ihnen zu gut ging? Wer so viel Zeit hat, sich um sein Seelenheil zu kümmern, hat auf jeden Fall genug zu essen und wohl auch sonst keine großen Sorgen.

Endlich wurden aus der Küche Schüsseln angeschleppt und auf dem Wohnzimmertisch abgeladen. Es waren alle möglichen verschiedenfarbigen Pampen von gelb über orange bis rot und grün, außerdem zwei große Schüsseln mit Reis. Auf einer Platte häufte sich irgendwas Frittiertes, auf einer weiteren lagen aufgeschnittene Früchte, die ich nur zum Teil kannte.

Swami Pramendra beteiligte sich nicht an den Vorbereitungen. Als Abgesandter des Gurus war er offenbar so was wie der Chef und konnte die anderen für sich arbeiten lassen. Er stand mit meiner Mutter zusammen, die ihn andächtig anblickte und jedes seiner Worte aufzusaugen schien. Zum Glück sprach er nicht etwa indisch oder englisch (dann hätte meine Mutter ihn nämlich nicht verstanden), sondern schwäbisch. Er kam anscheinend hier aus der Gegend, aus Stuttgart oder Tübingen.

»Sannyas isch so was wie die Taufe, wenn du so willsch. Du wirsch in den Kreis der Schüler aufgenommen, du wirsch von uns willkommen geheißen. Bisch du dir denn auch ganz sicher, dass du den Weg gehen willsch?«

Meine Mutter nickte energisch. »Ganz sicher.«

»Des isch natürlich heute nur der erschte Schritt«, fuhr der Jesus-Swami fort. »Irgendwann musch du natürlich auch dem

Meischter begegnen. Des wird noch mal ein Fläsch, kann ich dir verschprechen, da transzendiersch du auf eine ganz andere Ebene.«

Meine Mutter sah ihn verzückt an. Ich muss zugeben, dass er ein schöner Mann war. Seine Augen blickten samtig, sein Mund lächelte verführerisch. Nur die Klamotten gefielen mir nicht.

Ich stellte mich neben meine Mutter und zupfte sie am Ärmel ihrer Bluse. »Mama, darf ich mir was zu essen nehmen?«

Sie bedachte mich wieder einmal mit einem irritierten Blick, so als sähe sie mich zum ersten Mal.

»India, Schätzchen. Natürlich, nimm dir was.«

»Deine Tochter heißt India?«, sagte der Swami entzückt. »Ja, wenn des kein Zeichen isch!«

Ja, dachte ich, ein Zeichen für die fortgeschrittene Verblödung meiner Eltern.

»Mein Bruder heißt übrigens Che«, klärte ich den Swami auf. »Ist das auch ein Zeichen?«

Er blickte mich verwirrt an. »Tsche?«

»Genau. Wie Guevara.«

»Den Namen hat mein Mann ausgesucht«, sagte meine Mutter entschuldigend.

»Wie soll denn meine Mama nach der Taufe eigentlich heißen?«, fragte ich weiter. »Also Ma statt Mama, das kann ich mir merken. Aber wie noch? Nur damit ich mich schon mal dran gewöhnen kann.«

Der Swami setzte eine wichtige Miene auf. »Ma Sadhana.«

»Das heißt *die Suchende*«, ergänzte meine Mutter. »Ich finde, das passt perfekt zu mir!«

Ich dachte: *Noch besser würde passen, die Suchende, die auf der Suche ist, obwohl sie genau weiß, dass sie nichts finden wird, aber der Weg selbst ist das Ziel, und das Wichtigste ist ja sowieso, dass was los ist.*

»Und was bedeutet dein Name?«, wollte ich vom Swami wissen.

Wieder setzte er seinen wichtigen Blick auf. »Pramendra heißt *König der Liebe*. Es isch eine besondere Ehre, dass der Meischter mir den gegeben hat.«

»Also, dann nehme ich mir jetzt was zu essen«, verkündete ich und ließ die beiden stehen.

Nach dem Essen kündigte Swami Pramendra an, dass man nun zum Initiationsritus komme, davor müsse aber aufgeräumt werden.

Alle sprangen auf, um Geschirr und Besteck in die Küche zu tragen, die Frau, die hallo zu mir gesagt hatte, spülte die Töpfe und Schüsseln ab, die nicht in die Spülmaschine passten, ich musste mit einem älteren Typ zusammen abtrocknen, aber das war in Ordnung. Schließlich hatte ich eine Menge gegessen und beschlossen, dass indisches Essen auf der Liste meiner Lieblingsessen ab jetzt auf Platz zwei nach italienischem Essen kam und damit Chinesisch auf Platz drei verdrängt hatte. Mehr Arten von ausländischem Essen kannte ich noch nicht.

Beim Abtrocknen bemühte ich mich, ein bisschen Konversation zu machen.

»Was lehrt denn eigentlich dieser Bhagwan?«, fragte ich den älteren Typen, der darauf vor Schreck fast die Schüssel fallen ließ, die er gerade abtrocknete. Er war es wohl nicht gewohnt, dass Dreizehnjährige sich mit ihm unterhalten wollten.

»Also, es geht hauptsächlich darum, innere Blockaden zu lösen, dich aufzuwecken und dir bewusst zu machen, in welchem Gleis du eigentlich unterwegs bist«, sagte er mit einer Stimme, die so klang, als hätte er zu viel Baldriantee getrunken.

»Hm.«

»Ich glaube, es geht mehr darum, den Blick auf die anderen zu richten statt auf sich selbst«, sagte die Frau. Sie war hübsch, und es war klar, dass sie dem Typen gefiel. Er hatte sich geradezu um das Abtrocknen gerissen.

»Aber wenn du keine Ahnung hast, wer du eigentlich bist, kannst du doch die anderen gar nicht richtig wahrnehmen«, sagte er bedächtig.

»Es ist doch genau andersherum«, widersprach sie lächelnd. »Indem du die anderen erkennst, erkennst du dich selbst.«

Ha! Dachte ich mir's doch. In der Bibel stand: Und Adam erkannte seine Frau Eva, und sie wurde schwanger und gebar den Kain. *Erkennen* war demnach eine Art Codewort und bedeutete eigentlich *Sex haben*.

»Du meinst also, man muss mit möglichst vielen Leuten Sex haben, um sich selbst zu erkennen?«, fragte ich.

Sie starrte mich verblüfft an. »Nein, so hab ich es eigentlich nicht gemeint.«

»Aber Sex ist schon eine ganz wichtige Form der zwischenmenschlichen Kommunikation«, sagte der Typ mit seiner schläfrigen Stimme, die einen an alles andere als an Sex denken ließ. »Du kannst mit jemandem kein Wort geredet haben, aber wenn du mit ihm geschlafen hast, weißt du, wer er ist.«

Er blickte die Frau auffordernd an, aber die ging nicht darauf ein. Sie wrang den Spüllappen aus und hängte ihn über den Wasserhahn. Dann legte sie kurz ihre Hände vor der Brust zusammen und sagte »Namaste«. Das hieß wohl so was wie »Danke fürs Abtrocknen«.

Wir kehrten ins Wohnzimmer zurück. Da ich nichts Besseres zu tun hatte, beschloss ich, mir das Ritual anzusehen. Das Buch, das ich gerade las, war sowieso langweilig. Und fernsehen konnte ich nicht, weil der Fernseher von orangefarbenen Tüchern verhängt war.

Die schon Sannyasins waren, saßen im Kreis auf Stühlen, Hockern und Kissen um die anderen herum, die gleich eingeweiht werden würden – darunter meine Mutter. Die Neulinge saßen im Meditationssitz auf dem Boden, hielten die Augen geschlossen und summten.

Der Swami sagte feierlich: »Sannyas bedeutet so viel wie Erkenntnis oder Weisheit. Wer Sannyas nimmt, begibt sich also auf den Weg der Weisheit (er sagte: Wäg der Weishait). Wir heißen euch, die ihr diesen Weg gehen wollt, in unserer Mitte willkommen.«

Applaus. Der Swami drehte die Musik auf, die drei Trommler trommelten sich in Ekstase, und bald summten und sangen alle. Alle außer mir.

Das Gesinge steigerte sich immer mehr, nacheinander standen die Leute auf und fingen an, sich im Rhythmus zu bewegen, bis daraus ein wilder Tanz geworden war. Manche stießen verzückte Schreie aus, andere hielten den Blick unverwandt auf unseren Geschirrschrank gerichtet, auf dem jemand ein Bildnis des Meisters aufgestellt hatte.

Mein Blick fiel aus dem Fenster. Vor dem Haus hatten sich auf dem Gehweg einige Spaziergänger versammelt und starrten zu uns herein. Ich ging zum Fenster und zog mit einem

Ruck die Vorhänge zu. Ein paar Minuten später hörte ich ein Martinshorn. Ich fragte mich, ob wohl einen der braven Bürger der Schlag getroffen hatte.

Irgendwann drehte der Swami zum Glück die Musik ab, und alle setzten sich wieder hin. Er las aus einem Notizheft etwas vor, was der Bhagwan angeblich gesagt hatte.

»Sannyas ist nichts, was ein anderer dir geben kann, Sannyas ist etwas, was man nimmt. Deshalb sehe ich Sannyas immer als etwas zeitlich Begrenztes. Du kannst dich jederzeit davon zurückziehen. Du allein bist ausschlaggebend, und dies ist deine Entscheidung.«

Das fand ich ein bisschen enttäuschend. Ich hatte gedacht, wer sich auf den Weg der Weisheit machte, würde eine Entscheidung von einer gewissen Konsequenz treffen. So wie bei jemandem, der sich entschließt, als Mönch im Kloster zu leben. Was der Swami da verkündete, klang eher wie Werbung für einen Gymnastikkurs. »Komm zu uns, da ist es ganz toll, und wenn du keine Lust mehr hast, hörst du einfach wieder auf.«

Das bedeutete natürlich, dass auch meine Mutter wohl nicht für immer auf dem Weg der Weisheit wandeln würde. Meistens hielt ihre Begeisterung für irgendeine »Spinnerei« sowieso nicht lange vor, die Frauengruppe zum Beispiel hatte sich inzwischen schon wieder aufgelöst. Es bestand also eine realistische Chance, dass auch diese Phase nicht allzu lange dauern würde. Dann könnte es auch wieder zu einer Annäherung mit meinem Vater kommen. Vielleicht fand sie ja sogar den Weg ins eheliche Schlafzimmer zurück, aus dem sie vor ein paar Wochen ausgezogen war – angeblich weil unser Vater schnarchte.

Inzwischen hatte der Swami einen großen Korb zu sich herangezogen, aus dem er Kränze aus künstlichen Blüten hervorholte und den Neulingen umlegte. Dazu sprach er einige unverständliche Worte, vielleicht Sanskrit. Wieder ging das Chanten, also das Singen und Summen los, und als alle ihre Kunstblumen um den Hals hatten, applaudierten die Sannyasins, umarmten ihre neuen Brüder und Schwestern, und gemeinsam begaben sie sich auf den Weg der Weisheit, der die meisten nach dem zuvor literweise genossenen Tee erst einmal zum Gäste-WC führte.

Jetzt hatte ich wirklich genug und ging in mein Zimmer. Ich fragte mich, wie lange das Spektakel noch dauern sollte. Gegen zehn Uhr abends war immer noch keine Ruhe eingekehrt, und da wurde mir klar, dass die Besucher bei uns übernachten würden. Als ich irgendwann noch mal runterging, um mir etwas zu trinken zu holen, lagen überall ausgerollte Schlafsäcke, Decken und Kissen herum. Die Sannyasins hockten in Grüppchen beisammen und redeten, da und dort knutschte ein Pärchen. Später gingen offenbar einige dazu über, sich gegenseitig zu erkennen, jedenfalls hörte ich Stöhnen und vereinzelte spitze Schreie.

Ich steckte mir die Zeigefinger in die Ohren und versuchte zu schlafen, aber das war so unbequem, dass ich schon nach kurzer Zeit wieder aufgab. Mein Magen knurrte, deshalb stand ich auf, um runterzugehen und nach Essensresten zu suchen. Als ich am Schlafzimmer meiner Eltern vorbeikam, hörte ich Geräusche. Ich blieb stehen. Die Tür war nur angelehnt. Ich konnte nicht anders und stieß sie ein Stück auf. Durch den Spalt sah ich zwei ineinander verschlungene Körper, die sich im Schein einer Kerze auf dem Bett bewegten. Da hatten sich offenbar zwei gefunden, die gemeinsam transzendieren wollten. Ich fand es ziemlich unverschämt, dass sie sich dazu das Bett meiner Eltern ausgesucht hatten. Trotzdem beobachtete ich sie weiter, fasziniert und schuldbewusst zugleich, wie an einer Unfallstelle, bei der man hinstarrt, obwohl man weiß, dass man das eigentlich nicht tun sollte.

Gerade wollte ich weitergehen, da ertönte ein lautes Stöhnen, und der Oberkörper der Frau schnellte nach oben. Eine Flut langer Haare flog in die Luft, fiel dann wie ein Vorhang zur Seite und gab das Gesicht frei. Das Gesicht meiner Mutter.

Es dauerte eine Sekunde, bis ich begriff, dass tatsächlich sie es war, die sich mit einem nackten Mann, der definitiv nicht mein Vater war, auf dem Bett wälzte. Eine Art Ringkampf spielte sich jetzt ab, bei dem meine Mutter sich aufbäumte und von dem Mann immer wieder nach unten gedrückt wurde. Ich konnte ihn nicht erkennen, weil ich nur seinen Rücken und seinen Hintern sah, aber ich hätte mein Taschengeld für die nächsten fünf Jahre verwettet, dass es der Swami war. Halb lag, halb hockte er auf ihr, hielt ihre Hände an den Handgelenken fest und vollführte stoßweise Bewegungen mit seinem Becken, bei denen meine Mutter jedes Mal aufjaulte. Mit einem lauten Aufschrei von ihr und einem Grunzen von ihm war der Ringkampf plötzlich beendet, und die beiden Körper fielen nebeneinander auf die Matratze. Nun sah ich auch sein Gesicht, es war tatsächlich der »König der Liebe«.

Ich kniff die Augen zusammen und begann fieberhaft zu rechnen. 8478 mal 249 ist gleich 2 111 022, geteilt durch 14 ist gleich 150 787,28; davon 40 Prozent … Ich verlor den Faden, die Zahlen purzelten durcheinander, die Farben vermischten sich zu einer undefinierbaren Soße. Ich presste die Fäuste gegen meinen Kopf, als könnte ich damit wieder Ordnung in seinem Inneren herstellen.

Hatte ich tatsächlich gerade zugesehen, wie meine Mutter einen Orgasmus hatte? Auch wenn ich schon dreizehn war und im Prinzip wusste, wie Sex ging, das wollte ich auf keinen Fall sehen. Eine Mischung aus Ekel und Empörung kroch in mir hoch. Ich griff nach der Türklinke, drückte die Tür weit auf und knallte sie dann mit aller Kraft zu. Dann rannte ich zurück in mein Zimmer, warf mich aufs Bett und zog mir die Decke über den Kopf. Aber die Bilder drängten sich weiter in meinem Gehirn. Ich begann, Primzahlen aufzusagen. Die Schönheit der Zahlen, ihre Ordnung und Struktur führten dazu, dass ich mich allmählich beruhigte. Irgendwann muss ich eingeschlafen sein.

Ich schlief bis mittags. Als ich in die Küche kam, waren die meisten Invasoren weg, nur Swami Pramendra saß noch mit drei Jüngerinnen beim Tee zusammen, darunter Ma Sadhana, bisher bekannt als »meine Mutter«. Sie sah außerordentlich erleuchtet aus. Als ich reinkam, warf sie mir einen kurzen, forschenden Blick zu. Ich ignorierte sie.

Am liebsten hätte ich dem Swami, der schon wieder am Labern war, eine Tasse Tee über den Kopf gekippt, aber ich beschloss, ihn stattdessen mit Verachtung zu strafen. Wie er so dasaß, mit seiner Jesusfrisur und den schlabbrigen Klamotten, mit wichtigtuerischer Miene auf die Frauen einredend, fand ich ihn ziemlich lächerlich. Obwohl ich es nicht wollte, kamen mir wieder die nächtlichen Bilder in den Sinn. Nackt, im Bett mit meiner Mutter, hatte er ganz anders gewirkt. Viel … männlicher.

Die Haut seines Rückens war glatt, anders als bei meinem

Vater, dem nicht nur auf dem Handrücken Haare sprossen, sondern auch auf Rücken und Schultern. Der Swami-Hintern war rund und muskulös, der meines Vaters hing ziemlich schlaff herunter. Überhaupt kam mir mein Vater im Vergleich mit dem Swami älter und irgendwie abgenutzt vor, obwohl er als Person bestimmt viel interessanter und auch klüger war. Aber das schien für meine Mutter derzeit keine Rolle zu spielen. Sie blickte verzückt in die braunen Swami-Augen und stellte sich wahrscheinlich gerade vor, wie sie sich mit ihm auf dem Bett wälzte.

Ich schüttelte mich, als könnte ich damit die lästigen Bilder vertreiben. Dann lud ich mir einen Teller mit Keksen voll, schenkte mir eine Tasse Tee ein und ging wieder nach oben.

Am Montag um drei hatte ich wieder Klavierstunde. Ich ging etwas früher rüber, weil ich vorher unbedingt mit Bettina reden wollte. Eine völlig verweinte Margot öffnete mir.

»Grüß Gott, Frau Berthold«, sagte ich erschrocken und lief schnell an ihr vorbei die Treppe hoch. Bettina war in ihrem Zimmer. Auch sie wirkte völlig fertig.

»Was ist denn bei euch los?«, fragte ich alarmiert. »Ist was passiert?«

»Der Onkel ist im Krankenhaus. Hast du am Samstag den Krankenwagen nicht gehört?«

Ich erinnerte mich an das Martinshorn, als ich gerade die Vorhänge zugezogen hatte, und nickte stumm.

»Da haben sie ihn abgeholt. Er hat die ganzen Pillen auf einmal geschluckt.«

Es durchfuhr mich kalt. *Ich* hatte dem Onkel schließlich gesagt, dass er die Tabletten nehmen solle.

»Habt ihr die denn nicht vor ihm versteckt?«, fragte ich entsetzt.

»Klar«, sagte Bettina. »Aber der Onkel ist ja nicht blöd. Er hat sie gefunden.«

O Gott! Es war meine Schuld! Was, wenn der Onkel starb? Mir wurde ganz schlecht.

»Ist er … wird er …«

»Er wird's überstehen«, beruhigte Bettina mich. »Aber der Arzt hat gesagt, das ist ein Alarmzeichen, und wir müssen jetzt was tun.«

Stirnrunzelnd sah ich sie an. »Meinst du, er wollte sich umbringen?«

Bettina hob ratlos die Schultern. »Keine Ahnung, ob er es mit Absicht getan hat. Ob ihm überhaupt klar war, was er tut.«

Ich schüttelte den Kopf. »Das glaube ich nicht. Sicher wollte er nur genug Kraft bekommen, um das schwarze Tier zu vertreiben.«

Das war es jedenfalls, was ich hoffte. Wenn er es mit Absicht getan hätte … Ich wollte gar nicht daran denken.

Bettina nickte. »Wahrscheinlich.« Sie beugte sich zu mir und flüsterte: »Aber meine Mutter soll ruhig weiter glauben, dass er sich was antun wollte. Jetzt hat sie nämlich endlich erlaubt, dass er in das Heim darf!«

Sie lächelte mich triumphierend an. Ich war überrascht, wie berechnend sie sein konnte. Aber dann überkam mich die Erleichterung darüber, dass alles glimpflich ausgegangen war und ich den Onkel nicht auf dem Gewissen hatte.

»Dann hat sie ja was für ihr Karma getan«, sagte ich und versuchte zu lächeln.

»Für ihr was?«

»Ihr Karma. Das ist … Na ja, es bestimmt darüber, als was man wiedergeboren wird, als Ratte oder als Löwe zum Beispiel.«

»Man wird nicht wiedergeboren«, sagte Bettina. »Das ist Aberglaube.«

Ich überlegte, ob ich ihr widersprechen sollte, ließ es dann aber bleiben. Schließlich hatte ich selbst ziemliche Zweifel an der ganzen Sache. Und für Erörterungen dieser Art war Bettina sowieso die falsche Partnerin.

»Hör zu, ich muss dir was erzählen«, sagte ich mit verschwörerischer Miene.

Mit aufgerissenen Augen lauschte Bettina meinem Bericht über das Sannyasin-Treffen in unserem Haus. Immer wieder kicherte sie zwischendurch oder fragte ungläubig: »Wirklich?«

Als ich ihr von meiner Mutter und dem Swami im Ehebett erzählte, verzog sie das Gesicht. »Wäh!«, rief sie aus. »Das ist ja widerlich!«

Plötzlich waren wir beide ganz still.

»Dann werden sich deine Eltern jetzt wohl scheiden lassen«, sagte Bettina schließlich.

Ich sagte nichts. Mir wurde klar, wie viele Fragen es aufwirft, wenn zwei Leute Sex haben, die nicht verheiratet sind. Also, nicht miteinander.

»Du kannst dich ja von meinen Eltern adoptieren lassen«, schlug Bettina vor.

Ich sagte ihr nicht, wie viele Male ich schon darüber nachgedacht hatte.

»Vielleicht liebt sie den Swami ja gar nicht richtig«, überlegte ich laut. »Man muss sich ja nicht gleich scheiden lassen, nur weil man mal Sex mit einem anderen hatte.«

»Also, ich würde mich sofort scheiden lassen, wenn mein Mann mit einer anderen geschlafen hätte«, sagte Bettina.

Mir fiel ein, dass gleich meine Klavierstunde anfing. Ich stand auf. »Ich glaube, ich heirate sowieso nicht.«

»Willst du denn keine Kinder?«, fragte Bettina.

Ich sah sie mitleidig an. »In welchem Jahrhundert lebst du eigentlich? Man kann doch auch Kinder kriegen, ohne zu heiraten.«

Ihr Blick zeigte mir, dass diese Möglichkeit vollkommen außerhalb ihrer Vorstellungskraft lag.

Christian wartete schon auf mich. Er klimperte mit einer Hand auf den Tasten herum und schaute auf, als ich das Zimmer betrat. Sein Lächeln wirkte gezwungen. Offenbar war auch er von den Ereignissen mitgenommen. Am liebsten hätte ich den Arm um ihn gelegt und ihn getröstet, so wie er es neulich bei mir getan hatte. Aber das hätte wirklich komisch gewirkt, deshalb sagte ich nur hallo und setzte mich auf meinen Platz.

»Hallo«, sagte er und fing sofort an zu spielen. Nach ein paar Takten hörte er auf und sah mich auffordernd an. Ich hatte mich nicht genügend konzentriert und konnte zum ersten Mal, seit wir mit dem Unterricht begonnen hatten, die Melodie nicht sofort nachspielen.

»Noch mal«, bat ich verlegen. »Ich hab nicht aufgepasst.«

Er warf mir einen Blick zu und wiederholte die Melodie. Diesmal gelang es mir, sie nachzuspielen. Dankbar ließ ich mich von der Musik forttragen, und alles, was mich belastete, verschwand aus meinem Bewusstsein. Der Onkel, der Swami, die Gedanken an meine Eltern …

Wenn eine Stunde gut lief, geriet ich in eine Art Trance,

bei der ich nichts anderes mehr wahrnahm als die Musik. Christian und ich saßen so dicht beieinander, dass unsere Körper sich berührten und gemeinsam im Rhythmus schwangen. Wenn wir vierhändig spielten, fühlte es sich an, als würden wir zu einem einzigen Wesen verschmelzen.

Heute brachte er mir ein wehmütiges, getragenes Stück bei, das zur Stimmung passte. Er spielte es mir passagenweise vor, ich spielte es nach. Ich konzentrierte mich, so gut es ging, verspielte mich aber öfter als sonst. Erst als die Stunde fast zu Ende war, legte Christian die Noten auf den Ständer.

»Chopin, Etüde Opus zehn, Nummer drei«, las ich.

»Dein erster Chopin«, sagte er feierlich.

Ich atmete auf. »Ganz schön schwer.«

Plötzlich klappte Christian den Klavierdeckel zu und drehte sich auf dem Hocker, sodass er mich ansehen konnte. Er nahm meine Hände in seine. Das tat er oft, und ich mochte es. Es fühlte sich an, als würden wir einen Pakt schließen, nur wir zwei. Einen Pakt gegen den Rest der Welt, gegen alle, die unsere Leidenschaft für dieses Instrument nicht verstanden, sich nicht vorstellen konnten, dass eine Dreizehnjährige in ihrer Freizeit am liebsten Klavier übt und ihr Lehrer sie kostenlos unterrichtet, weil er sie für so begabt hält.

»Ich plane ein Adventskonzert«, sagte Christian. »Ich will, dass du dabei bist.«

Ich erschrak und wollte meine Hände zurückziehen, aber er ließ sie nicht los.

»Und wenn ich nicht will?«

»Warum solltest du nicht wollen?«

Meine Schultern spannten sich an, ich fühlte mich wie in einen Schraubstock eingezwängt.

»Wovor hast du denn Angst?«, fragte Christian und hielt mich fest, als wollte er verhindern, dass ich weglief.

»Ich hab keine Angst«, murmelte ich. »Ich will einfach nicht.«

Nie war mir der Gedanke gekommen, dass ich Klavier nicht nur für mich selbst lernte, sondern dass man von mir erwarten würde, anderen vorzuspielen. Ich hatte keine Angst vor dem öffentlichen Auftritt. Eher war es so, dass ich die Musik als etwas empfand, was nur Christian und mich betraf. Es war etwas Intimes, was uns beiden gehörte und was ich mit niemandem sonst teilen wollte.

»Bist du denn nicht stolz auf das, was du gelernt hast?«, fragte er.

»Doch. Aber es genügt mir, wenn ich weiß, dass ich es kann. Und wenn du es weißt.«

Er runzelte die Stirn. Die meisten seiner Schülerinnen und Schüler waren wild darauf aufzutreten. Bei vielen war die Aussicht auf Applaus der stärkste Antrieb, die Mühe des Übens auf sich zu nehmen. Anscheinend konnte er sich nicht vorstellen, dass es bei mir anders war.

Er ließ meine Hände los, als hätte er begriffen, dass er mich nicht überzeugen würde. Ich spürte seine Enttäuschung.

»Schade«, sagte er knapp. »Damit bringst du nicht nur dich um die verdiente Anerkennung, sondern auch mich.«

Ich senkte den Kopf. »Es tut mir leid.«

»Vielleicht überlegst du es dir ja noch«, sagte er.

»Vielleicht«, sagte ich leise.

Niedergeschlagen ging ich nach Hause. Ich wollte Christian nicht enttäuschen, aber ich wollte auch nicht vor Publikum auftreten. Ich wollte mich nicht präsentieren, nicht beurteilt werden. Vor allem wollte ich nicht das, was zwischen

Christian und mir entstanden war, öffentlich machen. Es war im Moment das Wichtigste, was ich in meinem Leben hatte, ein geheimer Schatz, der niemanden etwas anging. Ihn vor anderen auszubreiten wäre mir unanständig vorgekommen. Fast so, wie beim Sex beobachtet zu werden.

11

Die Herbstferien hatten begonnen. Ich war froh, wenigstens für ein paar Tage der Schule und damit der Anstrengung entronnen zu sein, mich sozial angepasst zu verhalten. Sozial angepasstes Verhalten bedeutete, nichts von dem zu sagen, was ich wirklich dachte, über die albernen Witze meiner Mitschülerinnen zu lachen und mich zu Fragen wie »Turnschuhe oder Clarks«, »Nutella oder Käpt'n Nuss« und »Levi's oder Wrangler« zu äußern. Fragen, die mich ungefähr ebenso brennend interessierten wie die, wie man es ohne Begleitung eines Erwachsenen in das Konzert der Bay City Rollers schaffen könnte. Meine Mutter würde wahrscheinlich sogar mitgehen, sie liebte es, sich jugendlich und unkonventionell zu geben. Aber nicht mal für Geld würde ich auf ein Konzert der Bay City Rollers gehen.

Auch mein Bemühen, keine auffällig guten Schulleistungen zu zeigen, strengte mich an. Ständig musste ich darauf achten, im Unterricht nicht automatisch die richtigen Antworten zu geben. Immer wieder tat ich so, als wüsste ich die Antwort nicht, oder gab absichtlich eine falsche. Es war unangenehm, mich so verstellen zu müssen, aber noch mehr quälte mich die Vorstellung, wieder als Streberin ausgegrenzt zu werden. Als meine Noten sich deutlich verschlechtert hatten, war ich zufrieden.

Ich hatte drei Vorsätze für die Ferientage: den ersten Band

von Prousts *Auf der Suche nach der verlorenen Zeit* zu lesen, weitere hundert Stellen von Pi auswendig zu lernen und jeden Tag eine Stunde Fahrrad zu fahren.

Ches ständiges Gerede vom »gesunden Geist in einem gesunden Körper« hatte mich überzeugt. Es reichte nicht, schlau zu sein, man musste auch körperlich fit sein. An unserem Ortsrand war vor Kurzem ein Trimm-dich-Pfad installiert worden, aber so weit ging mein sportlicher Ehrgeiz dann doch nicht, dass ich mit Rentnern durch den Wald laufen würde. Dann schon lieber Fahrrad fahren, obwohl es mir eigentlich sinnlos erschien, ohne Ziel durch die Gegend zu kurven. Aber mit dem Fitwerden war es wohl wie mit der Suche nach dem Sinn des Lebens: Der Weg selbst war das Ziel.

Das Beste an den Ferien war, dass meine Eltern uns überraschend mitgeteilt hatten, dass sie am ersten Wochenende wegfahren und Che und mich allein zu Hause lassen würden.

Zwei Tage ohne unsere Eltern!

Die Sache mit dem Brief war anscheinend schon in Vergessenheit geraten. Von der Schulbehörde war noch keine Antwort gekommen, und meine Eltern waren inzwischen sowieso wieder mit sich selbst beschäftigt. Die Neuigkeit von ihrem Wochenendtrip überbrachten sie uns in einem geschickt geschnürten Paket aus Schmeicheleien, Appellen, Versprechungen und Drohungen.

Mutter: »Wir finden, ihr seid jetzt alt genug.«

Vater: »Jetzt könnt ihr uns mal beweisen, dass wir euch vertrauen können!«

Mutter: »Wenn alles klappt, kann es sein, dass wir öfter mal wegfahren und ihr sturmfreie Bude habt!«

Vater: »Wir hoffen natürlich, dass ihr keine Dummheiten macht!«

Mutter: »Das hätte allerdings Konsequenzen.«

Che und ich nickten bei jedem Satz.

Am Freitagnachmittag standen wir am Gartentor und winkten unseren Eltern nach, bis das Auto um die Ecke gebogen war. Abrupt nahmen wir beide den Arm runter und gingen zurück ins Haus. Es war ein komisches Gefühl.

»Sag mal, wohin fahren die überhaupt?«, fragte ich.

»Zu irgendeinem Seminar«, sagte Che. »Paare in der Krise oder so was.«

Nach dem Sannyasin-Wochenende hatte sich die Lage zwischen den beiden noch einmal ziemlich verschärft. Mein Vater war schon am Sonntagnachmittag aus Düsseldorf zurückgekommen und hatte Ma Sadhana und Swami Pramendra beim gemeinsamen Kiffen angetroffen. Der Swami hatte ihm freundlich die Tüte entgegengehalten und gefragt: »Willsch au mol zieha?«

Ich weiß nicht, was das Missfallen meines Vaters mehr erregt hatte, der Joint oder der Swami selbst, jedenfalls war er der Aufforderung nicht gefolgt, sondern wütend aus der Küche gerauscht.

Swami Pramendra hatte sich bald verabschiedet, und danach hatte es einen heftigen Streit zwischen meinen Eltern gegeben. Meine Mutter erzählte irgendwas von Kommunikation, Transzendenz und höherem Bewusstsein. Dann schloss sie sich im Wohnzimmer ein und meditierte, was meinen Vater erst recht auf die Palme brachte. Der Streit zog sich bis zum frühen Morgen hin, weshalb ich eine weitere Nacht ziemlich wenig Schlaf bekommen hatte. Ich hoffte also, dass dieses Wochenende etwas Entspannung in das Ganze bringen würde.

»Sag mal, haben die uns eigentlich Geld dagelassen?«, fragte ich.

Che hob den Deckel des Kästchens, in dem unser Haushaltsgeld aufbewahrt wurde. »Zwölf Mark achtzig.«

»Wie großzügig«, sagte ich und verzog das Gesicht. »Ist irgendwas zu essen im Haus?«

Wir untersuchten den Inhalt vom Kühlschrank und von der Gefriertruhe, in der sich aber nur noch ein paar Reste unbekannten Alters befanden, die wir sicherheitshalber wegwarfen. In der Speisekammer fanden wir Kartoffeln, eine Packung Mirácoli und zwei Dosen Delikatess-Suppe.

»Lacroix«, las ich.

Bestimmt hatte meine Mutter die Suppe für unvorhergesehene Gäste gekauft, aber darauf konnten wir jetzt keine Rücksicht nehmen. Ich öffnete beide Dosen, kippte sie in einen Topf und erhitzte sie. Als Dampf aufstieg, nahm ich den Topf vom Herd und verteilte die Suppe in Teller. Einträchtig löffelten Che und ich die fischig schmeckende Flüssigkeit, die laut Beschriftung Hummersuppe darstellte. Wenn Hummer so schmeckte, verstand ich nicht, warum er als Delikatesse galt und so sauteuer war.

Es war das erste Mal, dass unsere Eltern uns länger als einen halben Tag allein ließen, und das Gefühl plötzlicher totaler Freiheit überforderte mich. Ich kam mir vor wie an einem übervollen Büfett und wusste nicht, was ich mit der riesigen Auswahl anfangen sollte. Mich ins Wohnzimmer legen und zwei Tage nur fernsehen? Laute Musik hören? Die Grasvorräte meiner Mutter plündern und einen Joint rauchen? Die erotischen Comics meines Vaters anschauen?

Das Problem war: All das konnte ich auch tun, wenn meine Eltern da waren – na ja, außer kiffen vielleicht. Und nichts davon reizte mich besonders. Musik hören wollte ich nicht, rauchen vertrug ich nicht, die erotischen Comics meines Vaters kannte ich schon, und fernsehen langweilte mich. Ich überlegte angestrengt, ob es denn überhaupt kein Verbot gab, das ich übertreten könnte, aber mir fiel nichts ein. Jedenfalls nichts, was Spaß gemacht hätte.

»Was machen wir denn jetzt?«, fragte ich, als wir fertig gegessen hatten. So hatte ich mir die große Freiheit nicht vorgestellt.

Che zuckte die Schultern. »Ich werde eine Runde Fahrrad fahren.«

»Darf ich mit?«

»Nein.«

»Du bist so gemein«, sagte ich wütend.

Gleich darauf war er weg, und ich zerbrach mir weiter den Kopf, wie ich die Zeit totschlagen sollte. Schließlich beschloss ich, ebenfalls ein bisschen mit dem Fahrrad herumzufahren. Das konnte er mir schließlich nicht verbieten.

Ich fuhr am Fluss entlang und musste an meine Radtour mit Felix denken. Da drüben in dem Wäldchen hatten wir auf der Decke gelegen und uns geküsst! Ich versuchte, an etwas anderes zu denken, und meine Gedanken wanderten zu meinem Bruder.

Ich war traurig, dass Che und ich uns so fremd geworden waren. Bis vor ein paar Jahren hatten wir gemeinsam Höhlen gebaut, uns in Eingeborene verwandelt und gegen Eindringlinge gekämpft. Sogar zu Vater-Mutter-Kind-Spielen hatte ich Che manchmal überreden können, wenn Bettina keine Lust hatte. Wir hatten Boccia und Krocket im Garten gespielt (damals mähte mein Vater noch den Rasen) und Geheimverstecke für unsere Schätze gesucht, kleine Spielsachen aus dem Kaugummiautomaten oder Mitbringsel von den Gästen unserer Eltern.

Einmal hatte ich eine ganze Packung Katzenzungen hinter dem Geräteschuppen versteckt, und als ich sie holen wollte, war sie leer. Che hatte mir erklärt, dass die Eichhörnchen sie aufgegessen haben müssten, weil sie in unserem Garten nicht genügend Nahrung gefunden hatten. Ich ahnte, dass er mich anschwindelte, aber ich liebte ihn für diese Erklärung. Immer wieder stellte ich mir vor, wie die Eichhörnchen mit ihren kleinen Pfötchen die Schokolade auspackten und possierlich winzige Stücke davon abbissen. Irgendwann war Che in das schwierige Alter gekommen und hielt es ab diesem Zeitpunkt für unter seiner Würde, sich mit seiner kleinen Schwester abzugeben.

Ich trat mit aller Kraft in die Pedale und bildete mir ein, meine Wadenmuskeln seien nach wenigen Minuten der Anstrengung schon kräftiger geworden. Der Weg durch den Wald war von herbstlich verfärbten Blättern bedeckt, außer ein paar Wanderern war niemand unterwegs, und ich genoss die Stille.

Nach einer halben Stunde näherte ich mich einer Gartenwirtschaft, in der wir ein paarmal mit unseren Eltern gewesen waren. Es war ein warmer Tag, einige der Tische im Freien waren besetzt. Ich bremste, stieg ab und suchte in meinen Taschen nach Geld für eine Bluna. Ich hatte Durst und natürlich nicht daran gedacht, mir etwas zu trinken mitzunehmen. Leider hatte ich auch kein Geld eingesteckt, und so wollte ich gerade wieder umdrehen und zurückfahren, als ich durch die Äste eine Gruppe junger Männer an einem Tisch entdeckte – unter ihnen meinen Bruder. Erfreut schob ich mein Fahrrad ein Stück näher. Vielleicht konnte er mir ja Geld für eine Bluna leihen.

Die Gruppe war in Begleitung eines Mannes, der eine Art

Lehrer oder Betreuer zu sein schien. Etwas an den Jugendlichen berührte mich merkwürdig, und im nächsten Moment wurde mir klar, was es war: Sie sahen aus wie die jungen Leute auf der Broschüre für das Ferienlager. Zwei trugen das gleiche Hemd, das Che am Tag seiner Rückkehr getragen hatte. Die anderen trugen Trachtenjacken.

Als ich mich gerade bemerkbar machen wollte, trat ein weiterer Mann an den Tisch und grüßte die Gruppe, indem er kurz den rechten Arm hob. Die jungen Männer am Tisch grüßten zurück. Ihre Arme verharrten einen Moment ausgestreckt in der Luft, bevor sie abknickten und sich wieder senkten.

Jetzt traute ich mich nicht mehr, Che anzusprechen. Bestimmt wäre es ihm peinlich vor seinen Freunden, wenn plötzlich seine kleine Schwester auftauchen und ihn um Geld bitten würde. Noch hatte er mich nicht bemerkt, also kehrte ich um und schob mein Fahrrad zurück auf den Waldweg. Dann stieg ich auf und fuhr nach Hause.

Che kam eine Stunde nach mir zurück. Gut gelaunt begrüßte er mich und verwuschelte meine Haare, was ich nicht ausstehen konnte.

»Ich kriege Besuch«, verkündete er. »Ein paar von meinen Kameraden kommen heute Abend vorbei. Wäre gut, wenn du dir was anderes vornimmst.«

Kameraden? In unserem Alter sagte man Freunde, Bekannte, Leute oder Kumpel. Aber bestimmt nicht »Kameraden«. Und was, bitte, sollte ich mir vornehmen? Che wusste genau, dass ich außer Bettina keine Freunde hatte. Ich fand es ganz schön unverschämt von ihm, mich gewissermaßen aus dem Haus zu werfen, aber ich traute mich nicht zu protestieren.

Stattdessen fragte ich: »Was willst du ihnen denn anbieten?«

»Hm«, sagte Che. Und nach einer Pause: »Könntest du vielleicht was besorgen?«

Empört wollte ich ablehnen, aber dann überlegte ich es mir anders. Ich musste es noch das ganze Wochenende mit ihm aushalten, da war es besser, mir nicht seinen Ärger zuzuziehen.

Also radelte ich zu dem kleinen Supermarkt drei Straßen weiter und kaufte dort Brot, Wurst, Käse, ein Glas saure Gurken und eine Tube Senf. Danach war das Geld alle.

Zu Hause machte ich mich ans Aufräumen und wollte Che dazu bewegen, mir zu helfen. Bitter lachend sagte er, mit Aufräumen sei es bei unserem Haus nicht getan, das müsse man schon in die Luft sprengen, um eine Verbesserung zu erreichen.

Ich räumte trotzdem ein bisschen auf, bereitete die belegten Brote zu und holte eine Flasche Tri-Top-Johannisbeersirup aus dem Küchenschrank.

»Meinst du, die wollen auch Bier?«, fragte ich und hoffte, dass mein Vater noch ein paar Flaschen hatte.

»Wir trinken keinen Alkohol«, sagte Che bestimmt.

Wir? Wer war denn wir? Noch nie hatte ich meinen Bruder so reden hören. Ich war auch überrascht, dass er neuerdings so viele Freunde hatte. Also, Kameraden.

Aber erst mal kam sowieso niemand. Es wurde sieben, halb acht, dann acht.

»Wann wollten die denn kommen?«, fragte ich, aber Che zuckte nur die Schultern.

Gleich darauf hörten wir ein Auto. Türen schlugen zu. Vom Küchenfenster aus sah ich, wie die Jungen und der Mann, der schon am Nachmittag dabei gewesen war, unser Gartentor aufdrückten und auf unser Haus zumarschierten. Alle sechs trugen eine Uniform wie die, die Che immer anhatte, und wirkten plötzlich nicht mehr ganz so harmlos wie im Gartenlokal. Sie sahen vielmehr aus wie ein Trupp Soldaten, der ausgesandt worden war, um eine schlechte Nachricht zu überbringen. So jedenfalls hatte ich es mir immer vorgestellt, wenn die Rede davon gewesen war, dass jemand im Krieg »gefallen« sei. Dass plötzlich Soldaten vor der Tür standen und einem mitteilten, dass der Vater, Bruder oder Onkel nicht zurückkommen werde.

Beklommen sah ich zu, wie Che die Tür öffnete und sich alle mit dem komischen Gruß begrüßten, bei dem man den Arm hob, abknickte und wieder fallen ließ.

»Junge Dame«, sagte der Mann und schüttelte mir die Hand. Dabei schlug er leicht die Hacken zusammen. Die anderen taten es ihm nach, wobei sie mich abschätzig musterten.

Che führte seine Gäste ins Wohnzimmer, ich brachte die Brote und etwas zu trinken. Sogar Papierservietten legte ich dazu.

»Sehr freundlich, vielen Dank«, sagte der Mann. Die Jungen murmelten etwas, griffen nach den Broten und legten sie ordentlich auf den Servietten ab.

Gut erzogen waren sie. Aber diese schrecklichen kurzen Haare mit den akkurat gezogenen Scheiteln! Diese Uniform, die mich an irgendwas Unangenehmes erinnerte. Dieses schneidige, militärische Gehabe. Mir war unbehaglich zumute, und ich war froh, dass meine Eltern weit weg waren.

Che warf mir einen Blick zu und bedeutete mir mit einer Kopfbewegung, dass ich verschwinden solle.

Ich blieb stehen und verschränkte trotzig die Arme. Allmählich hatte ich genug davon, dass er mir ständig vorschreiben wollte, was ich zu tun hatte. Als dann aber die Unterhaltung, die sich um Sport und Autos gedreht hatte, allmählich ins Stocken geriet und die Aufmerksamkeit der Gäste sich auf mich richtete, trat ich doch lieber den Rückzug an.

»Ich geh zu Bettina«, sagte ich zu Che.

Er nickte. »Viel Spaß.«

»Also dann, schönen Abend noch«, sagte ich zu seinen Besuchern.

»Schönen Abend«, murmelten die Kameraden.

»Schönen Abend, junge Dame!« Der Mann winkte mir freundlich zu.

Ich ging in den Flur, öffnete die Haustür und ließ sie hörbar ins Schloss fallen. Dann schlich ich leise nach oben in Ches Zimmer. Ich zog sein Geschichtsbuch aus dem Regal. Irgendwo in der Mitte war das Kapitel zum Nationalsozialismus, ich schlug es auf und blätterte.

Ich hatte mich nicht getäuscht. Neben einem Foto vom Nürnberger Parteitag, einem Bild von Hitler und einem von Goebbels gab es eine Abbildung mit der Unterschrift: *Angehörige der Hitlerjugend beim Fahneneid*. Die Uniform war die gleiche wie die, die unsere Gäste trugen, nur dass deren Hosen knöchellang waren. Der Unterschied zur Uniform von Che war, dass bei ihm alle Aufnäher und das Zubehör wie der Gürtel mit der Metallschließe, das Halstuch und die Armbinde mit dem Hakenkreuz fehlten. Die Armbinde hatte ich auch bei den anderen nicht gesehen, stattdessen trugen sie eine aufgenähte Raute, wie ich sie schon an Ches Hemd bemerkt hatte.

Ich horchte. Von unten drang plötzlich Gesang zu mir herauf. Ich schlich die Treppe wieder runter und lauschte an der Tür, konnte aber nur Bruchstücke verstehen.

... Fahnen hoch
die Reihen ... geschlossen
... marschiert
Mit ... festem Schritt
...raden, die im ... Kampf erschossen
Marschier'n im Geist
... Reihen mit

Als das Lied zu Ende war, blinzelte ich durchs Schlüsselloch, aber mein Blickwinkel war ungünstig, ich konnte nichts sehen. Also schlich ich ums Haus herum und stellte mich an denselben Platz am Fenster, von dem aus ich schon die Lesung aus den Werken verbrannter Dichter beobachtet hatte.

Der Mann stand mit dem Rücken zu unserem Geschirrschrank und hielt eine Ansprache, die jungen Männer saßen vor ihm, in ihrer Mitte Che. Das Fenster war gekippt, sodass ich das meiste hören konnte.

»... unser Leitwort ... Nationalhymne ... Fahnenlied ... Mutprobe mit Erfolg bestanden ... Denken ... Fühlen ... völkischer und nationaler Geist. ... Deshalb ab heute ... in unserer Mitte ... Wiking-Jugend.«

Die fünf jungen Männer, die Che umringten, rissen den Arm hoch und brüllten: »Heil! Heil! Heil!«

Ich schob mein Ohr noch näher ans Fenster, sodass ich besser verstand, was gesprochen wurde. Ich lauschte so gebannt, dass ich gar nicht bemerkte, wie sich ein Wagen näherte und vor der Garage zum Stehen kam.

»Du hast uns gebeten, deinen Vornamen ändern zu dürfen, was wir sehr begrüßen. Ein Kämpfer, der den Namen eines kommunistischen Aufwieglers trägt, passt nicht in unsere Reihen. Als stellvertretender Gauführer Schwaben bestimme ich, dass du ab jetzt den Namen Wolf trägst!«

Der Gauführer überreichte Che einige Gegenstände. Soweit ich es erkennen konnte, waren es die fehlenden Teile für seine Uniform, also Halstuch, Gürtel, Rautenaufnäher. Inzwischen glaubte ich, die Kleiderordnung begriffen zu haben. Im Ferienlager und wenn sie »zivil« auftraten, waren die Lederhosen angesagt. Bei besonderen Gelegenheiten trug man Uniform. Ich fragte mich, was die Mädchen dann wohl anzogen. Oder ob sie von den besonderen Gelegenheiten sowieso ausgeschlossen waren.

Als der Gauführer ihm alle Sachen überreicht hatte, stand Che auf, legte die linke Hand auf sein Herz und hob den rechten Arm. Dieses Mal knickte er ihn nicht ab, sondern hielt ihn schräg nach oben, im formvollendeten Hitlergruß. Die anderen taten es ihm nach. Der Gauführer erhob mit der Linken eine Fahne mit einem Adler und der Raute.

Che sagte: »Ich gelobe, mit all meiner Kraft unser deutsches Brauchtum zu schützen, unser rassisches Erbe zu verteidigen und für eine wiedererstarkte nationale Volksgemeinschaft zu kämpfen.«

Dann begann er zu singen, irgendwas mit »vorwärts« und »Fanfaren«, aber er kam nicht weit, denn in diesem Moment flog die Tür auf, und mein Vater stand im Zimmer. In Sekundenschnelle hatte er die Situation erfasst. Mit wutverzerrtem Gesicht brüllte er: »Raus hier! Sofort raus! Sonst rufe ich die Polizei!«

In diesem Moment entdeckte ich Bhagwans Antlitz, das milde auf die Szenerie blickte – seine Jünger hatten das Bild auf dem Geschirrschrank vergessen.

Das Eherettungswochenende war schiefgelaufen, weil mein Vater sich schon auf der Autofahrt über den »Psycho-Blödsinn« mokiert und meine Mutter ihm daraufhin »Egozentrik« und »Mangel an Sensibilität« vorgeworfen hatte. Es war zum Streit gekommen, sie hatten das Vorhaben abgebrochen, waren zurückgefahren – und pünktlich zu Ches Verwandlung in den bösen Wolf wieder zu Hause eingetroffen.

Noch nie hatte ich meinen Vater so außer sich erlebt. Keiner von Ches Kameraden und noch nicht mal der Mann wagten es, sich ihm entgegenzustellen. Innerhalb kürzester Zeit hatte er die Typen aus dem Haus gejagt und brüllte ihnen von der Tür aus wüste Beschimpfungen nach. Che war in sein Zimmer gestürmt, meine Mutter und ich standen verstört im Flur. Als die Besucher weg waren (und die meisten Nachbarn vermutlich wach), rannte mein Vater die Treppe hinauf.

»Che!«, brüllte er.

Meine Mutter und ich tauschten einen erschrockenen Blick.

»Ich heiße Wolf!«, brüllte es zurück.

Ich rannte meinem Vater nach. Als ich oben angekommen war, kam er gerade aus dem Schlafzimmer, in der Hand ein kleines, graubraunes Heft. Er riss die Tür zum Zimmer meines Bruders auf und warf Che, der dabei war, eine Reisetasche zu packen, das Heft hin. Es landete vor ihm auf dem Bett.

»Lies das, du dummer Nazibengel!«, schrie mein Vater und knallte die Tür wieder zu.

Einige Sekunden vergingen, dann hörte man aus Ches Zimmer ein Geräusch, das wie ein Wimmern klang oder ein unterdrückter Schrei. Gleich darauf flog seine Tür wieder auf, er und mein Vater standen sich schnaubend gegenüber.

Che schleuderte meinem Vater das Heft vor die Füße. »Du Lügner!«, schrie er. »Du elender Lügner!«

Mein Vater holte aus, sein Arm schoss vor, und seine Hand klatschte in Ches Gesicht. Einen Moment lang standen beide wie erstarrt da. Dann fasste Che sich wie in Zeitlupe an die Wange, mein Vater bückte sich, hob das Heft auf und strich vorsichtig darüber.

»Verschwinde«, sagte er, plötzlich ganz ruhig. »Ich will dich nicht mehr sehen.«

»Du kannst deinen Sohn nicht einfach aus dem Haus werfen!«, protestierte meine Mutter vom Treppenabsatz aus.

»O doch, ich kann«, sagte mein Vater.

Che, der auf dem Absatz kehrtgemacht hatte und in seinem Zimmer verschwunden war, tauchte mit der Reisetasche in der Hand wieder auf. Er ging an mir vorbei nach unten.

»Lass nur, Mama, ich wäre sowieso gegangen.«

Wir hörten die Haustür ins Schloss fallen. Einen Moment lang lauschten wir dem Ton nach und warteten, ob Che sich besinnen würde, aber nichts geschah. Er war weg.

Ich nahm meinem Vater das graubraune Heft aus der Hand. »Deutsches Reich« stand darauf. Und darunter »Kennkarte«. Dazwischen ein eingeprägter Reichsadler. Ich klappte das Dokument auf. Rechts das Bild eines Mannes mit einem langen Bart, darunter der Name »Samuel Israel Kaufmann«.

Und auf der linken Seite, über alles andere drübergedruckt, ein großes, altmodisch verschnörkeltes J.

Im Leben jedes Menschen gibt es Momente, die sich ihm unauslöschlich einbrennen und an die er sich ein Leben lang erinnern wird, egal wie alt er werden sollte. Diese Nacht wurde für mich zu einer dieser Erinnerungen. Es war, als wäre ich aus meinem bisherigen Dasein hinauskatapultiert worden und stünde plötzlich vor einem tiefen, dunklen Abgrund.

Ich erfuhr Dinge über meine Familie, von denen ich nichts geahnt hatte. Und begriff, dass mein eigenes Unterbewusstsein dafür gesorgt hatte, dass es so war. Ich hatte von diesem Großvater und seiner Frau nie gehört, weil meine Eltern nie über sie gesprochen hatten. Und ich hatte nie von ihnen gehört, weil ich nie nach ihnen gefragt hatte.

Dabei hätte ich doch wissen müssen, dass es sie gegeben hatte! Schließlich stammt jeder Mensch von zwei Großelternpaaren ab. Aber weil niemand über sie gesprochen hatte, war es, als hätten sie nicht existiert. Es kam mir vor, als wäre ein Vorhang durch mein Gehirn gezogen gewesen, sodass alles, was sich dahinter verbarg, für mich unsichtbar gewesen war. Nun war der Vorhang zur Seite gerissen worden.

Ich erfuhr, dass meine Großeltern Samuel und Mathilde Kaufmann in Frankfurt gelebt und ein Kleidergeschäft betrieben hatten. Es war auf den Namen meiner Großmutter eingetragen, und da sie keine Jüdin war, ging zunächst alles gut. Irgendwann hatten die Nazis begonnen, Druck auf sie auszuüben. Sie sollte sich von ihrem jüdischen Mann scheiden lassen, sonst würde man ihr das Geschäft wegnehmen. Eine Weile hatte sie standgehalten, aber irgendwann hatten sich meine Großeltern wohl gemeinsam eingeredet, die Scheidung sei für meine Großmutter und den kleinen Willi – meinen Vater – das Beste. Schließlich brauchten sie Geld zum Leben und konnten nicht riskieren, das Geschäft zu verlieren. Obwohl sie sich liebten, ließen meine Großeltern sich also scheiden. Meine Großmutter führte das Geschäft weiter, und mein Großvater tauchte unter. Fast ein Jahr lang schaffte er es, sich bei einem Freund im Keller versteckt zu halten. Meine Großmutter schickte den kleinen Willi regelmäßig mit Lebensmittelmarken zu seinem Vater. Ein Nachbar wurde misstrauisch und begann, das Haus zu beobachten. Eines Nachts, als mein Großvater sich im Schutz der Dunkelheit die Beine im Garten vertrat, weil er es in dem feuchten, muffigen Keller nicht mehr aushielt, entdeckte ihn der Nachbar. Und verriet ihn an die Gestapo.

Mein Vater stockte an dieser Stelle, sprach dann aber doch weiter. Jetzt, wo er endlich das Schweigen gebrochen hatte, musste auch das Ende erzählt werden.

»Zuerst ist er in Haft gekommen, genau wie der Freund, der ihn versteckt hat. Ich weiß nicht, was aus dem Freund geworden ist. Meinen Vater haben sie jedenfalls nach Polen in ein Konzentrationslager gebracht. Er wurde …«

Ich hoffte, mein Vater würde den Satz nicht zu Ende sprechen, aber er tat es doch.

»Sie haben ihn erschossen.« Sein Blick wurde leer.

Meine Großmutter hatte sich die erzwungene Scheidung wohl nie verziehen, obwohl keineswegs sicher war, dass mein Großvater die NS-Zeit andernfalls überlebt hätte. Sie wurde depressiv, fing an zu trinken und starb dann, als mein Vater sechzehn Jahre alt war.

So alt wie Che.

Meine Mutter saß mit gesenktem Blick da, während mein Vater sprach, oder besser: während das Ganze aus ihm herausbrach. Sie hatte alles gewusst, und auch sie hatte geschwiegen. Ich konnte nicht fassen, dass sie es beide geschafft hatten, nie ein Wort darüber zu verlieren.

»Warum habt ihr uns das nicht erzählt?«, fragte ich.

Mein Vater sah mich an und dachte lange nach. »Weil wir … euch schützen wollten. Ja, das war der Grund.«

»Schützen wovor?«, fragte ich verständnislos. Als könnte man jemanden vor der Realität schützen. Früher oder später kam die Wahrheit doch sowieso ans Licht – das hatten unsere Eltern jedenfalls immer behauptet, wenn sie uns eingeschärft hatten, niemals zu lügen.

»Ihr solltet unbelastet aufwachsen, ohne die Schatten der Vergangenheit«, sagte meine Mutter und klang dabei merkwürdig fremd.

Mir wurde plötzlich klar, dass diese Schatten sowieso immer da gewesen waren. Vielleicht wäre es mit Che nie so weit gekommen, wenn mein Vater ihm das, was er ihm an diesem Abend eröffnet hatte, früher gesagt hätte. Aber er hatte wohl immer gehofft, dass Che von allein zur Vernunft kommen würde. Dass die Erziehung zu Freiheit und Selbstverwirklichung irgendwann einen freien und glücklichen Menschen aus ihm machen würde. Vielleicht waren es diese Schatten, vor denen Che fliehen wollte, wobei er sich auf schreckliche Weise verirrt hatte.

Es war fast ein Uhr, als meine Eltern mich ins Bett schickten. Ich konnte mich nicht erinnern, wann mein Vater mich zuletzt so lange und fest umarmt hatte. Meine Mutter strich mir mit einer scheuen Bewegung über den Kopf, als wollte sie sich für das, was passiert war, entschuldigen. Oder vielleicht auch für das, was noch passieren würde.

Ich konnte wieder nicht schlafen, dazu war ich viel zu aufgewühlt. Unzählige Fragen schwirrten mir durch den Kopf.

Warum hatte Che meinen Vater einen Lügner genannt? Weil er nicht glauben wollte, dass sein Großvater Jude gewesen war? Oder weil unser Vater uns all das verschwiegen hatte? War das Verschweigen von Sachen ebenso schlimm wie eine Lüge?

Ich zermarterte mir das Gehirn, warum ich nie einen Gedanken an diese Großeltern zugelassen hatte. Vielleicht hatte das unausgesprochene Verbot meiner Eltern so stark gewirkt, dass der Gedanke in meinem Kopf gar nicht hatte entstehen können. Und nach allem, was ich heute erfahren hatte, beschäftigte mich auch die Frage, was unsere Eltern uns wohl noch verschwiegen.

Mir wurde bewusst, dass sie uns eigentlich ständig belogen oder zumindest nicht die Wahrheit sagten. Sie taten so, als wäre alles in Ordnung, dabei hatten sie eine heftige Ehekrise. Sie sprachen nicht über ihre finanziellen Probleme, nicht über Opa Fritz, nicht über Oma Hilda. Und wenn man sie direkt nach etwas fragte, wichen sie fast immer aus. Das Totschweigen der Großeltern Samuel und Mathilde war nur die größte ihrer Lügen, aber bei Weitem nicht die einzige.

Ich schlief mit dem Bild meines jüdischen Großvaters ein, der in Häftlingskleidung über einen staubigen Platz getrieben wurde. Immer wieder wurde ihm brutal ein Gewehrkolben in die Rippen gestoßen, bis er taumelte und schließlich stürzte. Ich sah ihn am Boden liegen, die Arme schützend über den Kopf erhoben, das Gesicht vor Angst verzerrt.

Der Mann mit dem Gewehr, der breitbeinig über ihm stand, sah aus wie Opa Fritz.

12

Zehn Tage waren seit dieser denkwürdigen Nacht vergangen, und Che war immer noch nicht zurückgekommen. Opa Fritz hatte angerufen und meinen Eltern vorgeschlagen, dass Wolf erst einmal bei ihm bleiben solle, bis »die Situation« sich beruhigt habe.

Mein Vater hatte ihn angebrüllt, Che heiße Che, nicht Wolf, und er solle sich unterstehen, das Hirn seines Sohnes weiter mit braunem Dreck zu füllen.

Meine Mutter hatte es schließlich geschafft, ihn vom Telefon wegzuzerren und davon zu überzeugen, dass es im Moment so am besten war.

Ich fand den Ausdruck »die Situation« seltsam unpassend. An der Situation würde sich nichts ändern, sie war unsere Familiengeschichte. Ein Großvater war Nazi gewesen, der andere Jude. Täter und Opfer in einer Familie, das war das Erbe, mit dem wir leben mussten.

Erst im Nachhinein begriff ich, dass nicht nur die Krise meiner Eltern für den Auflösungsprozess verantwortlich war, der meine Familie schließlich zerbrechen lassen sollte. Schon lange schwelte unter der Oberfläche noch etwas ganz anderes, viel Zerstörerischeres. Ihre Eheprobleme hätten sie vielleicht in den Griff bekommen können. Selbst dass meine Mutter mit dem König der Liebe geschlafen hatte, hätte mein Vater ihr vielleicht irgendwann verzeihen können. Aber dass sie den Kontakt zu Opa Fritz all die Jahre gehalten hatte und auch jetzt hielt, dass sie heimlich dort anrief und sogar hinfuhr, um Che zu sehen, das war – als er es schließlich herausfand – für ihn ein unverzeihlicher Verrat. Er verstand nicht, dass meine Mutter die Ansichten der beiden hassen und sie trotzdem weiter lieben konnte. Dass sie trotz allem die Tochter von Fritz und die Mutter von Che blieb. Insgeheim erwartete er, dass sie sich gegen die beiden und für ihn entschied. Dass sie das nicht konnte, war ein schleichendes Gift, das seine Liebe zu ihr allmählich zersetzte.

Seltsamerweise fühlte ich mich dafür zuständig, meine Eltern wieder zusammenzubringen. So unvollkommen meine Familie war, so war sie doch alles, was ich hatte. Obwohl ich längst spürte, dass es nicht in meiner Hand lag, und obwohl ich mir nicht mal sicher war, ob es tatsächlich gut für uns war, zusammen zu sein, versuchte ich alles, den bisherigen Zustand wiederherzustellen.

Wenn ich allein mit meiner Mutter war, sagte ich ihr, wie lieb ich sie hätte und wie sehr ich mir wünschte, dass sie glücklich wäre. Meine Mutter blickte mich befremdet an, als wäre es unnatürlich, dass eine Tochter so etwas zu ihrer Mutter sagte. Und tatsächlich wäre es vielleicht natürlicher gewesen, wenn sie als Mutter es zu mir gesagt hätte. Meist lächelte sie dann nur, küsste mich auf die Stirn und entschwebte wieder in ihre Welt, zu der ich keinen Zugang hatte.

Wenn ich allein mit meinem Vater war, sagte ich ihm, dass meine Mutter ihn bestimmt noch lieb habe und dass der Swami ein Wichtigtuer sei und obendrein hässlich. Das war zwar gelogen, aber das wusste selbstverständlich auch mein Vater. Jeder konnte sehen, dass der Swami ein schöner Mann war. Ich wollte meinem Vater das Gefühl geben, es handle sich bei der Sache mit dem Swami nur um eine der Spinnereien meiner Mutter und dass sie bestimmt wieder zur Vernunft kommen würde. Aber mehr und mehr verfestigte sich bei mir der Eindruck, dass gar nicht der Swami das Problem war.

Wenn ich mit beiden zusammen war, sagte ich ihnen, dass Che mir fehle und ich mir wünschte, er würde wieder nach Hause kommen. Daraufhin schwiegen sie, pressten die Lippen zusammen und tauschten Blicke oder sahen zur Seite, als hätten sie mich nicht gehört.

Ich fühlte mich wie ein Hündchen, das vergeblich versucht, seine Herde zusammenzutreiben. Aber der Sturm, der sich unaufhaltsam näherte, würde stärker sein als wir alle.

Auch bei unseren Nachbarn hatte sich die Atmosphäre verändert. Nachdem der Onkel ins Heim gezogen war, schienen alle in der Familie Berthold sich irgendwie schuldig zu fühlen. Bettina und Petra, weil sie ihm die Einrichtung gezeigt hatten, Margot, weil sie ihn nicht hatte gehen lassen wollen, und Christian, weil er erleichtert darüber war. Und weil niemand sich gern schuldig fühlt, versuchte jeder, dem anderen die Schuld zuzuschieben. So war die Stimmung zwischen den Familienmitgliedern ungewohnt kühl, und ich ging nicht mehr so oft hinüber, außer zu den Klavierstunden. Denen fieberte ich jedes Mal entgegen, und ich konnte es kaum erwarten, mich in der vertrauten Zweisamkeit mit meinem Lehrer zu verlieren. Je schwieriger die Situation bei mir zu Hause wurde, desto mehr vertraute ich auf Christian. Er war mein Fels in der Brandung.

Die erste Stunde nach den Ferien verlief bis kurz vor Schluss normal. Dann schlug Christian mein Notenheft zu und sagte: »Leg dich doch bitte mal da rüber auf die Chaiselongue, schließ die Augen und hör einfach zu. Ich möchte dir etwas vorspielen.« Weil ich mich nicht rührte, wiederholte er seine Aufforderung. »Ich will dir drei Stücke vorspielen und von dir hören, welches dir am besten gefällt.«

Ich spürte, wie mein Körper sich versteifte. »Das … das geht nicht«, wehrte ich ab.

»Warum nicht?«

Ich schwieg.

»Wenn es dir unangenehm ist, dich hinzulegen, dann bleib sitzen. Es geht darum, dass du dich ganz der Musik hingibst, um zu spüren, welches das richtige Stück für dich sein könnte.«

Erstarrt saß ich da, unfähig, eine vernünftige Erklärung für meine Weigerung zu geben, aber auch nicht fähig, seiner Aufforderung zu folgen.

Er drehte sich zu mir, nahm wieder meine Hände in seine und blickte mich eindringlich an. »Was ist los, India?«

Ich senkte den Blick und schwieg.

»Wovor hast du Angst?«, fragte er.

»Ich hab keine Angst«, sagte ich mit erstickter Stimme.

In meinem Kopf tosten die Gedanken. Ich konnte ihm nicht erklären, was der Grund für mein Verhalten war, ich schämte mich zu sehr. Ich wollte tun, was er von mir erwartete, aber ich schaffte es einfach nicht.

Ich dachte zurück an den Moment, als ich die Musik gehört hatte, die Felix für mich aufgenommen hatte. Als ich mich dieser Musik hingegeben, sie in mich hatte eindringen lassen. Wie mein Körper die Berührungen empfangen und darauf reagiert hatte, wie wundervoll es gewesen war und wie erschreckend zugleich. Wenn Musik solche Reaktionen bei mir hervorrufen konnte, wollte ich nicht, dass irgendjemand Zeuge davon wurde. Nie, niemals würde ich das zulassen.

»Es tut mir leid, aber mir ist schlecht«, murmelte ich, sprang auf und rannte aus dem Musikzimmer.

Beim nächsten Mal sprach Christian mich nicht auf den Vorfall an, und ich dachte schon, er hätte ihn vergessen. Aber kurz vor dem Ende der Stunde fragte er: »Kann ich dir heute etwas vorspielen?«

Wieder versteifte sich mein Körper. »Warum denn?«

»Na ja, ich habe mir überlegt, dass du deine Angst vor einem Auftritt vielleicht verlierst, wenn wir genau das richtige Stück für dich finden. Ein Stück, in das du dich verliebst, in dem du dich zu Hause fühlst, *dein* Stück eben.«

»Ich will nicht auftreten«, sagte ich.

»Wie kannst du das wissen, wenn du es noch nie probiert hast?«

»Ich weiß es einfach. Und ich will mir keine Musikstücke anhören.«

»Warum nicht?«

Ich ertrug seinen Blick nicht mehr, der sich in mich zu bohren schien und mir alle Geheimnisse entreißen wollte. Ich fing an zu weinen und drehte mich von ihm weg. Obwohl ich es eigentlich nicht wollte, sagte ich: »Da sind diese … Empfindungen.«

»Was für Empfindungen?«

»Wenn ich mich auf Musik konzentriere … wenn die Musik mir gefällt, dann spüre ich … die Töne auf dem Körper«, erklärte ich stockend.

»Du meinst die Vibrationen?«, sagte Christian. »Das ist ganz normal, die spüren wir alle. Auf die Art können Taube Musik wahrnehmen.«

»Nein, ich … ich meine nicht die Vibrationen«, fuhr ich fort. »Es fühlt sich anders an, ich kann es nicht erklären, aber es ist sehr … unangenehm.«

Er sagte nichts und sah mich nur an. Ich hatte das Gefühl, dass er mich bis in mein Innerstes durchschaute. Dann fühlte ich seine Hand auf meiner Schulter und zuckte zusammen.

»India.«

Ich reagierte nicht.

»Jeder nimmt Musik anders wahr«, sagte er. »Du musst keine Angst vor deiner Wahrnehmung haben, sie gehört zu dir.«

»Aber ich mag das nicht!«, rief ich und blickte auf.

Er nickte verständnisvoll. »Vielleicht kannst du lernen, diese Gefühle zu mögen. Dich mit ihnen anzufreunden.«

Ich versuchte, es mir vorzustellen, aber es ging nicht. Die Empfindungen waren unangenehm, gerade weil sie so angenehm sein konnten.

»Du kannst mir vertrauen«, sagte Christian.

»Ich weiß«, sagte ich mit erstickter Stimme.

»Na, dann komm!« Er nahm mich bei der Hand und wollte mich vom Klavierhocker hochziehen.

»Nein!«, schrie ich und sprang so ruckartig auf, dass der Hocker umstürzte. Zum zweiten Mal flüchtete ich aus dem Raum.

Als der Zeitpunkt meiner nächsten Klavierstunde kam, versteckte ich mich im Geräteschuppen. Ich fürchtete, Christian würde anrufen und fragen, wo ich bliebe.

Aber es kam schlimmer: Durch die Ritzen der Schuppenwand sah ich ihn aus dem Nachbarhaus kommen, unseren Gartenweg entlang und ins Haus gehen. Bestimmt war er sauer auf mich. Er unterstützte mein Talent und schenkte mir viele Stunden seiner Zeit, und ich lief vor ihm weg und versteckte mich. Er musste mich für furchtbar undankbar halten.

Ich legte mich auf den Rücken, presste die Hände auf die Ohren und summte laut. Mein ganzer Kopf dröhnte. Sollte irgendjemand nach mir rufen, würde ich es auf keinen Fall hören. Nach einer Weile konnte ich nicht mehr und nahm die Hände herunter. Um mich von meinen wild umherspringenden Gedanken abzulenken, multiplizierte ich Zahlen mit sich selbst und überprüfte die Ergebnisse mit dem Taschenrechner, den ich mir von Opa Fritz' Weihnachtsgeld und meinem Taschengeld gekauft hatte und seither immer bei mir trug.

52 mal 52 mal 52 mal 52, dachte ich und erfreute mich an der schönen Regelmäßigkeit des Zahlengebildes. Ich kam auf 7311616, eine Zahl wie eine Wüstenlandschaft voller Felsblöcke, die in der Abendsonne rötlich erschienen. Ich tippte die Ziffern in den Rechner, das Ergebnis stimmte. Als Nächstes rechnete ich 275 mal 275 mal 275 und erhielt 20796875. Es stimmte wieder. Diese Zahl sah mehr aus wie ein Häusermeer, die Skyline einer großen Stadt; der Hintergrund schimmerte bläulich.

Warum konnte ich mathematische Aufgaben lösen, die nicht mal mein Mathelehrer ohne Hilfsmittel bewältigen konnte, und benahm mich gleichzeitig wie eine soziale Analphabetin? Nein, ich musste fair zu mir selbst sein: Inzwischen war ich in diesem Bereich schon fast zur Abc-Schützin gereift.

In meiner neuen Klasse war es mir immerhin gelungen, nur ungefähr die Hälfte meiner Mitschülerinnen gegen mich aufzubringen, mit den meisten anderen gab es eine Art Stillhalteabkommen, mit einigen wenigen verstand ich mich sogar ganz gut, wie mit Sabine, die schon am ersten Tag so nett zu mir gewesen war.

Aber für ein Verhalten, das normale Kinder spätestens bei Schuleintritt beherrschten, hatte ich dreizehn Jahre alt werden müssen. Und die Situation konnte jederzeit kippen, das spürte ich genau. Sobald meine Anpassungsleistung nachließe, würde die Herde mich verstoßen.

Ich war ja auch ein seltsames Gebilde; die verschiedenen Teile meiner Persönlichkeit passten überhaupt nicht zusammen. Mein Rechenzentrum, mein Gedächtnis und meine Wahrnehmungsfähigkeit waren enorm, mein Verständnis für Konventionen und meine Anpassungsfähigkeit dagegen eher unterentwickelt. Vielleicht war es das, was die anderen so an mir irritierte: Sie wussten nicht, mit wem sie es zu tun hatten. Sogar meine Eltern ließen sich davon immer wieder verwirren. Mal sagten sie: »Du bist so intelligent, warum begreifst du das denn nicht?«, dann wieder: »Du bist doch noch ein Kind, wie kannst du das schon wissen?«

Christian war schon seit mindestens einer Viertelstunde im Haus. Ich verabscheute den Gedanken, dass er mit meinen Eltern über mich sprach. Bestimmt hatte jeder von ihnen eine Interpretation für mein Verhalten. Christian würde darauf beharren, dass ich Angst vor dem öffentlichen Auftritt hätte, mein Vater würde denken, ich sei sprunghaft und undiszipliniert, meine Mutter würde Christian sanft über den Arm streichen, wie sie es gern tat, und ihm erklären, ich sei eben gerade nicht in meiner Mitte. Nichts davon stimmte – außer das mit der Mitte vielleicht, aber wer war schon in seiner Mitte. Keiner verstand, was wirklich mit mir los war.

Ich schämte mich für die Empfindungen, sie kamen mir peinlich und schmutzig vor, und ich hasste mich dafür, dass ich Christian davon erzählt hatte.

Ich nahm eine Bewegung wahr und presste das Auge an die Schuppenwand. Christian verabschiedete sich an der Haustür von meinen Eltern. Die Tür schloss sich hinter ihm, er sah sich um, als hoffte er, mich irgendwo zu entdecken. Dann durchquerte er langsam den Garten.

Ich wartete noch eine Weile, dann schlich ich ins Haus zurück. Meine Hoffnung, unbemerkt die Treppe hochzukommen, erfüllte sich nicht. Mein Vater saß bei offener Tür in der Küche.

»India«, rief er, kaum dass ich das Haus betreten hatte.

Ich blieb an der Küchentür stehen.

»Was ist eigentlich los mit dir?«, fragte er streng.

»Nichts.«

»Christian sagt, du hättest so viel Freude am Klavierspielen gehabt, und ganz plötzlich würdest du dich verweigern?«

Ich zuckte die Schultern und schwieg.

»Ich verstehe dich nicht«, sagte er ärgerlich. »Der Klavierunterricht ist so eine Chance für dich, und du willst sie einfach wegwerfen?«

»Es tut mir leid«, sagte ich.

»Es ist ein Zeichen von Unreife, Tätigkeiten zu beginnen und nicht zu Ende zu bringen«, ermahnte er mich. »So verhalten sich Kinder. Du bist aber kein Kind mehr.«

»Ihr habt gesagt, ich darf aufhören, wenn es mir nicht gefällt«, erinnerte ich ihn an sein Versprechen.

Er musterte mich prüfend. »Ist es denn so? Macht es dir keinen Spaß mehr?«

Ich senkte den Kopf und sagte nichts.

Mein Vater ließ prüfend seinen Blick auf mir ruhen, dann sagte er: »Du weißt, dass Klavierstunden teuer sind. Ich dachte, du würdest dankbarer sein.«

Ich zog die Luft ein. Er wollte mich tatsächlich glauben machen, dass er für die Stunden zahlte, damit ich ein schlechtes Gewissen bekäme! Ich überlegte, ob ich ihm sagen sollte, dass er ein Lügner sei und ich ihn durchschaut hätte, aber was würde das ändern? Stattdessen warf ich ihm einen finsteren Blick zu, drehte mich um und lief die Treppe hoch, ohne auf sein Rufen zu reagieren.

Mein vierzehnter Geburtstag kam, und am liebsten wäre ich im Bett geblieben. Mein Bruder war weg, meine Eltern stritten nur noch, mein Klavierlehrer und wichtigster Freund war sauer auf mich. Widerstrebend stand ich auf und schlich in die Küche hinunter.

Zu meiner Überraschung hatte meine Mutter einen Kuchen für mich gebacken. Ich zählte die Kerzen, es waren zwölf.

»Ich werde vierzehn, Mama.«

Sie lachte unsicher. »Ja, aber das weiß ich doch, Schätzchen.«

»Wieso hast du dann nur zwölf Kerzen in den Kuchen gesteckt?«

Sie blickte verlegen. »Da muss ich mich verzählt haben.«

Ich wusste, dass sie log. In der Packung mit Geburtstagskerzen waren fünfundzwanzig Stück gewesen. Dreizehn davon hatte sie letztes Jahr auf meinen Kuchen gesteckt, blieben noch zwölf. Sie hatte meinen Geburtstag einfach vergessen. Gestern Abend war er ihr dann offenbar eingefallen, und sie hatte schnell den Kuchen gebacken. Backmischung hatte sie immer vorrätig, nur Kerzen hatte sie keine mehr besorgen können.

Ich ließ mir meine Enttäuschung nicht anmerken.

Mein Vater kam, gratulierte mir und küsste mich auf die Stirn. Dann legte er einen Umschlag vor mich auf den Küchentisch.

»Dein Geschenk«, sagte er feierlich.

Auf dem Umschlag stand mein Name, aber es war weder die Schrift meines Vaters noch die meiner Mutter. Ich öffnete ihn und zog eine Eintrittskarte heraus.

»Liederhalle Stuttgart«, las ich. »Alfred Brendel spielt Mozart und Schubert.« Ich blickte auf. »Ist die von euch?«

Mein Vater wand sich ein bisschen. »Gewissermaßen. Christian hat gefragt, ob er dich einladen darf, und wir haben zugestimmt. Und ... ein bisschen was dazugezahlt. Freust du dich?«

Ich nickte zögernd. »Ja, natürlich. Das ist toll. Ich weiß nur nicht, ob ich das annehmen kann.«

»Warum nicht?«, fragte meine Mutter.

»Ich meine ... die Karte war sicher teuer«, fügte ich schnell an. »Das ist mir peinlich.«

»Eigentlich finde ich es auch übertrieben«, sagte meine Mutter. »Er sollte lieber mal seine Frau ins Konzert ausführen.«

Mein Vater warf ihr einen ärgerlichen Blick zu. Dann sagte er, natürlich dürfe ich die Einladung annehmen. Er erzählte mir, wie sehr Christian von meiner Begabung geschwärmt habe und wie wichtig es ihm sei, dass ich weiter bei ihm Unterricht nähme. Das wolle er mir mit diesem Geschenk zeigen.

»Danke«, sagte ich gedrückt und stand auf, um mich für die Schule fertig zu machen.

Draußen wartete Bettina auf mich. Sie sah müde und verheult aus.

»Alles Gute zum Geburtstag«, sagte sie. »Nur noch vier Jahre bis zur Volljährigkeit.« Sie gab mir ein großes, flaches Päckchen.

Ich drehte es in der Hand. »Was ist das?«

»Überraschung.«

»Danke. Ich packe es später aus.«

Bettina schob die Hände tiefer in die Manteltaschen und setzte sich in Bewegung. Eine Weile gingen wir schweigend nebeneinanderher. Dann warf ich ihr einen Blick zu. »Was ist los? Ich schwör dir, was immer es ist, bei mir ist es schlimmer.«

Sie blieb stehen. »Felix hat Schluss gemacht.«

»Oh«, sagte ich. »Tut mir leid.«

»Willst du wissen, wieso?«, fragte sie herausfordernd.

Ich tat so, als überlegte ich. »Weil du … nicht mit ihm geschlafen hast?«

»Im Gegenteil«, sagte sie grimmig. »*Weil* ich mit ihm geschlafen habe. Das war es, was er wollte, und schon war er weg.«

»Tut mir leid«, sagte ich noch einmal.

Nun war es also tatsächlich passiert. Bettina und ich gehörten nicht mehr derselben Sphäre an. Sie hatte den entscheidenden Schritt in Richtung Erwachsensein gemacht, und ich war in der Welt von Knutschen, Petting und ahnungsvollen Spekulationen zurückgeblieben.

»Und ... wie ist es so?«, fragte ich nach einer Pause.

»Was?«

»Na, Sex.«

Bettina heulte auf. »Wie kannst du das jetzt fragen?«

»Entschuldige.«

Nach einer Weile sagte sie leise: »Hat ziemlich wehgetan. Das erste Mal ist nicht so toll.«

Plötzlich fühlte ich mich auf seltsame Weise erleichtert. Es war offenbar egal, wie man sich als Mädchen Felix gegenüber verhielt. Ob man mit ihm schlief oder nicht mit ihm schlief – am Ende haute er immer ab. Vielleicht war er einfach ein Arschloch.

Ich legte meinen Arm um Bettina und drückte sie an mich. »Es geht bestimmt vorbei«, sagte ich tröstend.

»Was weißt du denn schon«, gab sie schniefend zurück.

Im Klassenzimmer machte ich ihr Päckchen auf. Es war eine gerahmte Collage aus Fotos vom letzten Sommer, die meisten davon im Schwimmbad aufgenommen. Auf fast jedem Bild war Felix zu sehen, nur auf einem einzigen konnte ich mich ganz am Rand entdecken. Was war denn das für ein komisches Geschenk? Hatte sie die Collage eigentlich Felix schenken wollen und sie jetzt, weil er Schluss gemacht hatte, schnell mir gegeben?

»Wer ist denn der Typ?«, ertönte eine Stimme hinter mir.

Ich fuhr herum. Einige meiner Mitschülerinnen starrten neugierig auf die Fotos.

»Ist das etwa dein Freund?«, fragte eine andere.

»Den kenne ich doch«, sagte eine dritte. »Der bumst mit allem, was nicht bei drei auf dem Baum ist.«

In der Pause nahm ich die Fotos aus dem Bilderrahmen,

rupfte sie in kleine Stücke und spülte sie im Klo runter. Ich überlegte kurz, dasselbe mit der Konzertkarte zu machen. Die Aussicht, vor Hunderten von Zuhörern in einem Konzertsaal von meinen Empfindungen überrollt zu werden, versetzte mich in Panik. Aber die Karte wegzuschmeißen würde mir einen Riesenärger einbringen. Ich musste krank werden, das war die einzige Lösung.

Am Morgen des Konzerts, einem Samstag, blieb ich im Bett und simulierte Magenschmerzen und Übelkeit. Meine Mutter fühlte mir flüchtig die Stirn, gab mir ein paar homöopathische Kügelchen und überließ mich dann meinem Schicksal. Vermutlich merkte sie, dass ich eigentlich nicht richtig krank war. Trotzdem hätte ich mir etwas mehr Anteilnahme gewünscht.

Ich steigerte mich so hingebungsvoll in die Vorstellung hinein, ein ungewolltes, ungeliebtes, vernachlässigtes Kind zu sein, dass ich zu heulen anfing. Am liebsten hätte ich mich selbst zur Adoption freigegeben.

Irgendwann verdrängte ein nagendes Hungergefühl das Selbstmitleid, und ich schlich in die Küche, wo ich mir ein Butterbrot schmierte und ein großes Glas Milch einschenkte. Als ich die Mahlzeit in mein Zimmer schmuggeln wollte, lief ich meinem Vater in die Arme.

»Magenverstimmung, so, so.«

Am späten Nachmittag klopfte er dann an die Tür. »Los jetzt!«, rief er. »In einer Stunde wirst du abgeholt.«

»Ich bin krank!«, kreischte ich.

Er öffnete die Tür und streckte den Kopf ins Zimmer. »Hör auf mit dem Quatsch, India. Steh jetzt auf und mach dich fertig.«

Bockig drehte ich mich zur Wand und zog mir die Decke über den Kopf. Ich stellte mir vor, wie sie mich mit Gewalt aus dem Bett zerren und in die Kleider stecken würden, wie Christian unten auf mich warten und vor Enttäuschung ganz grau aussehen würde, wie ich mich weiter weigern und er schließlich allein zum Konzert fahren würde. Alle würden mich für ein dummes, undankbares Kind halten. Nein, schlimmer, sie würden mich endgültig für verrückt erklären. Niemand, der so leidenschaftlich gern Klavier spielte wie ich, würde sich so dagegen wehren, ein Konzert von Alfred Brendel zu hören.

Die Liederhalle füllte sich mehr und mehr. Ich saß neben Christian und versuchte, mich zu beruhigen. In Gedanken vervielfältigte ich die Reihen der Konzertbesucher vor mir, bis sie ein Muster ergaben, das einer Patchworkdecke glich. Dabei stellte ich fest, dass die anderen Besucher viel festlicher angezogen waren als ich. Eine Dame in der Reihe vor uns trug ein glitzerndes Kleid, eine andere eine Pelzstola. Alle waren sorgfältig frisiert, an ihren Armen, Hälsen und Ohren schimmerte Schmuck. Die Männer trugen dunkle Anzüge und Fliegen, sogar Christian trug Anzug und Krawatte. Ich hatte nicht gewusst, dass man sich für ein Konzert schön machen muss, und meine Eltern hatten es mir nicht gesagt. Allerdings hätte ich sowieso nichts besessen, was dem Anlass angemessen gewesen wäre. Ich rutschte immer tiefer in meinen Stuhl und versuchte, wenigstens meine abgeschabten Wildlederschuhe unter der Sitzfläche zu verstecken. Zum Glück hatte meine Mutter mir beim Abschied schnell noch ihren bunten indischen Schal umgelegt.

Nachdem meine Krankheit nicht ernst genommen worden

und mir keine bessere Ausrede eingefallen war, hatte ich keine andere Wahl gehabt, als mitzugehen.

Es war furchtbar peinlich gewesen, als Christian gekommen war, um mich abzuholen, und meine Eltern uns nachwinkten und einen schönen Abend wünschten, als wären wir verlobt.

Andererseits, als ich nun so neben ihm saß, fühlte ich mich irgendwie auch sehr erwachsen und ziemlich stolz. Meine Mitschülerinnen würden vor Eifersucht im Quadrat springen, wenn sie mich sehen könnten! Jede Einzelne von ihnen würde sonst was darum geben, einen Abend mit Christian zu verbringen. Ich fragte mich, warum er ausgerechnet mich dazu auserkoren hatte.

Er beugte sich zu mir und lächelte mich voller Wärme an. »Freust du dich, India?«

»Mhm«, sagte ich angespannt.

Was würde passieren, wenn die Musik begann? Zum Glück saßen wir nicht weit vom Ausgang entfernt. Wenn ich es nicht ertrug, würde ich abhauen. Egal wie teuer die Karte gewesen war.

Christian zeigte mir das Programm. »Zuerst spielt er Mozart«, sagte er. »Die ersten zwei Sätze aus den Klavierkonzerten KV 466 und KV 488 in d-Moll und A-Dur.«

Ich war stolz, dass ich wusste, dass KV »Köchel-Verzeichnis« bedeutet.

»Nach der Pause kommt dann die B-Dur-Sonate von Schubert«, fuhr Christian fort. »Und vielleicht noch eine Zugabe, Schumann oder Haydn.«

Die Plätze im Zuschauerraum waren inzwischen fast alle besetzt, und die Gespräche verstummten. Eine Tür ging auf, die Mitglieder des Orchesters kamen auf die Bühne und nahmen ihre Plätze ein. Dann öffnete sich die Tür ein weiteres Mal, der Dirigent kam herein, das Orchester stand auf, das Publikum applaudierte. Und dann ging die Tür ein drittes Mal auf, und ein magerer Mann mit einer Brille trat auf und ging zum Klavier, wo er stehen blieb, um den Applaus entgegenzunehmen, bevor er sich setzte. Ein letztes Räuspern und Husten im Publikum, ein Moment fast völliger Stille, der Dirigent hob den Taktstock, senkte ihn – und es ging los.

O mein Gott!

Ich hatte nicht geahnt, was für ein Unterschied es ist, ob Musik aus einem schepprigen Kassettenrekorder kommt oder live in einem Konzertsaal gespielt wird! Innerhalb von Sekunden hüllte sie mich ein, fasste mich an, erschütterte mich in meinem Innersten und erhob mich gleichzeitig in einen Zustand der Glückseligkeit. Regungslos saß ich da, die Finger um die Armlehnen gekrallt, und starrte auf die Bühne.

Christian sah immer wieder zu mir herüber. Schließlich flüsterte er: »Ist alles in Ordnung mit dir?«

Ich nickte stumm.

Forschend ließ er seinen Blick auf mir ruhen. »Kannst du die Musik spüren?«

Wieder nickte ich. Als befände ich mich an Bord eines schwankenden Schiffs, versuchte ich, mich gedanklich an der Reling festzuhalten, um nicht ins Meer gespült zu werden. Es gelang mir, indem ich mich auf das konzentrierte, was auf der Bühne geschah. Ich achtete auf jedes Zucken des Taktstocks, jedes Luftholen der Musiker, jede minimale Bewegung von Brendels Fingern und die seltsamen Grimassen, die er beim Spielen zog. Solange ich mich auf diese Beobachtungen konzentrierte, hatte ich meine Empfindungen einigermaßen im Griff. Bei den Orchesterpassagen spielte sich vor meinem inneren Auge ein Feuerwerk von wechselnden Farben und Formen ab, wie ich es noch nie erlebt hatte, und ich stellte mir vor, dass Menschen sich so oder ähnlich fühlen mussten, wenn sie Drogen genommen hatten.

Es kostete mich eine riesige Anstrengung, diesem überwältigenden Ansturm von körperlichen und seelischen Reizen standzuhalten, und als das erste Stück beendet war und Beifall aufbrandete, war ich völlig erschöpft.

Beim zweiten Stück spürte ich, dass meine Kräfte nachließen und mein innerer Schutzwall bröckelte. Meine Konzentrationsfähigkeit genügte nicht mehr, um mich gegen die Empfindungen zu wehren. Ich wurde panisch.

Ich versuchte wieder, optische Muster herzustellen, und starrte auf die Stuhlreihen. Für einen Moment kehrte die Patchworkdecke zurück und lenkte mich ab, aber gleich darauf verschwamm alles vor meinen Augen, die Empfindungen überrollten mich mit voller Wucht, und ich fühlte mich, als wäre mein Körper kurz vor dem Explodieren. Ich hatte nur noch einen Gedanken:

Ich muss hier raus. Sofort!

Ich sah zur Seite, zwischen mir und dem Gang saßen fünf Leute. Ich müsste mich an ihnen vorbeidrängen und einige Meter quer durch den Saal gehen, um zum Ausgang zu gelangen. Alle würden mich anstarren und wären wütend über die Störung, Christian wäre enttäuscht, meine Eltern sauer. Es ging nicht, ich schaffte es nicht.

Ich versuchte, mich zu entspannen, aber je mehr ich mich entspannte, desto stärker spürte ich die Berührungen. Sie waren so deutlich, dass ich glaubte, jeder in meiner Nähe müsste die Hände sehen können, die über meinen Körper strichen, die Fingerspitzen, die mich mal hier, mal dort antippten. Ich hatte Gänsehaut, die Härchen an meinen Unterarmen hatten sich aufgerichtet, mein Körper glühte. Ich fühlte mich wie von einer unsichtbaren Macht auf dem Sitz festgenagelt, den Blicken einer neugierig starrenden Menge ausgesetzt. Etwas in mir bäumte sich auf, ich wollte schreien …

»Pst«, zischte es hinter mir, und jemand fauchte empört: »Ruhe!«

Christian legte erschrocken den Arm um mich und zog mich an sich. »Was ist los?«, fragte er flüsternd.

»Ich … ich weiß nicht.«

»Du hast geschrien.«

O nein! Ich wollte mich verstecken, verkriechen, klammerte mich Hilfe suchend an ihn und verbarg mein Gesicht an seiner Schulter.

»Willst du rausgehen?«, flüsterte er.

»Es geht schon«, presste ich hervor.

Ich zwang mich, tief und langsam zu atmen, und schloss die Augen.

Es war eine ruhige, romantische Stelle, Brendel spielte allein, das Orchester schwieg. Die Töne durchdrangen mich, erfüllten mich, und es war, als würden sie und ich eins. Ich ergab mich und ließ es zu, dass die Musik sich wie ein weiches Tuch auf meine Haut legte, mich streichelte und mit mir spielte, und wehrte mich nicht mehr dagegen.

Mit einem Mal war die Panik vorbei, und ein nie erlebtes Glücksgefühl durchströmte mich.

Im Auto auf dem Weg nach Hause schlief ich sofort ein. Meine Erschöpfung war so groß, dass ich nicht einmal richtig zu mir kam, als Christian mich sanft an der Schulter rüttelte, um mich zu wecken.

»Wir sind da«, flüsterte er.

Ich taumelte aus dem Auto. Christian musste mich festhalten, damit ich nicht stürzte. Er begleitete mich bis vor die Haustür und schloss mit meinem Schlüssel für mich auf.

»Gute Nacht, India«, sagte er. »Das war ein ganz besonderer Abend für mich.«

Ich warf ihm die Arme um den Hals. »Danke, Christian«, flüsterte ich. »Vielen, vielen Dank. Das war das schönste Geschenk meines Lebens.«

»Dann kommst du also wieder zum Klavierunterricht?«

Ich zögerte nur einen winzigen Moment, dann nickte ich.

13

Ich vermisste Che. Fast vier Wochen waren seit seinem überstürzten Auszug vergangen, und offenbar hatte er es sich mit Opa Fritz in dessen »brauner Idylle« gemütlich gemacht, wie mein Vater verächtlich gesagt hatte. Trotzdem schien er sich keine großen Gedanken um seinen Sohn zu machen; vielleicht war er auch einfach nur froh, dass Che weg war. Meine Mutter äußerte die Überzeugung, das gehöre alles zu Ches Prozess der Selbstfindung, und es sei das Beste, sich so wenig wie möglich einzumischen.

Manchmal fragte ich mich, ob sie wirklich an ihre Erziehungsmethode glaubte oder sich das nur so zurechtlegte, weil Sich-nicht-Einmischen am wenigsten Arbeit macht. Wer keine Grenzen setzt, muss auch deren Einhaltung nicht durchsetzen. Und das war es doch, womit die meisten Eltern beschäftigt sind, zumindest klang es so, wenn meine Mitschülerinnen über ihr Zuhause sprachen. Nur Regeln und Verbote und der ständige Kampf mit den Eltern um ihre Einhaltung.

In einem Punkt war die Strategie meiner Eltern aufgegangen: Der Konflikt mit der Schulbehörde war beigelegt. Che hatte von einem Tag auf den anderen auf das Tragen der Uniform verzichtet, womit der drohende Rausschmiss vom Tisch war. Meine Eltern verbuchten das als Erfolg für sich und glaubten, nun würde Che bald wieder zur Vernunft kommen. Ich dagegen glaubte, dass es ein taktisches Manöver von ihm gewesen war, um seine Energie nicht in unbedeutenden Scharmützeln zu verschwenden. Er hatte Größeres vor.

Seit er aus dem Ferienlager zurück war, hatte Che sich in bedrohlicher Weise verändert, und eigentlich war ich über den Spuk, den seine »Kameraden« aufgeführt hatten, nicht überrascht gewesen. Sie hatten ihn als »Kämpfer« in ihren Reihen willkommen geheißen, und er war ihnen freudig gefolgt. Das wirkte nicht so, als wollte er sich auf Dauer mit Wandern, Volkstanz und Gesang begnügen. Ich machte mir große Sorgen um meinen Bruder.

An einem der darauffolgenden Abende erzählte ich meinen Eltern, ich würde zu einer Schulfreundin fahren und mit ihr für eine Klassenarbeit lernen. Obwohl ich so etwas noch nie gemacht hatte, schöpften sie keinen Verdacht. Es war einer der Momente, in dem mein Verhalten mit ihrer Vorstellung vom Verhalten einer normalen Vierzehnjährigen übereinstimmte. Und anstatt davon im höchsten Maß alarmiert zu sein, nahmen sie es zufrieden zur Kenntnis.

Ich hatte mich so spießig wie möglich angezogen, was bedeutete: keine Jeans, kein gebatiktes Hemd, keinen selbst gestrickten Pulli, keinen Indienschal. Stattdessen einen dunkelblauen Faltenrock, den ich mal bei einer Schulaufführung hatte tragen müssen und der mir viel zu lang war, dazu einen weißen Rollkragenpullover, Strumpfhosen und scheußliche Winterstiefel, die Margot mir aufgedrängt hatte, weil sie nicht mit ansehen konnte, dass ich bei Schnee und Minustemperaturen mit meinen Stoffturnschuhen herumlief.

In unserer Garderobe fand ich einen dunkelblauen Wintermantel, von dem ich annahm, dass er nach einer Kunst-Performance hängen geblieben und von niemandem zurückgefordert worden war. Als ich in die Tasche griff, fand ich ein zerknülltes Papiertaschentuch und einen Busfahrschein von vor zwei Jahren.

Ich hängte meine Tasche um und verließ das Haus. Trotz der Kälte schwang ich mich aufs Fahrrad. Die Turnhalle, in der Che zweimal wöchentlich Sport machte, gehörte zu einem Turnverein mit dem Namen TuS Jahn und lag ungefähr fünf Kilometer von uns entfernt am Stadtrand, gleich neben einer Wiese und einem Wäldchen. Schon immer hatte ich mich gefragt, warum Che den weiten Weg auf sich nahm, anstatt sich einer der Sportgruppen anzuschließen, die in der näher gelegenen Schulturnhalle trainierten.

Ich stellte mein Fahrrad ab, ohne es abzuschließen, und rieb mir die eiskalten Hände. Handschuhe wären nicht schlecht gewesen, aber an die hatte ich nicht gedacht. Auf dem Parkplatz zählte ich sechzehn weitere Fahrräder und neun Autos. Hier war offenbar Größeres im Gange.

Direkt vor mir lag das Vereinsheim. Die Vorhänge waren zugezogen, durch einen winzigen Spalt erhaschte ich einen Blick in eine große Küche, in der mehrere Personen mit der Zubereitung einer Mahlzeit beschäftigt waren. Soweit ich es sehen konnte, ausschließlich Mädchen und Frauen, alle in den komischen Klamotten, die ich schon von der Broschüre kannte: Strickjacken über weißen Blusen, die Haare zu Zöpfen geflochten, zum Teil in Kränzen auf dem Kopf festgesteckt. Ein aus der Zeit gefallener, merkwürdiger Anblick, der mich zum Lachen gereizt hätte, wenn er nicht gleichzeitig so unheimlich gewesen wäre. Schnell griff ich in mein Haar, teilte es in der Mitte und flocht mir ebenfalls zwei

Zöpfe. Gut, dass ich immer ein paar Haargummis ums Handgelenk trug.

Ich näherte mich der Turnhalle. Von drinnen waren laute Kommandos zu hören, dazwischen war es ruhig, dann vernahm ich einen dumpfen Knall, danach Stimmen, die durcheinanderriefen. Ich betrat den Vorraum, in dem Mäntel und Jacken an Haken hingen und Straßenschuhe ordentlich aufgereiht am Boden standen. Es roch eklig wie in allen Umkleideräumen, nach Schweiß und Putzmittel. Langsam durchquerte ich den Raum und näherte mich der Tür, die in die eigentliche Halle führte. Ich schob sie einen winzigen Spalt auf und linste vorsichtig hinein.

Die Halle war hell erleuchtet. Geräte, wie man sie fürs Zirkeltraining verwendet, waren aufgebaut. Mit dem Rücken zu mir standen und hockten mindestens fünfundzwanzig junge Männer in Sportkleidung und starrten auf die Hallenwand. Ein Kommando peitschte durch den Raum, im nächsten Moment knallte es. Ich zuckte zusammen. Die Männer liefen auseinander und gaben den Blick auf eine Schießscheibe frei.

Davor stand, das Gewehr noch im Anschlag, mein Bruder. Er ließ die Waffe sinken. Von der Seite trat ein Mann an die Scheibe und überprüfte die Einschussstelle. Einige seiner Kameraden klopften Che anerkennend auf die Schulter, und er drehte sich zur Seite, sodass ich sein lächelndes Gesicht sehen konnte.

Seine ganze Gestalt strahlte Zufriedenheit aus, ein lässiges, männliches Selbstbewusstsein, das ich noch nie an ihm wahrgenommen hatte. Er hatte nichts mehr von dem düsteren, in sich gekehrten Jungen an sich, der nicht wusste, wohin mit sich, und der die ganze Welt hasste. Er schien etwas gefunden zu haben, dem er sich zugehörig fühlen konnte. Warum mussten es bloß diese fürchterlichen Typen sein?

Ich schluckte. Am liebsten hätte ich mich umgedreht und wäre weggelaufen. Aber dann nahm ich all meinen Mut zusammen, durchquerte die Halle, ging an der Gruppe vorbei und stellte mich vor die Männer hin. Ich hob meinen Arm zu dem Gruß, der fast ein Hitlergruß war, und sagte etwas, was irgendwo zwischen *Heil* und *hallo* angesiedelt war. Ein Raunen hob an.

Einer der Männer kam näher, baute sich vor mir auf und fragte: »Wer bist du, was willst du hier?«

In einer Ecke wurde getuschelt. Es waren die Kerle, die bei uns zu Hause gewesen waren und mich wohl gerade wiedererkannten. Jetzt war ich froh, dass ich so brav Schnittchen serviert hatte.

»Das ist die Schwester von Wolf«, teilte einer von ihnen mit.

»Stimmt das?«, wollte der Mann von Che wissen.

Ich hatte es vermieden, Che anzusehen, nun hob ich den Blick. Sein Gesicht war von einer nervösen Röte überzogen, sein Selbstbewusstsein verschwunden.

»Jawohl«, sagte er. »Das ist meine Schwester.«

»Hast du sie eingeladen?«

»Nein.«

Der Mann wandte sich wieder zu mir. »Also, was willst du?«

»Ich will bei euch mitmachen.«

Erstaunte Blicke, Murmeln, vereinzeltes Lachen.

»Du verwechselst uns wahrscheinlich mit den Pfadfindern.«

Gelächter.

»Ich meine es ernst«, sagte ich bestimmt.

»So, so«, sagte der Mann und kam noch ein bisschen näher.

Ich trat einen Schritt zurück und merkte, dass hinter mir jemand den Weg versperrte, auch von den Seiten näherten sich zwei Gestalten, ich war regelrecht eingekesselt.

»Was weißt du über uns?«

»Che hat mir gesagt, ihr habt die richtigen Werte. Meine Eltern sind linke Spinner, von denen kann ich nichts Vernünftiges lernen. Aber eure Ziele, die gefallen mir.«

»Welche Ziele meinst du?«

Ich versuchte, mich an die komischen Formulierungen zu erinnern. »Die Wiederherstellung eines großdeutschen Reichs und einer, äh, rassisch reinen … deutschen Volksgemeinschaft ohne zersetzende Elemente«, sagte ich auf.

»Warum findest du das wichtig?«

»Weil ich glaube, dass unser politisches System krank ist, und ich mir eine … äh, gesunde Zukunft für mich und meine Kinder wünsche.« (»Gesund« ging immer, hatte ich gemerkt, und Kinder waren ganz wichtig, denn »Kinder sind unsere Zukunft«. Wahrscheinlich meinten sie damit, dass man Kinder am leichtesten beeinflussen kann.)

»Aha«, sagte der Mann und überlegte.

Che starrte mich an, ich wich seinem Blick weiter aus.

»Dann wollen wir doch mal sehen, ob du überhaupt weißt, wovon du redest«, sagte der Mann in lauerndem Ton und stellte sich noch breitbeiniger hin.

Darauf war ich vorbereitet. Che hatte mir erzählt, dass er schon ganz am Anfang, als er im Ferienlager angekommen sei, auf seine Geschichtskenntnisse hin befragt worden sei. Er hatte wohl nicht toll abgeschnitten. Deshalb hatte ich in den letzten Tagen mehrere Stunden in der Bibliothek zugebracht und alles gelesen, was ich über die NS-Ideologie im Allgemeinen und die Hitlerjugend im Besonderen hatte finden können. Es war nicht anders gewesen, als für eine Geschichtsprüfung in der Schule zu lernen, nur dass ich mir ein paar »Fakten« neu einprägen musste.

»Warum haben wir den Ersten Weltkrieg verloren?«, wollte der Mann wissen.

O Gott, das ging ja schon gut los. Begriffe wie »Dolchstoßlegende« und »Schmachfrieden von Versailles« geisterten durch meinen Kopf.

»Weil die Feinde .... äh, unserem Heer in den Rücken gefallen sind«, begann ich. »Und das deutsche Volk wurde ... gedemütigt und musste danach viel zu hohe Repa... (Hilfe, wie hieß das noch?) ... Reparationszahlungen leisten.«

Die Männer tauschten Blicke.

»Was passierte am 30. Januar 1933?«

Das war einfach. »Reichspräsident Hindenburg ernannte Adolf Hitler zum Reichskanzler, und es begannen ... äh, die zwölf großen Jahre ...« Am liebsten hätte ich »die zwölf großen Jahre des tausendjährigen Reichs« gesagt, aber die Ironie wäre vielleicht zu durchschaubar gewesen, deshalb sagte ich nur: »... des Nationalsozialismus.«

Die Männer wirkten überrascht.

»Ich lese viel«, sagte ich zur Erklärung. »Geschichte interessiert mich. Ich glaube, dass sie uns in der Schule eine Menge falscher Sachen erzählen, besonders über den Nationalsozialismus.«

Che starrte mich verblüfft an. Die Horde seiner Kameraden ließ mich nicht aus den Augen. Ich glaube nicht, dass alle auf meine Vorstellung reinfielen, aber zumindest hatte ich sie verunsichert.

Der Mann, der offensichtlich eine Art Chef war, schaute Hilfe suchend zu seinen Kollegen, die auch nicht recht zu wissen schienen, wie es nun weitergehen sollte.

Schließlich wandte er sich an meinen Bruder. »Wolf? Was sagst du?«

Che wirkte verwirrt. »Ähm, ja … also … sie ist meine Schwester, was soll ich sagen?«

»Warum hat sie dich nicht informiert, dass sie heute kommt?«

»Sie ist … sie war immer schon sehr eigenwillig.«

Ich merkte ihm an, wie er litt. Er glaubte wohl kaum, dass ich es ernst meinte, aber er traute sich auch nicht, mich zu verraten, weil er fürchtete, sich damit selbst zu schaden. Bestimmt fragte er sich, warum ich diese ganze Show abzog.

Wieder berieten die Männer sich untereinander.

»Du kannst sie ja mal zu den Frauen rüberschicken«, schlug einer leise vor. »Die sollen sie sich genauer ansehen.« Die anderen nickten.

»Geh rüber ins Vereinsheim«, befahl der Mann, der mir die Geschichtsprüfung abgenommen hatte. Gauführer, Gauleiter, keine Ahnung. Mit den hierarchischen Bezeichnungen kam ich noch nicht so klar. »Melde dich bei Grete«, sagte er. »Schönen Gruß von Kurt.«

»Mach ich«, sagte ich. »Und vielen Dank.«

Wieder streckte ich den Arm zu dem komischen Gruß, und diesmal sagte ich laut und deutlich: »Heil!«

Ich machte kehrt und durchquerte die Halle. Als ich noch ungefähr drei Meter vom Ausgang entfernt war, blieb ich stehen und drehte mich um. Mein Körper spannte sich an, ich holte tief Luft.

»Ach, eine Frage hätte ich noch.«

Die Männer, die in einer Gruppe zusammenstanden und redeten, wandten sich zu mir um. »Ja?«

»Ich wollte fragen, also … bei euch kann man ja auch mitmachen, wenn man einen jüdischen Großvater hat, oder? Ich bin nur Vierteljüdin, das ist doch nicht so schlimm, oder?«

Gefährliches Schweigen senkte sich über den Raum.

»Verschwinde«, sagte einer von den jungen Typen und kam drohend auf mich zu.

»Also, das verstehe ich jetzt nicht«, sagte ich. »Mein Bruder ist doch auch bei euch dabei!«

Schlagartig richtete sich die Aufmerksamkeit auf Che, dessen Gesicht plötzlich aschfahl geworden war.

Ich drehte mich um und lief los. Ich war noch im Umkleideraum, als drinnen ein Tumult losbrach. Ich rannte hinaus, am beleuchteten Vereinsheim vorbei, warf mich auf mein Fahrrad und fuhr, so schnell ich konnte, davon in die eiskalte Nacht.

Am nächsten Tag kehrte Che nach Hause zurück. Blass und mit tiefen Schatten unter den Augen betrat er die Küche und knallte seine Reisetasche auf den Boden, als meine Eltern und ich gerade beim Essen saßen.

Mein Vater hörte auf zu kauen, ließ langsam die Gabel sinken und starrte ihn an.

»Che, Lieber, was machst du denn hier?«, fragte meine Mutter überrascht.

Mit hasserfülltem Blick deutete Che auf mich. »Frag doch mal die da«, stieß er hervor.

Gleichzeitig blickten meine Eltern zu mir, und mein Vater fragte: »India? Was hast du damit zu tun?«

Ich setzte meine unschuldigste Unschuldsmiene auf, zuckte die Schultern und aß weiter.

»Stell dich bloß nicht blöd!«, fauchte Che mich an. »Du bist doch an allem schuld!«

»Was soll das, was ist hier los?«, fragte mein Vater ungeduldig. »India, jetzt rede endlich!«

Mit Kleinmädchenstimme sagte ich: »Na ja, ich war bei seinen Kameraden und hab gefragt, ob ich bei ihnen mitmachen darf.«

Meinem Vater fiel die Farbe aus dem Gesicht. »Du hast was?«

»Fast hätten sie mich aufgenommen«, fuhr ich fort. »Aber dann wollten sie doch kein Mitglied mit einem jüdischen Großvater.« Ich lächelte mit gespieltem Bedauern. »Und damit war Che dann leider auch raus.«

Meine Eltern wechselten ungläubige Blicke.

»Und jetzt hat Opa Fritz mich rausgeworfen«, sagte Che so anklagend, als glaubte er allen Ernstes, meine Eltern würden ihn dafür bedauern.

»Klar«, sagte mein Vater höhnisch. »Mit einem wie dir will er sicher nicht unter einem Dach leben.«

Che presste die Lippen zusammen und warf ihm einen wütenden Blick zu.

Mit einem wie dir? Einen Moment lang war ich verwirrt, dann dämmerte es mir. Entgeistert starrte ich meinen Vater an.

»Heißt das etwa … du meinst, Opa Fritz wusste gar nicht, dass du aus einer jüdischen Familie stammst?«

Mein Vater wand sich verlegen. »Nun ja … deine Mutter wollte es ihm lieber nicht sagen. Es war alles so schon schwierig genug.«

Als ich meine Fassung wiedergefunden hatte, sagte ich, jedes Wort einzeln betonend: »Nur damit ich das richtig verstehe. Ihr seid die Tochter eines Nazis und der Sohn eines von den Nazis ermordeten Juden. Ihr heiratet, bekommt Kinder, und um die Gefühle des Nazis zu schonen, verschweigt ihr ihm, aus welcher Familie sein Schwiegersohn kommt?«

Meine Eltern blickten betreten vor sich hin. Sie wirkten wie Kinder, die bei einer Lüge ertappt worden waren. Nur dass sie keine Kinder waren.

»Das verstehst du nicht«, sagte meine Mutter schließlich.

»Nein, das verstehe ich wirklich nicht«, gab ich heftig zurück. »Das ist so was von … verdreht, das kann man gar nicht verstehen!«

»Weißt du, India, irgendwann hat man einfach keine Kraft mehr«, sagte mein Vater.

»Suhlt euch nur in eurer Opferrolle«, sagte Che verächtlich. »Das ist ja sowieso das Einzige, was ihr könnt.«

»Ihr?«, fragte mein Vater und musterte Che scharf. »Du meinst ›ihr Juden‹?«

»Genau.«

Ich war darauf gefasst, dass mein Vater losbrüllen würde, und duckte mich innerlich schon weg, aber er blieb ganz ruhig. Mit schneidender Stimme sagte er: »Mein Sohn, ich sage dir jetzt etwas, und ich sage es nur ein einziges Mal. Wenn du hierbleiben willst, dann behältst du ab sofort deine Nazisprüche für dich. Andernfalls schmeiße ich dich raus, und dann kannst du meinetwegen unter die Brücken ziehen, das ist mir egal. Haben wir uns verstanden?«

Che schluckte und schwieg. Ihm war wohl klar, dass er wenige Alternativen hatte. Außer Opa Fritz hatte er niemanden, zu dem er hätte gehen können. Und der wollte ihn nicht mehr. Also musste er hierbleiben, wenn er nicht unter der Brücke oder – was wahrscheinlicher war – im Heim für Schwererziehbare landen wollte.

Von diesem Moment an sprach Che nicht mehr mit uns. Er richtete das Wort nicht an uns, und er gab auch keine Antwort, wenn wir ihn etwas fragten. Er trat gewissermaßen in den Sprechstreik, so wie andere in den Hungerstreik (der ja eigentlich Essstreik heißen müsste). Dabei legte er eine erstaunliche Selbstbeherrschung an den Tag. Vielleicht lernt man die ja bei den Nazis.

Es war ziemlich seltsam, mit jemandem zusammenzuleben, der nicht sprach, obwohl er sprechen konnte. Der einfach stumm blieb, egal was man tat. Meine Eltern und ich gewöhnten uns an, uns so zu verhalten, als wäre er nicht da. Wir sprachen über ihn, obwohl er neben uns saß. Che reagierte nicht.

Ein paarmal wollte ich ihn unbedingt aus der Reserve locken und sagte Sachen wie: »Mir ist es lieber, Juden in der Familie zu haben als Mörder«, oder: »Kann es sein, dass diese Wiking-Typen kleine Pimmel haben?«

Ich sah, wie seine Kiefer mahlten, aber er ließ sich nicht zu einer Entgegnung hinreißen. In der Schule verhielt er sich offenbar normal (jedenfalls kamen keine Beschwerden), und auch sonst sprach er, wenn es nötig war, aber sobald er unser Haus betrat oder einer von uns dreien in der Nähe war, verstummte er. Ich weiß nicht, warum, aber ich empfand sein Schweigen mir gegenüber als besonders feindselig. Meinen Eltern warf er wenigstens hie und da finstere Blicke zu. Mich hingegen strafte er mit völliger Nichtachtung. Er tat einfach so, als existierte ich nicht mehr.

Ich litt darunter und weinte mich manchmal in den Schlaf. Aber ich wusste, dass ich das Richtige getan hatte. Ich glaube immer noch, dass ich meinen Bruder vor einer großen Gefahr gerettet habe, auch wenn er nicht hatte gerettet werden wollen.

Als ich zum ersten Mal nach dem Konzert wieder zu Bertholds rüberging, hoffte ich, Bettina zu sehen, aber sie war nicht da. Margot öffnete mir die Tür, und da noch Zeit bis zu meiner Musikstunde war, forderte sie mich auf, ihr Gesellschaft zu leisten.

Es war nun schon eine ganze Weile her, dass der Onkel ins Heim gezogen war, und Margot wirkte unglücklicher und verbitterter als je zuvor. Obwohl ich fürchtete, sie würde mich wieder volljammern, setzte ich mich folgsam zu ihr.

Sie erkundigte sich, wie das Konzert gewesen sei, und ich bemühte mich, ihr den Abend so detailliert wie möglich zu schildern. Natürlich erzählte ich ihr nichts von meinem aufgewühlten Zustand, meiner Euphorie und davon, dass ich Christian am Ende des Abends vor Dankbarkeit um den Hals gefallen war. Dass diese Dankbarkeit sich fast wie Verliebtsein anfühlte. Dass ich mir nicht nur wünschte, mein Vater wäre wie Christian, sondern dass der Mann, den ich später heiraten würde, wie Christian wäre.

All das behielt ich für mich, stattdessen dankte ich auch ihr noch einmal für das großzügige Geschenk.

»Weißt du, wann ich zuletzt in der Liederhalle war?«, sagte Margot, und es klang wie ein Vorwurf. »Ist Jahre her. Dabei bekommt Christian Ermäßigung beim Eintritt, weil er Musiklehrer ist. Aber er geht immer nur allein oder mit seinen Schülern, nie mit mir. Nicht mal mit seinen Töchtern, dabei spielen die auch beide ein Instrument.«

Ich wusste nicht, was ich darauf sagen sollte. Ich war mir sicher, dass Bettina nicht den geringsten Wert darauf legte, ihren Vater zu begleiten, und auch Petra hatte ihren Eltern schon so manches vorgeworfen, aber sicher nicht, dass ihr Vater sie nicht ins Konzert mitnehmen wollte.

»Das tut mir leid«, sagte ich schließlich und fragte mich, warum sie ihrem Mann nicht einfach sagte, dass sie mit ihm ins Konzert gehen wolle.

»Wie geht's eigentlich dem Onkel?«, erkundigte ich mich, um das Thema zu wechseln.

Margot seufzte. »Schlecht. Er hat Heimweh.«

Bettina hatte mir erzählt, der Onkel habe sich gut im Heim eingelebt und sei so fröhlich wie lange nicht. Neulich hätten sie ihn besucht, und er habe ihnen stolz ein Sortiment an Bürsten vorgeführt, die er in der Werkstatt hergestellt habe. Eine große, kräftige Wurzelbürste, zwei Schuhputzbürsten und eine kleine Bürste mit Stiel, von der er nicht genau gewusst habe, wofür man sie verwende. Von seinem ersten selbst verdienten Geld habe er Schokolade für Margot gekauft, aber die habe sich gar nicht richtig gefreut.

»Er wird sich schon eingewöhnen«, sagte ich tröstend.

»Hoffentlich«, seufzte Margot, und es klang wie »hoffentlich nicht«.

Sie fragte, wie es bei mir zu Hause laufe, und ich überlegte, was ich ihr erzählen sollte. Dass meine Mutter Bhagwan-Jüngerin und mein Bruder rechtsradikal geworden seien? Dass meine Eltern eine Krise hätten, mein Vater sich als »Halbjude« entpuppt hatte und mein Großvater sich als

Nazi? Und dass ich versuchte, möglichst schlechte Noten zu schreiben, um in der Schule nicht aufzufallen?

»Es läuft gut«, sagte ich. »Meine Mutter hat interessante neue Leute kennengelernt und macht große Fortschritte auf ihrem spirituellen Weg. Mein Vater arbeitet daran, biografische Elemente in seine Kunstaktionen zu integrieren, weil er erkannt hat, dass man Kunst und Leben eigentlich nicht trennen kann. Meine Eltern stehen in einem ständigen konstruktiven Dialog miteinander. Che emanzipiert sich langsam von zu Hause und macht seine eigenen Erfahrungen, er ist ja auch schon fast siebzehn. Und mir gelingt es immer besser, mich sozial adäquat zu verhalten, deshalb komme ich in der neuen Klasse gut zurecht.«

Margot ließ ihr Stopfzeug sinken und starrte mich entgeistert an. »Was bist du nur für ein seltsames Mädchen, Indie. In deinen Kopf würde ich gern mal reinschauen.«

Ich sah auf die Uhr. »Meine Stunde fängt gleich an.«

Im Musikzimmer setzte ich mich ans Klavier und klimperte gedankenverloren vor mich hin. Wieder einmal war mir bewusst geworden, wie gestört meine Familie war und wie sehr ich mir immer noch eine »normale« Familie wünschte. Die Bertholds hatten bisher meiner Idealvorstellung entsprochen, aber dieses Bild hatte Kratzer bekommen. Zwischen ihnen ging es längst nicht so liebevoll und harmonisch zu, wie ich mir immer eingebildet hatte. Solange der Onkel da gewesen war, hatte er unbemerkt den Mittelpunkt der Familie gebildet, wie ein Magnet, um den herum sich die Eisensplitter gruppierten. Jetzt, wo er weg war, schien der Mittelpunkt zu fehlen, und die anderen Familienmitglieder trieben verloren umher. Margot wurde immer frustrierter, Christian wirkte merkwürdig unberührt von allem, Petra kämpfte nur noch rücksichtslos für ihre Interessen, und Bettina war mit ihrem Liebeskummer beschäftigt. Wir sahen uns kaum noch.

Vielleicht gab es ja gar keine normalen Familien. Vielleicht war nur jede Familie auf ihre eigene Art gestört.

Während ich auf Christian wartete, wurde ich immer nervöser. Ich schämte mich, wenn ich an mein blödes Verhalten beim Konzert dachte, an meinen Schrei und die kindische Art, wie ich mich danach an ihm festgeklammert hatte. Ich hoffte, er würde es nicht mehr erwähnen. Wenn ich an seine Blicke während des Konzerts dachte, fühlte ich mich unwohl. Es hatte sich angefühlt, als hätte er mich … beobachtet. Wie ein Wissenschaftler, der herausfinden will, wie ein Tier sich in einer bestimmten Situation verhält. Aber nein, das war dummes Zeug, das bildete ich mir sicher nur ein.

Die Tür ging auf, Christian kam herein, begrüßte mich und begann sofort, einige Takte zu spielen. Ich war froh, dass er offenbar nicht über das Konzert sprechen wollte, und spielte die Melodie nach. Sie war einfach. Er überlegte kurz, spielte etwas Schnelleres, Komplizierteres. Ich schaffte den Anfang, verlor dann den Faden, verhaspelte mich.

»Tut mir leid«, sagte ich und ließ die Hände in den Schoß sinken.

»Konzentrier dich ein bisschen, India«, sagte Christian.

Er wirkte angespannt, schien nicht recht zu wissen, was er mit mir anfangen sollte. Plötzlich stand er auf, ging zum Schallplattenschrank und holte eine Platte heraus. Lächelnd präsentierte er mir die Vorderseite der Hülle, die Alfred Brendel am Klavier zeigte. »Schumann«, sagte er. »Hat er an dem Abend leider nicht gespielt, ist aber seine Spezialität.«

Er legte die Platte auf, ohne zu fragen, ob es mir recht wäre. Mein Körper spannte sich an, der alte Fluchtreflex setzte ein. Doch dann erinnerte ich mich daran, dass ich es gekonnt hatte. Dass ich Musik hören und die Empfindungen hatte zulassen können und dass es wunderschön gewesen war. Ich blieb also kerzengerade auf meinem Hocker sitzen, angespannt, aber nicht panisch.

»Romanze Opus achtundzwanzig, Nummer zwei«, sagte Christian.

Schweigend lauschten wir der Musik, die erst einfach und gefällig begann, dann wehmütig wurde, wie die Gedanken eines Menschen, der sich an etwas Schönes, aber längst Vergangenes erinnert. In der Mitte des Stücks bauten die Töne sich fast bedrohlich auf, um dann wieder die Anfangsmelodie aufzugreifen und einen neuen Anlauf zu nehmen. Ich spürte die Anstrengung, die es bedeuten muss, wenn die Erinnerung immer wieder um denselben Punkt kreist, wenn man in dieser Erinnerung gefangen ist und trotzdem den Lebensmut nicht verlieren will. Das kurze Stück endete unspektakulär, fast resignativ, und mit einem Mal fühlte ich mich, als wären die Empfindungen eines anderen in mich eingedrungen, vielleicht die des Komponisten oder des Interpreten. Auf der Haut hatte ich, während die Musik lief, nur ein zartes Tippen gespürt, das nicht weiter störend gewesen war, aber nun fühlte ich plötzlich eine Traurigkeit in mir, die ich vorher nicht wahrgenommen hatte.

Christian sah mich prüfend an. »Wie gefällt dir das?«

»Ganz schön«, sagte ich. »Ein bisschen traurig.«

»Sag mir mehr darüber«, forderte er mich auf. »Welche Geschichte erzählt es dir?«

Ich beschrieb ihm, was ich empfunden hatte. Er hörte

interessiert zu, sagte aber nichts. Nur sein Blick lag so schwer auf mir, dass ich ihn wie ein Gewicht zu spüren glaubte. Erst als er aufstand, um die Platte vom Teller zu nehmen, konnte ich das Gefühl von Lähmung abschütteln und mich wieder bewegen.

Er legte eine neue Platte auf. »Schumann, Fantasie Opus zwölf, Nummer drei«, sagte er. »Das Stück trägt den Titel *Warum?*«

Es war ein ruhiges Stück, eine Art Dialog zwischen rechter und linker Hand, als stellte jemand Fragen, die ein anderer zu beantworten versuchte, was ihm aber nicht richtig gelang. Die Art Gespräch, bei der man das Gefühl hat, aneinander vorbeizureden. Am Ende versickerte das Stück, als würde der Dialog der beiden Gesprächspartner versiegen.

Wieder wollte Christian wissen, was das Stück für Gedanken bei mir ausgelöst hatte, und ich versuchte, es so genau wie möglich zu formulieren.

»Was für Fragen meinst du?«, hakte er nach.

»Ich … weiß es nicht. Zuerst sind es einfache Fragen. Aber der andere antwortet so, dass der Fragende nicht zufrieden ist, und dann hört der Dialog plötzlich auf, und der eine spricht mehr mit sich selbst, und dann mischt sich der andere wieder ein, und es gibt fast eine Art … Streit.«

»Einen Streit? Worüber denn?«

Ich stockte und überlegte. »Na ja … darüber, dass der eine dem anderen nicht zuhört. Dass beide sich unverstanden fühlen. Dass sie enttäuscht sind.«

Christian hörte erstaunt zu.

»Am Ende gehen die beiden jedenfalls auseinander«, beendete ich meine Interpretation des Schumann-Stücks.

»Wie meinst du das?«

»Sie können nicht zusammen sein. Das ist traurig, aber unvermeidlich. Und deshalb trennen sie sich. Für immer.«

Ich wusste nicht, woher all das kam, was ich da von mir gab. Von irgendwo tief in meinem Inneren wahrscheinlich, auch wenn ich das Gefühl hatte, es wäre die Musik selbst, die es mir erzählte.

Christian schien fasziniert davon zu sein, dass er mich nur antippen musste und all diese Gedanken und Geschichten aus mir heraussprudelten. Als ich schon dachte, wir würden heute überhaupt nicht mehr Klavier spielen, sondern nur Platten hören, fragte er endlich: »Möchtest du versuchen, das zweite Stück zu spielen?«

Ich schnappte überrascht nach Luft. »Ist das nicht viel zu schwer?«

Er kramte Noten hervor. »Ich habe es vor einiger Zeit neu arrangiert, wir könnten es gemeinsam spielen. Du hast doch gesagt, es ist wie ein Gespräch.«

In den folgenden anderthalb Stunden versank ich vollständig in der Konzentration auf die Musik. Christian verhielt sich, als würde er mir das Schwimmen beibringen, manchmal spürte ich seine Hand im Rücken, als wollte er mich stützen und verhindern, dass ich mit dem Kopf unter Wasser geriete. Dann wieder spürte ich, dass meine Finger auf den Tasten das Richtige taten und die Musik, die ich hervorbrachte, mich trug.

Als Christian den Unterricht beendete, war ich erschöpft und gleichzeitig zufrieden wie ein sattes Baby. Ich strich mein Haar zurück, das mir ins Gesicht gefallen war, und lächelte ihn dankbar an. Er lächelte zurück.

Er holte Luft, um etwas zu sagen, besann sich dann aber

und schwieg. Einen Moment lang saßen wir noch stumm nebeneinander, dann schlug die Kirchturmuhr.

»Schon fünf«, sagte ich überrascht. Christian hatte sich über zwei Stunden Zeit für mich genommen.

»Tatsächlich«, sagte er. »Dann waren wir heute ja fleißig.« Er schloss die Augen und rieb sich das Gesicht.

»Danke«, sagte ich und erhob mich. »Auf Wiedersehen.«

An der Tür drehte ich mich noch einmal um. Wie er so dasaß, mir halb zugewandt, die Haare zerzaust, das Gesicht in den Händen vergraben, wirkte er ganz jung. Plötzlich fühlte ich mich ihm so nahe, dass ich zu ihm laufen und meine Arme um ihn schlingen wollte.

Ich ging aus dem Zimmer und schloss leise die Tür.

14

Die Aufregung um Che hatte dazu geführt, dass meine Eltern sich einander zeitweilig wieder angenähert und gegen den Feind von außen verbündet hatten. Aber seit der Feind offenbar besiegt war, setzten sie ihre Auseinandersetzungen mit unverminderter Wucht fort. Neuester Streitpunkt waren die Seminare meiner Mutter. Inzwischen fanden diese nicht mehr einmal, sondern bis zu dreimal wöchentlich und an den meisten Wochenenden statt, und mein Vater war zunehmend genervt davon, dass unser Haus ständig von Sinnsuchern belagert war, darunter immer mehr Sannyasins.

»Wie soll ich denn arbeiten, wenn diese irren Gestalten um mich herumtanzen?«, beschwerte er sich.

Da man nie genau wissen konnte, wann mein Vater arbeitete, weil sich das meiste davon für andere unsichtbar in seinem Kopf abspielte, war dagegen schwer etwas einzuwenden. Er schlug vor, dass meine Mutter Seminarräume anmieten solle, damit bei uns zu Hause wieder Ruhe einkehre.

Meine Mutter war empört. Endlich komme mit den Seminaren ein bisschen Geld ins Haus, da verlange er von ihr, es für Miete auszugeben? Er solle sich lieber überlegen, was er zum gemeinsamen Einkommen beitragen könne, seit der Lesung habe er nämlich nichts mehr verdient.

»Wieso gehst *du* denn nicht woandershin?«, sagte sie schnippisch. »In die Luft starren kannst du schließlich überall.«

Das empfand mein Vater als Angriff auf seine Künstlerehre, denn auch wenn meine Mutter es war, die den größeren Teil des Einkommens erwirtschaftete, war er doch davon überzeugt, dass seine Arbeit die weitaus wichtigere war.

Die Auseinandersetzungen wurden immer heftiger, und es kam mir vor, als ginge es um viel mehr als nur um Seminarräume. Zum ersten Mal erlebte ich, dass meine Mutter nicht nachgab, sondern ihren Standpunkt selbstbewusst verteidigte. Meinen Vater, der das zuvor bei ihr nie erlebt hatte, schien das völlig aus der Bahn zu werfen. Er war daran gewöhnt, dass meine Mutter zu ihm aufsah, ihn bewunderte und letztlich machte, was er wollte. Dass sie sich nun einfach weigerte, seinem Wunsch nachzukommen, stieß bei ihm auf Verwirrung und absolutes Unverständnis.

Meine Mutter hingegen war überrascht, wie einfach es war, sich meinem Vater gegenüber zu behaupten. Sie schien die plötzliche Macht zu genießen, die ihr aus einer simplen Weigerung zugewachsen war. Jahrelang war sie die Unterlegene gewesen, die ihre Bedürfnisse den seinen untergeordnet hatte. Nun genügte es, nein zu sagen, und ihr scheinbar unerschütterlicher Gott wankte.

Die bewährte Rollenverteilung zwischen den beiden war plötzlich außer Kraft, und die Erschütterung, die das hervorrief, ging viel tiefer als von außen wahrnehmbar.

Dann ging unser Auto kaputt, der Hausbesitzer schickte eine Mieterhöhung, und meine Eltern bekamen die Mitteilung, dass eine Steuernachzahlung zu leisten sei. Damit war der Streit erst einmal beendet, denn sie hatten alle Mühe, das notwendige Geld aufzubringen. Ich glaube, meine Mutter lieh sich sogar heimlich etwas von Opa Fritz, woran man sehen konnte, wie ernst die Lage war. Der Luxus von gemieteten Seminarräumen war jedenfalls in weite Ferne gerückt.

Ich bekam all das nur am Rande mit, wenn ich zufällig Teile von Gesprächen aufschnappte oder offen herumliegende Briefe las. Natürlich beschäftigte es mich, aber ich vertraute darauf, dass meine Eltern diese Art Probleme irgendwie lösen könnten, das war schließlich die Aufgabe von Erwachsenen.

Ob sie es schaffen würden, ihre Ehe zu retten, daran hatte ich größere Zweifel. Je greifbarer die Möglichkeit einer Trennung wurde, desto größer wurde meine Angst davor.

Wie gern hätte ich mit Che darüber gesprochen! Aber der tat weiter so, als wäre ich Luft. Früher hatten wir uns gegen unsere Eltern verbündet oder uns gegenseitig getröstet, wenn es zu schlimm mit ihnen war. Bei aller Verschiedenheit waren wir doch immer Komplizen gewesen. Aber in Ches Augen hatte ich einen Verrat begangen, den er mir nicht verzeihen wollte. Nun trieben wir einsam herum, jeder auf seiner Insel, ohne zusammenkommen zu können.

Ich stellte mir vor, was aus uns werden würde, wenn unsere Eltern sich scheiden ließen. Che war in einem Jahr volljährig, er würde allein leben können. Aber was würde aus mir werden, wenn meine Eltern beide keine Lust hätten, auf mich aufzupassen? Ich hatte keine Paten, die mich aufnehmen könnten, weil wir ja nicht getauft waren. Würde ich in ein Heim kommen? Würde man mich zu Opa Fritz stecken? Bei dieser Vorstellung packte mich das kalte Grauen, aber wer wusste schon, was den Leuten beim Jugendamt einfiel. Opa Fritz war mein einziger Angehöriger. Alle anderen waren tot.

Vorsichtshalber fragte ich meine Eltern, ob es nicht doch

irgendwo auf der Welt noch Angehörige unserer Familie geben könnte, aber sie verneinten. Ich war mir nicht sicher, ob ich ihnen glauben konnte. Nach allem, was sie uns verschwiegen hatten, traute ich ihnen ohne Weiteres zu, dass sie irgendwelche Verwandten unterschlugen, die ihnen nicht passten. Aber ich wusste nicht, wie ich es hätte herausfinden können.

Also müsste ich wohl doch zu den Bertholds ziehen. Ich nahm mir vor, beim nächsten Mal Margot zu fragen, ob sie mich im Notfall aufnehmen würde. Jetzt, wo der Onkel weg war, freute sie sich vielleicht über jemanden, für den sie sorgen könnte. Margots Fürsorge würde sicher ziemlich anstrengend sein, aber allein die Aussicht auf regelmäßige Mahlzeiten ließ mich alle Bedenken über Bord werfen.

Oder sollte ich lieber gleich Christian fragen? Wenn er zustimmte, war sowieso alles klar. Bei Bertholds stand es noch außer Frage, dass der Mann der Chef war. Und war ich für Christian nicht schon längst wie eine Tochter? Die musikalisch hochbegabte Tochter, die weder Petra noch Bettina war. Hatte er mir nicht immer wieder gesagt, ich sei etwas ganz Besonderes für ihn?

Endlich fand meine nächste Klavierstunde statt. Am Ende wollte ich Christian fragen, ob ich im Ernstfall auf ihn zählen könne. Ich hatte mir eine kleine Rede zurechtgelegt, in der ich ihm schildern wollte, wie sehr ich schon jetzt unter der Vernachlässigung durch meine Eltern litt und dass ich im Fall ihrer Scheidung völlig allein sein würde. Dass ich auf keinen Fall in ein Heim oder gar zu meinem Großvater wolle. Wie wohl ich mich immer in Christians Familie gefühlt hätte, dass Bettina und Petra wie Schwestern für mich seien und Margot die Mutter, die ich mir immer gewünscht hätte (hier musste ich ein bisschen übertreiben). Ich nahm mir vor, mich heute im Unterricht besonders anzustrengen, um Christian in gute Stimmung zu versetzen.

Wir stiegen sofort mit der Schumann-Fantasie ein, an der wir schon in der Stunde zuvor gearbeitet hatten. Ich hatte in der Zwischenzeit noch mal geübt und war schon ein ganzes Stück sicherer. Anerkennend lächelte Christian mir zu. »Sehr gut. Das wird schon.«

Einmal, als ich ein bisschen zu früh einsetzte, kamen unsere Finger sich in die Quere. Ich kicherte verlegen und wollte meine Hände wegziehen, da nahm Christian sie in seine und hielt sie fest. Er blickte mir in die Augen, und wieder nahm ich den seltsamen Ausdruck wahr.

»Wir zwei, wir haben einen Pakt, nicht wahr?«, sagte er mit rauer Stimme.

Ich nickte stumm, meine Hände in den seinen, ein bisschen unsicher, warum er das jetzt erwähnte. Für mich war unser Pakt schon lange eine Tatsache, aber ich fand, man müsste nicht darüber sprechen.

»Was sich hier in diesem Raum abspielt, ist etwas ganz Außergewöhnliches«, fuhr er fort. »Nur wenige Menschen könnten es verstehen. Es ist deshalb wichtig, dass alles, was hier geschieht, unser Geheimnis bleibt.«

Wieder nickte ich. Klar, ein Geheimnis gegen ein anderes. Christian kannte meines, also würde ich auch seines bewahren. Dann überlegte ich. Was war denn eigentlich sein Geheimnis? Dass er mich kostenlos unterrichtete? Das wusste ja sogar Bettina. Aber vielleicht wusste Margot es nicht und würde ihn schimpfen, wenn sie es wüsste, weil das Geld bei Bertholds ebenfalls knapp war.

Er ließ meine Hände los, aber sein Blick schien mich auf dem Klavierhocker festzunageln. Ich senkte verunsichert die Lider und sah auf meine Finger, die sich in meinem Schoß verknotet hatten.

»Also, noch mal von vorn«, sagte Christian.

Ich hob die Hände an, und wir spielten das Stück ohne Unterbrechung mehrmals durch.

»Sehr gut!«, lobte Christian. »Vielleicht wäre das etwas für das Adventskonzert?«

Ich wollte widersprechen, ihm noch mal klarmachen, dass ich nicht öffentlich auftreten wolle, aber dann fiel mir ein, worum ich ihn am Ende der Stunde bitten wollte und dass ich mir seinen Unmut nicht gerade jetzt zuziehen sollte.

»Ja, vielleicht«, murmelte ich deshalb vage.

Er klappte den Deckel zu. »Ich möchte dir wieder was vorspielen.«

Ich sah ihn erwartungsvoll an.

»Kennst du Heinrich Heine?«

»Denk ich an Deutschland in der Nacht …«, zitierte ich. Das sagte mein Vater immer, wenn er sich mal wieder über die Politik ärgerte.

Christian lachte. »Schlaumeierin! Heine hat aber noch viel mehr geschrieben, wunderschöne Liebesgedichte zum Beispiel. Und Schumann hat einige davon vertont. Vielleicht weißt du, dass er in die Tochter seines Klavierlehrers verliebt war, in Clara Wieck. Erst nach langem Hin und Her durfte er sie endlich heiraten. In dieser Zeit schrieb er einen Liederzyklus, der den Titel ›Dichterliebe‹ trägt. Er gehört zum Schönsten, was die Romantik hervorgebracht hat.«

Ich blickte zweifelnd. Wenn Liederabende oder Opern im Fernsehen kamen, verdrückte ich mich immer so schnell wie möglich, während meine Eltern davor sitzen blieben, immer mal wieder ein paar Worte mitsangen und mit schwärmerischem Blick »Mozart!«, »Schubert!« oder »Verdi!« seufzten.

Christian bemerkte mein Zögern. »Haben wir es hier womöglich mit einer kleinen Banausin zu tun?«, fragte er neckend.

»Nein, nein«, widersprach ich schnell. »Ich ... kenne mich nur mit Gesang nicht so gut aus.«

»Dann wollen wir das mal ganz schnell ändern«, sagte er, ging zum Plattenschrank und zog zwei Platten heraus. Er blickte prüfend zwischen beiden hin und her. »Dietrich Fischer-Dieskau«, entschied er dann.

Er setzte sich auf die Chaiselongue, die neben dem Plattenschrank stand, und klopfte mit der Hand neben sich auf das Polster. »Komm her, hier bist du näher am Lautsprecher, dann verstehst du den Text besser.«

Er rückte ein Stück zur Seite, sodass ich genügend Platz neben ihm hatte.

Obwohl wir am Klavier viel enger nebeneinandersaßen, fand ich es komisch, neben ihm auf der Chaiselongue zu sitzen. Am Klavier waren wir Lehrer und Schülerin, auf dem Sofa waren wir ... Ich wusste nicht, warum es etwas anderes sein sollte, aber es war so. Es machte mich verlegen.

Vorsichtig nahm Christian die Platte aus der Hülle und legte sie auf den Plattenteller. Mit einem Tuch wischte er einige Staubflusen ab, dann schaltete er den Plattenspieler ein und legte den Tonarm auf. Es knackte zweimal kurz, dann setzte das Klavier ein, und gleich darauf die Baritonstimme des Sängers.

Im wunderschönen Monat Mai,
Als alle Knospen sprangen,
Da ist in meinem Herzen
Die Liebe aufgegangen.

Im wunderschönen Monat Mai,
Als alle Vögel sangen,
Da hab ich ihr gestanden
Mein Sehnen und Verlangen.

Das erste Lied ging fast übergangslos ins zweite über, das schon etwas weniger heiter klang.

Aus meinen Tränen sprießen
Viel blühende Blumen hervor,
Und meine Seufzer werden
Ein Nachtigallenchor.

Nach einer Weile, in der er mich unverwandt angesehen hatte, stoppte Christian den Plattenspieler. »Du siehst aus, als würde dich etwas beschäftigen«, sagte er.

Ich nickte und überlegte, wie ich es ausdrücken sollte. »Der Gesang ist wirklich schön«, sagte ich. »Aber die Worte sind … ich weiß nicht, wie ich es sagen soll. Sie klingen fast ein bisschen wie … Schlagertexte. Und man hat das Gefühl, dass sie irgendwie nicht ganz ernst gemeint sind.«

»Ironie, genau!«, sagte Christian begeistert. »Heine ist hier einen Hauch ironisch, das hast du völlig richtig erkannt.«

»Vielleicht ist gerade das gut«, fuhr ich fort, ermutigt von seiner Bestätigung. »Weil man es sonst nicht aushalten könnte, weil es sonst zu schön wäre. Fast … kitschig.«

Christian saß plötzlich ganz still da, und ich sah, dass er Tränen in den Augen hatte. Er beugte sich zu mir und zog mich an sich.

»Du bist wundervoll, India«, flüsterte er an meinem Ohr. »So ein kluges Mädchen. Eine alte Seele in einem jungen Körper …«

Eine alte Seele! Meine Mutter wäre begeistert.

Er ließ mich los, sprang auf und zog eine andere Platte aus dem Schrank. Sinnend blickte er auf die Hülle. Ich legte den Kopf schief, um lesen zu können, was darauf stand. »Franz Schubert, Winterreise« entzifferte ich.

»Völlig ohne Ironie«, versprach er mit einem Lächeln. »Möchtest du?«

Ich konnte mir nichts Schöneres vorstellen, als mit Christian zusammen Platten anzuhören, mich verstanden und ernst genommen zu fühlen. Auch wenn mir bei den Liedern das Klavier zu kurz kam, weil es zur Begleitung degradiert war, genoss ich es, dass Christian seine Leidenschaft mit mir teilte, mich einbezog in das, was ihm am wichtigsten war.

Die Musik von Schubert erschien mir zuerst einfacher, dann wurde sie immer intensiver, trauriger und stellenweise fast schwermütig. Der Gesang erzählte vom schrecklichen Leid eines Mannes, dessen Liebe scheitert und der als Wanderer ins Ungewisse zieht. Ich fragte mich, ob eigentlich alle Lieder von der Liebe handelten und die Erwachsenen wirklich kein anderes Thema hatten.

Die Winterreise wollte nicht enden, wir hörten schon seit einer Dreiviertelstunde zu, und ich wurde langsam müde. Wie gern hätte ich mich auf der Chaiselongue lang ausgestreckt, aber das traute ich mich nicht. Verstohlen gähnte ich, Christian sah mich von der Seite fragend an. Er zeigte auf die Liegefläche der Chaiselongue. Als ich zögerte, stand er auf und setzte sich auf den Sessel gegenüber. Nun konnte ich nicht mehr widerstehen. Ich schlüpfte aus meinen Schuhen, legte mich mit dem Oberkörper zurück auf das große, glänzende Brokatkissen, zog die Beine hoch und streckte sie aus.

Dann schloss ich die Augen. Klavier und Gesang verschmolzen zu einer weichen, warmen Hülle, die sich sanft um meinen Körper legte. Die Berührung hatte nichts Bedrohliches an sich, eher fühlte es sich an, als legte jemand fürsorglich eine Decke über mich.

Will dich im Traum nicht stören,
Wär schad' um deine Ruh'.
Sollst meinen Tritt nicht hören –
Sacht, sacht die Türe zu!

Meine Gedanken lösten sich auf, der Gesang schien mich zurück in meine Kindheit zu tragen, als meine Mutter noch Schlaflieder für mich gesungen hatte.

Guten Abend, gut Nacht, mit Röslein bedacht, mit Näglein besteckt, schlupf unter die Deck. Morgen früh, wenn Gott will, wirst du wieder geweckt.

Ich versank tiefer und tiefer in der Zeit, fühlte mich klein und leicht, fast erwartete ich, hochgehoben und in mein Gitterbett getragen zu werden. Jemand strich die Decke über meinem Körper glatt, mit langsamen, sanften Berührungen über meine Schultern, meine Brust, meinen Bauch und meine Schenkel. Berührungen, die ich der Musik zuschrieb und in die ich mich wohlig hineinschmiegte. Es fühlte sich schön an, fast wie die Berührungen von Felix, die mich so erregt hatten, dass mir schwindelig geworden war. Immer intensiver fühlte ich die Hände, es war kaum auszuhalten, so schön war es ... Ein Stöhnen entfuhr mir, mein Körper bäumte sich auf, ein unterdrückter Schrei drang aus meiner Kehle, und ein unbeschreibliches Gefühl der Erlösung durchströmte mich, schien sich aus der Musik zu erheben und sich mit ihr zu verbinden.

In mir war ein Staunen über die Macht der Musik, eine Bereitschaft, mich für immer dieser Macht zu überlassen. Mein Körper, der nicht mehr richtig zu mir zu gehören schien, verlor die Spannung, sank zurück, ließ sich von der Musik wegtragen, hinein in ein Zwischenreich, irgendwo zwischen Traum und Wirklichkeit.

Plötzlich spürte ich, wie sich etwas Warmes auf mich legte und eine Hand sich zwischen meine Beine schob. Als würde ich aus der Tiefe des Ozeans an die Oberfläche katapultiert, fuhr ich hoch und war schlagartig wieder bei Bewusstsein. Zitternd hockte ich am Rand der Chaiselongue, neben mir, halb hingestreckt, Christian, der mich erschrocken anstarrte.

»Was ...?«, stammelte ich verwirrt, mit den Händen um mich schlagend, als wollte ich einen Schwarm Insekten vertreiben.

Christian richtete sich langsam auf, den Blick auf mich geheftet, als wollte er mich hypnotisieren. Er nahm meine herumirrenden Hände und hielt sie fest.

»Es ist alles in Ordnung«, sagte er beschwörend. »Du hast geträumt. Du hast nur geträumt!«

Natürlich. Ich war eingenickt ... hatte geträumt ... Hände auf meinem Körper, es war die Musik, nur die Musik ... Alles in Ordnung. Ich schwang die Beine von der Chaiselongue, meine Füße glitten in die Schuhe. Ich stand auf, ging, noch ein wenig wackelig, zur Tür und verließ wortlos das Musikzimmer.

Benommen ging ich durch den Flur, zur Haustür hinaus. Die kühle Luft schlug mir entgegen und ließ mich frösteln. Zu Hause verkroch ich mich im Bett. Ich döste ein, schrak wieder hoch, hörte nicht auf zu frieren.

Tage vergingen. Ich war wie betäubt.

Du hast geträumt. Du hast nur geträumt.

Ich stand auf, ging zur Schule, ging wieder nach Hause, suchte nach etwas Essbarem, verkroch mich fröstelnd in meinem Bett, machte meine Hausaufgaben, las, hörte Radio, schlief. Es war, als wäre es jemand anderes, der all das tat, und ich sähe nur zu.

Etwas bohrte in meinem Kopf, ein Wurm, der durch meine Gehirnwindungen kroch und sein Gift verteilte, das Gift einer Gewissheit, die ich nicht wahrhaben wollte.

Tagelang bewegte ich mich wie in einem Nebel, dann kam der Zeitpunkt für die nächste Klavierstunde. Ich machte mich auf den Weg, aber je näher ich dem Haus der Bertholds kam, desto mehr verlangsamte sich mein Schritt, bis meine Beine den Dienst versagten und ich zitternd stehen blieb, die Hand am Gartenzaun. Ich blickte auf das Haus. Hinter dem Fenster des Musikzimmers nahm ich eine Bewegung wahr. Jemand zog die Gardine zu. Nun ergriff das Zittern meinen ganzen Körper, ich drehte mich um und rannte zurück, als wäre ein bissiger Hund hinter mir her.

Wieder suchte ich Zuflucht im Bett. Das Zittern ließ allmählich nach, aber das Gefühl einer inneren Kälte wollte einfach nicht aufhören. Die Stunde verstrich, ohne dass etwas passierte. Christian rief nicht an, er kam nicht rüber, um mich zu holen. Ich fühlte nichts, keine Erleichterung, keine Enttäuschung.

Mehr Zeit verging. Irgendwann fiel meinen Eltern auf, dass ich nicht mehr zu den Bertholds ging, und sie fragten, was los sei. Natürlich hatte ich mir eine Ausrede zurechtgelegt.

»Ich habe mich entschlossen, mit dem Klavierspielen aufzuhören«, erklärte ich. »In der neuen Klasse ist es schwieriger für mich geworden, ich brauche mehr Zeit zum Lernen.«

Mein Vater blickte mich zweifelnd an. »Du hast doch noch nie eine Minute für die Schule gelernt!«

»Meine Noten sind ja auch schon schlechter geworden.«

»Bei deiner Intelligenz musst du dich nur ein bisschen mehr anstrengen«, sagte meine Mutter. »Deshalb musst du doch das Klavierspielen nicht aufgeben!«

»Aber es ist mir zu viel, ich schaffe es nicht!«, beharrte ich.

»Blödsinn«, sagte mein Vater.

»Ihr könnt mich nicht zwingen«, rief ich. »Und kommt mir nicht wieder damit, dass die Klavierstunden so teuer sind. Ich weiß, dass Christian mich kostenlos unterrichtet hat!«

»Ein Grund mehr weiterzumachen«, sagte mein Vater ungerührt. Es war ihm nicht einmal peinlich, dass ich ihn bei einer Lüge ertappt hatte.

»Aber ich will nicht!«

Meine Mutter stand auf. »Ich werde mal mit Christian sprechen.«

»Nein, bitte tu das nicht!«, sagte ich flehend und hielt sie am Ärmel fest.

»Dann nenn uns einen vernünftigen Grund, warum du nicht weitermachen willst.«

Fieberhaft überlegte ich. Was sollte ich bloß sagen? Meine Ausreden ließen sie nicht gelten. Die Wahrheit konnte ich ihnen nicht sagen. Mir fiel keine andere Erklärung ein, die halbwegs plausibel geklungen hätte. Also sagte ich schließlich: »Ist gut, dann mache ich eben weiter.«

Von diesem Tag an verließ ich zur gewohnten Zeit für eine Stunde das Haus, fuhr ziellos mit dem Fahrrad herum oder versteckte mich im Geräteschuppen, damit meine Eltern glaubten, ich wäre beim Klavierunterricht.

Immer wieder schob ich die Erinnerung weg, immer wieder poppte sie hoch. Es kostete mich all meine Energie, die unerwünschten Gedanken von mir fernzuhalten. Irgendwann hatte ich einfach keine Kraft mehr, und meine innere Abwehr brach zusammen.

Es war nicht die Musik!

Wie angenehm es sich angefühlt hatte, als er mich gestreichelt hatte … *Du hast geträumt, du hast nur geträumt!* Ein Gefühl der Scham kroch durch mich hindurch, bis in jeden Winkel meines Körpers.

Aber da war gleichzeitig auch dieses Gefühl von *Auserwähltsein.* Ich war etwas ganz Besonderes für ihn, seine Gefühle für mich waren so stark, dass sie ihn einfach … übermannt hatten.

Er liebt mich. Mich?

Und überhaupt. Was war denn schon passiert? Er hatte doch nichts Schlimmes getan. Ein bisschen Streicheln ist doch nichts Böses.

Warum stellte ich mich eigentlich so an? Ich konnte doch einfach wieder rübergehen. Ich musste doch Klavier spielen!

Du hast geträumt, du hast nur geträumt!

Wenn Christian so etwas tat, konnte es doch gar nicht falsch sein! Ich wollte es nicht, obwohl es sich schön angefühlt hatte. Das war doch verrückt. Er wollte mir doch nur zeigen, wie sehr er mich mochte. Warum hatte ich nur solche Angst?

Irgendwann konnte ich etwas klarer denken. Und je klarer ich dachte, desto größer wurde meine Wut. Ich hatte ihm vertraut, er hatte mein Geheimnis gekannt, und er hatte dieses Wissen benutzt. Ich erinnerte mich an seine Blicke während des Konzerts. Er hatte überhaupt kein Mitgefühl mit mir gehabt, sondern nur herausfinden wollen, was mit mir geschah. Als wäre ich eine Labormaus, die man unter Drogen gesetzt hat.

Das war alles seine Schuld. Ich hasste ihn dafür, dass er alles kaputt gemacht hatte. Und fand im nächsten Augenblick Entschuldigungen für ihn, fühlte mich selbst schuldig und wollte nur, dass alles wieder so würde wie vorher.

Die ganze Zeit hoffte ich, dass ich doch noch aufwachen und das Ganze sich als schlechter Traum entpuppen würde. Aber ich wachte nicht auf.

15

Eines Morgens auf dem Weg zur Schule sagte Bettina: »Schade, dass du nicht mehr zum Klavierspielen kommst.«

Ich murmelte irgendwas von wenig Zeit und Lernen für die Schule.

Sie nickte. »Ja, mein Vater hat erzählt, dass du ein bisschen überfordert bist und er dir zu einer Pause geraten hat. Er meint, zuerst hättest du nicht gewollt, aber jetzt wärst du offenbar zur Vernunft gekommen.«

Mir stockte der Atem.

»Überfordert?«, wiederholte ich ungläubig.

»Ja, dass du gerade nicht die rechte Konzentration für den Unterricht aufbringst. Du kennst ihn ja, er nimmt es da sehr genau.« Sie verdrehte vielsagend die Augen.

Am liebsten hätte ich hinausgeschrien, was wirklich zwischen ihrem Vater und mir passiert war, aber das hätte sie mir sowieso nicht geglaubt. Trotzdem hätte sie sofort ihren Eltern davon erzählt, und es hätte ein Riesentheater gegeben, an dessen Ende ich als Lügnerin dagestanden wäre. So schluckte ich nur trocken und sagte nichts.

Als ich nachmittags von einer meiner Ich-bin-nebenan-beim-Klavierunterricht-Touren nach Hause zurückkam, hielt mein Vater mich auf und stellte mich zur Rede.

»Wo warst du?«, fragte er mit strenger Stimme.

Irgendwo in ihm schlummerte einer dieser autoritären

Kerle, die er angeblich so verachtete, und der schien gerade an die Oberfläche zu kommen. Außerdem war er wütend auf meine Mutter und ließ seinen Frust immer wieder mal an mir aus.

»Bei Herrn Berthold«, sagte ich.

»Du lügst. Ich habe dich mit dem Fahrrad herumfahren sehen.«

Ich schwieg.

Er drückte mich auf einen Stuhl und setzte sich mir gegenüber. Dann nahm er meine Handgelenke und hielt sie so fest, dass es sich anfühlte, als wären sie in einen Schraubstock eingespannt.

»India, ich möchte endlich wissen, was los ist!«

Pah, dachte ich, nur weil deine Frau nicht mehr pariert, musst du nicht denken, dass du jetzt deiner Tochter Befehle erteilen kannst! Statt zu antworten, fing ich an zu weinen, meist half das ja. Diesmal funktionierte es leider nicht.

»Hör bloß mit dem Geflenne auf! Ich möchte wissen, wohin du fährst, wenn du angeblich bei den Bertholds bist.«

Darauf hatte ich keine zufriedenstellende Antwort. »Ich fahre einfach so rum.«

»Das glaube ich dir nicht«, gab er zurück.

»Aber es stimmt!«

»Du liebst das Klavierspielen, du bekommst kostenlosen Unterricht, du kannst mehrmals wöchentlich nebenan üben, und du willst mir weismachen, dass du auf all das verzichtest, um stundenlang mit dem Fahrrad herumzufahren?«

Ich musste zugeben, dass es nicht besonders glaubwürdig klang. Aber was könnte ich meinem Vater für eine Erklärung geben? Obwohl ich angeblich so intelligent war, hatte ich erstaunlich wenig Fantasie. Jedenfalls nicht die Art Fantasie, die man braucht, um überzeugende Ausreden zu erfinden. Ich zerbrach mir den Kopf, aber mir fiel nichts ein, was glaubhaft geklungen und nicht zu sofortigen weiteren Nachforschungen geführt hätte.

»Ich sage die Wahrheit, Papa«, sagte ich deshalb. »Manchmal warte ich auch im Geräteschuppen, bis die Zeit um ist.«

Entgeistert sah er mich an und ließ endlich meine Handgelenke los. »Du sitzt im Geräteschuppen, statt zum Klavierunterricht zu gehen? Warum?«

Ich wusste nicht mehr weiter. Nun weinte ich wirklich.

»Sag mir jetzt endlich, was los ist!«, forderte mein Vater erneut.

Ich schüttelte verzweifelt den Kopf.

»India!«, donnerte er.

»Es ist, weil … ich …«

In meinem Kopf raste es, ich drückte die Fäuste gegen meine Schläfen. Dann hörte ich mich sagen: »Christian … er hat mich … angefasst.«

»Er hat *was?*«

»Er! Hat! Mich! Angefasst!« Ich schrie jedes Wort einzeln heraus.

Mein Vater sah mich verwirrt an, als verstünde er nicht, was ich gesagt hatte.

»Hat er dich geschlagen?«

Ich schüttelte den Kopf.

»Wo hat er dich angefasst?«

»Hier und hier und da!« Ich zeigte auf meine Arme, meine Brüste, meinen Bauch, meine Schenkel, überallhin, wo ich Christians Berührung gespürt hatte.

Einen Moment lang starrte er mich ungläubig an, dann schüttelte er den Kopf, als wollte er einen unerwünschten

Gedanken abschütteln. »Du spinnst doch«, sagte er. »Das bildest du dir ein!«

Mit dem Handrücken wischte ich mir Rotz und Tränen aus dem Gesicht. »Ich bilde mir gar nichts ein!«

»Dann erfindest du es.«

»Nein!«, schrie ich.

»Du stellst eine solche Behauptung auf, nur weil du keine Lust mehr zum Klavierspielen hast? Das ist *ungeheuerlich!*« Das letzte Wort brüllte er so laut, dass ich zusammenzuckte. Und gleich ging es weiter: »Christian ist Lehrer … Familienvater … ein anständiger Mann! Nie würde der so etwas tun, niemals!«

Er war so laut geworden, dass meine Mutter in die Küche kam. »Was ist denn hier los?«, fragte sie erschrocken.

Inzwischen war ich am Küchentisch zusammengesunken und weinte hemmungslos.

»India behauptet, dass ihr Klavierlehrer sie *angefasst* hat«, sagte mein Vater zornig.

»Christian?«, fragte sie.

»Wer denn sonst?«, schrie ich.

»Was meinst du denn mit angefasst?«, fragte nun auch sie. Waren meine Eltern denn komplett begriffsstutzig?

»Na, eben angefasst … gestreichelt«, schluchzte ich. »Zusammen mit der Musik …«

»Zusammen mit der Musik?« Sie blickte mich verständnislos an.

»Da hast du's«, brüllte mein Vater. »Wie soll denn das gehen? Er sitzt neben dir am Klavier und gibt dir Unterricht, und gleichzeitig fasst er dich an?«

»Nein, es war anders …«, begann ich, aber sie hörten mir gar nicht mehr zu.

»Ich kann mir das nicht vorstellen«, sagte meine Mutter in diesem Ton, der jeden Widerspruch in Sanftheit erstickte. »Ich kenne Christian schon ewig, ich glaube nicht, dass er so etwas tut. Und wenn, dann hast du es sicher falsch verstanden. Denk noch mal drüber nach, Schätzchen.«

Da war sie wieder. Die Entschlossenheit meiner Eltern, die Dinge zu sehen, wie sie sie sehen wollten.

Ich sprang auf. »Dann glaubt eben, was ihr wollt!«, schrie ich und stürmte hinaus.

Von diesem Moment an vergrub ich die Erinnerung an den Vorfall mit Christian tief in meinem Inneren. Auch meine Eltern kamen nicht mehr auf das Gespräch zurück. Sie nahmen stillschweigend hin, dass ich mit dem Klavierunterricht aufhörte, und unternahmen keinen Versuch mehr, mich zum Weitermachen zu bewegen. Aber sie unternahmen auch keinen Versuch herauszufinden, ob meine Behauptung stimmte. Sie ließen das Ganze einfach auf sich beruhen.

Mein anfänglicher verzweifelter Zorn darüber, dass sie mir nicht glaubten, wich einer Art Resignation. Die Vorstellung, Christian könnte so etwas tun, war für jeden, der ihn kannte, dermaßen abwegig, dass ich ihnen ihre Reaktion eigentlich nicht übel nehmen konnte. Auch ich hätte es nicht geglaubt, wenn jemand es mir erzählt hätte. Nein, anders: Ich hätte gedacht, dass es doch nicht so schlimm sei. Von Christian, für den alle schwärmten – auch ich –, gestreichelt zu werden war doch etwas Schönes. Auch ich hätte stolz sein, mich darüber freuen müssen. Aber ich konnte mich nicht freuen. Ich schämte mich zu sehr.

Ich hatte Träume, in denen sich Hände meinem Körper näherten und ich nicht schreien konnte. Wenn die Hände mich berührten, konnte ich mich nicht bewegen. Wie gelähmt lag ich da und musste die Berührungen über mich ergehen lassen, die immer wieder von Neuem diese verstörende Mischung aus Widerwillen und Erregung in mir hervorriefen.

Viele Male wachte ich weinend auf. Dass ich niemandem davon erzählen konnte, war das Schlimmste. Wenn schon meine Eltern mir nicht glaubten – wer würde mir dann glauben?

Eines Nachmittags, acht oder zehn Tage nach dem Vorfall, belauschte ich zufällig ein Gespräch meiner Eltern.

»Ich war bei Christian …«, begann meine Mutter.

Sofort brauste mein Vater auf. »Du hast ihm doch nicht etwa von dem Blödsinn erzählt, den India uns aufgetischt hat?«

»Natürlich, deshalb war ich ja bei ihm.«

»Und?«

»Er hat sehr verständnisvoll reagiert und mir erzählt, dass er schon länger den Eindruck hat, dass India ein bisschen in ihn verliebt ist und seine Nähe sucht. Er hat ihr dann erklärt, dass das nicht geht, und das hat sie wohl sehr gekränkt. Er hält ihre Erzählung für den Racheakt eines abgewiesenen Teenagers. Nichts, was man ernst nehmen müsste.«

Mein Vater seufzte erleichtert auf. »Wir können froh sein, dass er so vernünftig ist. Ich hoffe nur, dass sie diese haarsträubende Geschichte sonst niemandem erzählt hat.«

Ich war am Boden zerstört. Wie konnte Christian so lügen? Wie konnte er – zu dem, was er getan hatte – durch diese Lüge auch noch alles in den Dreck ziehen, was vorher zwischen uns gewesen war? Die Nähe und Vertrautheit, unsere gemeinsame Liebe zur Musik, die innigen Momente, die wir miteinander erlebt hatten?

Am liebsten hätte ich ihn umgebracht.

In derselben Nacht erhielt ich eine Botschaft. Ich lag im Bett und war kurz vor dem Einschlafen, da hörte ich das Klavier von drüben. Ich erkannte das Stück sofort. Es war die Melodie der Winterreise.

Christian musste die Fenster weit geöffnet haben, klar und deutlich drangen die Klänge von gegenüber in mein Zimmer. Zunächst hielt ich es für einen Zufall, aber es war Dezember, es war eiskalt, und es bestand kein Grund, bei geöffnetem Fenster Klavier zu spielen. Nein, das war kein Zufall.

Ich lauschte auf die Musik. Natürlich hatte ich mir von der Winterreise die Melodie und auch den Text gemerkt. Jetzt verfluchte ich mein gutes Gedächtnis.

Ich such im Schnee vergebens nach ihrer Tritte Spur,
Wo sie an meinem Arme durchstrich die grüne Flur.

Ich will den Boden küssen, durchdringen Eis und Schnee,
mit meinen heißen Tränen, bis ich die Erde seh.

Ich hielt mir die Ohren zu und summte laut. Nur wusste ich natürlich auch ohne Musik, wie der Text weiterging:

Mein Herz ist wie erstorben, kalt starrt ihr Bild darin,
schmilzt je das Herz mir wieder, fließt auch ihr Bild dahin.

Ich begriff sofort, was er mir sagen wollte. Dass er an mich dachte. Vielleicht sogar, dass es ihm leidtat. Aber auch, dass er mich nicht in Ruhe lassen würde. Dass er mich weiter anfassen konnte, ob ich es wollte oder nicht. Tatsächlich spürte ich schon wieder die Berührung von Fingerspitzen auf meiner Haut, seiner Fingerspitzen, wie es mir erschien, zarte, tippende Berührungen, die sich verstärkten, zu einem Streicheln wurden, und, als die Musik lauter wurde, zu Händen, die sich auf meinen Körper legten.

»Nein!«, schrie ich. »Aufhören!«

Ich schlug auf meine Arme und Beine ein, um die Empfindungen zu vertreiben, dann sprang ich aus dem Bett, stürzte zum gekippten Fenster und knallte es zu, was die Klänge bei unseren alten, undichten Fenstern allerdings nur geringfügig dämpfte. Ich warf mich zurück ins Bett, steckte den Kopf unter das Kissen und hielt mir wieder die Ohren zu. Zwar drangen die Töne jetzt nur wie aus weiter Ferne zu mir, aber leider konnte ich mich immer noch nicht völlig gegen sie abschotten. Wütend heulte ich auf und schlug mit den Fäusten auf mein Kissen ein. Unerbittlich spielte die Musik weiter.

Und plötzlich verstand ich, dass das Ganze auch eine Drohung war. Warum schickte er mir ausgerechnet jetzt diese versteckte Botschaft, die für niemanden außer mir verständlich war? Heute hatte meine Mutter mit ihm gesprochen. Er wusste also, dass ich mich meinen Eltern anvertraut hatte. Er war noch einmal davongekommen, sie hatten mir nicht geglaubt. Aber vielleicht würde es ja andere geben, die mich ernst nahmen?

Margot? Der Schuldirektor? Die Polizei?

Ich stellte mir vor, wie die Gespräche laufen würden, und dann wusste ich: Niemand würde mir glauben. Alle sahen in mir das seltsame Mädchen – begabt, aber ein bisschen durchgedreht. Sie würden glauben, ich hätte mir alles ausgedacht.

Um mich wichtigzumachen. Um mich vor dem Klavierunterricht zu drücken. Um mich zu rächen. Sie würden genauso reagieren wie meine Eltern.

Die Musik endete abrupt.

Aufgewühlt lag ich da, mein Körper beruhigte sich nur langsam. Ich fühlte mich gedemütigt. Beschmutzt. Es war furchtbar zu wissen, dass Christian mich jederzeit zwingen konnte, seine Botschaften zu hören. Dass ich ihm ab jetzt genauso ausgeliefert sein würde wie neulich im Musikzimmer. Seine Hände waren auf mir und würden weiter auf mir sein, so lange, wie er es wollte.

16

Früher war ich in der Vorweihnachtszeit so viel wie möglich bei den Bertholds gewesen, hatte beim Backen und Dekorieren geholfen und darauf gehofft, dass ein paar Plätzchen für mich abfielen. Margot gab sich immer viel Mühe, diese Zeit besonders schön zu gestalten. In einem der oberen Küchenschränke bewahrte sie große Mengen an Weihnachtsdekoration auf, und wenn sie kurz vor dem ersten Advent auf die Trittleiter stieg und den Schrank öffnete, begann im Hause Berthold die Weihnachtszeit. Bettina, Petra und ich drängten uns dann in der Küche und warteten, dass sie die Kisten und Kästen mit dem geheimnisvollen Inhalt zu uns herunterreichte. Letztes Jahr wäre sie dabei fast von der Leiter gefallen, deren Klappmechanismus verbogen und die deshalb ziemlich wackelig war. Im letzten Moment hatte Margot sich am Griff der Schranktür festgehalten und lachend gesagt: »Ich glaube, ich wünsche mir zu Weihnachten eine neue Leiter!«

Am Morgen des ersten Advents fanden Petra und Bettina dann einen Adventskalender und auch Lamettafäden vor ihrer Zimmertür, so als hätte ein eiliger Weihnachtsengel ein paar Haare verloren. An Nikolaus wurden die Stiefel gefüllt, und bis Weihnachten bekamen die Mädchen immer wieder kleine Überraschungen, durch die ihre Vorfreude fast bis ins Unerträgliche gesteigert wurde. Auch mir steckte Margot regelmäßig Süßigkeiten und kleine Geschenke zu. Sie wusste, dass sich bei mir zu Hause niemand um Weihnachtsstimmung bemühte.

Damit war es nun vorbei. Am letzten Schultag vor den Ferien drückte ich Bettina ein Päckchen in die Hand, wünschte ihr frohe Weihnachten und bat sie, ihre Familie zu grüßen. Unser Verhältnis hatte sich merklich abgekühlt. Ich war lange nicht mehr bei ihr gewesen, und sie schien neue Freunde gefunden zu haben und mich nicht weiter zu vermissen.

»Komm doch in den Ferien mal vorbei«, forderte sie mich nun plötzlich auf. »Der Onkel ist da und freut sich bestimmt, dich zu sehen.«

»Mal sehen«, sagte ich. »Kann sein, dass meine Eltern mit uns wegfahren wollen.«

Noch nie, seit Bettina und ich uns kannten, war unsere Familie gemeinsam irgendwohin gefahren. Es war also eine ziemlich durchsichtige Ausrede. Falls es ihr aufgefallen war, ließ sie sich nichts anmerken.

Ich hatte beschlossen, diesmal selbst für die fehlende Weihnachtsstimmung bei uns zu Hause zu sorgen. Margot hatte mir mal ein Rezept für Ausstecher und Kokosmakronen gegeben, von meinem Taschengeld hatte ich Glanzpapier gekauft und Sterne gebastelt. Ich war weder ein großes Back- noch ein Basteltalent, daher gerieten sowohl die Plätzchen als auch die Sterne etwas schief, trotzdem war ich stolz. An Heiligabend dekorierte ich die Küche, verteilte noch ein paar Zweige, die ich von der verkrüppelten Fichte in unserem Garten abgebrochen hatte, und zündete meine nur halb abgebrannten Geburtstagskerzen an.

Meine Eltern ließen mich gewähren und sparten sich die spöttischen Kommentare, die ihnen vermutlich auf der Zunge lagen. Überhaupt gaben sie sich Mühe, wenigstens an diesem Tag nicht zu streiten, und gingen wieder mit dieser seltsam aufgesetzten Höflichkeit miteinander um.

Mir gegenüber verhielten sie sich völlig unbefangen. Es war, als hätte unser Gespräch über Christian nie stattgefunden. Allmählich begann ich selbst zu glauben, ich hätte mir das Ganze nur eingebildet. Je mehr Zeit verging, desto unwirklicher erschienen die Ereignisse jenes Nachmittags. Vielleicht waren es doch nicht seine Hände gewesen, die ich gespürt hatte, sondern nur die Berührungen der Musik? Mir kam sogar der Gedanke, ich hätte mir vielleicht insgeheim gewünscht, Christian solle mich streicheln, und die Berührungen deshalb herbeifantasiert. Und dann schämte ich mich noch viel mehr.

Du hast geträumt. Du hast nur geträumt.

Sobald ich an den Vorfall dachte, befiel mich das innere Frösteln, und ich fühlte mich elend. Deshalb schob ich jeden Gedanken daran möglichst weit weg, und zwischendurch gelang es mir immer häufiger, die Erinnerung vollständig zu verdrängen.

Eine heftige Sehnsucht nach häuslicher Harmonie hatte mich ergriffen, ich bereitete Heiligabend mit einer Inbrunst vor, als könnten mit einem gelungenen Weihnachtsabend alle Konflikte beigelegt, alle Probleme gelöst werden.

Natürlich hätte ich mir auch ein richtiges Weihnachtsessen gewünscht, aber Karpfen, Gans oder Ente waren zu teuer.

»Eigentlich isst man an Heiligabend sowieso nur heiße Würstchen«, sagte mein Vater, worauf ich heftig protestierte. Schließlich ließ er sich erweichen und besorgte wenigstens ein Brathühnchen. Als Beilage hatte ich auf Rotkohl und

Kartoffelknödel bestanden, die es als Pulvermischung zu kaufen gab. Und in die Soße mussten Apfelstücke, Orangensaft und ein bisschen Zimt.

Für den Nachtisch rührte ich aus Puddingpulver einen Schokoladenpudding an, den ich zum Abkühlen nach draußen stellte. Dann assistierte ich meinem Vater beim Kochen und genoss den Duft, der bald darauf durchs Haus zog. Von dem wurde schließlich sogar Che angelockt, der in die Küche geschlendert kam und zu unserer Überraschung auch dort blieb, obwohl er sich bestimmt vorgenommen hatte, den Weihnachtsabend zu boykottieren. Erleichtert stellte ich fest, dass sein Haar ein bisschen länger geworden war und er nicht mehr ganz so nazimäßig aussah.

Das erste Mal seit Langem saßen wir wieder als Familie rund um den Küchentisch, und obwohl die Stimmung nicht wirklich weihnachtlich war, machte mich das glücklich.

Meine Eltern führten, um das von Che ausgehende demonstrative Schweigen zu überspielen, eine belanglose Unterhaltung über eine Theateraufführung, von der sie in der Zeitung gelesen hatten. Einer der Schauspieler hatte seinen nackten Hintern gezeigt und mit einer Kollegin einen Paarungsakt angedeutet. Nun regten sich die Bürger der Stadt so über die Aufführung auf wie sonst nur über die Kunstaktionen meines Vaters. Der nahm das zum Anlass, mal wieder über die »Spießer« und »Kulturbanausen« herzuziehen. Als meine Mutter vorsichtig einwarf, das Herzeigen eines nackten Hinterns müsse noch nicht zwangsläufig Kunst sein, fürchtete ich schon, dass die Stimmung kippen und es zu einem Streit kommen würde. Aber mein Vater begnügte sich mit einem herablassenden »Ja, ja« und ging nicht weiter darauf ein.

Plötzlich sagte mein Bruder: »Leonard Cohen ist Jude.«

Das war der erste Satz, den er seit über sechs Wochen gesprochen hatte. Ich war so überrascht, dass ich mich verschluckte und mein Essen quer über den Tisch hustete.

»Was?«, sagte meine Mutter ebenfalls völlig perplex, während ich aufstand, um einen Lappen zu holen. Dann sprach sie weiter, als wäre nichts gewesen. »Wusstest du das nicht? Cohen heißt übrigens so was wie Priester.«

Leonard Cohen war eines von Ches Sängeridolen. Unzählige Male hatte er in den letzten Jahren »Suzanne« und »So long, Marianne« auf der Gitarre nachgespielt. Bis er angefangen hatte, deutsches Liedgut zu bevorzugen.

»Tja«, sagte mein Vater spöttisch. »Die Musik gut finden und den Sänger vergasen wollen, das ist natürlich ein Problem.«

Che reagierte nicht. Es kam mir vor, als wäre ihm der Satz aus Versehen rausgerutscht, weil er kurz vergessen hatte, dass er nicht mit uns sprach.

Nun kam mein Vater richtig in Fahrt. »Du bist doch auch ein Fan von Woody Guthrie, oder? Der war Kommunist, hatte – neben ein paar anderen – auch eine jüdische Ehefrau. Außerdem litt er unter einer Nervenkrankheit, für die ihn deine Nazifreunde umgebracht hätten.«

Che aß wortlos weiter.

»Soll ich die Aufzählung fortsetzen?«, fragte mein Vater herausfordernd.

Meine Mutter legte ihm besänftigend die Hand auf den Arm. »Lass es gut sein«, sagte sie. »Ich glaube, er hat es begriffen.«

»Würde mich wundern.«

Schweigen senkte sich über den Tisch.

Ich fing an, Che für seine Selbstbeherrschung zu bewundern. Sie erinnerte mich an die Spiele unserer Kindheit, bei denen es darauf ankam, nicht zu blinzeln oder zu lachen, egal was der andere machte. Schon damals war Che unschlagbar gewesen. Ich hatte Grimassen gezogen und albernes Zeug erzählt, bis ich selbst vor Lachen nicht mehr konnte, und er hatte nicht mal mit der Wimper gezuckt.

Wir waren fertig mit essen. Ich wollte unbedingt, dass der gemeinsame Abend noch ein bisschen länger dauerte, selbst mit einem schweigenden Che.

»Wartet«, sagte ich. »Bin gleich wieder da.«

Ich lief nach oben und kam mit Ches Gitarrenkoffer wieder zurück.

»Spielst du was?«, fragte ich und sah ihn bittend an.

Er blickte böse zurück. Bestimmt ärgerte er sich darüber, dass ich, ohne zu fragen, seine Gitarre genommen hatte. Aber wer keine Antworten gibt, wird eben nicht gefragt.

»Bitte, Che!«, bettelte ich.

Ich hatte schon das Gefühl, er würde nachgeben, da überlegte er es sich anders, stand auf und verließ wortlos die Küche.

»Es gibt noch Schokoladenpudding!«, rief ich ihm nach.

Keine Antwort. Wir hörten ihn nach oben gehen. Meine Eltern tauschten einen Blick.

»Immerhin hat er gesprochen«, sagte meine Mutter.

»Eher laut gedacht«, ergänzte mein Vater. »Wie um alles in der Welt kommt er auf Leonard Cohen?«

Auf einmal drang wieder Klaviermusik aus dem Nachbarhaus. Ich zuckte zusammen. Erst »Schneeflöckchen, Weißröckchen«, dann »Ihr Kinderlein kommet«, schließlich »Stille Nacht, heilige Nacht«, sodass es zuerst schien, als wären wir nur zufällig Zeugen des weihnachtlichen Musikprogramms unserer Nachbarn. Doch dann folgte eine Melodie, die absolut nichts mit Weihnachten zu tun hatte. Ich erkannte sie sofort. Die Romanze von Schumann. Das Stück, in dem die Gedanken eines Menschen um die immer gleichen Erinnerungen kreisen, ihnen entfliehen wollen und doch zu ihnen zurückkehren. So zumindest war meine Interpretation gewesen, nach der Christian sich so eingehend erkundigt hatte.

Schon wieder. Schon wieder zwang er mir seine Botschaft auf. Zwang mich dazu, an ihn zu denken und mich an all das zu erinnern, was ich unbedingt vergessen wollte.

Ich ließ, unter den Augen meiner verblüfften Eltern, meinen halb aufgegessenen Schokoladenpudding stehen, sprang auf und rannte ins Wohnzimmer. Dort schaltete ich den Fernsehapparat an und stellte ihn so laut, dass er die Musik übertönte. Ich konnte nichts von dem aufnehmen, was auf dem Bildschirm zu sehen und zu hören war. Als ich den Apparat irgendwann wieder ausschaltete, war die Musik endlich verstummt.

Ich ging nach oben. Aus dem Schlafzimmer meiner Eltern drangen gedämpfte Stimmen, ich konnte nicht feststellen, was sich abspielte. Es klang nicht nach einem Streit, aber auch nicht nach romantischer ehelicher Zweisamkeit. Ich tröstete mich damit, dass sie wenigstens noch miteinander sprachen.

Einen Moment lang blieb ich vor Ches Zimmer stehen und überlegte. Dann holte ich Papier und Bleistift und begann, ein Faltmonster zu zeichnen. Ich schob es unter seiner Tür durch und wartete. Nichts geschah. Ich hockte mich auf den Boden und wartete weiter. Als ich fast eingenickt war, raschelte es plötzlich, und das Papier wurde unter der Tür zurückgeschoben. Ich faltete es auseinander. Che hatte nicht das Monster weitergezeichnet, sondern ein krakeliges Gebilde, das ich ratlos betrachtete.

Dann erkannte ich plötzlich, was es darstellte: Davidstern und Hakenkreuz, ineinander verschlungen, sich gegenseitig verdeckend. Ich konnte nicht sehen, was er zuerst gezeichnet hatte, ob das Hakenkreuz den Davidstern überlagerte oder umgekehrt.

Verwirrt ließ ich das Blatt sinken. Was ging bloß in Ches Kopf vor?

Am nächsten Tag stand ich spät auf. Ich hatte lange wach gelegen und überlegt, wie ich mich gegen die unerwünschten Klangbotschaften aus dem Nachbarhaus schützen könnte. Die einzige Möglichkeit wäre, wenn Che und ich Zimmer tauschen würden. Sein Zimmer ging zur anderen Seite hinaus, dort würde ich nichts oder fast nichts hören. Aber wie sollte ich ihn dazu bringen? Er redete nicht mit mir und war ja auch auf mein Friedensangebot mit dem Faltmonster nicht eingegangen.

Ich stellte mir vor, wie es wäre, wenn er den Rest meines Lebens nicht mehr mit mir sprechen würde. Wie er mir – wenn es gar nicht zu vermeiden wäre – Mitteilungen auf Zettel schreiben oder komische Sachen zeichnen würde, die ich nicht verstand. Wir würden auch nicht telefonieren können, und wenn er mir später, wenn wir an unterschiedlichen Orten lebten, etwas Wichtiges zu sagen hätte – zum Beispiel, dass unsere Eltern gestorben waren –, würde mich jemand anderes anrufen und es mir mitteilen.

Als ich nach unten kam, packte meine Mutter im Wohnzimmer gerade einige kleine Päckchen in einen Pappkarton.

»Für wen ist das?«, fragte ich.

Sie gab keine Antwort darauf. »Könntest du mir bitte mal die Schere bringen«, sagte sie nur.

Ich ging in die Küche. Dort durchwühlte ich die Schubladen, dann brachte ich ihr die Schere. Sie verschloss gerade eine Tüte Rumkugeln mit Geschenkband. Als das Paket fertig war, zog sie Mantel, Schal und Handschuhe an.

»Ich nehme an, du möchtest nicht mit?«, sagte sie.

Ich schüttelte stumm den Kopf. Nein, ich wollte nicht mit zu Opa Fritz, der mit dem Gewehrkolben meinen anderen Großvater malträtiert hatte, bis dieser am Boden im Staub lag.

»Hat Opa Fritz Juden umgebracht?«, fragte ich.

Meine Mutter sah mich erschrocken an. »Wie kommst du darauf?«

»Er war doch ein Nazi.«

»Er war Soldat«, sagte meine Mutter, als wäre das eine Erklärung.

»Haben Soldaten keine Juden umgebracht?«

»Die meisten nicht. Sie haben gegen die feindlichen Soldaten gekämpft.«

Ich überlegte. »Hat Opa Fritz davon gewusst?«

»Wovon?«

»Na, von der Sache mit den Juden.«

Meiner Mutter war das Gespräch sichtlich unangenehm. »Ich muss jetzt los«, sagte sie.

»Hat er davon gewusst?«, wiederholte ich.

»Ich weiß es nicht«, sagte sie gepresst.

»Hat er es richtig gefunden?«

»Ich weiß es nicht«, sagte sie wieder, diesmal fast unhörbar.

»Aber heute muss er davon wissen«, sagte ich.

Meine Mutter antwortete nicht.

»Warum fährst du zu ihm?«, fragte ich.

»Das verstehst du nicht«, sagte meine Mutter und verließ das Haus.

Als ich mich umdrehte, bemerkte ich meinen Vater, der hinter mich getreten war. Sein Gesicht war fahl, und er presste die Lippen zusammen. Er fasste mich bei den Schultern und zog mich an sich, als müsste er sich an mir festhalten.

»Papa, woran ist Oma Hilda gestorben?«, fragte ich in die kratzige Wolle seines Pullovers hinein. Ich spürte, wie er die Luft einzog.

Er zögerte erst, dann sagte er: »An gebrochenem Herzen.« Er schob mich ein Stück von sich weg und sah mich an.

»Was meinst du damit?«, fragte ich.

Er überlegte, suchte nach den richtigen Worten. »Ich glaube, sie … ertrug es nicht mehr. Dass Fritz immer noch an den ganzen Nazidreck glaubte, obwohl man inzwischen wusste, was passiert war.«

»Mit den Juden?«

»Mhm.«

»Und dann?«

»Hat sie sich hingelegt, ist eingeschlafen und nicht mehr aufgewacht.«

Das hatte meine Mutter auch erzählt. Aber wer legt sich einfach hin, schläft ein und wacht nicht mehr auf?

»Ich verstehe das nicht«, sagte ich.

Mein Vater zuckte die Schultern. »Keiner von uns versteht es.«

Um mir die Zeit zu vertreiben, bastelte ich mir aus alten Pappkartons ein Klavier. Ich malte die Tasten auf und übte mit den Noten, die Christian mir mitgegeben hatte. Er wusste, dass ich die Musik hören konnte, auch wenn ich mir die Noten nur ansah, und hatte mich aufgefordert, mir Stücke auszusuchen, die ich lernen wollte.

Es war traurig, die Hände auf der stummen Tastatur zu bewegen, aber ich wollte meine Finger geschmeidig halten. Und so spielte ich, summte die Melodie dazu und träumte davon, eines Tages wieder richtig Klavier spielen zu können.

Ich dachte an meine tote Oma Hilda.

Was hieß »gebrochenes Herz«? Konnte man tatsächlich vor Kummer sterben? Oder hatte sie einen Herzinfarkt gehabt? Mir kam der Gedanke, dass sie sich auch umgebracht haben könnte. Vielleicht war sie nicht mehr aufgewacht, weil sie zu viele Schlaftabletten genommen hatte. Alles war möglich, aber ich würde es nie erfahren. Ich spielte auf der stummen Tastatur ein Stück für Oma Hilda.

Einmal kam meine Mutter ins Zimmer und entdeckte mich bei meiner neuen Beschäftigung.

»Was ist nur los mit dir, India?«, fragte sie mit diesem Vielleicht-muss-sie-doch-zum-Therapeuten-Blick, den ich aus meiner Kindheit kannte. In letzter Zeit hatte ich ihn allerdings seltener an ihr wahrgenommen. Inzwischen galt ja Che als Problemfall der Familie. Das Pappklavier fiel allerdings eindeutig unter therapiewürdiges Verhalten. Es musste komplett verrückt auf meine Mutter wirken, dass ich zu Hause das Klavierspielen simulierte, während im Nachbarhaus ein Klavierlehrer und ein Konzertflügel auf mich warteten.

Aber nicht einmal dieser offenkundige Irrsinn brachte sie auf den Gedanken, noch einmal nachzufragen, ob an meiner Schilderung vielleicht doch etwas dran sein könnte.

Ich hatte mir zum Ziel gesetzt, Che wieder zum Sprechen zu bringen. Nach seinem rätselhaften Ausrutscher am Weihnachtsabend war er zu seiner vorherigen Sprachlosigkeit zurückgekehrt. Immer wieder rief ich mir den einen Satz in Erinnerung, den er gesprochen hatte: *Leonard Cohen ist Jude.*

Wie war er nur darauf gekommen? Was interessierte ihn daran? Und warum hatte er gerade diesen einen Satz laut ausgesprochen? Es war ein Rätsel, das ich ohne ihn nicht lösen konnte.

Ich war dazu übergegangen, ihm meine Zettelbotschaften unter der Tür hindurchzuschieben, ohne mich darüber zu ärgern, dass er nicht antwortete.

Einstein war auch Jude, hatte ich ihm geschrieben. Und: *Jesus übrigens auch.*

Vielleicht würde es ihn nachdenklich machen, wenn er erkannte, wie viele bedeutende Persönlichkeiten Juden waren. Besonders unter Schauspielern und Sängern gab es viele Juden, und ich überlegte, ob ich auch Neil Diamond erwähnen sollte oder Barbra Streisand. Aber die machten beide nicht die Art von Musik, die Che mochte.

Ich fragte mich eigentlich nie, welcher Religion jemand angehörte, weil Religion mich grundsätzlich nicht interessierte. Ich bezweifelte auch, dass es in unserer Stadt etwas anderes gab als Christen. Ich kannte jedenfalls keinen Moslem, keinen Hinduisten und schon gar keinen Juden. Wahrscheinlich gab es hier keine mehr.

Dass ich seit der Entdeckung meines Vaters selbst eine »Vierteljüdin« sein sollte, machte mich ratlos. Was bedeutete das überhaupt? Für die Juden zählt es nicht, weil das Jüdischsein nur über die Mutter vererbt wird, wie ich inzwischen herausgefunden hatte. Und dass es bei den Nazis möglicherweise genügt hätte, um ins Konzentrationslager zu kommen, war keine so angenehme Vorstellung, als dass ich mich länger damit beschäftigen wollte.

Was meinen Bruder an dem Thema noch interessierte, jetzt, wo ihn seine Wiking-Kameraden verstoßen hatten, verstand ich nicht. Es spielte doch überhaupt keine Rolle mehr. Dachte ich.

17

Che entwickelte neue, interessante Aktivitäten. So sah ich ihn eines Nachmittags mit einer prall gefüllten Tasche nach Hause kommen, mit der er sofort in seinem Zimmer verschwand. An manchen Nachmittagen kam er nicht aus der Schule zurück, sondern blieb bis zum Abend verschwunden. Auch an einem Sonntag hatte ich ihn früh am Morgen das Haus verlassen und erst spät wieder heimkommen sehen.

Ich fragte mich, wohin er wohl ging und was er so trieb. Ich hatte Sorge, er könnte wieder in üble Kreise geraten sein. Dagegen sprach, dass er die Uniform nicht wieder angezogen hatte und sein Haar immer länger wurde. Es hing ihm in Strähnen ins Gesicht und hätte dringend einen Schnitt gebraucht.

Sein siebzehnter Geburtstag war sang- und klanglos verstrichen. Meine Eltern hatten ihn ebenso ignoriert wie Che selbst. Wäre ja auch schwierig gewesen, Geburtstag zu feiern, ohne miteinander zu sprechen. Ich hatte von meinem Taschengeld die neueste Leonard-Cohen-Platte gekauft und sie schön verpackt auf sein Bett gelegt. Am Abend fand ich einen Zettel. *Danke* stand in Ches Handschrift darauf. Ich freute mich, als hätte er mit mir gesprochen. Immerhin hatte er mit mir kommuniziert.

Als er eines Nachmittags wieder mal verschwunden war, konnte ich der Versuchung nicht widerstehen und ging in sein Zimmer. Es war aufgeräumt wie immer, und zuerst konnte ich nichts Auffälliges entdecken. Ich durchsuchte die Schubladen und Schränke, blickte unters Bett und hob sein Bettzeug an. Unterm Kopfkissen fand ich zwei Bücher. Es waren alte, ledergebundene Folianten mit goldgeprägten Zeichen in einer mir fremden Schrift. In lateinischen Buchstaben stand auf dem einen *Talmud* darunter, auf dem anderen *Haggada*. War Talmud nicht was Jüdisches?

Jetzt verstand ich gar nichts mehr. Gerade hatte mein Bruder noch »Die Fahnen hoch« gesungen, »Sieg Heil!« gebrüllt und sich wie ein richtiger Nazi aufgeführt – und nun interessierte er sich für jüdische Schriften? Das war ja völlig schizophren. Ich machte mir allmählich ernsthafte Sorgen um ihn und überlegte, was ich tun könnte. Als Erstes musste ich herausfinden, wohin ihn seine Ausflüge führten.

Als er am darauffolgenden Sonntag das Haus verließ, war ich vorbereitet und schlich ihm nach.

Es ist gar nicht einfach, jemandem unbemerkt zu folgen. Jedes Mal wenn Che eine Straße überquerte und dabei nach rechts und links blickte, bestand die Gefahr, dass er mich entdeckte. Ab und zu blieb er stehen, dann sprang ich in einen Hauseingang oder hinter eine Litfaßsäule. Ich kam mir ein bisschen vor wie Sherlock Holmes, gleichzeitig aber auch ziemlich albern.

Wir erreichten den Bahnhof. Zu meinem Schrecken ging Che hinein, direkt zu den Fahrkartenschaltern. Er wollte mit dem Zug wegfahren? Wie sollte ich ihm da folgen, ohne Geld für eine Fahrkarte und ohne zu wissen, wohin es ging?

Er kaufte tatsächlich einen Fahrschein und ging dann zu den Gleisen. Die Züge auf Gleis 1 fuhren in nördliche Richtung ab, die auf Gleis 2 in südliche. Che ging zu Gleis 1 und blieb stehen. Ich sah auf die Anzeigetafel. In zwei Minuten würde dort ein Schnellzug nach Stuttgart einfahren. Ich versteckte mich hinter einer Säule. Der Zug kam, und ich sah, dass Che in den dritten Wagen stieg; die beiden vorderen waren erste Klasse. Ohne nachzudenken, stieg ich ebenfalls ein.

Der Zug fuhr an. Ich versuchte auszurechnen, wie hoch die Wahrscheinlichkeit war, vom Schaffner beim Schwarzfahren erwischt zu werden, aber es gelang mir nicht. Es gab einfach zu viele Unbekannte. Ich wusste nicht, wie viele Schaffner im Zug waren und aus welcher Richtung sie kommen würden, wie oft sie kontrollierten und wie lange der Kontrollvorgang pro Waggon dauern würde (es waren neun Waggons, das hatte ich bei der Einfahrt gezählt). Deshalb schloss ich mich auf einem der Klos ein. Es war schmutzig und roch nicht gut. Ich setzte mich auf die zugeklappte Klobrille und zog mir den Pulloverkragen über die Nase. Um das kleine Waschbecken herum lagen Seifenspäne und zerknüllte, grünliche Papiertücher. Bei jedem Ruckeln des Zugs schepperte es, als würden Waschbecken, Spiegel und Handtuchspender gleich aus der Wand fallen.

Um mich abzulenken, stellte ich mir ein paar Kopfrechenaufgaben, aber da ich den Taschenrechner nicht dabeihatte, konnte ich die Ergebnisse nicht kontrollieren. Hin und wieder versuchte jemand, die Klotür zu öffnen. Dann wurde plötzlich heftig geklopft.

»Fahrkarten, bitte!«, sagte eine Männerstimme.

Ich zuckte zusammen. Was sollte ich jetzt machen? Mit kläglicher Kinderstimme sagte ich: »Mir ist schlecht! Meine Mama hat die Fahrkarte!«

»Wo sitzt deine Mama?«

»Weiß nicht.«

»Kannst du die Tür aufmachen?«

»Nein.«

Ich hörte Gemurmel. Offenbar beriet er sich mit jemandem.

»Ich suche deine Mama«, sagte er. »Ich bin gleich zurück. Bleib da drin, hörst du!«

»Mhm«, machte ich und wartete. Dann betätigte ich die Spülung, wusch mir die Hände und öffnete die Tür. Davor stand eine Frau mit einem Koffer und blickte mir besorgt entgegen. Ich versuchte auszusehen, als wäre ich zehn Jahre alt.

»Alles in Ordnung, Mädchen?«, fragte sie.

»Ja, danke«, sagte ich mit Kinderstimme.

»Wo sitzt denn deine Mama?«

Ich deutete in eine Richtung. »Ich glaube, da.«

»Der Schaffner ist aber da lang«, sagte sie und zeigte in die andere Richtung.

»Vielen Dank«, sagte ich und machte, dass ich wegkam.

Ich setzte mich in ein Abteil, in dem außer mir noch ein älteres Paar saß, und hoffte, man würde mich für ihre Enkelin halten. Ich tat so, als schliefe ich. Einmal sah ich aus den Augenwinkeln einen Schaffner den Gang entlangkommen. Mein Herz schlug bis zum Hals, meine Handflächen wurden feucht. Aber er ging an unserem Abteil vorbei.

Als der Zug in Stuttgart einfuhr, war ich fix und fertig mit den Nerven. Ich sprang raus, sobald die Türen geöffnet wurden, und rannte ins Bahnhofsgebäude, wo ich mich versteckte und wartete, bis ich Che vorbeigehen sah. Dann nahm ich die Verfolgung wieder auf.

Che lief links vor dem Bahnhof entlang, durchquerte den Schlosspark, ging weiter durch die sonntäglich stillen Straßen von Stuttgart und blieb schließlich vor einem unscheinbaren Nachkriegsgebäude stehen. Er klingelte, wartete kurz, dann drückte er die Tür auf und verschwand.

Ich folgte ihm bis zum Eingang, neben dem ein Schild hing.

Israelitische Religionsgemeinschaft Württembergs, Landesrabbinat.

Entgeistert blickte ich auf das Schild. Israelitisch hieß jüdisch. Das musste also eine Art jüdische Kirchenverwaltung sein. Was in aller Welt hatte Che hier zu suchen? Und was sollte ich jetzt tun?

Über dem Eingang hing eine Kamera, bestimmt hatte man mich schon entdeckt. Sollte ich klingeln? Reingehen? Und was sollte ich den Leuten drin erklären?

Während ich noch überlegte, kamen zwei Männer mit Käppchen auf dem Kopf die Straße entlang und blieben neben mir stehen. Der eine klingelte, der andere sah mich fragend an.

»Möchtest du rein?«

Ich nickte, und als ein Summen ertönte und der Mann die Tür aufdrückte, schlüpfte ich mit hindurch. Wir gingen durch einen kurzen, dunklen Flur, dann kam eine weitere gesicherte Tür. Rechts am Türrahmen, neben dem Klingelknopf, war ein längliches Kästchen mit hebräischen Schriftzeichen schräg angebracht. Bevor die beiden Männer durch die Tür gingen, tippten sie mit den Fingerspitzen der rechten Hand auf das Kästchen und führten sie dann zum Mund.

Wir kamen in eine Art Vorraum, wo hinter dem Empfangstresen eine Sekretärin saß. Es sah aus wie in einer Arztpraxis, nur dass an den Wänden schönere Bilder hingen. Es waren großformatige Fotografien von Israel, auf einer erkannte ich Jerusalem. Auf einer anderen war eine Festung auf einem Berg zu sehen, auf der nächsten weiße Häuser und das Meer. Von dem Vorraum gingen vier Türen ab.

Ich konnte Che nirgends entdecken. Die beiden Männer verschwanden in einem der Zimmer, und die Frau hinter dem Tresen blickte mich erwartungsvoll an.

Ich fand sie sehr hübsch. Ihr rotblondes Haar war zu einem Dutt hochgesteckt, sie hatte Sommersprossen und blaue Augen. Ob sie Jüdin war?

»Was kann ich für dich tun?«, fragte sie.

»Ähm, ich weiß nicht. Ist mein Bruder hier?«

Sie blickte auf einen Kalender vor sich. »Du meinst den jungen Mann, Che Kaufmann?«

Ich nickte. »Ja, genau.«

»Der hat einen Termin beim Rabbiner.«

»Ach so«, sagte ich. »Kann ich warten?«

Die Frau deutete auf zwei Stühle, die an der Wand standen, und ich setzte mich auf einen.

Einen Termin beim Rabbiner?

Soviel ich wusste, war ein Rabbiner so was wie ein Pfarrer. Was hatte Che mit einem jüdischen Pfarrer zu besprechen?

Die Frau telefonierte jetzt. Als sie aufgelegt hatte, sagte ich: »Darf ich Sie etwas fragen?«

Sie lächelte. »Natürlich.«

»Sind Sie Jüdin?«

Überrascht blickte sie mich an. »Ja, warum?«

»Weil Sie gar nicht jüdisch aussehen.«

»Wie müssen Juden denn deiner Meinung nach aussehen?«, gab sie zurück. »Dunkelhaarig? Mit stechenden Augen und großen Nasen?«

Ich fühlte mich ertappt. »Ja, so ungefähr.«

»Schöne Nazipropaganda hast du in deinem hübschen Köpfchen«, sagte sie.

»Tut mir leid«, sagte ich beschämt. Dann fiel mir etwas ein. »Aber mein einer Großvater war Jude!«

»Na, da hast du ja Glück gehabt«, sagte sie spöttisch.

Ich beschloss, das Gespräch lieber nicht fortzusetzen. Offenbar konnte man bei dem Thema eine Menge Fehler machen.

Neben den Stühlen stand ein kleiner Tisch mit Büchern und Zeitschriften. Ich griff nach einem Magazin, es war auf hebräisch. Von den Büchern waren einige auf englisch, andere auf deutsch. Ich nahm eines davon in die Hand. Gedichte von Mascha Kaléko. Ich blätterte darin und las.

An mein Kind

Dir will ich meines Liebsten Augen geben
Und seiner Seele flammenreiches Glühn.
Ein Träumer wirst du sein und dennoch kühn,
Verschloßne Tore aus den Angeln heben.

Wirst ausziehn, das gelobte Glück zu schmieden.
Dein Weg sei frei. Denn aller Weisheit Schluß
Bleibt doch zuletzt, daß jedermann hienieden
All seine Fehler selbst begehen muß.

Ich kann vor keinem Abgrund dich bewahren,
Hoch in die Wolken hängte Gott den Kranz.
Nur eines nimm von dem, was ich erfahren:
Wer du auch seist, nur eines – sei es ganz!

Du bist, vergiß es nicht, von jenem Baume,
Der ewig zweigte und nie Wurzeln schlug.
Der Freiheit Fackel leuchtet uns im Traume –
Bewahr den Tropfen Öl im alten Krug!

Verblüfft las ich die Zeilen ein zweites Mal.

War das ein Zufall? Dieses Gedicht hätte meine Mutter für Che schreiben können (wenn sie Gedichte geschrieben hätte). Es stand alles drin: dass in ihm ein Glühen war wie in seinem Vater, dass er ein Träumer war, auf der Suche nach seinem Glück, dass sie ihn nicht davor bewahren konnte, in Abgründe zu stürzen. Dass er frei sein sollte und alle Fehler selbst machen musste. Besonders mochte ich den Satz: *Wer du auch seist, nur eines – sei es ganz!*

War es nicht das, was mein Vater Che immer predigte? Ich hoffte, dass Che ihn eines Tages auf das Richtige anwenden würde.

Über die letzte Strophe musste ich länger nachdenken. Der Baum, der ewig zweigte und nie Wurzeln schlug – was konnte das sein? Mascha Kaléko war auch Jüdin, vielleicht meinte sie das jüdische Volk? Und mit dem Tropfen Öl im alten Krug die jüdischen Traditionen? Ich hatte keine Ahnung, ob das stimmen konnte, dafür wusste ich viel zu wenig übers Judentum, aber die Idee gefiel mir.

Ich war so in meine Gedanken vertieft, dass ich nicht mitbekam, wie eine der Türen geöffnet wurde und jemand in den Vorraum trat.

»Was machst du denn hier?«, hörte ich plötzlich die Stimme meines Bruders über mir.

Ich sah auf und lächelte ihn an. »Du redest ja wieder mit mir!«

Er lächelte nicht zurück. Im Gegenteil. Er sah ziemlich wütend aus, und ich nahm an, dass er sich nur zusammenriss, weil wir nicht allein waren. Wir verabschiedeten uns höflich von der Sekretärin, die mir wohlwollend zuzwinkerte. Ich war froh, dass sie offensichtlich nicht sauer auf mich war.

Wir gingen durch die erste Tür, dann den Flur entlang und durch die zweite Tür, hinaus aus dem Gebäude. Che trug eine Tüte, die er vorher nicht bei sich gehabt hatte. Ich konnte sehen, dass Bücher darin waren.

Als wir auf der Straße standen, sah er mich an. »Was soll das?«

Ich zuckte die Schultern. »Ich wollte eben wissen, was du machst.«

»Geht dich das irgendwas an?«

»Na ja, irgendwie schon«, sagte ich. »Wenn man bedenkt, wie viel Ärger wir in letzter Zeit deinetwegen hatten.«

Er schnaubte, steckte die Hände in die Jackentasche und ging los. Ich hatte Mühe, mit ihm Schritt zu halten. Bis zum Bahnhof liefen wir schweigend nebeneinanderher. Ich hatte inzwischen furchtbaren Hunger und starrte sehnsüchtig auf die Imbissangebote in der Bahnhofshalle.

»Hast du überhaupt eine Fahrkarte?«, fragte Che.

Ich schüttelte den Kopf.

»Geld?«

»Nein. Aber Hunger.«

Che ging zu einem Bäckereistand und kaufte zwei Brezeln, von denen er mir eine gab. Dann ging er zum Fahrkartenschalter und kam mit einer Fahrkarte für mich zurück.

»Du schuldest mir acht Mark zwanzig.«

O Mann. Das war fast die Hälfte meines Taschengelds für

den ganzen Monat. Und das nur, weil ich glaubte, auf meinen großen Bruder aufpassen zu müssen.

»Was hast du denn bei dem Rabbiner gemacht?«, fragte ich und biss in meine Brezel.

»Mich informiert.«

»Über was denn?«

»Na, übers Judentum«, gab er ungehalten zurück.

Ich biss ein weiteres Mal ab, kaute und schluckte dann runter.

»Und wieso interessiert dich das plötzlich? Neulich wolltest du die Juden doch noch am liebsten umbringen.«

»Hab ich nie so gesagt«, murmelte er abwehrend.

Er setzte sich in Richtung Gleis in Bewegung, und ich folgte ihm.

»Was sind das für Bücher?«

»Eines für Hebräisch. Und ein Gebetbuch.«

»Du willst Hebräisch lernen?«, fragte ich entgeistert. »Wieso denn das?«

Er gab keine Antwort, sondern sah auf die Uhr.

»Beeil dich«, sagte er.

Der Zug war ziemlich voll, vor allem mit Bundeswehrsoldaten, die nach dem Wochenende wieder in ihre Kasernen fuhren. Als wir endlich zwei freie Plätze gefunden hatten, ließen wir uns aufatmend nieder.

Ich sah aus dem Fenster und zählte die Laternenmasten, an denen der Zug vorbeifuhr. Bei zweiundsiebzig hatte Che immer noch nicht gesprochen.

Ich beugte mich nach vorn. »Darf ich mal die Bücher sehen?«

Er reichte mir wortlos die Tüte. Ich zog eines der Bücher raus. Es war das Hebräisch-Lehrbuch. Gleich vorn stand das

Alphabet, das mit »Alefbet« überschrieben war. O Mann, war das eine komplizierte Schrift! Aber die Buchstaben hatten lustige Namen. Das M hieß Mem, das G Gimel und das D Daled. Außer dem A, das zweimal vorkam und Aleph oder Ajin hieß, gab es keine Vokale. Wie konnte man denn eine Sprache ohne Vokale sprechen?

Fasziniert studierte ich die fremdartigen Schriftzeichen und versuchte, einige Wörter zu entziffern.

»Leihst du mir das mal?«, fragte ich.

Er schüttelte den Kopf. »Erstens gehört es mir nicht, und außerdem brauche ich es selbst.«

»Wofür willst du denn Hebräisch lernen?«, fragte ich zum zweiten Mal.

»Ich werde zum Judentum konvertieren«, sagte Che stolz.

Die Leute im Abteil drehten alle gleichzeitig den Kopf in seine Richtung. Sein Nachbar zur Linken rückte ein Stück von ihm ab, als hätte Che eine ansteckende Krankheit.

»Konvertieren?«, fragte meine Mutter entgeistert, als Che am Abend meine Eltern von seiner Absicht in Kenntnis setzte und damit seinen Sprechstreik auch ihnen gegenüber beendete. »Wie soll denn das gehen? Du bist ja nicht mal getauft!«

»Willst du dir nicht lieber eine Freundin suchen?«, sagte mein Vater.

»Ich dachte, du freust dich«, erwiderte Che beleidigt. »Immerhin werde ich dazu beitragen, die Religion deiner Vorväter am Leben zu erhalten.«

»Die Religion meiner Vorväter? Mir wäre es lieber gewesen, mein Vater wäre am Leben geblieben.«

»Aber die Nazis haben ihn wegen seiner Religion umgebracht«, sagte Che.

»Sie haben ihn wegen etwas umgebracht, das sie *Rasse* nennen«, verbesserte mein Vater. »Wie du vermutlich durch deine einschlägigen Studien inzwischen gelernt hast, haben die Nazis auch säkulare oder zum Christentum konvertierte Juden umgebracht.«

Dazu fiel Che erst mal nichts ein. Ich glaube, er wusste gar nicht, was säkular bedeutet. Meine Mutter nutzte die Gesprächspause und legte Che die Hand auf den Arm.

»Schau mal, Che«, begann sie. »Ich verstehe gut, dass dir die Episode mit dieser Nazigruppe unangenehm ist. Aber deshalb musst du ja nicht gleich ins andere Extrem verfallen!«

Mein Vater warf ihr einen schneidenden Blick zu. »Aber die Besuche bei deinem Nazivater sind dir nicht unangenehm, was?«

Sie ignorierte ihn und sprach weiter zu Che. »Wie wär's denn, wenn du mal an einem Meditationsworkshop teilnimmst? Da findest du sicher auch Nahrung für deine spirituelle Sehnsucht.«

»Ich habe keine spirituelle Sehnsucht«, widersprach Che genervt. »In mir fließt das Blut Davids, meine Vorfahren werden seit zweitausend Jahren verfolgt. Ich habe einen furchtbaren Fehler gemacht, und nun will ich … dafür Buße tun und Teil der jüdischen Gemeinschaft werden. Ist das denn so schwer zu verstehen?«

Ich verstand, dass Che unbedingt *irgendwo* dazugehören wollte. Seine Sehnsucht war bestimmt weder politisch noch spirituell, es war die Sehnsucht eines einsamen Kindes nach Zugehörigkeit, Orientierung und Regeln.

»Lasst ihn doch«, mischte ich mich ein. »Ist doch besser, er wird Jude, als dass er ein Nazi bleibt.«

Diesem Argument konnten auch meine Eltern nichts entgegensetzen. Außerdem war ihnen vermutlich klar, dass Che für einen solchen Schritt volljährig sein musste. Und dass der Beitritt zum Judentum eine höchst komplizierte Angelegenheit war. Ob es also jemals dazu kommen würde, war mehr als fraglich.

»Immerhin bist du schon beschnitten«, sagte ich grinsend. »Den unangenehmsten Teil hast du damit schon hinter dir.«

Wofür eine frühkindliche Vorhautverengung doch gut sein konnte.

Wenn meine Eltern gehofft hatten, Ches plötzlich erblühte Begeisterung fürs Judentum würde schon bald wieder abflauen, so hatten sie sich getäuscht.

Als Nächstes bastelte er aus einem alten Zigarrenkistchen einen kleinen Kasten, wie er bei Juden an den Türen hing. Inzwischen wusste ich, dass er Mesusa hieß. Che legte ein Stück Butterbrotpapier hinein, auf das er einen Text aus dem Fünften Buch Mose geschrieben hatte, der anfing mit: *Höre, Israel, der Herr ist unser G'tt, der Herr allein. Und du sollst den Herrn, deinen G'tt, lieben von ganzem Herzen, von ganzer Seele und mit all deiner Kraft …*

Er schrieb das Wort *Gott* als *G'tt,* verzierte das Zigarrenkistchen mit hebräischen Schriftzeichen und hängte es schief neben unsere Haustür.

Danach bastelte er sich Tefillin, Gebetsriemen aus schwarzen Samtbändern und einer schwarz bemalten Streichholzschachtel, in der ein kleineres Stück Butterbrotpapier mit dem gleichen Text steckte. Eigentlich nahm man dafür Pergament, aber Tierhäute waren bei uns schwer zu bekommen.

Er hatte bereits einige Gebete auf hebräisch auswendig gelernt, und so kam es vor, dass man Che bei einem überraschenden Besuch in seinem Zimmer stehend antreffen konnte, die Riemen um Arm und Kopf gewickelt, den Körper vor und zurück wiegend, Gebete murmelnd. Ich konnte nicht beurteilen, ob er es richtig machte, aber es sah ziemlich beeindruckend aus. Zumal sich aus seinen ins Gesicht hängenden Haarfransen allmählich eindeutig Schläfenlocken entwickelten.

Che ging uns bald allen auf die Nerven, denn er hatte kein anderes Thema mehr als Gott, die Juden, die Regeln des jüdischen Lebens und das gelobte Land.

Ob wir dieses Jahr bitte einen Pessach-Seder feiern könnten, mit Mazzen und einem Sederteller mit allem, was darauf gehöre? Ob wir mal nach Israel fahren könnten? Warum es in unserem Ort keine Synagoge, ja nicht einmal einen Gebetsraum gebe?

»Weil deine bis vor Kurzem noch so verehrten Nazifreunde alle Juden von hier weggebracht und ermordet haben«, sagte mein Vater grimmig. »Es gibt keine mehr.«

»Doch, dich«, widersprach Che. »Und mich.«

»Wir sind keine richtigen Juden, das weißt du genau.«

»Noch nicht«, sagte Che mit entschlossenem Gesichtsausdruck.

Bald darauf teilte Che uns mit, dass er beschlossen habe, sich umzunennen.

»Schon wieder«, seufzte mein Vater.

»Muss das wirklich sein?«, fragte meine Mutter.

»Und wie heißt du jetzt?« Ich war neugierig, welchen Namen er sich diesmal ausgesucht hatte. Nach Che und Wolf konnte es ja eigentlich nur besser werden.

»Matan«, verkündete Che.

»Bedeutet das irgendwas?«

»Geschenk. Auf Hebräisch.«

»Matan«, wiederholte ich. »Das gefällt mir!«

Meine Mutter seufzte, mein Vater machte immerhin keine abfälligen Bemerkungen. Allerdings nannten beide ihn ebenso wenig Matan, wie sie ihn vorher Wolf genannt hatten. Nicht weil der Name Matan ihnen nicht gefallen hätte – nichts konnte schlimmer sein als Wolf, außer vielleicht Adolf –, sondern weil sie sich nicht umgewöhnen konnten. Auch ich vergaß es immer wieder, worüber Che sich maßlos aufregen konnte. Aber wenn jemand siebzehn Jahre lang einen Namen hatte, egal wie bescheuert der sein mochte, war es fast unmöglich, sich plötzlich an einen anderen zu gewöhnen. Wenn man den Namen eines Menschen nicht mehr verwendet, ist es so, als würde dieser Mensch verschwinden. Che war eben nicht Wolf und auch nicht Matan, sondern er war und blieb Che.

Aber das mit dem Namen war nur einer seiner neuen Einfälle.

Als Nächstes erklärte er uns, er werde ab sofort koscher essen. Dass dabei Schweinefleisch verboten war und man Fleisch und Milchprodukte nicht gemeinsam verzehrte, war uns bekannt. Nicht aber, welche weiteren Einschränkungen die Umstellung mit sich brachte. Che erklärte es uns, und wir entschieden, dass der Verzicht auf Schweinebraten, Schalentiere, bestimmte Fischarten, Kaviar und Fleisch von Tieren, die nicht gleichzeitig Paarhufer und Wiederkäuer waren, nicht allzu schwerfallen würde.

Damit gab Che sich aber immer noch nicht zufrieden. Er verlangte, dass wir ein komplettes zweites Set an Geschirr, Besteck, Töpfen und Pfannen anschaffen sollten, sodass eines für die Zubereitung von milchigen und eines für die von fleischigen Gerichten zur Verfügung stand.

Da die beiden Geschirrsorten nicht gemeinsam abgespült werden durften, wollte Che uns ab sofort auch noch die Verwendung der Spülmaschine verbieten.

»Kommt nicht infrage«, sagte mein Vater.

Die Sache mit unserer Spülmaschine war ohnehin schon kompliziert: Sie stammte aus dem Haushalt von Opa Fritz, der sie nach dem Tod von Oma Hilda meinen Eltern überlassen hatte, weil sich in einem Einpersonenhaushalt der Betrieb nicht lohnte. Nun hasste mein Vater Opa Fritz zwar, noch mehr aber hasste er das Abspülen. Und so hatte er das Geschenk seines Erzfeindes widerwillig angenommen. Dass nun ausgerechnet Che, nach allem, was der ihm in letzter Zeit zugemutet hatte, die Spülmaschine außer Betrieb setzen wollte, empörte ihn.

»Dann müssen wir eben eine zweite Maschine anschaffen«, verlangte Che-Matan.

»Bei dir piept's wohl«, sagte mein Vater. »Du kannst ja mit der Hand spülen, wenn es dir so wichtig ist.«

Und so endete die Diskussion damit, dass Che sich aus dem Sammelsurium unserer Küchengerätschaften zweimal Geschirr und Besteck sowie zwei Töpfe heraussuchte, die er mit dem orangefarbenen Nagellack meiner Mutter kennzeichnete und fortan nicht nur nach den Regeln für die koschere Küche verwendete, sondern auch von Hand abspülte.

Obwohl er mich nervte, war ich doch froh, dass mein Bruder eine neue Leidenschaft gefunden hatte, die ihn erfüllte. Und dass diese Leidenschaft nichts mit Uniformen, Waffen und menschenverachtenden Ansichten zu tun hatte.

18

Um Christian nicht zu begegnen, hatte ich seit dem Vorfall mit ihm auch den Musikunterricht in der Schule geschwänzt. Ich hatte kein ärztliches Attest und keine Entschuldigung abgegeben, ich war einfach nicht mehr hingegangen – in der Hoffnung, dass er mir schon keine Schwierigkeiten machen würde.

In der großen Pause, wenn meine Mitschülerinnen im Hof waren und die Lehrer ihre Konferenz abhielten, ging ich manchmal in den Musikraum, um ein bisschen Klavier zu spielen. Ich vermisste das Spielen schmerzlich, und diese kurzen Intermezzi zwischen den Schulstunden stellten die einzige Möglichkeit für mich dar.

Eines Vormittags, als ich gerade wieder am Klavier saß, öffnete sich plötzlich die Tür, und Christian trat ein. Mein Herz machte einen Sprung, meine Hände versagten ihren Dienst. Der Lauf, den ich gerade gespielt hatte, verendete in ein paar kläglichen, falschen Tönen.

»Hallo, India«, sagte er und schloss die Tür. »Schön, dich mal wieder spielen zu hören.«

Ich schwieg und hielt den Blick nach unten gerichtet. Meine Hände auf der Tastatur zitterten, aber ich konnte sie nicht herunternehmen. Er blieb an der Tür stehen, sodass mir der Fluchtweg versperrt war. Nur der Sprung aus dem Fenster blieb mir noch, aber da wir uns im dritten Stock befanden, hätte ich mir meiner Selbstmordabsicht ganz sicher sein müssen, und das war ich nicht. Also blieb ich sitzen und sagte nichts.

»Du hast ziemlich oft gefehlt«, sagte er. »Du weißt, dass ich dich benoten muss, und das kann ich nicht, wenn du nicht am Schulunterricht teilnimmst.«

»Ich bringe ein Attest«, sagte ich leise.

Keine Ahnung, wie ich eines bekommen sollte, aber das war mir egal. Ich wollte nur, dass er ging, dass ich seine Anwesenheit nicht mehr spüren musste. Ich glaubte fast, ihn riechen zu können, und das verursachte mir ein schwindeliges Gefühl, irgendetwas zwischen Abscheu und … Sehnsucht. Ich ekelte mich vor mir selbst.

»Ein Attest genügt nicht«, sagte er. »Du musst ab sofort wieder am Unterricht teilnehmen, sonst ist deine Versetzung gefährdet.«

»Ist gut«, sagte ich und dachte: *Geh endlich! Geh!*

Aber anstatt zu gehen, kam er näher. Mein Körper spannte sich an, ich wollte aufspringen, aber ich konnte nicht. Mit schlaffen Gliedern sank ich auf den Klavierhocker zurück. Christian blieb hinter mir stehen und legte mir die Hände auf die Schultern. Ich versuchte, mich unter ihm wegzuducken, aber er ließ es nicht zu.

»India«, sagte er.

Ich wimmerte leise.

»Unser kleines Missverständnis neulich tut mir leid. Ich wünschte, du könntest mir verzeihen.«

Kleines Missverständnis?

Seine Hände auf meinen Schultern waren schwer und heiß, ich glaubte, seine Berührung direkt auf meiner Haut zu spüren.

»Lass mich los«, flüsterte ich.

Er antwortete nicht. Der Druck seiner Hände verstärkte sich.

»Es ist so schade, dass du dein Talent ungenutzt lässt. Bald wirst du alles vergessen haben, was ich dir beigebracht habe. Was für eine Verschwendung.«

Ich sank immer weiter auf dem Klavierhocker in mich zusammen und schwieg.

»Komm doch einfach wieder rüber, und wir machen mit dem Unterricht weiter, wo wir aufgehört haben.«

Das Eisgefühl stieg in mir auf, das Zittern meiner Hände breitete sich in meinem restlichen Körper aus. Ich saß da und schlotterte, als wäre es tiefer Winter, und ich säße ohne Mantel im Freien.

»India«, sagte er noch einmal. Dann beugte er sich vor und flüsterte an meinem Ohr: »Denk daran. Wir haben einen Pakt.«

Ich nickte stumm.

»Und noch etwas«, fuhr er fort, und seine Stimme war plötzlich kalt. »Du solltest keine solchen Geschichten über mich erzählen. Du siehst ja, deine Eltern glauben dir nicht. Niemand wird dir glauben.« Er packte meine Schultern und drehte mich auf dem Hocker zu sich um. »Sieh mich an!«

Ich versuchte, den Blick zu heben, aber ich konnte nicht.

»Sieh mich an!«, wiederholte er.

Ich wimmerte und versuchte, ihm in die Augen zu sehen. Er legte zwei Finger unter mein Kinn und hob meinen Kopf an, bis unsere Blicke sich trafen.

»Niemand wird dir glauben«, sagte er noch einmal. »Aber stell dir vor, ich würde jemandem von deinen Wahrnehmungen erzählen. Jeder würde denken, dass du eine psychische Störung hast und besser in einer Klinik aufgehoben wärst.«

Wieder hatte er die Hände auf meine Schultern gelegt und drückte mich fester auf den Hocker.

»Damit du es nicht vergisst, spiele ich hin und wieder für dich. Sicher hast du es schon gehört. Gefällt es dir?«

Es klingelte. Die Pause war zu Ende.

Endlich nahm er die Hände weg. »Also dann, India«, sagte er. »Ich warte auf dich.«

Seine Schritte entfernten sich, ich hörte, wie er die Tür öffnete und wieder schloss. Zitternd blieb ich sitzen, den Blick in meinen Schoß gerichtet.

Der Krieg zwischen meinen Eltern war inzwischen zum Normalzustand geworden. Mal stritten sie lautstark, mal schwiegen sie sich vorwurfsvoll an, dann wieder wirkten sie, als hätten sie gänzlich resigniert. Ich weiß nicht, wie oft meine Mutter aus dem ehelichen Schlafzimmer aus- und wieder dort eingezogen war. Am zornigsten wurde mein Vater, wenn meine Mutter mitten in einer Auseinandersetzung aufstand und sagte, sie gehe jetzt meditieren.

Das regte ihn so auf, dass er eines Tages seine volle Kaffeetasse gegen die Wand schleuderte. Seither zierte ein hellbrauner Fleck die Stelle zwischen der Tür und dem Kühlschrank, und immer noch trat man auf winzige Porzellansplitter, die knirschend unter den Schuhsohlen zerbröselten.

Ich hatte mich schon so an die wechselnden Stimmungen im Haus gewöhnt, dass ich kaum noch darauf achtete. Als aber eines Mittags, als ich aus der Schule kam, ein bunter VW-Bus vor unserem Haus stand, war ich alarmiert.

Kaum betrat ich den Flur, hörte ich auch schon aufgebrachte Stimmen aus der Küche. Ich schlich näher, stellte mich an die Tür und lauschte.

»… des isch eine total überkommene, burschoase Denkweise«, hörte ich Swami Pramendras Stimme. »Mit so einem Besitzanschpruch kannsch du doch keine reife Beziehung führen.«

»Was maßt du dir eigentlich an, du lächerlicher Provinzguru?«, hörte ich meinen Vater wüten. »Kommst in mein Haus, bumst meine Frau und glaubst dann, du hättest hier irgendwas zu melden?«

»Also, Willi, das geht jetzt aber zu weit«, sagte meine Mutter ungewohnt energisch. »Swami Pramendra hat recht, ich bin nicht dein Eigentum. Und was zwischen ihm und mir passiert, spielt sich viel mehr auf einer geistigen als auf einer körperlichen Ebene ab.«

»Dann könnt ihr ja zukünftig Brieffreunde sein«, sagte mein Vater sarkastisch.

»Die Liebe isch was Universelles«, mischte der Swami sich wieder ein. »Je mehr du lieben kannsch, umso umfassender isch deine Welterfahrung. Und jede körperliche Vereinigung hat auch eine geischtige Komponente.«

»Das interessiert mich nicht«, brüllte mein Vater. »Das hier ist meine Frau, und von der hast du gefälligst die Finger zu lassen, verstanden? Und jetzt verlässt du mein Haus.«

»Meinst du das ernst?«, fragte meine Mutter.

»Und ob ich das ernst meine!« Mein Vater schien jeden Augenblick wie das HB-Männchen in die Luft zu gehen. Ich begann, mir Sorgen zu machen. Irgendjemand hatte mal gesagt, er sei der Typ für einen Herzinfarkt.

»Dann gehe ich mit«, sagte meine Mutter.

»Bitte sehr, dann geh doch!«, blaffte mein Vater.

Ich hörte das Rumpeln von Stühlen, im nächsten Moment öffnete sich die Küchentür, und der Swami kam so würdevoll herausgeschritten, wie es unter den gegebenen Umständen möglich war. Dicht hinter ihm folgte sichtlich aufgeregt meine Mutter mit geröteten Wangen.

Das ging doch nicht! Ich konnte doch nicht zusehen, wie meine Mutter mit diesem Laberheini wegging!

»Mama!«, rief ich und warf mich in ihre Arme. »Bitte, bitte, geh nicht!«

Genau genommen hatte ich keine Ahnung, ob es besser wäre, wenn sie bliebe oder wenn sie ginge. Aber irgendwas musste ich schließlich tun, und ich nahm an, das war die Reaktion, die der Situation angemessen war.

»India!«, sagte meine Mutter erschrocken.

»Bitte geh nicht weg!«, wiederholte ich theatralisch.

Sie wechselte einen verunsicherten Blick mit dem Swami.

»Warte hier, Schätzchen«, sagte sie dann zu mir und zog den Swami ins Wohnzimmer. Offenbar wollten die beiden da drinnen ungestört beraten, wie es weitergehen solle.

Ich überlegte, ob ich gegen die Tür hämmern oder was anderes Dramatisches tun sollte, aber dann ging ich nur zu meinem Vater in die Küche. Der saß da und las Zeitung, als wäre nichts gewesen. Ich fragte mich, ob seine Gelassenheit gespielt war oder ob es ihm letztlich egal wäre, wenn meine Mutter wegginge. Vielleicht war er nur wütend, weil er nicht gegen den König der Liebe verlieren wollte.

Durch die geöffnete Tür sah ich, wie meine Mutter und der Swami aus dem Wohnzimmer kamen. Sie flüsterten miteinander und blickten sich tief in die Augen.

»Bis bald«, hauchte meine Mutter, und der Swami verließ erhobenen Hauptes unser Haus. So richtig beeindruckend wirkte er trotzdem nicht in seinem Aufzug mit den bestrumpften Füßen in Sandalen.

Als die Haustür zugefallen war, hob mein Vater den Kopf und fragte betont gelangweilt: »Ist der Kasper endlich weg?«

Meine Mutter kam in die Küche gestampft. »Glaub bloß nicht, dass die Sache damit ausgestanden ist! Ich bin nur wegen der Kinder geblieben. Sie haben eine Erklärung verdient.«

»Nicht nötig, Mama«, sagte ich schnell. »Ihr werdet schon das Richtige tun.«

»Ich gehe jetzt erst mal meditieren«, verkündete meine Mutter.

Mein Vater mahlte mit den Kiefern.

Zu meiner Überraschung geschah dann zunächst gar nichts. Weder gaben meine Eltern irgendwelche Erklärungen ab, noch tauchte der Swami noch mal auf. Ich wusste nicht, ob mein Vater es doch geschafft hatte, ihn einzuschüchtern, ob meine Mutter zur Vernunft gekommen war oder ob der Swami das Interesse an ihr verloren hatte.

Jedenfalls blieb erst mal alles, wie es war, und das war mir sehr recht.

Ches neuerliche Metamorphose blieb natürlich auch in seinem weiteren Umfeld nicht unbemerkt. Als Neonazi war er in seiner Schule nur durch die Uniform unangenehm aufgefallen, andere Beschwerden hatte es in der ganzen Zeit nicht gegeben. Seit er sich jedoch als Jude gerierte, war er offenbar umgehend zum Gegenstand pädagogischer Erörterungen geworden. Eines Tages rief jemand von der Schule bei uns zu Hause an. Zufällig nahm ich das Gespräch entgegen.

»Kaufmann?«

»Bertolt-Brecht-Gymnasium, Schäfer. Ich bin der Schulpsychologe. Spreche ich mit Frau Kaufmann?«

»Ja«, sagte ich spontan.

Meine Mutter und ich hatten eine ähnliche Stimme und wurden am Telefon häufiger verwechselt. Auch Herr Schäfer schöpfte keinen Verdacht.

»Frau Kaufmann, ich möchte mit Ihnen über Ihren Sohn Che sprechen.«

»Ja, bitte?«

»Er macht uns in letzter Zeit Sorgen.«

»Sorgen?«

Ich versuchte, meine Antworten möglichst kurz zu halten.

»Nun ja, er legt ungewöhnliche Verhaltensweisen an den Tag und sorgt unter der Schülerschaft und im Kollegium für Irritationen.«

»Welche Verhaltensweisen?«

»Er behauptet, Jude zu sein. Er nennt sich neuerdings Matan. Er weigert sich, am Religionsunterricht teilzunehmen.«

»Er kann sich ja befreien lassen.«

»Er verlangt aber die Einrichtung eines jüdischen Religionsunterrichts.«

»Hm«, sagte ich, weil mir nichts Besseres einfiel.

»Frau Kaufmann, ist Che tatsächlich Jude?«

»Wie man's nimmt.«

»Wie man's nimmt?«, wiederholte Herr Schäfer konsterniert. »Sie müssen doch wissen, welcher Konfession Ihre Familie angehört. Sie werden uns bei der Anmeldung von Che doch keine falsche Angaben gemacht haben.«

Ich war verunsichert. Was sollte ich ihm sagen? Das alles war schwer zu erklären, außerdem hätte Herr Schäfer dann garantiert gemerkt, dass ich nicht meine Mutter war.

»Hm«, machte ich also wieder.

Herr Schäfer war offenbar an meiner Antwort ohnehin

nicht interessiert. »Um unsere pädagogischen Ziele zu erreichen, ist es erforderlich, dass unsere Schüler sich an gewisse Regeln halten«, fuhr er fort. »Che hält sich schon länger nicht mehr an die Regeln.«

»Was haben Sie gegen Juden?«, fragte ich.

Herr Schäfer blieb einen Moment lang stumm. »Wollen Sie mir etwa Antisemitismus unterstellen?«, fragte er dann empört.

»Das liegt mir fern«, gab ich zurück. Eine Formulierung, die meine Mutter verwendete, wenn sie meinte: »Sie haben mich völlig richtig verstanden.«

Herr Schäfer räusperte sich. »Es tut mir leid, dass ich das so sagen muss, aber wenn Che sich nicht wieder an die Gepflogenheiten unserer Schule hält, müssen wir darüber nachdenken, ob er weiterhin zu uns passt.«

»Ich spreche mit ihm«, sagte ich. »Auf Wiederhören.«

Ich legte auf und drehte mich um. Che lehnte an der Tür und grinste mich an.

»Danke, Mama«, sagte er.

»Du musst ein bisschen vorsichtiger sein«, erklärte ich ihm. »Die sind genervt von dir und suchen nach einem Grund, dir Schwierigkeiten zu machen. Gib ihnen also möglichst keinen.«

»Ich dachte, in diesem Land herrscht Religionsfreiheit.«

»Religionsfreiheit schon, aber keine Narrenfreiheit«, sagte ich. »Solange du nicht offiziell zum Judentum übergetreten bist, kannst du nicht so auftreten.«

»Falsch, es ist genau andersherum«, widersprach Che. »Um ein guter Jude werden zu können, muss ich wie einer leben. Ich muss auch mit der Ablehnung leben, die Juden entgegengebracht wird. Nur dann wird sich zeigen, ob ich es wert bin, in die jüdische Gemeinschaft aufgenommen zu werden.«

Mir fiel das Gedicht von Mascha Kaléko ein: *Nur eines nimm von dem, was ich erfahren: Wer du auch seist, nur eines – sei es ganz!*

»Wie funktioniert denn das mit dem Judewerden überhaupt?«, fragte ich.

»Das ist sehr schwer«, sagte Che seufzend. »Du musst erklären, was deine Motive sind, die werden genau geprüft, und der Rabbiner weist dich auf jeden Fall mehrere Male ab. Die wollen ganz sicher sein, dass du es ernst meinst. Dann musst du Hebräisch lernen und die Schriften studieren. Du legst eine richtige Prüfung ab. Und erst danach wirst du aufgenommen. Oder auch nicht.«

»Wieso machen die das so kompliziert?«, fragte ich verständnislos. »Die sollen sich doch freuen, wenn welche bei ihnen mitmachen wollen.«

»Die Juden sind eben Gottes Volk, da kann nicht einfach jeder übertreten«, erklärte Che mit einem gewissen Stolz.

»Na, dann streng dich mal an«, sagte ich spöttisch.

»Es hängt nicht nur von mir ab«, erklärte Che. »Die Eltern müssen zustimmen, solange ich nicht volljährig bin.«

Che machte den Eindruck, gern weiter über das Thema sprechen zu wollen. So sehr interessierte mich das Ganze dann aber doch nicht.

»Ich muss was für die Schule tun«, sagte ich entschuldigend und wollte in mein Zimmer gehen.

»Warte«, sagte Che. »Ich brauche eine Kippa.«

»Du meinst, so ein Käppchen?«

»Ja, genau, eine Kippa.«

»Na, dann kauf dir doch eine«, sagte ich.

»Und wo?«

Ich überlegte. Tatsächlich hatte ich noch nirgendwo Geschäfte für den täglichen jüdischen Bedarf gesehen, und selbst unser sonst so gut sortiertes Kaufhaus im Zentrum hatte wohl keine entsprechende Abteilung.

»Vielleicht in einem Hutgeschäft?«

Che lachte. »Bestimmt nicht. Ich muss mir wohl selbst eine machen.«

»Eine Kippa? Selbst machen?« Wie sollte das denn gehen? Die konnte man ja nicht aus Pappe basteln oder aus Holz schnitzen.

»Na, stricken oder häkeln«, sagte Che. »Das ist bestimmt nicht schwer.«

»Dann mal los«, sagte ich.

»Ich kann aber nicht häkeln.«

»Ich auch nicht«, sagte ich. »Und stricken auch nicht.«

Aber dann fiel mir jemand ein, der es konnte. Die Frau, die sämtliche Handarbeitstechniken beherrschte und sogar ein Zitat von Willy Brandt auf ein Sofakissen hätte sticken können, wenn sie nur gewollt hätte.

»Du kannst ja mal Margot fragen«, schlug ich vor.

Che blickte mich flehend an. »Du kennst sie doch viel besser. Könntest du nicht vielleicht …?«

»Nein!«, rief ich erschrocken. Um keinen Preis würde ich zu den Bertholds rübergehen.

»Wieso denn nicht?« Che war von meiner Reaktion offensichtlich irritiert.

»Weil …«, begann ich, brach dann aber ab.

Nach der Begegnung mit Christian im Musikraum hatte ich es sorgfältig vermieden, ihn ein weiteres Mal allein zu treffen. Aber vor dem Musikunterricht konnte ich mich nicht mehr drücken; also setzte ich mich in die letzte Reihe und beteiligte mich einfach nicht. Zum Glück ließ er mich in Ruhe, nur hie und da flackerte sein Blick nervös zu mir hin. Aber das Nachbarhaus betreten würde ich auf keinen Fall.

Dann fiel mir plötzlich ein, dass Christian nach Ostern auf einer Chorfreizeit der Schule sein würde. Und im nächsten Moment kam mir eine Idee.

»Also gut«, sagte ich. »In einer Woche kriegst du deine Kippa.«

»Wieso erst in einer Woche?«

»Weil … vorher geht es nicht.«

Che nickte. »Na gut.«

»Aber dann musst du mir auch einen Gefallen tun«, sagte ich.

Er beäugte mich misstrauisch. »Was denn?«

»Ich will, dass wir die Zimmer tauschen.«

Überrascht sah Che mich an. Mein Zimmer war schöner und größer als seines.

»Warum nicht«, sagte er.

Ich hielt ihm die Hand hin, er schlug ein, und wir legten beide die andere Hand aufs Herz. Das war das Oberindianer-Ehrenwort, mit dem wir in unserer Kindheit Abmachungen besiegelt hatten.

Che-Matans Jüdischwerdung schritt auch ohne Kippa unaufhaltsam voran. Er hatte aufgehört, sich zu rasieren, da auch dies zu den Regeln gehörte, die er glaubte, befolgen zu müssen. Leider war sein Bartwuchs ziemlich spärlich, daher waren die dünnen Fussel, die sein Kinn und seine Wangen zierten, nicht gerade ein attraktiver Anblick. Ich machte mir Sorgen, dass er nie mehr eine Freundin finden würde. Mittlerweile teilte ich den Standpunkt meiner Eltern, dass viele von Ches Problemen sich lösen würden, wenn er sich verlieben könnte. Aber welches Mädchen sollte sich derzeit in Che verlieben?

Offenbar war er dem Rabbiner in Stuttgart mit seinen ständigen Besuchen und der endlosen Fragerei so auf den Wecker gegangen, dass der ihn an eine jüdische Familie in unserem Ort verwiesen hatte. Die hatte ihn zu ihrer Pessachfeier eingeladen. Che war begeistert.

»Darf ich mit?«, bettelte ich.

Che fragte bei der Familie nach, und zu meiner Freude wurde die Einladung umstandslos auf mich ausgedehnt. Ich hatte nicht gewusst, dass es in unserem Ort überhaupt noch Juden gab. Und tatsächlich war die Familie Weiser, wie sich herausstellte, eine von nur drei jüdischen Familien, die in der Stadt lebten.

Als Gastgeschenk hatte ich selbst bemalte Ostereier dabei. Ich hoffte, die gingen, obwohl sie ein christliches Symbol waren, auch für Juden in Ordnung.

Die Familie wohnte in einem Mehrfamilienhaus nicht weit vom Zentrum. Es gab keinen Lift, also stiegen wir die Treppe zum dritten Stock hoch. Ein ungefähr siebenjähriger Junge öffnete uns. Mein Blick wanderte nach rechts zum Türstock: keine Mesusa.

Der Junge lief vor uns her in die Wohnung, und in diesem Moment trat Herr Weiser auf den Flur. Er war etwas jünger als unser Vater, sah mit seinen dunklen Augen und Haaren ein bisschen südländisch aus, aber sonst völlig normal. Kein Bart, keine Schläfenlocken, kein Pelzhut. Er trug einen Anzug und ein Hemd, aber keine Krawatte. Nichts an ihm wirkte ungewöhnlich. Ich war ein bisschen enttäuscht.

»Pesach Sameach«, sagte er freundlich und schüttelte uns die Hand. »Herzlich willkommen, ihr beiden!«

»Pesach Sameach«, erwiderte Matan.

»Grüß Gott«, sagte ich und kam mir blöd vor. »Wie heißt das?«, flüsterte ich und knuffte Che in die Seite.

»Pesach Sameach«, wiederholte er, und beim Eintreten ins Wohnzimmer, wo die restliche Familie schon an einem Esstisch wartete, schmetterte ich den Satz, der wohl so viel wie »fröhliches Pessachfest« bedeutete, laut hinaus.

Frau Weiser lächelte, die drei Söhne kicherten. Sie sahen mit ihren dunklen Augen und dem schwarzen Haar ihrem Vater ähnlich. Frau Weiser hingegen hatte eine dunkelblonde, lockige Haarmähne und helle Augen.

Ich reichte ihr mein Geschenk. Ich hatte die Ostereier in einen Eierkarton gestellt, den ich ebenfalls bunt bemalt hatte.

»Die sind aber hübsch«, lobte sie.

Ich lächelte verlegen.

Verstohlen sah ich mich um. Bis auf einen siebenarmigen Leuchter und einige orientalisch anmutende Teppiche entdeckte ich nichts, was diesen Raum von anderen Wohnzimmern unterschied. Er war einfach möbliert, man konnte sehen, dass die Familie nicht reich war. Da und dort standen Fotos, daneben kleine Gefäße und Figuren, die einen gewissen Wert zu haben schienen. Vielleicht Familienerbstücke.

Ich fragte mich, welches Schicksal diese Familie wohl hinter sich hatte. Was ihren Eltern und Großeltern während der Nazizeit widerfahren war. Warum die Weisers sich entschlossen hatten, in Deutschland zu bleiben und ihre Kinder hier aufwachsen zu lassen, warum gerade hier, in unserem Ort. Ich hätte all diese Fragen gern gestellt, aber ich traute mich nicht.

Frau Weiser trug nun die Speisen auf. In die Mitte des Tischs stellte sie einen großen Teller, auf dem verschiedene Kräuter und ein gekochtes Ei lagen, daneben etwas, was wie Apfelmus aussah. Auf einem anderen Teller lagen unter einem Tuch flache Scheiben, die wie Knäckebrot aussahen. Das mussten die Mazzen sein, von denen ich gelesen hatte, ungesäuertes Brot.

Unsere Gastgeberin stellte Schüssel um Schüssel auf den Tisch, bis der sich buchstäblich unter der Last der Leckereien bog. Sie zündete die Kerzen an und murmelte etwas mir Unverständliches. Dann wurde ein Glas Wein herumgereicht, aus dem alle einen Schluck tranken, auch die Kinder. Ich hoffte, dass sie nicht zu viel Spucke ins Glas zurücklaufen ließen, und fragte mich, ob Juden sich häufiger mit Schnupfen anstecken, wenn sie so oft aus einem gemeinsamen Glas trinken.

Alle am Tisch erhielten ein Stück Mazze, jeder legte sich etwas gebratenes Fleisch darauf, dann wurde ein Segen gesprochen: »Baruch Ata HaSchem Elohenu Melech HaOlam Ascher Kidschanu BeMizwotaw WeZiwanu Al Mizwat Eruw.«

Kaum hatte er den ersten Bissen gegessen, fragte Che: »Müsste nicht auch ein Schälchen mit Essig auf dem Tisch stehen?«

»Der Essig ist uns heute leider ausgegangen.« Frau Weiser lächelte entschuldigend.

»Salzwasser geht auch«, sagte Che. »Und auf dem Seder-Teller müsste doch auch ein Knochen liegen, oder?«

Ich trat ihm unter dem Tisch gegen das Schienbein.

Das koschere Essen schmeckte gut, und ich setzte es hinter Italienisch und Indisch auf Platz drei meiner Favoriten. Chinesisch war damit auf Platz vier gerutscht.

Nach dem Essen las Herr Weiser etwas über die Vertreibung der Juden aus Ägypten vor. Die Worte lösten Bilder von wandernden Menschen in meinem Kopf aus, von Eseln in der Wüste, von Palmen und uraltem Gemäuer in heißer Sonne. Dann wurde ich müde, auch weil ich es nicht gewohnt war, Wein zu trinken. Ich gähnte und lächelte den Kindern verlegen zu.

Che-Matan löcherte unsere Gastgeber mit seinen Fragen, und die antworteten geduldig.

Schließlich fiel mir auch noch etwas ein, was ich wissen wollte: »Warum haben Sie keine Mesusa an der Tür hängen?«

Das Ehepaar tauschte einen schnellen Blick. »Weil wir uns lieber nicht als Juden zu erkennen geben«, sagte Frau Weiser.

Und ihr Mann ergänzte: »Es gibt hier Menschen, die mögen keine Juden. Nicht nur die Alten, die schon damals dabei waren, leider auch junge.«

Che versank regelrecht in seinem Stuhl, sein Gesicht war von einem rötlichen Schimmer überzogen.

Herr Weiser richtete den Blick auf ihn und sagte: »Du solltest dir das mit dem Konvertieren gut überlegen, mein Junge. Wir können es uns nicht aussuchen, aber dich zwingt niemand dazu. Wenn es etwas gibt, was dich in diesem Land zum Außenseiter macht, dann die Tatsache, Jude zu sein.«

Komischerweise war Ostern nicht am selben Tag wie Pessach, sondern drei Tage später. Und wir feierten an diesem Tag nicht die Auferstehung Jesu, sondern die des Swami Pramendra, der plötzlich wieder mit seinem VW-Bus vor unserer Tür stand.

Ich hatte gehofft, er wäre endgültig aus dem Leben unserer Mutter – und damit aus unserem – verschwunden, aber so war es offenbar nicht. Sie musste nach seinem letzten Besuch den Kontakt mit ihm gehalten haben. Und nun war er wieder da.

Mein Vater war über das Osterwochenende zu seinen Künstlerfreunden nach Düsseldorf gefahren, und meine Mutter hatte das ausgenutzt, um den König der Liebe zu sich zu bestellen. Ich fand das gemein von ihr. Wenn sie den Swami lieber mochte als meinen Vater, sollte sie es ihm endlich sagen. Da ich mir schlecht vorstellen konnte, dass mein Vater den Swami im Haus dulden würde (er hatte ihn ja schon einmal rausgeworfen), wäre eine Trennung wohl unvermeidlich.

Es kam zu einem herzzerreißenden Wiedersehen zwischen dem Swami und meiner Mutter, das ich vom Fenster meines Zimmers aus beobachtete. Es war seltsam, dabei zuzusehen, wie die eigene Mutter einen fremden Mann küsste. Also richtig, nicht nur auf die Wange. Ich hoffte inständig, dass keiner unserer Nachbarn Zeuge dieser Szene wurde.

Ich überlegte, was ich tun sollte. Ob ich wieder ein Drama veranstalten oder den Dingen diesmal einfach ihren Lauf lassen sollte. Die Stimmung zwischen meinen Eltern war so schlecht, dass ich allmählich glaubte, es sei vielleicht doch besser, wenn sie nicht zusammenblieben.

Ich fragte mich nur, wie das alles praktisch funktionieren sollte. Wer von den beiden würde aus unserem Haus ausziehen? Wahrscheinlich meine Mutter. Wo würde sie hinziehen? Zu ihren Sinnsucherfreunden, die in der Nähe einen Bauernhof bewohnten? Ob man mich fragen würde, bei wem ich leben wollte? Die Entscheidung zwischen einer

Sannyasin-Kommune und dem Zusammenleben mit meinem Vater und meinem Bruder würde mir nicht allzu schwerfallen. Die Frage war nur, wovon wir leben sollten.

Mein Vater hatte seit Monaten eine »kreative Blockade«, wie er meiner Mutter in einem Streit vorgeworfen hatte, denn natürlich war in seinen Augen sie daran schuld. Wenn sie ihn nun endgültig verließe, würde ihm vielleicht überhaupt nichts Kreatives mehr einfallen. Wovon sollten wir dann die Miete für unser Haus bezahlen und all die anderen Sachen, die wir zum Leben brauchten?

Natürlich könnte mein Vater versuchen, irgendwo eine Arbeit zu bekommen. Aber wer würde einen Performancekünstler anstellen? Und was könnte er sonst überhaupt arbeiten? Ich konnte ihn mir weder als Hilfsarbeiter noch als Zeitungsausträger oder Taxifahrer vorstellen, aber nur solche Tätigkeiten kämen wohl infrage. Für alle anderen Berufe brauchte man eine Ausbildung, die er aber leider nicht hatte. Vielleicht war er deshalb so wild darauf, dass wir das Abitur machten und studierten. Damit wir nicht so endeten wie er.

Als ich mir das alles vorstellte, bekam ich Angst. Ich wollte mit Che darüber reden, schließlich betraf ihn das alles genauso. Obwohl das Drama zwischen unseren Eltern nun schon Monate dauerte, hatten wir uns noch nie darüber ausgetauscht.

Als ich an seine Zimmertür klopfte, erhielt ich keine Antwort. Ich drückte die Tür auf und guckte hinein. Das Zimmer war leer, er musste früh aufgestanden und weggegangen sein. Ich wusste nicht recht, was ich machen sollte. Schließlich schlich ich die Treppe hinunter und nahm meinen Lauschposten vor der Küche ein, in der meine Mutter und der Swami inzwischen hockten und Tee tranken. Vielleicht würde ich herausfinden, was sie vorhatten.

Sie sprachen sehr leise, ich konnte sie kaum verstehen. Das wenige, was ich mitbekam, deutete darauf hin, dass die beiden eine Reise planten.

»... die richtige Zeit ... Flug ... transzendieren ... Meister ... Impfungen ...«

Es erforderte nicht allzu viel Intelligenz, sich zusammenzureimen, dass es um eine Reise zum Bhagwan ging, also nach Indien. Wann und für wie lange diese Reise geplant war, konnte ich der bruchstückhaften Unterhaltung nicht entnehmen.

Hoffnung keimte in mir auf. Vielleicht wollte meine Mutter sich ja gar nicht endgültig von meinem Vater trennen. Vielleicht wollte sie sich nur »ein bisschen ausleben«, wie sie es einmal genannt hatte. Vielleicht gehört zum Ausleben dazu, dass man mal einen anderen als den eigenen Mann küsst, ein bisschen transzendiert, und wenn sie das eine Weile gemacht hätte, könnte sie vielleicht zurückkommen und wieder mit ihrem Mann, ihren Kindern und dem Leben, das sie führte, zufrieden sein. Auf die Dauer musste sie doch merken, was für eine Hohlbirne der Swami war.

Ich guckte durchs Schlüsselloch und seufzte. Schon wieder knutschten die beiden, der Swami knetete den Busen meiner Mutter, und wo sie ihre Hand hatte, konnte ich nur vermuten. Angewidert wandte ich mich ab.

Erwachsene waren so komisch. Wussten immer alles genau und machten dann alles anders. Waren unzufrieden. Getrieben von dem Drang, Dinge zu verändern. Ich konnte mich da nicht reinversetzen. Mir war es am liebsten, wenn sich so wenig wie möglich änderte. Ich mochte Regelmäßigkeit und

Verlässlichkeit. Deshalb gefiel mir überhaupt nicht, was rund um mich her geschah. Alles, was ich kannte und was mir Sicherheit gegeben hatte, löste sich auf.

Gleich nach Ostern, als der Schulchor unter der Leitung von Christian für drei Tage zu einer Chorfreizeit gefahren war, wollte ich das Versprechen einlösen, das ich Che gegeben hatte.

Ich ging rüber und klingelte an der Tür der Bertholds. Meine Hände waren feucht, nervös lauschte ich auf die Geräusche, die aus dem Inneren des Hauses drangen. Noch einmal machte ich mir bewusst, dass Christian nicht zu Hause war, trotzdem sah ich mich ängstlich um, als könnte er jeden Moment aus irgendeinem Versteck auftauchen.

»Indie, was für eine Überraschung!«, rief Margot, als sie die Tür geöffnet hatte. »Du hast dich ja ewig nicht mehr blicken lassen.«

»Tut mir leid«, sagte ich. »Zurzeit muss ich furchtbar viel für die Schule lernen.«

Ich fragte mich, wie lange diese Ausrede noch glaubhaft sein würde. Kein Mensch lernte so viel, wie ich angeblich lernte, und hatte dabei so mäßige Noten.

Margot ließ mich eintreten. Wir gingen am Musikzimmer vorbei, und ich war froh, dass die Tür geschlossen war.

»Mager siehst du aus!«, sagte sie. »Komm mit in die Küche, ich mache dir ein paar Pfannkuchen.«

Ich folgte ihr und sah zu, wie sie in einer Schüssel Eier aufschlug, Mehl, Milch und Wasser sowie eine Prise Salz hinzufügte und alles mit dem Schneebesen kräftig durchschlug. Sie erklärte mir, dass der Teig einige Minuten ruhen müsste, in der Zeit sollte ich, falls ich selbst mal Pfannkuchen machen würde, den Ofen vorheizen und einen Teller hineinstellen, ein Kompott kochen oder – falls es schnell gehen müsse – ein Glas Apfelmus öffnen. Außerdem sollte ich Zimt und Zucker in einem Schälchen mischen, aber nicht zu viel Zimt, sonst würde es bitter schmecken.

Als ich sie bei den Vorbereitungen beobachtete, fiel mir auf, dass auch sie abgenommen hatte. In den Wochen, in denen ich sie nicht gesehen hatte, war ihr Gesicht schmaler geworden, die Augen lagen tief in den Höhlen, die Falten neben ihrem Mund gruben sich scharf in ihre Haut.

Margot buk die Pfannkuchen und stapelte sie auf dem Teller im Ofen. Als sie fertig war, stellte sie den Teller vor mich hin und sah zu, wie ich gierig einen nach dem anderen verschlang. Nach dem vierten konnte ich nicht mehr. Ich ließ das Besteck sinken, schluckte den letzten Bissen hinunter und sagte: »Vielen Dank, das hat toll geschmeckt.«

»Die restlichen darfst du für deinen Bruder mitnehmen«, bot sie an.

Ich überlegte schnell, ob Pfannkuchen koscher waren. Da Milch darin war, durfte man sie nicht mit Fleisch essen, aber was waren denn Eier? Die waren doch so was wie eine Vorstufe von Fleisch. War das dann erlaubt oder nicht?

»Mhm, lecker!« Petra war in die Küche gekommen, schnappte sich zwei Pfannkuchen auf einmal, bestrich sie mit Apfelmus und aß sie im Stehen.

Margot schüttelte missbilligend den Kopf. »Was sind denn das für Manieren?«

»Du hast mich doch erzogen«, gab Petra zurück und grinste. »Ade, ich gehe jetzt.« Und schon war sie aus der Tür.

Margot seufzte.

»Ich wollte Sie etwas fragen, Frau Berthold. Was ist leichter, Stricken oder Häkeln?«

Sie überlegte. »Es kommt darauf an. Was soll es denn werden?«

»Eine Mütze. Aber sie darf nicht über die Ohren gehen, nur so hinten auf dem Kopf drauf sitzen. Ich brauche sie für eine Theateraufführung.«

»Du meinst eine Kappe?«

»Ja, genau«, sagte ich. Kippa, Kappe, egal.

»Dafür ist Häkeln besser«, sagte Margot.

Sie ging aus der Küche und kam dann mit einem großen Korb voller bunter Wollknäuel zurück, von denen ich mir eine Farbe aussuchen sollte. Vielleicht war eine dezente Farbe gut. Grau oder blau. Mir fiel ein, dass die israelische Fahne hellblau und weiß war, vielleicht würde Che sich freuen, wenn seine Kippa so aussähe.

»Gehen auch zwei Farben?«, fragte ich.

Sie nickte. »Natürlich.«

Margot suchte nach der passenden Häkelnadel, zog die Wolle durch ihre Finger und forderte mich auf, genau hinzusehen. Sie zeigte mir, wie man Luftmaschen machte, sie zu einem Kreis schloss, eine weitere Reihe fester Maschen daraufsetzte und schließlich Stäbchen häkelte. Das Käppchen wuchs schnell. Immer wieder reichte sie mir das Häkelzeug und ließ es mich ausprobieren. Am Anfang hatte ich das Gefühl, meine Finger verknoteten sich, aber nach ein paar Runden ging es schon besser. Trotzdem brauchte ich für jede Masche dreimal so lange wie Margot.

»Das wird schon«, sagte sie aufmunternd. »Jetzt müssen wir abnehmen, der Kopf wird ja nach oben hin schmaler.«

Ich sah zu, wie sie jede sechste Masche mit der folgenden

zusammenhäkelte und das alle paar Reihen wiederholte, bis die Kappe sich rundete. Ganz am Schluss häkelte sie das Loch zu, das übrig geblieben war, und vernähte die Fäden. Sie reichte mir die blau-weiß-geringelte Kippa, und ich setzte sie mir auf den Kopf, als wäre sie für mich.

»Steht dir gut«, sagte Margot lächelnd. »Man könnte so eine Kappe übrigens auch umgekehrt häkeln, von der Mitte zum Rand«, erklärte sie mir. »Soll ich dir das auch noch zeigen?«

»Vielen Dank, gerne beim nächsten Mal«, sagte ich schnell.

Ich stand auf, nahm meinen Teller und trug ihn zum Spülbecken, wo ich ihn abwusch. Ich hoffte, Margot würde mir die restlichen Pfannkuchen mitgeben, wie sie es versprochen hatte, aber anscheinend hatte sie es inzwischen vergessen.

»Wo ist denn Bettina?«, fragte ich.

Margots Miene verfinsterte sich. »Weg ist sie, immer nur weg. Sie sagt mir gar nicht mehr, wohin sie geht. Genau wie Petra. Ich bin da, die Mädchen sind weg. Manchmal frage ich mich, ob sie es überhaupt merken würden, wenn ich auch irgendwann weg wäre.«

»Wohin wollen Sie denn gehen?«, fragte ich neugierig.

»Nirgendwohin. Ich meine ja nur. Der Onkel ist auch weg, und mein Mann auch.«

Die Erwähnung von Christian schnürte mir den Hals zu. »Aber der ist doch nur auf der Chorfreizeit«, sagte ich.

Margot sah mich mit einem Blick an, der gehetzt wirkte und in dem gleichzeitig tiefe Trauer lag. »Weißt du, Indie, manche Menschen sind da, obwohl sie weg sind. Und manche sind weg, obwohl sie da sind.«

Es traf mich wie ein Schlag. Für Margot war Christian weg, obwohl er da war. Für mich war es umgekehrt. Immer war er da, ob ich es wollte oder nicht. Und wenn ich ihn zu vergessen drohte, brachte er sich mir mit seinen musikalischen Botschaften wieder schmerzhaft in Erinnerung. Es war unerträglich, dass er solche Macht über mich hatte. Dass er sogar aus der Ferne meine Empfindungen steuern konnte. Ich hasste ihn für meine Schwäche, für mein Ausgeliefertsein.

Manchmal stellte ich mir vor, wie ich bei einem Schulkonzert auf die Bühne ging, mit einer Handbewegung alle zum Schweigen brachte und den versammelten Schülerinnen, Eltern, Lehrern und Gästen erzählte, was Christian getan hatte. Bis in alle Einzelheiten würde ich beschreiben, wo er mich berührt hatte, wie er mich glauben machen wollte, ich hätte geträumt, wie er mich bedroht hatte. Ich sah die Gesichter des Publikums vor mir, wollte mir ihre Empörung vorstellen – und sah doch nur in leere, gleichgültige Mienen.

Meine Lieblingsfantasie war, dass ich eine Axt aus unserem Geräteschuppen nahm, ins Musikzimmer ging und Christians Konzertflügel kurz und klein schlug.

Der Gedanke erleichterte mich immer ein wenig, aber stets nur für kurze Zeit. Dann siegte die Vernunft, und mir wurde klar, dass ich nichts von alledem machen würde. Weil es sowieso nichts änderte. Weil niemand mir glauben würde. Weil Christian mich als verrückte Lügnerin hinstellen würde. Und weil ich einen zerstörten Konzertflügel mein Leben lang abbezahlen müsste und genauso lange daran erinnert werden würde, warum ich ihn zerstört hatte.

Margot sah mich erschrocken an. »Indie, was ist los mit dir? Du bist ja ganz käsig geworden! Ist dir schlecht?«

Ich tauchte aus meinen Gedanken auf, schüttelte den Kopf.

»Es ist nichts, Frau Berthold. Vielen Dank für die Kappe. Und für die Pfannkuchen.«

Eine Sekunde lang überlegte ich, ob ich ihr alles erzählen sollte. Aber ich wollte nicht schuld daran sein, dass ihr Unglück noch größer wurde, als es schon war.

19

Kurz darauf platzte die Bombe. Zwei Teilnehmerinnen der Chorfreizeit hatten ihren Eltern berichtet, der Chorleiter habe sich ihnen in unsittlicher Weise genähert. Die Eltern des einen Mädchens hatten ihre Tochter geohrfeigt und ihr verboten, diese verleumderische Behauptung zu wiederholen. Die Eltern des anderen Mädchens hatten die Schulleitung und – gegen deren dringenden Wunsch – die Polizei informiert.

Die Journalisten unserer Tageszeitung waren nicht gerade begnadete Schreiber, pflegten aber gute Beziehungen zum Polizeipräsidium. Und so lautete die Schlagzeile drei Tage nach dem Ende der Chorfreizeit: *Schlimmer Verdacht gegen Lehrer des Mädchengymnasiums.*

Im Artikel wurde genüsslich ausgebreitet, was die Schülerinnen berichtet hatten, wie die Eltern reagiert beziehungsweise nicht reagiert hatten, wie die Schulleitung den Vorgang unter den Teppich kehren und die Öffentlichkeit darüber im Dunkeln lassen wollte. Das Einzige, was sich nicht in dem Artikel fand, war eine Stellungnahme des Beschuldigten. Der hatte sich entschlossen, zu schweigen und einen Anwalt hinzuzuziehen.

Ich war am Morgen ahnungslos in die Schule gegangen. Dort angekommen, bemerkte ich sofort die veränderte Atmosphäre. Überall standen Schülerinnen in Grüppchen herum und tuschelten, eine seltsame Erregung lag in der Luft.

Selbst als es klingelte, rührte niemand sich vom Fleck. Erst allmählich lösten die Trauben sich auf, und die Mädchen verschwanden in ihren Klassenräumen. Auf dem Weg stieß ich auf einige meiner Klassenkameradinnen, darunter die nette Sabine.

»Was ist denn hier los?«, fragte ich.

Überrascht blickte sie mich an. »Hast du es nicht gehört? Der Berthold soll zwei aus der Achten angefasst haben.«

Mir blieb fast das Herz stehen. »Was?«

Sie nannte die Namen zweier Mädchen aus meiner früheren Klasse, beides Satelliten von Yvonne, aber nicht aus ihrem ganz engen Kreis. Verena war ein hübsches, selbstbewusstes Mädchen, Sibylle eher unscheinbar und ihrer Freundin völlig ergeben.

Ich brauchte einen Moment, um mich zu fassen.

»Glaubst du das denn?«, fragte ich zögernd.

Sabine blieb stehen und sah mich an. »Ich weiß nicht. Der Berthold ist so nett und ein toller Lehrer. Ich kann mir das eigentlich nicht vorstellen.«

In der Klasse angekommen, setzte sich die Diskussion fort. Die meisten waren der Meinung, dass der nette Herr Berthold so etwas nie machen würde. Und wenn er die Mädchen tatsächlich angefasst hätte, wäre das sicher nur freundschaftlich gemeint gewesen, und die beiden hätten es falsch verstanden.

»Das Tolle am Berthold ist ja gerade, dass er sich so normal benimmt«, sagte eine. »Man hat gar nicht das Gefühl, dass er über uns steht, sondern eher dass er wie ein Freund ist.«

Mehrere pflichteten dem bei.

»Von der Verena weiß man doch, dass sie in den Berthold verknallt ist«, sagte eine andere. »Die hat bei der Auslosung für die Chorfreizeit verloren und der Martina fünfzig Mark dafür bezahlt, dass sie ihr den Platz überlässt!«

Eine dritte nahm den Faden auf. »Und dann schmachtet sie den Berthold an und denkt, weit weg von zu Hause in so 'ner Jugendherberge, wer weiß ... Ist doch bekannt, dass der Berthold so eine frustrierte Alte zu Hause hat. Irgendwann merkt sie, dass der Berthold nicht auf ihr Geflirte eingeht – und dann ist es ihr peinlich, und sie ist sauer und überlegt, wie sie sich an ihm rächen kann.«

»Und warum behauptet die Sibylle dann das Gleiche?«, fragte wieder eine andere.

»Weil Sibylle alles tut, was Verena ihr sagt! Bestimmt hat die von ihr verlangt, den Berthold auch zu beschuldigen, damit ihre eigene Geschichte glaubwürdig wirkt.«

»Kann man das denn nicht untersuchen? Ich meine, beim Frauenarzt.«

Für einen kurzen Moment wurde es still, alle schienen zu überlegen. Dann meldete sich wieder das erste Mädchen: »Das bringt doch nur was, wenn tatsächlich ... also wenn wirklich was passiert ist.«

Es wurde verschämt gekichert, einige hoben die Hand vor den Mund.

»Die beiden haben nur gesagt, er hätte sie unsittlich berührt«, fuhr das Mädchen fort. »Wie willst du das denn beweisen?«

Genau, dachte ich. Und dann steht Aussage gegen Aussage, es gibt keine Beweise, und deshalb werden die allermeisten dem netten Herrn Berthold glauben, weil niemand sich vorstellen kann, dass der so was macht.

Ich dachte darüber nach, ob ich jemandem von meinen Erlebnissen mit Christian erzählen sollte. Ob die Chance jetzt größer war, dass man mir glauben würde. Oder ob genau der gegenteilige Effekt eintreten und man mich für eine Trittbrettfahrerin halten würde.

Ach, jetzt plötzlich, würde es bestimmt heißen. *Warum hast du denn nicht früher was gesagt?*

Mir war schlecht. Am liebsten wäre ich aus der Schule abgehauen, aber ich wollte nicht auffallen.

Am späten Vormittag kam Direktor Mühlbauer in unsere Klasse. Nach kurzem Klopfen betrat er unser Klassenzimmer, ohne eine Antwort abzuwarten. Er war in Begleitung einer Frau, die er uns als Psychologin vom Jugendamt vorstellte.

Der Direktor teilte uns mit, dass es Anschuldigungen gegen Herrn Christian Berthold gebe, die gründlich geprüft würden. Er forderte uns auf, uns zu melden, wenn wir über irgendwelche Informationen verfügten, die der Aufklärung der Sache dienen könnten.

Die Psychologin sagte mit betont sanfter Stimme, die wohl Vertrauenswürdigkeit signalisieren sollte: »Ihr könnt euch mit allem an mich wenden, Mädchen. Ihr müsst keine Angst haben, dass eure Aussagen euch schaden könnten. Alles wird vertraulich behandelt.«

Dann ergriff Direktor Mühlbauer wieder das Wort. »Um das klarzustellen: Die vorläufige Suspendierung von Herrn Berthold ist ein völlig normaler Vorgang und mit keinerlei Schuldzuweisung verbunden. Ich gehe davon aus, dass die Sache in kurzer Zeit geklärt sein wird und der Schulbetrieb reibungslos fortgesetzt werden kann.« Er sagte das, als ginge es um die Wiederherstellung der Wasserversorgung nach einem Rohrbruch.

Alles wird vertraulich behandelt.

Es hätte Christians Drohung, mich als psychisch gestört an den Pranger zu stellen, gar nicht gebraucht. Ich hätte auch so getan, was ich bisher schon getan hatte: meinen Mund gehalten.

Als ich von der Schule nach Hause kam, wartete Bettina auf mich. Blass und mit geröteten Augen saß sie in meinem Zimmer. Da unsere Haustür nie abgeschlossen war, hatte sie einfach reingehen können.

Sie sprang auf und stürzte sich in meine Arme. »Indie!«

Dann hockte sie sich auf mein Bett und umschlang ihre Knie, als suchte sie Halt. Nervös knabberte sie am rechten Daumennagel.

»Was reden sie in der Schule?«, fragte sie.

Ich erzählte es ihr, ließ aber auch ein paar Sachen aus.

»Die meisten glauben also, dass er unschuldig ist?«, sagte sie hoffnungsvoll.

»Klar«, sagte ich. »Man kann sich ja auch nur schwer vorstellen, dass dein Vater so etwas tut.«

Sie blickte mich an. »Und du? Du kennst ihn besser als alle anderen. Kannst du es dir vorstellen?«

Ich blieb stumm. Unverwandt hielt sie den Blick auf mich gerichtet. Den Bruchteil einer Sekunde war ich entschlossen, ihr die Wahrheit über ihren Vater zu eröffnen. Aber ich brachte es einfach nicht übers Herz.

Ich konnte ihr nicht in die Augen sehen. »Ich weiß nicht … Nein, ich kann es mir nicht vorstellen.«

Sie schien erleichtert zu sein. Dann fragte sie: »Warum behaupten die beiden so was?«

»Vielleicht aus Rache, weil Verena in deinen Vater verknallt ist und er sie nicht erhört hat?«

»Genau das sagt Papa auch«, bestätigte sie. »Nichts ist einfacher, als jemandem so was vorzuwerfen. Der Beschuldigte kann das Gegenteil nicht beweisen, und wenn er Pech hat, ist er ruiniert.« Ihre Unterlippe begann zu zittern. »Er sagt, wenn die Mädchen ihre Behauptung nicht zurücknehmen, kommt er vor Gericht. Wenn er verurteilt wird, kann er nie mehr als Lehrer arbeiten. Wir … müssen wegziehen … und egal wohin wir ziehen, überall wird es heißen: ›Schau, da kommt der Mädchenschänder.‹«

Sie schluchzte so verzweifelt, dass ich nicht wusste, wie ich sie trösten sollte. Unbeholfen streichelte ich ihren Rücken und sagte »schschsch« und »das wird schon wieder«.

Das Komische war: Ich wollte selbst glauben, dass die Geschichte von Verena und Sibylle nicht stimmte. Das Einzige, was mich bisher getröstet hatte, war der Gedanke gewesen, dass ich auserwählt war. Dass ich etwas Besonderes für Christian war und dass er deshalb, ein einziges Mal nur, schwach geworden war. Vor allem aber, dass es dabei um *mich* gegangen war.

Die Vorstellung, er könnte es öfter getan haben, bei anderen Mädchen, die nicht ich waren, die nicht besonders waren, tröstete mich nicht etwa, sondern machte das Ganze auf absurde Weise noch schlimmer für mich.

Meinem Vater als manischem Zeitungsleser war der Artikel über Christian natürlich nicht entgangen. Als Bettina weg war und ich in die Küche kam, wedelte er mit dem Lokalteil und sagte: »Da ist ja eine richtige Verschwörung im Gange! Was hat der arme Mann euch bloß getan?«

»Warum sagst du so was Gemeines, Papa?«, rief ich. »Kannst du dir nicht vorstellen, dass es stimmt?«

»Ich kann mir vieles vorstellen, India. Aber nicht, dass ein Biedermann wie Christian Berthold seine bürgerliche Existenz riskiert, um vierzehnjährigen Mädchen an den Busen zu fassen.«

Klar, dachte ich. Genau so war es. Niemand traute es Christian zu. Deshalb konnte er es tun. Dass meine Eltern mir nicht geglaubt hatten, hatte mich zutiefst verletzt, aber irgendwie hatte ich mich in der Zwischenzeit damit abgefunden.

Nun kam alles wieder hoch.

»Papa, erinnerst du dich an den Mann, der seinen Sohn gehauen hat, damals bei der Achterbahn?«, fragte ich.

Es war vor einigen Jahren gewesen. Che und ich hatten unseren Vater überredet, mit uns auf den Rummelplatz zu gehen. Wir waren Karussell und Autoscooter gefahren und hatten jeder eine Zuckerwatte bekommen. Glücklich hatten wir uns gerade auf den Heimweg gemacht, als wir Zeuge einer Auseinandersetzung zwischen einem Vater und seinem ungefähr zehnjährigen Sohn wurden. Der Junge hatte – nachdem sein Vater das Ticket bereits gelöst hatte – Angst bekommen und weigerte sich nun, in die Achterbahn einzusteigen. Der Mann bemühte sich, ihn zu überreden – ohne Erfolg. Er wurde zornig, beschimpfte seinen Sohn als Memme und Feigling und schlug, als dieser zu weinen begann, auf ihn ein.

Mein Vater war wie ein Tornado dazwischengefahren, hatte die Arme des Mannes festgehalten und laut nach Polizei gerufen. Zufällig waren zwei Streifenbeamte in der Nähe gewesen, und mein Vater hatte ihnen den Mann übergeben.

»Der kann sich jetzt auf was gefasst machen«, hatte er zufrieden festgestellt, und wir waren weitergegangen. Che und ich waren unheimlich stolz auf unseren Vater gewesen. Er war unser Held, ein furchtloser Helfer der Schwachen. Er genoss unsere Bewunderung, und in seinen späteren Schilderungen dieser Episode wurde der Sohn immer kleiner, der Mann immer brutaler und die Situation so bedrohlich, dass man annehmen musste, er habe dem Jungen das Leben gerettet.

»Erinnerst du dich?«, fragte ich noch einmal.

»Ja, ja«, brummte er. »Warum fragst du?«

»Würdest du das auch für mich tun?«

»Was?«

»Jemanden, der mir etwas Schlimmes angetan hat, der Polizei ausliefern?«

Sein Gesicht lief rot an, und er brüllte: »Jetzt hör endlich auf damit!«

Er machte eine abwehrende Bewegung mit dem Arm und fegte dabei versehentlich eine Tasse vom Tisch.

»Da schau, was du angerichtet hast!«, rief er und zeigte auf die Scherben am Boden.

Unsere Blicke trafen sich, und ich sah, dass er Angst hatte. Angst davor, mir glauben zu müssen.

Spät an diesem Abend klopfte meine Mutter und kam in mein Zimmer.

»Schläfst du schon?«

Was für eine blöde Frage. Sie sah, dass ich im Bett lag und las.

»Kann ich mit dir sprechen?«

Ich legte mein Buch weg und setzte mich auf. Worüber wollte sie mit mir sprechen? Schnell ließ ich die Liste der Möglichkeiten Revue passieren:

1) Sie wollte mir mitteilen, dass sie sich von meinem Vater trennte.
2) Sie hatte herausgefunden, dass ich mich für sie ausgegeben und mit dem Schulpsychologen über Che gesprochen hatte.
3) Sie hatte gemerkt, dass ich absichtlich schlechte Noten schrieb (das würde mich allerdings wundern, sie hatte sich noch nie für meine Noten interessiert).
4) Sie hatte mal wieder Therapiebedarf bei mir entdeckt.

Ich rechnete mit allem Möglichen, nur mit einem nicht: dass sie noch mal von Christian anfangen würde.

»Ich habe von der Sache mit deinen Mitschülerinnen gehört«, begann sie. »Und da ist mir eingefallen, was du uns vor einiger Zeit mal erzählt hast.«

Ich blieb stumm.

»Ist es … ich meine … möchtest du es mir vielleicht noch mal erzählen?«

Meine Gedanken überschlugen sich. Wenn ich es jetzt schaffen würde, meine Mutter zu überzeugen, müsste sie etwas unternehmen. Sie müsste die Schule informieren und wahrscheinlich auch die Polizei. Mein Name würde öffentlich werden, alle würden über mich reden und mit dem Finger auf mich zeigen. Sie würden solche Sachen über mich sagen wie über Verena und Sibylle, ich würde mich nicht dagegen wehren können und mich genauso hilflos und ausgeliefert fühlen wie an dem schrecklichen Nachmittag. Kurz: Es würde alles nur schlimmer machen.

»Ist schon gut, Mama«, sagte ich. »Vielleicht habe ich damals ein bisschen übertrieben.«

Aber so schnell ließ meine Mutter sich nicht von einer

Mission abbringen. Nun, da sie die Idee entwickelt hatte, ich könnte die Wahrheit gesagt haben, wollte sie unbedingt eine Bestätigung dafür. Wahrscheinlich sah sie sich im Geiste schon als Kämpferin für die Rechte missbrauchter Mädchen, jedenfalls solange das neu und aufregend war.

»Erzähl mir doch einfach noch mal, was damals passiert ist«, forderte sie mich auf.

Ich wand mich unbehaglich. »Nichts, Mama. Ihr hattet recht, ich wollte mich vor dem Klavierunterricht drücken. Es war dumm von mir, das zu behaupten. Es tut mir leid.«

Sie dachte nach, dabei streichelte sie meinen Arm. Sie schien mir gar nicht zuzuhören.

»Weißt du, India, es gibt sehr unterschiedliche Formen der Liebe. Liebe zwischen Erwachsenen, Liebe zwischen Eltern und Kindern, aber auch eine Liebe, die durch Nähe entsteht. Vielleicht hat Christian sich ein bisschen in dich verliebt, weil ihr viel Zeit miteinander verbracht habt, weil du ihn … fasziniert hast, und er hat auf eine ungeschickte Weise versucht, dir das zu zeigen.«

»Mhm«, sagte ich.

»Liebe ist ein freier Vogel«, fuhr meine Mutter fort. »Er lässt sich da nieder, wo er will, er fragt nicht vorher, ob er darf. Und wir haben nicht das Recht, Liebe in erlaubt und nicht erlaubt einzuteilen. Liebe darf alles. Verstehst du?«

»Ich glaub schon.«

Ich glaubte zu verstehen, dass sie hauptsächlich von sich und dem Swami sprach. Und dass sie Christian verteidigte. *Liebe darf alles.*

War es also mein Fehler, dass ich nicht von meinem Klavierlehrer angefasst werden wollte? War ich vielleicht »spießig«?

»Hat er dir wehgetan?«, fragte sie unvermittelt.

»Nein«, sagte ich, während ich versuchte, meine aufsteigenden Tränen zu unterdrücken.

»Was hat er denn getan? Du hast gesagt, er hätte dich gestreichelt.«

Ich schwieg.

»Hat es sich schön für dich angefühlt?«

»Nein!«, schrie ich. »Hör auf, Mama, lass mich in Ruhe. Ich habe dir gesagt, es war nichts.«

Meine Mutter sah beinahe ein wenig enttäuscht aus. »Ich verstehe, dass dir das Ganze unangenehm ist, India. Aber du sollst wissen, dass wir immer ein offenes Ohr für dich haben. Du kannst jederzeit mit uns sprechen, wenn du möchtest.«

»Ja, Mama. Danke.« Ich schloss die Augen und drehte mich zur Wand. »Ich bin müde.«

Sie strich mir über den Rücken und drückte einen Kuss auf meinen Hinterkopf.

»Gute Nacht, Schätzchen.«

Ich konnte spüren, wie zufrieden sie mit sich in der Rolle der verantwortungsvollen Mutter war. Und tatsächlich hatte sie getan, was ihr möglich war. Ich konnte ihr keinen Vorwurf machen.

Unser Ort war in Aufruhr. Jedes Gespräch, das Nachbarn über dem Gartenzaun führten, jede Unterhaltung, die man im Supermarkt belauschte, drehte sich um die Anschuldigungen gegen Christian. Es war, als gäbe es kein anderes Thema mehr. Meistens überwog die Empörung darüber, dass ein ehrenwerter Mann eines Vergehens beschuldigt wurde, das niemand ihm zutraute.

Die Leserbriefseite der Zeitung quoll über von Kommentaren:

»Wenn jemand wie der Herr Berthold sich an kleinen Mädchen vergreifen würde, dann könnte man niemandem mehr trauen. Dann müssten sie uns gleich alle einsperren. Dann könnten wir doch alle Verbrecher sein.«

»Jedem würde ich das zutrauen, aber nicht dem Herrn Berthold. Meine Monika hat seit zwei Jahren Klavierunterricht bei ihm, und nie hat sie irgendwas Derartiges erzählt. Ich glaube das einfach nicht.«

»Mädchen in diesem Alter sind unberechenbar. Man weiß nicht, was in ihren Köpfen vorgeht.«

Angesichts dieser großen Welle an Solidarität mit dem Beschuldigten flaute die Empörung der wenigen, die eine andere Meinung vertraten, bald ab und verstummte schließlich ganz. Niemand wollte dazu beitragen, dass ein Unschuldiger zu Unrecht verurteilt wurde, sei es durch die Justiz oder durch die öffentliche Meinung. Irgendwann erschien es allen sicherer, sich auf die Seite derjenigen zu schlagen, die an der Darstellung der Mädchen zweifelten oder sie rundheraus als Lügen abtaten.

Auch in der Schule setzte sich diese Haltung mehr und mehr durch, und nachdem Christian vorläufig suspendiert worden war, wurden nun auch die beiden Mädchen »bis zur Klärung der Vorwürfe« beurlaubt. In ihrem Fall sprach aber niemand davon, dass damit »keinerlei Schuldzuweisung verbunden« sei, im Gegenteil, es wirkte wie eine Strafaktion. Dass Schülerinnen vom Unterricht ausgeschlossen wurden, passierte sonst nur, wenn sie etwas wirklich Schlimmes angestellt hatten.

Bettina hatte zuerst angekündigt, überhaupt nicht mehr

zur Schule gehen zu wollen, aber dann hatte Margot sie offenbar dazu bewegen können, ihre Meinung zu ändern.

»Das wirkt sonst so, als würde ich Papa für schuldig halten«, erklärte mir Bettina. »Es hilft ihm mehr, wenn ich hingehe und allen zeige, dass ich zu ihm stehe.«

Sie erzählte nicht allzu viel darüber, was sich im Hause Berthold gerade abspielte, aber einiges davon bekam ich auch so mit. Das erste Mal, seit ich mich erinnern konnte, drang der Lärm von lauten Auseinandersetzungen zu uns herüber. Manchmal knallten Türen, einmal hatte ich am Fenster stehend beobachtet, wie Christian während eines Streits das Haus verließ und wegfuhr. Mehrmals hatte ich Margots verheultes Gesicht gesehen, wenn sie die Post reinholte oder im Garten Wäsche aufhängte. Auch Petra wirkte mitgenommen. Bettinas sonst so fröhliche Schwester schlich mit eingezogenem Kopf und bedrücktem Gesicht durch die Gegend.

Und dass Bettina verzweifelt war, erlebte ich fast täglich. Ständig wiederholte sie, wie ungerecht die Anschuldigungen seien und wie überzeugt sie von der Unschuld ihres Vaters sei. Aber ich spürte, dass sie insgeheim von Zweifeln geplagt wurde und dass diese Zweifel sie innerlich auffraßen.

Einmal fragte sie unvermittelt: »Du kommst gar nicht mehr zu mir rüber. Hat das einen Grund?«

Ich redete mich damit heraus, dass die Stimmung bei ihr zu Hause nicht gerade einladend sei. »Deinen Eltern wäre es bestimmt unangenehm, wenn ich was von ihren Streitereien mitkriegen würde«, sagte ich, und Bettina nickte nachdenklich.

Dann fragte sie mich erneut, weshalb ich mit dem Klavierunterricht aufgehört hätte, obwohl ich ihr das schon erklärt hatte. Als ich ihr die immer gleiche Ausrede mit der Schule und dem Lernen auftischte, äußerte sie – anders als beim ersten Mal – Zweifel.

»Aber du tust dich doch so leicht mit dem Lernen«, sagte sie. »Ich kann mir nicht vorstellen, dass du daneben gar keine Zeit mehr hast.«

Ich erklärte ihr, durch das Überspringen der Klasse seien die Anforderungen höher geworden, und das schien sie mir endlich zu glauben. Wahrscheinlich weil sie es gern glauben wollte. Aber irgendwo tief in ihrem Inneren schien sie zu ahnen, dass es einen Zusammenhang zwischen meinem Verhalten und den Anschuldigungen gegen ihren Vater geben könnte.

Angesichts des Unglücks, das die Behauptungen der beiden Mädchen über die gesamte Familie Berthold gebracht hatten, war ich plötzlich heilfroh, dass ich meine Mutter belogen hatte.

20

Als Kinder hatten Che und ich uns manchmal im Gartenschuppen versteckt und Weltuntergang gespielt. Dabei hatten wir uns vorgestellt, eine Atombombe wäre explodiert, und unser Schuppen wäre ein strahlensicherer Bunker. Die Welt um uns her existierte nicht mehr. Es gab nur noch Che und mich.

Dieses Spiel hatte eine schreckliche Faszination auf uns ausgeübt. Ein Leben ganz allein, ohne Eltern, erschien uns unvorstellbar, gleichzeitig fühlten wir geheimnisvolle Kräfte in uns wachsen. Wenn wir überleben würden, könnten wir vielleicht in zwanzig Jahren aus dem Bunker herauskommen und beginnen, die Welt neu zu bevölkern. Che liebte die Vorstellung, Stammvater einer völlig neuen Dynastie zu sein und die Regeln bestimmen zu können, nach denen seine Sippe zu leben hatte.

Aber Ches Plan hatte einen Haken. »Wir sind Geschwister«, gab ich zu bedenken. »Wir können keine Kinder zusammen kriegen.«

»Vielleicht hat ja doch noch jemand außer uns überlebt«, sagte er.

»Bettina?«, fragte ich hoffnungsvoll.

Aber Che wollte keine Kinder mit Bettina bekommen, deshalb wurde beschlossen, dass auch Bettina den Atomschlag leider nicht überleben würde.

Das Spiel endete, wenn wir Hunger bekamen und feststellen mussten, dass unsere Vorräte höchstens für zwei Stunden, nicht aber für zwanzig Jahre reichen würden.

»Bis es so weit ist, gibt es Mikronahrung aus Tuben«, tröstete mich Che. »Davon können wir dann genügend lagern.«

Als unsere Mutter mit zwei Koffern zum Swami in den bunten VW-Bus stieg und wegfuhr, lag der Atomschlag hinter uns. Mein Vater, Che und ich saßen als Überlebende in der Küche.

Ich zählte erst die Fliesen, dann die Tassen und Teller im Regal. Danach versuchte ich, ein Bewegungsdiagramm der Fliege zu erstellen, die unermüdlich zwischen der Lampe, einem Marmeladenglas und dem Fenster hin und her brummte.

Mein Vater mahlte mit den Kiefern und rührte in einer Tasse mit kalt gewordenem Kaffee. Er war ungewöhnlich blass, und ich sah Schweißperlen auf seiner Stirn stehen.

Che drehte mit den Fingern unaufhörlich eine seiner Schläfenlocken und bewegte sich sachte vor und zurück wie beim Gebet. Mit einem Mal sprang er hoch, riss die Küchenschublade auf und holte eine Schere heraus. Mit zwei schnellen Bewegungen schnitt er sich die Locken ab.

Ich schrie vor Schreck leise auf.

Er warf die Schere zurück in die Schublade und knallte sie zu. Das Geräusch riss meinen Vater aus seiner Erstarrung.

»Scheiße«, sagte er.

Es war Sonntag, und der Tag hatte begonnen wie viele Sonntage zuvor. Ich war früh aufgestanden, wie das gelegentlich vorkam. Mein Vater saß bereits in der Küche, trank Kaffee und nahm sich die Zeitung vom Vortag noch einmal vor. Irgendwann war meine Mutter dazugekommen, hatte sich einen Tee gemacht und war ins Wohnzimmer gegangen, um zu meditieren. Als Letzter war Che in die Küche gekommen, die beiden Männer hatten sich einen Gruß zugebrummt, ohne dass mein Vater den Blick von der Zeitung gehoben hätte. Che war der Einzige in der Familie, der unmittelbar nach dem Aufstehen etwas essen konnte, also hatte er sich ein Brot geschmiert und sich an den Küchentisch gesetzt.

Nachdem meine Mutter mit ihrem Morgenprogramm fertig war, kam sie sich frischen Tee holen. Durch Zufall waren wir also alle vier gleichzeitig im selben Raum, als das Telefon klingelte.

Meine Mutter ging hinaus in den Flur und nahm ab. Sie hörte dem Sprecher am anderen Ende eine Zeit lang zu, sagte dann: »Ist gut, bis später«, und kehrte in die Küche zurück.

»Was hast du vor?«, fragte mein Vater mit halber Aufmerksamkeit, immer noch in der Zeitung blätternd.

Als meine Mutter nicht antwortete, sah er auf, ihre Blicke trafen sich. Er schien etwas zu spüren, denn seine Schultern strafften sich, und er schob mit einer plötzlichen Bewegung die Zeitung von sich.

»Was ist los?«, fragte er.

Die Zeit, die verging, bis meine Mutter antwortete, dehnte sich besorgniserregend. Es schien sie Mühe zu kosten, die richtigen Worte zu finden, obwohl es am Ende nur zwei waren: »Ich gehe.«

»Wohin?«, fragte mein Vater.

»Jörg holt mich ab.«

Da wusste ich, dass es ernst war. Noch nie hatte meine

Mutter den Swami Jörg genannt, aber ich wusste sofort, dass er gemeint war. Es war, als wäre ein Spiel zu Ende gegangen, das die Erwachsenen monatelang gespielt hatten, ein kindisches Bäumchen-wechsle-dich-Spiel, bei dem sie sich neue Namen gegeben und so getan hatten, als wären sie Bewohner eines anderen Planeten, der von einer Gottheit namens Bhagwan regiert wurde und wo alles Mögliche erlaubt war, was im normalen Leben von Erwachsenen nicht erlaubt war. Mein Vater hatte die ganze Zeit keine Lust gehabt, bei dem Spiel mitzumachen, war aber von meiner Mutter und dem Swami dazu gezwungen worden und hatte wohl einfach gehofft, es würde irgendwann vorbei sein.

Nun musste er erkennen, dass aus dem Spiel Ernst geworden war, dass der lächerliche Swami Pramendra eigentlich Jörg Kramer hieß und es geschafft hatte, ihm seine Frau wegzunehmen. Oder dass diese Frau beschlossen hatte, mit dem König der Liebe davonzuziehen. Was so ziemlich aufs Gleiche hinauslief.

Zuerst tat mein Vater, was er immer tat, wenn er das Gefühl hatte, dass ihm die Felle wegschwammen: Er polterte los. Beschimpfte meine Mutter. Machte sich über den Swami lustig, den er nur noch »den Kasper« nannte.

Meine Mutter wartete eine Weile, dann sagte sie ruhig: »Es hat keinen Zweck, Willi. Es ist vorbei, und du weißt es.« Sie wandte sich zu Che und mir. »Ihr wisst, dass ich euch liebe. Ihr seid meine Kinder, und ihr seid in meinem Herzen, wo immer ich sein werde. Mein Weg führt mich jetzt weg von euch, aber ihr werdet merken, dass ich immer bei euch bin.«

Che und ich waren durch die plötzliche Wendung der Ereignisse so überrumpelt, dass wir sie nur stumm ansahen.

Mein Vater, der gewohnt war, dass unsere Mutter auf sein Gebrüll einging, dass sie weinte, verletzt war oder dagegen anschrie, schien von ihrer kühlen Reaktion höchst irritiert zu sein.

»Hör jetzt auf mit dem Quatsch«, befahl er. »Du kannst die Kinder nicht einfach allein lassen.«

»Ich lasse sie nicht allein. Ich lasse sie bei dir.«

Ich nehme an, das war genau, wovor mein Vater sich fürchtete. Allein mit uns zu sein.

»Eine Mutter verlässt ihre Kinder nicht!«, brüllte er.

Sie schenkte ihm nur einen mitleidigen Blick und ging gar nicht auf das ein, was in einem anderen Zusammenhang von beiden wohl als »bourgeoiser Spießerquatsch« verspottet worden wäre.

»Ich war doch sowieso nie eine tolle Mutter«, stellte sie fest. »Jedenfalls hast du mir das oft genug vorgehalten.«

»Das gibt dir nicht das Recht, einfach abzuhauen!«, wütete mein Vater.

»Willi, lass es jetzt«, sagte meine Mutter sanft. »Bitte. Wir haben diese Gespräche tausendmal geführt.«

Ich sah meine Mutter mit neuen Augen. Ganz plötzlich war sie nicht mehr das unsichere, flatterhafte Geschöpf, ständig auf der Suche nach neuem Lebenssinn, das seinen Mann, den großen Künstler, kritiklos anbetete. Auch wenn ich nicht verstand, was man an diesem Bhagwan finden konnte – immerhin war es ihre Entscheidung gewesen, sich ihm anzuschließen. Und auch wenn ich noch weniger verstand, was man an Swami Pramendra finden konnte – es war ihre Entscheidung, ihm zu folgen. So lange ich mich erinnern konnte, hatte es in unserer Familie keine Entscheidung von Tragweite gegeben, die meine Mutter getroffen hätte. Alles Wichtige war von meinem Vater entschieden worden. Man könnte also sagen, unsere Mutter habe sich endlich von ihm emanzipiert.

Mein Vater war aufgesprungen und tigerte in der Küche auf und ab, um sich zu beruhigen, was ihm sichtlich nicht gelang. Plötzlich, als wäre er sich gerade erst unserer Anwesenheit bewusst geworden, rief er: »Kinder, sagt ihr doch mal was!«

Bis dahin hatte ich das Ganze wie ein Schauspiel verfolgt. Durchaus gespannt, wie die Handlung sich entwickeln würde, aber so, als hätte es überhaupt nichts mit mir zu tun. Nun wurde mir schlagartig klar, dass vom Ausgang des Theaterstücks einiges für mich abhängen würde.

Ich sah zu Che. Er wirkte so unbeteiligt, als würde ihn nicht im Geringsten interessieren, was gerade vor sich ging. Vielleicht war es ja tatsächlich so. In weniger als einem Jahr war er volljährig, dann würde er sowieso seinen Weg gehen, und der schien klar zu sein: Er würde Jude werden. Judesein war allerdings kein Beruf, daher nahm ich an, dass er außerdem eine Ausbildung machen oder studieren würde, sofern er das Abi schaffte. Und dann würde er keinen von uns mehr brauchen. Unsere Mutter nicht, unseren Vater nicht, und mich schon gar nicht. Aber was sollte aus mir werden?

»Warum sollen wir denn was sagen?«, fragte ich zaghaft. »Ihr macht doch sowieso, was ihr wollt.«

»Deine Mutter macht, was sie will«, verbesserte mich mein Vater.

»Vielleicht hat sie ihre Gründe«, sagte Che. Es war das Erste, was er an diesem Morgen sagte.

»Was soll denn das heißen?«, fragte mein Vater angriffslustig. Es war offensichtlich, dass er gern Streit mit Che angefangen hätte, aber der ließ ihn abblitzen.

»Regelt euren Kram allein«, sagte er und verließ die Küche.

Meine Mutter war inzwischen nach oben gegangen, um zu packen.

Mein Vater setzte sich wieder und brütete vor sich hin, und auch ich blieb sitzen, weil ich nicht wusste, was ich sonst hätte tun sollen. Obwohl ich mir so oft vorgestellt hatte, dass meine Eltern sich trennen könnten, hatte ich kein Bild davon gehabt, wie es sein würde. Was ich fühlen würde. Nun war der Moment da, und eigentlich fühlte ich gar nichts.

Ich rechnete aus, wie viele Sonntage bis zu meinem achtzehnten Geburtstag vergehen würden, es waren einhundertdreiundachtzig. Würde ich mich ab jetzt jeden Sonntag an diesen Moment erinnern? Würde ich an jedem zukünftigen Sonntag ausrechnen, wie viele Sonntage schon vergangen waren, seit meine Mutter uns verlassen hatte? Würde es irgendwann einen ersten Sonntag geben, an dem ich nicht an den heutigen Tag denken, also beginnen würde, sie zu vergessen? Würde ich eines Tages vergessen haben, wie sie aussah, wie sie sich bewegte, wie ihre Stimme klang? Würde es dann so sein, als wäre sie tot?

Nach erstaunlich kurzer Zeit war meine Mutter fertig. Che schleppte zwei Koffer die Treppe herunter und stellte sie in den Flur. In diesem Moment verstand ich: Sie verließ uns nicht für immer! Sie fuhr nur für eine Weile mit dem Swami nach Indien! Kein Mensch würde sein ganzes Leben in zwei Koffern verstauen können, schon gar nicht unsere Mutter, die alles sammelte und sich nur schwer von Dingen trennen konnte.

»Du fährst bloß nach Indien, stimmt's, Mama?«, sagte ich.

Sie richtete ihren Blick auf mich, und ich sah, dass ihre

Augen glänzten. »Ja, Schätzchen, wir fahren nach Indien, zum Meister.«

»Wann kommst du wieder?«

Ihre Lippen zuckten. »Zeit ist … Unendlichkeit. Ich schreibe euch, wenn ich angekommen bin.«

Zeit ist Unendlichkeit. Was sollte das denn jetzt wieder bedeuten?

Nun sah ich, dass sie den Tränen nahe war, aber schon im nächsten Augenblick hatte sie sich wieder gefasst und sagte: »Und da wir gerade dabei sind, mit all den Lügen aufzuräumen, muss ich dir etwas sagen, Che.«

Überrascht sah Che zu ihr.

»Ich mache mir Sorgen um dich«, sagte sie. »Diese Idee zu konvertieren … Du musst kein Jude werden, Che.«

»Ich weiß«, sagte Che. »Aber ich will es. Das bin ich meinen Vorfahren schuldig.«

Meine Mutter zögerte kurz, dann gab sie sich einen Ruck, holte tief Luft und sagte: »Du hast gar keine jüdischen Wurzeln. Willi ist nicht dein Vater.«

Totenstille senkte sich über den Raum.

»Was?«, sagte mein Vater mit brüchiger Stimme.

»Du hast mich schon verstanden«, sagte meine Mutter. Und an uns alle gewandt: »Fragt mich nicht, wer es ist, ich werde es euch nicht sagen. Es spielt keine Rolle.«

Che saß ganz ruhig da. Sein Blick war nach innen gekehrt, als versuchte er zu begreifen, was diese Neuigkeit für ihn bedeutete.

Ich begriff es sofort. Er war kein »Vierteljude«. Er war nicht mal ein kleines bisschen jüdisch. Er war, was die Juden einen Goi nannten. Seine Vorfahren gehörten nicht zum Stamme Davids. Wenn meine Mutter nicht verraten würde, wer sein leiblicher Vater war – und dazu schien sie fest entschlossen zu sein –, würde er nicht mal erfahren, wer seine Vorfahren waren. Mit einem Mal erschien es völlig sinnlos, sich der ganzen Quälerei auszusetzen, die er auf sich genommen hatte, um zu konvertieren. Er hatte so viel oder so wenig Bezug zum Judentum wie jeder andere Nichtjude auch. Und warum sollte jemand, der nie religiös gewesen war, plötzlich einer Religion beitreten?

Trotzdem musste ihn diese Eröffnung tief getroffen haben. Wieder gehörte er nirgendwo dazu, wieder hatte er verloren, was ihm Halt gegeben hatte und Hoffnung auf eine Identität.

Es hupte. Meine Mutter hängte sich ihre bunte Tasche um, nahm in jede Hand einen Koffer, warf uns einen tränenumflorten Abschiedsblick zu und entschwand. Durchs Küchenfenster sah ich, wie sie zum Swami in den bunten VW-Bus stieg.

Das Komische war: Nachdem sie weg war, ging unser Leben eigentlich genauso weiter wie vorher. Eine unausgesprochene Übereinkunft zwischen meinem Vater, Che und mir besagte, dass sie für eine Weile in Indien war und irgendwann wiederkommen würde. So erklärten wir es auch den Leuten, die nach ihr fragten.

Bald glaubten wir selbst an diese Geschichte, obwohl wir natürlich ahnten, dass sie nicht stimmte. Aber sich vorzumachen, sie käme wieder, machte die Dinge so viel einfacher.

Mein Vater brachte es zu einer gewissen Meisterschaft in der Kunst der Realitätsverleugnung. Manchmal sagte er Sachen wie: »Leg das da rüber, damit Mama es findet« oder: »Das macht Mama, wenn sie wieder da ist.«

Er lief wie immer mit abwesender Miene durchs Haus, rauchte, dachte nach, machte sich hie und da Notizen, las Zeitungen und Bücher. In seinen Augen war das Arbeit. Er machte keinerlei Anstalten, etwas zu unternehmen, was unseren Lebensunterhalt sichern könnte, gerade so, als wäre davon auszugehen, dass meine Mutter sich demnächst wieder darum kümmern würde.

Ich beobachtete ihn besorgt, wusste aber auch nicht, was ich tun sollte. Ich fürchtete einen Zornausbruch, wenn ich ihn fragen würde, deshalb fragte ich nicht. Wenn ich etwas brauchte, bat ich ihn um Geld, und er gab es mir.

Vielleicht hatte er ja Ersparnisse, von denen ich nichts wusste. Da er sich keine Sorgen zu machen schien, versuchte ich, mir auch keine zu machen.

Mit Che ging eine bemerkenswerte Verwandlung vor sich. Anders als ich befürchtet hatte, klappte er nach dem Zerbrechen seiner jüdischen Träume nicht zusammen, sondern schien, ganz im Gegenteil, geradezu erleichtert zu sein. Als hätte meine Mutter ihn mit ihrer Mitteilung von einer Aufgabe entbunden, die ihn belastet und niedergedrückt hatte, richtete er sich gewissermaßen innerlich auf und wirkte plötzlich wie befreit.

Er fuhr noch einmal nach Stuttgart und gab alle Bücher zurück, die er sich geliehen hatte. Er teilte dem Rabbiner mit, dass er es sich anders überlegt habe, dann warf er seine selbst gebastelten Gebetsriemen und die Mesusa weg, hörte auf, koscher zu essen, und benutzte wieder die Spülmaschine. Die blau-weiße Kippa, die ich gemeinsam mit Margot gehäkelt hatte, behielt er, trug sie aber nicht mehr. Schließlich rasierte er sich und ließ sich die Haare schneiden. Und sah, ohne die Bartflusen am Kinn und die zotteligen Strähnen im Gesicht, plötzlich richtig männlich aus. Und ziemlich gut.

Wahrscheinlich war er gerade zum zweiten Mal knapp einem Schulrausschmiss entkommen. Die Anrufe aus der Schule hatten sich gehäuft, und es war klar, dass man nicht bereit war, Ches »Aufsässigkeit« dort länger zu dulden. Sicher war es auch nicht hilfreich gewesen, dass mein Vater den Schulpsychologen als »antisemitisches Arschloch« beschimpft hatte. Nur eine persönliche Entschuldigung, die er zähneknirschend vorbrachte, hatte Ches sofortigen Verweis von der Schule verhindert. Ich konnte mir vorstellen, wie man nun, da Che von seinem religiösen Wahn geheilt war, dort triumphierte. Welch ein pädagogischer Erfolg!

Wenn die wüssten.

Die Nachricht, dass Che nicht der leibliche Sohn unseres Vaters war, hatte beide viel weniger erschüttert, als ich erwartet hätte. Nachdem unsere Mutter abgefahren war und wir uns etwas erholt hatten, war unser Vater zu Che gegangen, hatte ihn umarmt und lange festgehalten.

»Mein Junge, ich bin vielleicht nicht dein Erzeuger, aber ich bin und bleibe dein Vater«, hatte er feierlich verkündet. »Klar?«

Che hatte geschluckt und genickt. Und damit war das Thema zwischen den beiden erledigt gewesen.

Ich hingegen zermarterte mir das Gehirn, wer der geheimnisvolle Unbekannte sein könnte, von dem Che abstammte. Kannte ich ihn? War er ein Freund meiner Eltern? Ein zufälliger Bekannter? Jemand, den meine Mutter von früher kannte? Ich konnte und wollte mir nicht vorstellen, dass meine Mutter schon damals, als sie frisch verliebt in meinen

Vater gewesen sein musste, mit einem anderen Mann geschlafen hatte. Aber es führte kein Weg an dieser Tatsache vorbei.

Außer, sie hatte gelogen.

Der Gedanke elektrisierte mich. Vielleicht hatte sie es ja nur gesagt, um Che von seiner religiösen Fixierung abzubringen? Um ihm zu helfen, seinen eigenen Weg zu finden? Vielleicht war ihre Offenbarung kein Akt der Zerstörung gewesen, wie ich es im ersten Moment empfunden hatte, sondern ein Akt der Liebe?

Ich behielt meine Gedanken für mich, um Che nicht erneut zu verwirren. Aber ähnlich wie die Vorstellung, meine Mutter würde irgendwann wieder zurückkommen, tröstete mich von da an die Vorstellung, dass Che in Wirklichkeit doch mein richtiger Bruder war.

Pünktlich zum alljährlichen Schulfest wurde der Vorgang rund um den Musiklehrer Christian Berthold offiziell zu den Akten gelegt.

Eine »sorgfältige Überprüfung« hatte ergeben, dass die Schilderungen der Mädchen nicht glaubwürdig waren und es keinerlei Beweise für die von ihnen aufgestellten Behauptungen gab. Es hatte auch keine weiteren Aussagen von Schülerinnen gegeben, die jene von Verena und Sibylle gestützt hätten.

Die Eltern von Sibylle zogen daraufhin ihre Anzeige zurück, beide Mädchen verließen die Schule. Zuvor brachte man sie dazu, einen Brief zu verfassen, in dem sie die Behauptungen zurücknahmen und sich bei Christian und seiner Familie, der Schulleitung und ihren Mitschülerinnen entschuldigten.

Die lokale wie die überregionale Presse stürzte sich von Neuem auf das Thema und brachte empörte Berichte über die zwei Schülerinnen, die nicht davor zurückgeschreckt seien, einen verdienten Lehrer und untadeligen Bürger grundlos zu beschuldigen und ihn und seine Familie damit einer unerträglichen Belastung auszusetzen.

Für das Schulfest war ein großes Konzert geplant. Chor und Orchester würden von Christian dirigiert werden. Für uns Schülerinnen war die Anwesenheit im Publikum verpflichtend, und die Veranstaltung war öffentlich. Alle sollten erfahren, dass die Affäre vorüber, der gute Ruf der Schule wiederhergestellt war.

In Wahrheit wusste niemand, ob Verena und Sibylle tatsächlich gelogen hatten, und offenbar wollte es auch niemand wissen. Es war, als hätte die ganze Stadt den Entschluss gefasst, dass nicht sein könne, was nicht sein dürfe. Den beiden Mädchen zu glauben hätte bedeutet, die Existenz des Bösen anzuerkennen und in Erwägung zu ziehen, dass Männer solche Dinge taten. Auch Familienväter und Lehrer wie Christian Berthold, der doch einer von den Guten war. Das wäre für die Gemeinschaft wohl zu viel gewesen, und so hatte man lieber getan, was man auch früher getan hätte: die Hexen verbrannt.

Ich überlegte, ob ich versuchen sollte, mit den beiden Mädchen zu sprechen. Aber welchen Grund sollten sie haben, ausgerechnet mit mir zu reden? Und selbst wenn sie es tun würden, wie sollte ich herausfinden, ob sie die Wahrheit sagten?

Und vor allem: Was würde ich mit der Wahrheit anfangen, wenn ich sie wüsste?

Ich fragte mich, was aus Verena und Sibylle werden würde.

Wie lange die Leute auf der Straße zur Seite sehen würden, wenn sie ihnen begegneten. Ob sie aus unserer Stadt wegziehen müssten. Ob sie sich je wieder von alldem erholen würden.

Eines war klar: Ob sie gelogen oder die Wahrheit gesagt hatten – sie waren die Verliererinnen. Im ersten Fall hätten sie eine große Dummheit begangen. Im zweiten Fall auch.

Und noch etwas war klar: Ich würde diese Dummheit nicht begehen. Ich würde keine Verliererin sein.

Am Tag des Schulkonzerts machte ich mich so schön, wie ich konnte. Ich zog ein schwarzes Kleid an und drapierte den Indienschal meiner Mutter, den sie glücklicherweise dagelassen hatte, um meine Schultern. Gründlich bürstete ich mein Haar, bis es glänzte, und malte mir mit Lippenstift einen knallroten Mund.

Ich hatte Che gebeten, mich zu begleiten. Meine Mutter war inzwischen seit fünf Wochen weg, mein Vater weigerte sich grundsätzlich, Schulveranstaltungen zu besuchen, aber ich brauchte jemanden an meiner Seite. Ich hatte etwas vor, was mich Mut kostete, und ich wollte nicht allein sein. Natürlich hatte ich Che nicht gesagt, warum ich ihn dabeihaben wollte. Nur dass ich es mir wünschte. Zu meinem Erstaunen hatte er sofort eingewilligt.

Mit einem gewissen Besitzerstolz schritt ich mit Che an meiner Seite in die Schulaula, wo das Konzert stattfinden würde. Er hatte einen Anzug und ein weißes Hemd an und sah toll aus. Kaum jemand wusste, wer er war. Die meisten meiner Mitschülerinnen wussten nicht mal, dass ich überhaupt einen Bruder hatte. Vielleicht würden sie denken, er sei mein Freund?

Die erste Reihe war für Ehrengäste reserviert, auch Margot, Petra und Bettina hatten dort ihre Plätze. Wir sagten hallo und setzten uns direkt hinter sie in die zweite Reihe.

Bald war die Aula zum Bersten gefüllt, die halbe Stadt schien sich versammelt zu haben. Sogar der Bürgermeister und mehrere Mitglieder des Gemeinderats waren gekommen. Das Orchester saß schon, dahinter stellte sich der Chor auf. Verena und Sibylle fehlten.

Wo waren sie jetzt? Was taten sie gerade? Was musste es für ein Gefühl sein, in dieser Weise aus der Gemeinschaft ausgeschlossen zu werden?

Ich glaubte fast, sie zu sehen, so stark empfand ich ihr Fehlen zwischen den anderen Chormitgliedern. Ihre Abwesenheit war wie eine stumme Anklage.

Direktor Mühlbauer trat auf die Bühne. Jovial wie immer begrüßte er die Gäste, sprach über das vergangene Schuljahr, die sportlichen und anderen Erfolge, die »unsere Schülerinnen« erzielt hatten, über den geplanten Neubau weiterer Klassenräume und eines modernen Chemielabors. Er dankte dem Bürgermeister und dem Gemeinderat für die Bewilligung von Zuschüssen, »ohne die das alles nicht möglich wäre«. Freundlicher Beifall.

Schließlich kam er auf die Affäre um Christian zu sprechen, die er »unerfreuliche Vorgänge« nannte, »traurige Vorkommnisse« und »bedauernswerte Ereignisse«. Er nannte keine Namen und sprach auch nicht aus, was eigentlich geschehen war. Nach seiner Schilderung war etwas Unerklärliches, Unangenehmes über die Schule gekommen, eine Art Naturkatastrophe, für die niemand die Verantwortung trug und die glücklicherweise von allein vorübergegangen war.

So reden Erwachsene über die Nazizeit, dachte ich. Wenn sie überhaupt darüber reden. Man begriff nicht recht, was eigentlich passiert war, wie es geschehen konnte und wer Schuld daran hatte. »Die schlimme Zeit« hieß es, »das Unheil, das Deutschland heimgesucht hat«, oder auch nur »die jüngste Vergangenheit«, als würde damit alles erklärt.

Ich sah kurz zu Che hinüber, der nur mäßig interessiert zuhörte. Größeres Interesse schien er an den rund um ihn sitzenden Schülerinnen zu haben. Immer wieder schweifte sein Blick in eine bestimmte Richtung, aber ich konnte nicht erkennen, wen oder was es dort zu sehen gab. Ich knuffte ihn in die Seite, er drehte den Kopf zu mir und lächelte.

Direktor Mühlbauer war am Ende seiner Ansprache angekommen.

»Und nun wünsche ich Ihnen allen einen schönen Tag an unserer Schule und danke den vielen Mitwirkenden, die zu seinem Gelingen beigetragen haben. An erster Stelle einem Mann, der mit seinem großartigen Einsatz für Chor und Orchester ein unverzichtbarer Bestandteil und besonders wichtiger Mitarbeiter unserer Schule geworden und glücklicherweise geblieben ist. Begrüßen Sie mit mir Herrn Christian Berthold!«

Die Zuhörer applaudierten stürmisch, vereinzelt ertönten Bravorufe. Der Beifall galt nicht dem Chorleiter und nicht dem Dirigenten. Er galt einem Mann, der eine schreckliche Prüfung tapfer bestanden hatte und nun, zur Erleichterung der Anwesenden, wieder einer der Ihren war. Denn wenn er sich als böse entpuppt hätte, wäre jede Gewissheit dahin gewesen. Dann hätte sich jeder selbst befragen müssen, ob auch in ihm das Böse schlummert. Dass Christian ihnen das erspart hatte, dafür spendeten sie ihm dankbar Beifall.

Vor mir klatschten Petra und Bettina ihrem Vater begeistert zu. Margots Applaus fiel zögerlicher aus. Ich tat so, als suchte ich etwas in meiner Tasche, und klatschte nicht.

Christian hob den Taktstock, der Applaus verstummte. Donnernd setzte das Orchester ein, gleich darauf folgte der Chor: »Freude, schöner Götterfunken, Tochter aus Elysium ...«

Wohliges Seufzen ertönte im Publikum, diese Art von Pathos war genau das, wonach die gepeinigten Seelen dürsteten. Endlich war wieder alles gut, endlich konnte man sich und seine Gewissheiten feiern.

Die Musik fuhr mir in den Magen und verursachte mir Übelkeit. Fünfundzwanzig jubilierende Mädchenhälse reckten sich Christian entgegen, der mit dem Rücken zu uns stand und leidenschaftlich den Taktstock schwang. Ich bohrte meinen Blick in seinen Rücken und stellte mir vor, mit der Glut meines Hasses ein Loch in den Stoff zu brennen. Gleich würde es anfangen zu qualmen, das kleine Loch würde sich in den Anzug hineinfressen und ausbreiten, bis Christian in Flammen stünde und schließlich vor unseren Augen zu Asche zerfiele.

Als das Stück zu Ende war, brach frenetischer Beifall los. Christian drehte sich um, die Haare zerzaust, die Wangen gerötet, ein strahlendes Lächeln auf dem Gesicht. Seine Augen suchten seine Familie im Publikum und fanden – mich. Mit stählernem Blick fixierte ich ihn, ließ ihn nicht mehr los und schickte ihm meine Botschaft:

Du kannst mir nichts mehr tun!

Für einen Moment sah er fast erschrocken aus, dann wandte er den Blick ab, sah ins Publikum, ließ sich feiern und deutete immer wieder auf die sich verbeugenden Musiker von Chor und Orchester.

Mein Herz raste, und meine Hände waren feucht. Aber ich war stolz, dass ich seinem Blick standgehalten und ihm gezeigt hatte, dass ich mich nicht mehr von ihm einschüchtern lassen würde.

Das restliche Konzert rauschte an mir vorbei, ich schottete mich innerlich ab, ließ keine Empfindung in mein Inneres dringen. Der Anblick von Christian, der sich reckte und beugte, die Arme ausbreitete und fast unsichtbare Bewegungen mit den Fingern vollführte und dem ich sogar von hinten ansehen konnte, wie sehr er die Aufmerksamkeit des Publikums genoss, stand wie ein Wall zwischen der Musik und mir.

Als das Konzert zu Ende war und er den Schlussapplaus entgegennahm, sahen wir uns wieder an. Ich legte so viel Verachtung in meinen Blick, wie ich nur konnte.

Dann stand ich auf. »Ich muss ganz dringend«, flüsterte ich Che zu. »Wir sehen uns gleich draußen.«

Auf der Toilette brach mir nach der Anspannung der Schweiß aus. Ich blieb sitzen, bis ich mich beruhigt hatte. Ich fühlte mich, als hätte ich einen gefährlichen Angreifer niedergerungen. Seelisch erschüttert, körperlich erschöpft, aber mit dem triumphierenden Gefühl, gesiegt zu haben.

»Was war denn los mit dir?«, fragte Bettina, als wir uns später am Saftstand trafen. »Warum bist du denn so schnell abgehauen?«

»Mir war plötzlich schlecht«, erklärte ich. »Zu wenig Sauerstoff in der Halle.«

»Geht's dir denn jetzt besser?«

Ich nickte. »Geht schon wieder.«

»Du siehst übrigens super aus«, sagt sie lächelnd. »Lippenstift steht dir.«

»Danke«, sagte ich.

Suchend blickte ich mich nach Che um, aber der war nicht zu sehen. Überall standen Grüppchen von Gästen herum und unterhielten sich über das Konzert, das allgemein große Begeisterung ausgelöst hatte.

»Wie hat's dir gefallen?«, erkundigte sich Bettina.

»Es war toll«, sagte ich, weil ich spürte, wie sehr sie darauf wartete.

Sie lächelte glücklich. »Fand ich auch. Ich bin so froh, du weißt schon …«

»Wieso hast du eigentlich nicht mitgespielt?«, fragte ich. Sie war schließlich Mitglied im Schulorchester.

Das Lächeln auf ihrem Gesicht erstarb. »Ich hatte … es war … in den letzten Wochen bin ich nicht so recht zum Üben gekommen«, stammelte sie.

»Klar«, sagte ich. »Das muss ja auch eine schlimme Zeit für dich gewesen sein.«

Sie sah mich schweigend an, und wieder hatte ich das Gefühl, dass sie viel mehr ahnte, als sie zugab. Aber sie fragte nicht. Sie wollte nicht riskieren, Antworten zu bekommen, die sie nicht hören wollte. Plötzlich fühlte ich mich von ihr genauso verraten wie von meinen Eltern. Wenn sich »beste Freundinnen« so verhielten, brauchte ich keine.

Wir sogen an unseren Strohhalmen, und giftgrüne Waldmeister-Limonade füllte meinen Mund. Im nächsten Moment hätte ich sie fast in hohem Bogen ausgespuckt.

Christian stand vor mir.

Wie aus dem Nichts war er aufgetaucht und hatte sich neben seiner Tochter aufgebaut. Ich widerstand dem Impuls wegzulaufen. O nein, ich würde nicht weglaufen. Er konnte mir nichts mehr anhaben. Ich war stark.

Väterlich legte er den Arm um seine Tochter. »Na, mein Schatz, hat's dir gefallen?«

»Ganz toll, Papa«, sagte Bettina und himmelte ihren Vater von der Seite an.

Ich biss die Zähne zusammen und versuchte, ruhig stehen zu bleiben.

»Und du, India, hast du das mittlere Stück erkannt?«, fragte er, ohne mich dabei direkt anzusehen. »Wir haben es mal zusammen angehört, erinnerst du dich?«

»Mhm, Mussorgski.« Ich wandte mich zum Gehen. »Ich muss los. Che wartet auf mich.«

Christians Stimme stoppte mich. »Warte, India. Ich möchte dir etwas sagen.«

Mir wurde innerlich kalt. Mein Widerwille, auch nur einen Moment länger in seiner Nähe zu sein, war so übermächtig, dass ich mich regelrecht zwingen musste, stehen zu bleiben.

Christian fuhr sich mit der Hand durch die Haare. »Es gibt da etwas … ein Musikstipendium für Hochbegabte. Ich habe an dich gedacht.«

An mich gedacht.

»Es ist ein Internat, eine sehr gute Schule. Parallel zum Unterricht erhältst du eine Klavierausbildung. Und natürlich regelmäßige Mahlzeiten.« Er lächelte. »Ich weiß doch von Margot, wie viel Hunger du immer hast. Die Verpflegung dort soll fantastisch sein.«

Schule. Klavierunterricht. Regelmäßige Mahlzeiten.

»Ich dachte … vielleicht kommst du einfach mal rüber, und wir sprechen in Ruhe darüber?« Christians Stimme klang fast bittend.

»Das klingt ja super!«, jubelte Bettina. »Das musst du unbedingt machen, India!«

Internat. Stipendium. Hochbegabte.

»Danke, ich … ich denke drüber nach«, brachte ich mühsam heraus, dann wandte ich mich ab und ließ die beiden stehen.

Ich war völlig durcheinander. Bestechung, dachte ich. Er will mein Schweigen erkaufen. Oder tut ihm tatsächlich leid, was passiert ist? Aber nein, er will nur sein schlechtes Gewissen beruhigen. Und wenn schon, kann mir doch egal sein. Hauptsache, wieder Klavier spielen.

Es ist nicht egal!

Ich wollte nicht, dass er nett zu mir war. Dass er etwas für mich tat, was so ungefähr das Beste war, was ich mir vorstellen konnte. Ich wollte ihn weiter hassen können. Mein Hass machte mich stark.

Als ich Che endlich entdeckte, stand er inmitten einer Traube von lachenden Mädchen, die sich geziert die Haare aus dem Gesicht strichen.

Dieser Anblick war so unerwartet, dass ich einen Moment lang dachte, es handle sich um eine Verwechslung. Aber nein, es war tatsächlich mein Bruder, der dort lässig an einer Brüstung lehnte und einige meiner Mitschülerinnen offenbar bestens unterhielt. Ich sah genauer hin und konnte es kaum glauben: Unter ihnen war Yvonne! Ein Gefühl von Eifersucht durchzuckte mich, und ich war kurz davor, hinzulaufen und mich dazwischenzudrängen. Aber ich wollte auch keine Spielverderberin sein. Ich versteckte mich hinter einem Mauervorsprung und beobachtete die Szene mit wachsendem Erstaunen.

So hatte ich Che noch nie gesehen: umringt von Mädchen, die ihn ganz offensichtlich toll fanden. War es tatsächlich das, was ihm in Wahrheit gefehlt hatte? Che war siebzehn und hatte bisher so wenig Kontakt zu Mädchen gehabt wie ein Mönch (die hässlichen Wiking-Weiber zählten nicht).

Che war eigentlich nicht der Typ, der Witze riss oder unterhaltsame Geschichten zum Besten gab. Jedenfalls hatte ich ihn nie so erlebt. Manchmal konnte er ziemlich ironisch sein und auch mal einen überraschenden Kommentar aus der Hüfte schießen. Aber meistens war er düster, zurückgezogen und maulfaul. Der Che, den ich gerade beobachtete, hatte keinerlei Ähnlichkeit mit dem Che, den ich kannte.

Ich wollte gerade auf ihn zuschlendern und mich beiläufig zu der Gruppe gesellen, da kam mir ein Gedanke. Was, wenn die Mädchen ihre Ablehnung gegen mich auf Che übertrugen? Wenn sie das Interesse an ihm verloren, sobald sie erfuhren, dass ich, »die Verrückte«, seine Schwester war? Das durfte ich ihm nicht antun. Plötzlich fühlte ich mich, als hätte ich eine ekelige Krankheit und dürfte mich Che nicht nähern, weil ich ihn sonst anstecken würde.

Bedrückt machte ich mich auf den Heimweg.

Mit den Anschuldigungen von Verena und Sibylle hatten die verhassten Botschaften aus dem Nachbarhaus aufgehört, und ich hatte endlich Ruhe gehabt. Che und ich hatten sogar unsere Zimmer wieder zurückgetauscht. Da er seine Kippa nicht mehr trug, war die Geschäftsgrundlage für unsere Vereinbarung hinfällig, und bereitwillig hatte er alle Sachen wieder zurückgetragen.

Aber am Abend des Schulfestes war es wieder so weit: Christian brachte sich bei mir in Erinnerung. Er spielte ein Stück von Chopin, das er mir mehrmals vorgespielt hatte und das ich besonders liebte.

Ich lag auf meinem Bett und versuchte, die Musik auszublenden. Es gelang mir nicht, sie war so schön und erzählte eine Geschichte, die ich kannte.

Also versuchte ich, die Berührungen der Musik auszuhalten, so wie ich Christians Blicke ausgehalten hatte. Ich wollte stark sein, mich seiner Macht entgegenstellen. Die sehnsuchtsvollen Klänge legten sich auf meinen Körper, ich spürte das Huschen und Streicheln, die Wärme und den Druck der Berührung, als hätte er schon wieder seine Hände auf mir.

Ein Wimmern entfuhr mir. Ich hockte mich auf und umschloss die Knie mit meinen Armen, als könnte ich damit die Musik aussperren.

Schließlich hielt ich es nicht mehr aus, rannte ins Bad und stellte mich unter die Dusche. Ich duschte so lange, bis der Boiler leer war und das Wasser kalt wurde. Als ich in mein Zimmer zurückkam, war es still. Aber ich glaubte, die Klänge zu spüren, die in der Luft nachvibrierten.

21

Immer wieder beobachtete ich, wie die Augen meines Vaters auf Che ruhten, als wollte er überprüfen, welche Gefühle sein Anblick in ihm auslöste. Ob er noch so für seinen Sohn fühlte wie vorher.

Das Verhältnis der beiden war nie einfach gewesen, aber ich glaube, das hatte nichts mit der Frage zu tun, ob Che von ihm abstammte oder nicht. Sie waren eben sehr verschieden. Che hatte ein Händchen dafür, unseren Vater zur Weißglut zu bringen, und der war keiner Konfrontation aus dem Weg gegangen. Seit der überraschenden Eröffnung unserer Mutter gingen die beiden plötzlich vorsichtiger miteinander um. Als balancierten sie auf einem schwankenden Steg, dessen Stabilität sie nicht mutwillig durch Kämpfe gefährden wollten.

Überhaupt war die Stimmung bei uns zu Hause viel besser, seit die endlosen Streitereien meiner Eltern aufgehört hatten. Es war jetzt eigentlich wie in einer Wohngemeinschaft. Wir hatten einen Plan fürs Einkaufen, Kochen und Putzen entworfen, an den wir uns alle drei ziemlich genau hielten. Sonst kümmerte sich jeder um seinen eigenen Kram.

Ich fühlte mich, als wäre auch von mir ein Druck genommen worden: der Druck, meine Eltern zusammenhalten und durch größtmögliches Wohlverhalten dafür sorgen zu müssen, dass sie durch mich keinen zusätzlichen Stress hatten.

Die ganze Zeit hatte ich geglaubt, das wäre meine Aufgabe. Nun musste ich mich endlich nicht mehr verantwortlich fühlen.

Natürlich fehlte mir meine Mutter. Ich wusste, dass sie Che und mich liebte, auch wenn sie im Moment ihren Egotrip durchzog. Aber wenn ich mir vorstellte, sie käme zurück und alles wäre wieder wie vorher, verflog die Sehnsucht ganz schnell. Wenn sie überhaupt demnächst zurückkäme (und daran glaubte ich immer weniger), würde ich auf jeden Fall nicht mehr mit ihr und meinem Vater unter einem Dach leben wollen.

Che blühte regelrecht auf, nie hatte ich ihn so entspannt und gut gelaunt erlebt. Es war, als hätte die Abwesenheit unserer Mutter eine geradezu heilsame Wirkung auf ihn. Vielleicht weil er zuvor ständig darauf gelauert hatte, welche Verrücktheit als Nächstes von ihr kommen würde. Weil sie so unberechenbar war und er nie sicher sein konnte, dass unser Leben morgen noch so sein würde wie heute. Nun war sie weg, und wenigstens ihre Abwesenheit war eindeutig. Auch Che war klar, dass unsere Mutter es nicht böse meinte. Dass sie wohl nicht anders gekonnt hatte. *Vielleicht hat sie ja Gründe,* hatte er zu unserem Vater gesagt, als sie gegangen war.

In den Tagen nach dem Schulfest tat mein Bruder Dinge, die ich ihn noch nie hatte tun sehen: Er legte sich in der Badehose auf eine Decke im Garten und sonnte sich. Er kaufte von seinem Taschengeld Zeitschriften wie Musikexpress und Sounds. Er kaufte sich neue Jeans, neue Turnschuhe und ein Hemd in einem zarten Türkiston, das ihm fantastisch stand. Er hörte endlich wieder Musik, und manchmal konnte ich ihn sogar trällernd durchs Haus laufen hören.

Nach dem Schulkonzert hatte ich versucht, ihn auszuhorchen. Ich wollte wissen, mit welchen meiner Mitschülerinnen er geredet hatte und worüber. Aber er behauptete, er habe sich die Namen der Mädchen nicht gemerkt, und geredet hätten sie über alles Mögliche.

Ich fragte ihn nach Yvonne.

»Yvonne?«, wiederholte er. »Ist das die mit den langen Haaren?«

»Willst du mich verarschen?«, gab ich zurück. »Lange Haare haben die doch alle. Yvonne ist aber viel hübscher als die anderen. Du musst sie bemerkt haben, oder du bist ein Homo.«

Das wollte Che natürlich nicht auf sich sitzen lassen. »Ja, ich glaub schon. Du meinst die mit den Kulleraugen und dem Schmollmund?«

Wusste ich's doch. Yvonne fiel jedem auf. Sehnsüchtig erinnerte ich mich daran, wie sie in unserer Küche gesessen und meinen Blümchentee getrunken hatte, während wir an unserer Gruppenarbeit schrieben. Wenn ich doch nur ihre Freundin hätte sein können!

»Ist Yvonne denn auch schlau?«, fragte Che beiläufig. »Hübsche Mädchen sind ja oft ein bisschen doof.«

»Gut aussehende Typen auch«, gab ich zurück.

Er knuffte mich scherzhaft, ich zwickte ihn zurück, er versuchte, mich zu kitzeln, und das erste Mal seit Langem entwickelte sich eine der Rangeleien, wie es sie früher häufig zwischen uns gegeben hatte. Wir prusteten und lachten, nannten uns gegenseitig Pupsknödel, Doofheini, Pipimädchen und Knallfrosch, und nach einer Weile ließen wir uns erschöpft fallen, Che aufs Sofa und ich auf den Boden.

»Was hältst du davon, wenn ich ins Internat gehe?«, fragte ich unvermittelt.

Che blickte überrascht. »In was für 'n Internat?«

Ich setzte mich auf und erzählte ihm das wenige, was ich wusste. Er hörte zu und sagte schließlich: »Ist bestimmt das Richtige für dich.«

Das war nicht, was ich hören wollte. Ich hatte gehofft, er würde mir das Ganze ausreden.

»Wärst du denn gar nicht traurig, wenn ich weggehen würde?«

Er feixte. »Ich würde es überleben.«

»Blödmann.« Ich boxte gegen seine Schulter.

Und plötzlich tat mein großer Bruder etwas, was er noch nie getan hatte. Er legte den Arm um mich und zog mich an sich. Dann sagte er: »Aus dir wird mal was Großes, India. Du warst immer schon viel klüger als wir alle.«

»Klüger zu sein als du ist ja auch nicht schwer«, sagte ich und grinste ihn an.

Der Gedanke an das Musikinternat ließ mich nicht mehr los.

Wo war diese Schule überhaupt? Und was hieß »Stipendium«? Dass alles bezahlt wurde oder nur ein Teil? Wie viel würde der Rest kosten? Was würde Papa dazu sagen, wenn ich ihn nun auch noch allein ließ? Aber er wäre nicht allein, er hätte ja noch Che.

Tagelang quälte ich mich herum, dann traf ich eine Entscheidung. Ich nahm meinen ganzen Mut zusammen, rief Christian an und fragte, ob ich mit ihm sprechen könne.

Mit klopfendem Herzen stand ich einen Tag später an der Tür des Nachbarhauses. Von innen hörte ich erregte Stimmen. Als ich klingelte, verstummten sie. Schritte näherten sich. Es war Margot, die mir öffnete. Sie sah verheult aus.

»Ach, du bist es.« Schnell drehte sie sich weg und ging vor mir her in die Küche.

Ich blieb einen Moment dort stehen und sah zu, wie sie auf die Trittleiter stieg und kleine Plastikgleiter in eine Vorhangschiene schob. Über ihrem Arm hing ein duftiger Haufen frisch gewaschener, blütenweißer Stores.

Sie sah auf. »Was ist? Christian wartet auf dich.«

So gereizt hatte ich sie noch nie erlebt. Sie wirkte wie jemand, der sich gerade sehr aufgeregt hatte.

»Geh schon, ihr habt doch was zu besprechen.« Ungeduldig wedelte sie mit der Hand, dann widmete sie sich den Vorhängen.

Mein Herzklopfen beschleunigte sich, meine Hände wurden feucht.

Ich ging im Zeitlupentempo, einen Schritt vor den anderen setzend, zum Musikzimmer. Ich fühlte mich, als wären bleierne Gewichte an meine Füße geschnallt. Hatte ich mir nicht geschworen, Christian für den Rest meines Lebens zu hassen und mit Verachtung zu strafen? Und nun ging ich in das Haus meines Feindes, der mich benutzt, beschmutzt und verraten hatte, um die Bedingungen eines Friedens zu verhandeln?

Denn so war es mir vorgekommen, als er von dem Internat angefangen hatte: wie ein Friedensangebot. Das Problem war: Frieden konnte man nur schließen, wenn man verzieh. Ich konnte ihm aber nicht verzeihen.

Ich konnte ihm nicht verzeihen, dass er mich berührt und mir dann eingeredet hatte, ich hätte es mir eingebildet. Dass er mich bedroht hatte. Und dass er unsere gemeinsame Geschichte verraten hatte, indem er meinen Eltern etwas vom Racheakt einer Pubertierenden erzählt hatte, den man nicht ernst nehmen müsse.

Sogar das Schicksal von Verena und Sibylle verzieh ich ihm nicht, egal ob er dafür verantwortlich war oder nicht.

Ich wollte sein Friedensangebot annehmen, ihn aber trotzdem weiter hassen. Und irgendwie funktionierte das nicht. Deshalb fühlte ich mich elend, als ich an die Tür des Musikzimmers klopfte.

»Herein.«

Ich legte meine Hand auf die Klinke. Noch konnte ich zurück. Konnte auf dem Absatz kehrtmachen, aus dem Haus laufen und es nie mehr betreten. Aber da war diese Sehnsucht. Mein ganzer Körper vermisste das Klavierspielen. Ich war wie eine Süchtige, die nach ihrer Droge giert und bereit ist, alles dafür zu tun. Energisch drückte ich die Klinke herunter und trat ein.

Im Nachhinein erscheinen mir die Ereignisse dieses Nachmittags beinahe unwirklich. So, als hätte ich sie in einem Film gesehen. Alles erschien überscharf konturiert, Menschen ebenso wie Gegenstände, und das Tempo war verlangsamt, als liefe der Film in Zeitlupe. Ich nehme an, solche Effekte treten ein, wenn man sich immer wieder an ein bestimmtes Geschehen erinnert. Es entwickelt eine Art Eigenleben, losgelöst vom Bewusstsein desjenigen, der es erlebt hat.

Christian drehte sich mit Schwung auf dem Klavierhocker zu mir um und lächelte mich an. »India. Wie schön, dich zu sehen!«

Das sagte er immer. Er hatte es auch in der Schule gesagt, und danach hatte er mir gedroht.

»Hallo«, sagte ich und schaute auf meine Füße. Dann besann ich mich und sah ihm in die Augen. Hielt seinem Blick stand.

Du kannst mir nichts mehr anhaben!

Unter dem Vorwand, mir einen Stuhl zurechtzurücken, wandte Christian sich als Erster ab. Ich zog den Stuhl zu mir und setzte mich.

Wieder lächelte er. »Gut, dass du gekommen bist, India. Ich mag es nicht, wenn du böse auf mich bist.«

Irgendetwas in seiner Stimme versetzte mich in Alarmbereitschaft. Ich rückte mit dem Stuhl ein Stück weiter weg und behielt ihn im Auge.

»Wie geht's dir?«, fragte er. »Was machst du so?«

»Nichts Besonderes«, murmelte ich.

»Wie sieht's mit dem Klavierspielen aus? Spielst du noch manchmal in den Pausen?«

»Selten«, sagte ich.

»Würdest du gern wieder regelmäßig spielen?«

»O ja«, platzte es aus mir heraus. Ich errötete und ärgerte mich über mich selbst.

Er stand auf, ging an mir vorbei zur Kommode und zog eine Schublade heraus. Mit einem farbigen Prospekt in der Hand kam er zurück. Im Vorbeigehen streifte er meinen Arm, ich zuckte zusammen.

Er hielt mir den Prospekt hin. »Hier, sieh dir das an.«

»Landschulheim Buchenberg« stand über dem Foto eines von Kastanienbäumen eingerahmten Schlossgebäudes. Und darunter: »Internatsschule für Hochbegabte«. Ich blätterte durch die Seiten und überflog den Text. An der Schule wurden außergewöhnlich begabte Kinder von der fünften bis zur dreizehnten Klasse unterrichtet. Besondere Förderung wurde Kindern mit mathematischer und musikalischer Begabung zuteil. Neben dem regulären Schulunterricht gab es ein reichhaltiges Angebot an Kursen, darunter Klavierunterricht »bis zur Konzertreife«.

Auf den Fotos sah man Kinder und Jugendliche, die Instrumente spielten, mathematische Formeln an Tafeln schrieben oder mikroskopierten. Auf anderen Bildern spielten sie Völkerball und Tennis, wanderten über eine Wiese und saßen im Speisesaal vor riesigen Platten voller appetitlich aussehender Gerichte.

Alles hätte ich dafür gegeben, zu ihnen zu gehören. Diese Schüler und Schülerinnen waren wie ich. Endlich wäre ich unter meinesgleichen, wäre nicht mehr »anders«, nicht mehr »die Verrückte«.

»Braucht man gute Noten, um dort hinzukommen?«, hörte ich mich fragen.

»Noten spielen keine große Rolle. Viele hochbegabte Kinder haben schlechte Noten, weil sie sich langweilen und im Unterricht abschalten.«

Da hatte ich ja Glück gehabt. Mittlerweile lag mein Schnitt zwischen zwei und drei. Ich hatte viel Mühe darauf verwendet, das zu schaffen. Nur die Eins in Mathe hatte ich immer noch nicht weggekriegt. Alles in mir lehnte sich dagegen auf, falsche Rechenergebnisse anzugeben.

»Und … was kostet die Schule?«

»Natürlich ist so eine Einrichtung teuer«, sagte Christian. »Aber ich habe dir ja erzählt, dass es Stipendien gibt. Dabei spielt das Einkommen der Eltern eine Rolle, aber das Wichtigste ist, dass du einen Fürsprecher hast, der eine Empfehlung ausspricht. Dann bekommst du die Chance, dich dort vorzustellen und vorzuspielen. Im besten Fall werden die Kosten vollständig übernommen.«

Das Blut hämmerte in meinen Schläfen.

Einen Fürsprecher, der eine Empfehlung ausspricht.

»Und du würdest …«

»Klar würde ich«, sagte er lächelnd. »Wer wäre besser geeignet als ein Lehrer, der dich nicht nur aus der Schule kennt, sondern auch aus dem privaten Musikunterricht?«

Ich war so aufgeregt, dass ich mehrmals trocken schluckte. Diese Schule schien mir der erstrebenswerteste Ort der Welt zu sein. Ich wollte dorthin. Ich *musste* dorthin!

»Das Ganze müsste allerdings schnell gehen, falls du schon zum nächsten Schuljahr dort anfangen willst«, sagte Christian. »Die Bewerbungsfrist endet in drei Wochen.«

Ich versuchte, mir meine Aufregung nicht anmerken zu lassen. »Ich muss mit meinem Vater sprechen.«

»Soll ich das übernehmen?«

»Nein danke«, sagte ich schnell und rutschte von der Sitzfläche meines Stuhls. »Darf ich den mitnehmen?« Ich hielt den Prospekt hoch.

Er nickte.

»Also dann, vielen Dank«, sagte ich und wollte gehen.

Er beugte sich vor, griff nach meinem rechten Handgelenk und sah mir in die Augen.

»Denk dran, India. Wir haben einen Pakt.«

Mir wurde kalt. Ich versuchte, ihm meine Hand zu entwinden, aber er hielt sie in eisernem Griff. Der Prospekt fiel runter, geistesgegenwärtig hob ich ihn mit der Linken auf und hielt ihn fest.

»Sag, dass du daran denkst!«, befahl er.

Wieder versuchte ich, mich aus seinem Griff zu befreien, ich wand mich und wimmerte. Da riss er mich mit einem Ruck zu sich heran und brachte seinen Mund ganz nahe an mein Ohr.

»Pst, hör auf!«, zischte er. »Ich tu dir doch nichts!«

Er hielt nun meinen ganzen Körper umklammert. Ich zitterte, kalter Schweiß brach mir aus. Je mehr er versuchte, mich zu beruhigen, desto panischer wurde ich.

»Lass mich los!«, rief ich.

Er legte seine Hand auf meine Lippen, um mich zum Schweigen zu bringen, ich riss den Mund auf und biss mit aller Kraft hinein.

»Au!«, schrie er und zog die Hand zurück. Sein Griff lockerte sich, ich riss mich los.

Kaum war ich frei, rannte ich aus dem Zimmer und weiter zur Haustür. Mein Blick fiel durch die geöffnete Küchentür. Margot stand immer noch auf der Trittleiter und hielt den blütenweißen Vorhangstoff fest, der nun teilweise aufgehängt war.

»Indie!«, rief sie. »Was ist denn los?« Sie streckte eine Hand aus, als wollte sie nach mir greifen.

Ich rannte weiter.

Hinter mir hörte ich Christians Schritte und seine Stimme: »Bleib stehen, du Biest!«

Ich erreichte die Haustür, griff nach der Klinke.

»Christian!«, hörte ich Margot kreischen, es klang verzweifelt.

Ich riss die Haustür auf und war mit einem Sprung draußen.

Im selben Moment ertönte hinter mir ein schriller Schrei, dann das Scheppern von Metall, ein Krachen, ein dumpfer Aufprall. Stille.

Zu Hause verkroch ich mich zitternd im Bett, den Prospekt über das Landschulheim Buchenberg an mich gedrückt.

Immer wieder hörte ich das Scheppern, das Krachen, den

dumpfen Aufprall. In meinem Kopf herrschte Chaos. Bilder, die ich gesehen hatte, vermischten sich mit Bildern, die ich gar nicht gesehen haben konnte.

Christian, der drohend hinter mir herrannte, die Hand mit der Bisswunde anklagend erhoben. Margots schreckgeweitete Augen und ihre ausgestreckte Hand, als ich an der Küchentür vorbeikam. Margot, die den Halt verlor, nach den Vorhängen griff, wie in Zeitlupe zu Boden stürzte, die Vorhänge mit sich riss. Margot, die regungslos und mit starrem Blick auf einer duftigen, weißen Wolke lag, die sich rings um ihren Kopf blutrot verfärbte.

Ein Martinshorn ertönte und kam rasch näher. Ich stand auf und ging zum Fenster. Der Krankenwagen fuhr in unsere Straße und hielt an, zwei Sanitäter mit einer Trage sprangen heraus und liefen zum Haus der Bertholds, an dessen Eingangstür Christian wartete. Die Tür schloss sich.

Ein paar Minuten später öffnete sie sich wieder, die Trage mit Margot darauf wurde in den hinteren Teil des Wagens geschoben. Christian stieg mit ein.

Wieder verkroch ich mich im Bett. Irgendwann muss ich eingeschlafen sein.

Als ich aufwachte, war es bereits dunkel. Mein Vater stand im Zimmer. Er kam näher, kniete sich vor meinem Bett auf den Boden und berührte sanft meine Wange.

»India. Bist du wach?«

Ich gab ein schwaches Geräusch von mir.

»Ich muss dir was sagen. Es ist was Schlimmes passiert.«

Ich wimmerte und schlug die Hände vors Gesicht.

»Nein«, schluchzte ich.

»Du weißt es schon?«, fragte mein Vater.

Ich schüttelte den Kopf und richtete mich im Bett auf. Die Haare fielen mir übers tränenfeuchte Gesicht und blieben dort kleben.

»Margot … Frau Berthold …«, fing mein Vater an. »Sie ist gestürzt und hat sich schwer verletzt. Auf dem Weg ins Krankenhaus ist sie … gestorben.«

In mir wurde es ganz still. Nicht mal mehr weinen konnte ich.

Am nächsten Tag ging ich nicht zur Schule. Ich wollte niemanden sehen, mit niemandem reden. Eingewickelt in eine Decke, als wäre ich krank, lag ich auf dem Sofa und döste vor mich hin. Gegen zehn klingelte es. Ich hörte, wie mein Vater die Tür öffnete, dann fremde Stimmen.

»India!«, rief er. »Kannst du mal kommen?«

Widerwillig stand ich auf, zog die Decke eng um mich und schlich auf den Flur.

»Hier sind zwei Herren von der Polizei, die mit uns sprechen wollen«, sagte er.

»Mit mir auch?«, fragte ich erschrocken.

»Hallo … äh, India? Ist das richtig?« Der Mann, der mich angesprochen hatte, gab mir die Hand. Ich nickte und wunderte mich, dass er keine Uniform trug.

»Es geht um Margot«, sagte mein Vater.

»Es handelt sich im Fall Ihrer Nachbarin um eine nicht natürliche Todesursache, da fragen wir von der Kripo routinemäßig nach«, erklärte der andere Beamte.

Nicht natürliche Todesursache.

»Wollen Sie nicht reinkommen?«, fragte mein Vater, aber die Männer lehnten ab.

»Dauert nicht lang«, sagte der erste. Er nahm Block und Stift zur Hand.

»Herr Kaufmann, wie gut kennen Sie Ihre Nachbarn?«

Mein Vater zuckte die Schultern. »Mein Gott, wie man sich halt so kennt. Früher hatten wir mehr Kontakt, in den letzten Jahren kaum noch.«

»Haben Sie in jüngster Zeit dort irgendetwas Auffälliges beobachtet?«

»Was meinen Sie mit auffällig?«

»Ungewohnte Aktivitäten, Besuch, Lärm, Auseinandersetzungen ...«

»Na ja«, sagte mein Vater und schien zu überlegen. »Es gab wohl hin und wieder Streit. Aber gibt's den nicht in allen Familien?«

Der Beamte notierte etwas, dann blickte er auf. »Haben Sie sonst noch etwas beobachten können?«

»Meine Tochter war häufiger drüben, die kann vielleicht mehr dazu sagen.«

Die Aufmerksamkeit des Beamten richtete sich auf mich. »In welcher Beziehung stehst du zu euren Nachbarn?«

Ich schluckte. »Ich ... ich bin mit Bettina befreundet. Und Herr Berthold hat mir eine Zeit lang Klavierunterricht gegeben.«

Wieder schrieb er sich etwas auf. »Wann warst du zuletzt dort?«

»Gestern Nachmittag.«

»Was wolltest du dort? Deine Freundin war doch gar nicht zu Hause.«

Ich stockte. »Ich ... Herr Berthold wollte mir etwas über ein Musikinternat erzählen ... Er wollte mich für ein Stipendium vorschlagen.«

Mein Vater blickte mich überrascht an. Ich hatte ihm noch nichts davon erzählt.

Der Beamte nickte zustimmend. »Das wissen wir auch von Herrn Berthold. Er sagt, du hättest den Unfall mitbekommen.«

Ich schwieg.

Nicht natürliche Todesursache.

»Stimmt das?«, fragte der Beamte. »Hast du den Sturz gesehen?«

Ich schüttelte den Kopf. »Nein.«

Gesehen hatte ich ihn nicht. Aber gehört. Doch das hatte der Mann schließlich nicht gefragt.

Die beiden tauschten einen Blick. »Aber du warst doch dort?«

Wie im Zeitraffer rasten die vergangenen Monate vor meinen Augen vorbei. Meine erste Klavierstunde ... Christians Hände auf meinen ... Unser Versunkensein in der Musik ... Der Abend in der Liederhalle ... Christians Blick auf mir ... Schumann. Schubert. Die Winterreise ... Seine Hände auf meinem Körper ... Erlösung. Entsetzen. Seine Botschaften, seine Drohungen, sein Verrat ... Meine Scham, meine Hilflosigkeit ...

Nicht natürliche Todesursache.

»Ich war schon wieder weg«, sagte ich.

»Du warst also nicht mehr im Haus, als es passiert ist?«, vergewisserte sich der Beamte mit dem Notizblock und musterte mich überrascht.

Ich schüttelte stumm den Kopf und zog die Decke noch enger um mich, als könnte sie mir Halt geben. Die ganze Wahrheit und nichts als die Wahrheit. In meinem Kopf sah ich die entscheidenden Sekunden noch einmal vor mir ablaufen.

Ich renne … renne weiter. Hinter mir höre ich Christians Schritte und seine Stimme: »Bleib stehen, du Biest!«

Ich erreiche die Haustür, greife nach der Klinke.

»Christian!«, höre ich Margot kreischen, es klingt verzweifelt.

Ich reiße die Haustür auf und bin mit einem Sprung draußen.

Im selben Moment ertönt hinter mir ein schriller Schrei, dann das Scheppern von Metall, ein Krachen, ein dumpfer Aufprall. Stille.

Ich hatte nicht gelogen. Ich war nicht mehr im Haus gewesen, als es passierte.

»Du kannst also den Ablauf des Geschehens nicht bezeugen?«, fragte der eine Beamte noch einmal.

»Nein, kann ich nicht. Tut mir leid.«

Die beiden tauschten wieder Blicke, während der eine sich weitere Notizen machte. »Keine Zeugen also …«, murmelte ihm der andere zu, und er nickte.

Mein Vater ließ nachdenklich seinen Blick auf mir ruhen.

Plötzlich war ich ganz ruhig. Ich hatte nicht gelogen. Ich hatte nur nichts gesagt, was Christian entlasten würde.

Der Beamte klappte seinen Block zu und steckte ihn mit einer energischen Bewegung in die Manteltasche.

»Vielen Dank, India, du hast uns sehr geholfen.«

ZWEI MONATE SPÄTER

Die Ermittlungen gegen Christian wegen Körperverletzung mit Todesfolge wurden eingestellt. Seine Aussage stand gegen meine. Er behauptete, ich müsse den Unfall wenn nicht gesehen, dann zumindest gehört haben. Ich bestand darauf, dass ich das Haus bereits verlassen hatte und mich nicht erinnern konnte, etwas gehört zu haben.

Ich wurde sogar von einem Psychologen befragt, der mir einen Schock attestierte. Es erschien ihm möglich, dass ich das Erlebte verdrängt hatte, was immer ich gesehen oder gehört haben könnte.

Niemand hatte einen Anlass zu glauben, dass ich mit meiner Aussage Christian absichtlich schaden wollte, deshalb zog auch niemand sie in Zweifel. Die Zweifel an Christians Aussage blieben zwar bestehen, aber es fehlten eben die Beweise.

Christian hatte keine Macht mehr über mich. Vor mir lag ein neuer Lebensabschnitt. Ich hatte mich – ohne Christians Unterstützung – in Buchenberg beworben und war angenommen worden. Meine ungewöhnliche mathematische und musikalische Begabung hatte das Aufnahmegremium überzeugt. Aufgrund der Einkommenssituation meines Vaters war mir ein Vollstipendium zugesprochen worden.

Am Tag vor meiner Abreise ins Internat verbrannte ich feierlich die Klaviertastatur aus Pappe in unserem Garten.

Während ich dem aufsteigenden Rauch nachblickte, kam Che über den Rasen angeschlendert. »Und, was begehen wir heute?«

»Das Ende der Einsamkeit«, sagte ich, ohne nachzudenken. Endlich würde ich unter meinesgleichen sein, endlich wäre ich nicht mehr die verrückte Außenseiterin.

»Passt gut«, sagte er und lächelte auf eine Weise, die ich noch nie an ihm gesehen hatte.

Mich beschlich eine Ahnung. »Du meinst …«

»Ja, du hast recht«, sagte er. »Sie ist wirklich die Hübscheste. Und klug ist sie auch.«

Yvonne. Ein kleiner Stich der Eifersucht durchzuckte mich, aber dann holte ich tief Luft und sagte: »Werd bloß kein Spießer!«

Er lachte und legte den Arm um mich. »Das kann ich dir nicht versprechen. Irgendwas muss ich ja werden.«

Erwachsen, dachte ich. Du wirst erwachsen. Und ich auch. Endlich.

Für wertvolle Unterstützung bei der Entstehung dieses Buches danke ich den folgenden Personen und Institutionen:

Deutsche Synästhesie-Gesellschaft e.V.

Ruth Regehly
Jasmin Sinha

Prof. Kay Westermann, *Hochschule für Musik und Theater München*

Ellen Presser, *Israelitische Kultusgemeinde München*

Andrea Röpke
Ulrich Chaussy
Peter Probst